FRANCKE
Lesereise

Julia Shuken

Als der Ostwind kam

Verlag der Francke-Buchhandlung GmbH

Die Deutsche Bibliothek – CIP-Einheitsaufnahme

Shuken, Julia:
Als der Ostwind kam / Julia Shuken. [Dt. von Silvia Lutz]. –
Marburg an der Lahn : Francke, 1994
(Francke-Lesereise)
Einheitssacht.: Day of the East Wind ›dt.‹
ISBN 3-86122-151-9

Alle Rechte vorbehalten
Originaltitel: Day of the East Wind
© 1993 by Julia Shuken
Published by Crossway Books, A division of Good News Publishers,
Wheaton, Illinois 60187, USA
© der deutschsprachigen Ausgabe
1994 by Verlag der Francke-Buchhandlung GmbH
35037 Marburg an der Lahn
Deutsch von Silvia Lutz
Umschlaggestaltung: Reproservice Jung, Wetzlar
Umschlagillustration: Chris Ellison
Satz: Druckerei Schröder, Wetter/Hessen
Druck: St.-Johannis-Druckerei, Lahr   29801

Francke-Lesereise

Inhalt

1. Die Macht der Erde 7
2. Die Tore der Alanen 23
3. Im Dorf 33
4. Die verschacherte Braut 51
5. Exil wider Willen 69
6. Das Zeichen im Holz 90
7. Das Land der Philister 106
8. Der Mann aus Stahl 120
9. Die Schlucht zwischen den Felsen 133
10. Das Tal der Chewsuren 151
11. Die Wurzeln, die tragen 166
12. Der Tag der Entrüstung 184
13. Die teure Rettung 195
14. Die Stimme des Bräutigams 214
15. Schatten ziehen auf 229
16. Der Zufluchtsort 244
17. Die Balsamberge 268
18. Der Ostwind 290
    Glossar 307

1. Die Macht der Erde

Transkaukasien — 1905

In Baku herrschte das Chaos. Die reiche Ölstadt am Kaspischen Meer stöhnte unter den Auswirkungen der wüsten Ausschreitungen und rauchenden Brandherde. Peter Gawrilowitsch war froh, daß er die Stadt verlassen konnte; das heißt, er konnte sie verlassen, *wenn* — und es war ein großes *Wenn* — die Züge wieder fuhren. Er griff mit der Hand an seine Brust und lauschte auf das Zuversicht einflößende Knistern des Papiers unter seinem Uniformhemd und dem schweren Armeemantel. Den Paß hatte sein Kommissar früh am Morgen unterzeichnet, und neben dem Paß steckte der zerknitterte Brief von Semjon Efimowitsch, der ihn nach Hause holte.

Peter seufzte und schritt über die Gleise zum Ende des Bahnhofs. Der Februarschnee lag in einer weichen Decke über der Erde, aber ihn überzog eine metallische Dunstglocke von den Feuern, die die Ölraffinerien Balachani und Bibiebat dem Erdboden gleichgemacht hatten. Die Risse und Löcher im Schnee schimmerten lebhaft, als würden sie von unten beleuchtet. Sogar der imposante Zug von Bohrtürmen, der zum Kaspischen Meer hinunterführte und dann in das Meer hineinwatete, schien seine Symmetrie verloren zu haben. Das Durcheinander von Stahlstreben sah verwirrt und sinnlos aus, wie Metallsplitter, die von einem starken Magneten zum Himmel gezogen werden. Als der Strom ausfiel, waren sie auf die Trümmer der übrigen Stadt gestürzt!

Im oberen Teil der Stadt patrouillierten Sonderkommandos von berittenen Kosaken durch die Straßen und zwangen den streitenden Parteien, den Aserbaidschanern und Armeniern, sowie den militanten Sozialdemokraten, eine unfreiwillige Ruhe auf. Aber es war ein unbehaglicher Frieden — der Frieden, der zusammengebissenen Zähne und der schweigend geballten Fäuste.

Peter tastete wieder nach Semjons Brief und dem kostbaren Paß. Wenn der Zug nach Tiflis losfahren sollte, würde ein wildes Gedränge beginnen, denn viele wollten sich einen Platz darin ergattern. Sein militärischer Status würde ihm wahrscheinlich einen Vorteil verschaffen. Aber der Zug nach Tiflis stand wie schon seit Tagen immer noch wie festgefroren auf den Gleisen. Es ging das

Gerücht um, daß die streikenden Eisenbahnarbeiter wieder ihre Arbeit aufnehmen würden, aber es gab viele Gerüchte.

Es war fast fünf Uhr abends, und eine trübe Dunkelheit legte sich langsam über den Bahnhof. Peter atmete tief ein und ging zum Bahnhofsgebäude zurück. In dem Gebäude drängten sich fliehende Armenier, einige westliche Geschäftsleute, Gruppen von sich argwöhnisch umschauenden Aserbaidschanern und einige russische Gendarme — aber keine Eisenbahnarbeiter waren zu sehen. Jemand hatte die öffentlichen Samowars angefacht, so daß es wenigstens heißes Wasser gab. Peter füllte seine Blechtasse, warf den Kopf zurück und blickte sich aufmerksam unter den Menschen um. Höchstwahrscheinlich würde er die Nacht mit ihnen verbringen. Er konnte also genausogut Bekanntschaft mit ihnen schließen.

Die Armenier drängten sich neben den Fahrkartenschaltern aneinander, als übte ihre große Angst eine starke Anziehungskraft aus, die sie zusammenzog. Aufgrund der kürzlich verübten Massaker konnten sie es nicht erwarten, Baku zu verlassen. Die Armenier waren begabte Geschäftsleute in der reichen Ölstadt, aber sie gingen diskret mit ihrem Erfolg um — denn Baku hatte seine eigene Art, sie zu behandeln, und hatte sie im gleichen Maß zu Wohlstand gebracht, in dem es die Aserbaidschaner in die Armut geführt hatte.

Aber jetzt wirkten sie verstört. Die Gesichter der Frauen unter den diademähnlichen Haarfrisuren, die mit dunklen Schleiern bedeckt waren, wirkten vom langen Warten erschöpft und ausgelaugt. Die Männer waren auf der Hut und wachsam, obwohl sie, wie auch Peter, schon den ganzen Tag hier waren. Ein junger Mann mit gebogenen Augenbrauen unter einer schwarzen, kegelförmigen Mütze hatte die Aufgabe übernommen, sicherzustellen, daß die russischen Gendarme immer noch aufpaßten. Das kleine Mädchen neben ihm mit denselben gebogenen Augenbrauen warf von Zeit zu Zeit immer wieder einen schnellen vorsichtigen Blick auf die Gruppe von Aserbaidschanern neben der Tür.

Peter schaute sich um. Ja, dort standen sie, eine Gruppe Tataren mit weiten, karierten Jacken und *Burkas* oder Käppchen. Öfter als einmal erspähte er den kahlgeschorenen Kopf eines Fanatikers, den Beweis für die Redegewandtheit der Mullahs, die den *Dschihad* gegen die ungläubigen Armenier predigten. Kein Wunder, daß die Armenier nervös wirkten. Nach tatarischem Denken würde

ihnen der „Tod der Armenier" nicht nur den Zugang zum islamischen Paradies eröffnen, sondern auch ihre persönlichen und sozialen Mißstände rächen. Nur Rußlands Demonstration der Stärke hatte dem Töten Einhalt geboten — bis jetzt.
Welch ein Ort für einen molokanischen Pazifisten! dachte Peter. Alles war hier vertreten — die patrouillierenden Russen, verängstigte Armenier, verbitterte Tataren. Es fehlte nur noch eine sozialdemokratische Demonstration, um das Bild zu vervollständigen! Baku — „Wiege der Winde" auf Persisch — war ein brodelnder Kessel der Unzufriedenheit. Es war kein Ort für einen religiösen Abtrünnigen. Er war froh, von hier fortzukommen — froh! Wenn nur der Streik gebrochen würde und die Züge endlich rollten.

Seine kalten Finger tasteten in seiner inneren Brusttasche, und er zog Semjons Brief hervor. Er las ihn nicht. Das war nicht nötig; er kannte jedes Wort auswendig. Aber er betrachtete ihn trotzdem aufmerksam, als könnte er irgendeine zusätzliche Bedeutung aus den schrägliegenden Krakeln des alten Mannes herauslesen. Zweifellos war Semjon äußerst aufgeregt gewesen, als er ihn geschrieben hatte. Die Feder hatte sich so tief in das Papier gegraben, daß die Schrift wie eingraviert aussah, und die Tintenkleckse vermittelten den Eindruck, als seien sie nicht zufällig, sondern als Betonung auf dem Papier verstreut. Aber was bedeutete das? „... deine Mutter, Galina Antonowna ... ernsthaft krank ... beeile dich, komme so schnell wie möglich ... wir haben die Ältesten kommen lassen ... komm rasch nach Hause ... "

Komm schnell, komm schnell, klang es in Peters Kopf. Doch hier stand er nun. Er saß auf einem Bahnhof fest, und seine Gedanken kreisten um seine Mutter und erwogen eine Reihe schrecklicher Möglichkeiten. Cholera? Nein, er hatte von keinen Epidemien gelesen ... Typhus? Ein bißchen früh im Jahr für so etwas ... Diphtherie? Wenn das der Fall wäre, käme er wahrscheinlich schon zu spät. Peter ballte die Fäuste und schwitzte bei dem nagenden Verlangen, etwas zu unternehmen, und dem Gefühl der Hilflosigkeit.

In dem überfüllten Raum wurde es allmählich heiß, und er bahnte sich einen Weg zur Tür. Die kalte, ölige Luft schlug ihm wie ein Guß schmutzigen Wassers ins Gesicht. Er zog sich seine Schaffellmütze so tief wie möglich über den Kopf; die Armee hielt seine Haare so kurz, daß er immer kalte Ohren hatte. Der Abend war dunkel, aber von einem der niedrigen, überhängenden Dachvorsprünge hing eine Lampe. Ihre goldene Wärme schmolz den umliegenden Schnee und verwandelte seine Ränder wie von Zauberhand in zerbrechliche Kristalle. Geschmolzener Schnee tropfte in einem gleichmäßigen Rhythmus und hinterließ auf dem Schnee neben den Stufen saubere, blaue Löcher. Es sah wundersam aus, wie ein Zeichen der Natur – hoffnungsvoll und doch unverständlich. Peter lauschte und erwartete, ein musikalisches Pling Pling zu hören. Statt dessen vernahm er aber eine Stimme, die hinter ihm sprach.

„Damit kann man vielleicht einen Schlag von einer Nagaika abfangen, aber es bietet nicht viel Schutz vor einem Bajonett."

Zwei Männer, beide ein wenig älter als er, standen im Schatten auf der anderen Seite der Bahnhofstür. Der Sprecher trug einen hellfarbenen Schaffellmantel, der zu groß und weit aussah, obwohl der Mann kräftig gebaut war. Sein rundes Gesicht zierte ein sauber gepflegter Bart, der unten geschnitten und an den Seiten abrasiert war, so daß er einen Kreis in dem größeren Rund seines Gesichtes bildete – und wie ein Hundemaulkorb aussah.

Der kleine, dunkel gekleidete Georgier vor ihm stach nicht nur von seinem Begleiter ab, sondern auch von allen anderen auf dem Bahnhof. Die Furcht und Ungewißheit, die jedes andere Gesicht kennzeichnete, berührte diesen Mann nicht; er wirkte völlig selbstsicher. Keine Spur von verzweifeltem Warten auf dem Bahnsteig!

Um Peters Mund spiegelte sich ein widerwilliges Grinsen. *Wenn du die Kraniche fliegen siehst, weißt du, daß das Eis bricht. Es würde mich nicht überraschen, wenn die Züge heute nacht trotz allem fahren!*

„Nicht, daß es keine gute Idee wäre, Koba." Der große Mann versuchte ohne viel Erfolg, seine donnernde Stimme zu senken. „Es war klug von dir, daran zu denken. Es gab schon viele Zeiten, in denen diese Knuten mir zwei Schichten Schaffell zerschnitten haben anstelle meiner eigenen geliebten Haut. Aber diese Teufel werden immer brutaler und gemeiner. Was hätte diesen armen Leuten am Blutigen Sonntag schon ein Schaffell genutzt?"

Der Mann, den er Koba genannt hatte, kniff die Augen zusammen und richtete sie funkelnd auf seinen Begleiter.

„Das ist gut", sagte er. „Ausgezeichnet."

Der große Mann rutschte beunruhigt hin und her. Aber Peters Aufmerksamkeit war auf den Georgier geheftet. Der Lichtschein aus dem Eingang fiel neben ihn auf den Schnee, aber ein abgelenkter Strahl der Lampe traf die Seite seines Gesichts. Das Licht hob jede Pockennarbe peinlich genau hervor, es unterstrich jedes einzelne Haar in seinen dichten Augenbrauen und in seinem vollen Schnurrbart und warf einen dreieckigen Schatten neben seine Nase.

Eine zynische Gleichgültigkeit machte jeden seiner Gesichtszüge steif – mit einer Ausnahme: Die Augen zeugten von einer schlauen Intelligenz und Lebendigkeit und strotzten vor Entschlossenheit, seinen unumstößlichen Willen durchzusetzen. Peter wühlte in seinem Gedächtnis. Er hatte diese Augen – dieses Gesicht – schon einmal gesehen.

Eine Demonstration im Januar – das war es! Kurz nach dem Blutigen Sonntag in Moskau hatte das Massaker an friedlichen Demonstranten die Wut der Sozialdemokraten in Baku entfacht. Peters Sonderkommando war entlang der massiven mittelalterlichen Mauer postiert gewesen, die die alte Zitadelle der Khans vom modernen russischen Stadtteil trennte. Trotz des Befehls, mit Bajonetten bereitzustehen, hatte Peter beschlossen, sich von keiner gottlosen Regierung seinen Seelenfrieden rauben und sich nicht zwingen zu lassen, hilflose Menschen anzugreifen, die nach Gerechtigkeit schrien. Er zog sich von der tobenden, rufenden Menge der Demonstranten zurück und hatte sein Gewehr widerwillig schräg gestellt. Er fühlte wieder ein Prickeln über seinen Rücken kriechen wie damals, als er überlegt hatte, ob ihn vielleicht jeden Augenblick ein Offizier von hinten erschießen würde.

Dann hatte das Gesicht dieses Mannes seine Aufmerksamkeit auf sich gezogen. Wie Peter schien er von der wellenartigen Ebbe und Flut des aufgebrachten Mobs und von den Soldaten unberührt zu sein. Aber er war kalt, dieser Koba, unmenschlich in seiner Gleichgültigkeit. Als die Kosaken geradewegs auf die Mitte der marschierenden Gruppe zusteuerten, war Blut geflossen! Und Koba war plötzlich zum Leben erwacht. Die Sterbenden, die Verwundeten – sie waren ein Genuß für diese funkelnden Augen. Peter konnte sehen, daß die Ursache für diese Veränderung nicht Haß war; es war mehr wie eine Lust – eine unheilige Freude. Trunken von dem Blutvergießen warf Koba Peter einen verstehenden Blick zu, da er seine unmilitärische Haltung bemerkt hatte. Peter hatte sich abgewandt, als hätte er etwas Schändliches, Unanständiges gesehen. Er wandte sich auch jetzt ab, aber nicht, ohne vorher noch zu hören, wie Kobas Stimme die Gegenwart durchschnitt. „Du willst eine billige Revolution."

Peter zuckte bei diesen Worten zusammen. *Ohne Blutvergießen, meint er.*

„Das nützt nichts", sprach Koba weiter. „Wir müssen die Behörden zwingen, repressive Maßnahmen zu ergreifen. Je schlimmer sie sind, um so besser für uns! Sie schüren damit den Haß des Volkes. Deine Taktik eignet sich nicht für eine Revolution. Du hinderst die echten Revolutionäre daran, eine Revolution zu beginnen."

Koba blieb einige Minuten schweigend und ausdruckslos stehen, während sein Begleiter sich ungemütlich in seinen Schaffellschichten wand.

„Der Zug fährt bald", sagte Koba in einem Russisch mit georgischem Akzent. „Wir sollten unsere Fahrscheine lösen."

Peter war nicht überrascht, als aus dem Bahnhofsgelände plötzlich Lärm zu vernehmen war. Er hörte das Poltern der Prellböcke und ein anderes Geräusch, das wie knirschender Schnee klang. Plötzlich fielen die roten Lichter des Zuges über den Schnee und tauchten ihn in ein zartes Rosa.

Peter folgte den zwei ungleichen Revolutionären in diskretem Abstand zum Bahnhofsgebäude und lächelte leise vor sich hin. Er konnte sich Kobas Miene vorstellen, wenn er bemerkt hätte, daß ein uniformierter Russe unfreiwilliger Zeuge ihres Gesprächs geworden war. Aber Koba konnte nicht wissen, daß der Mann, der äußerlich ein Soldat war, innerlich ein Molokane war, daß Peter lieber seine Waffen hinwerfen als einen Menschen töten würde. Wenigstens hoffte er, daß er das tun würde.

* * *

Fenja Wassilejwna Kostrikin war die erste, die ihn in seinen ungewohnten Armeestiefeln mit seinem breiten Seemannsgang durch das Dorf schreiten sah. *Welch ein Gang für einen russischen Bauern,* dachte Fenja. *Als ob die ganze Erde mit ihrer rauhen Oberfläche einbrechen würde, und nur er selbst, Peter Gawrilowitsch Woloschin, entschlossen wäre, das einzige Standhafte und Sichere darauf zu sein!* Sie verbarg ihr Lächeln hinter ihrer auch im Winter leicht gebräunten Hand und trat näher an den Akazienbaum heran, so daß sie in dem Gewirr aus der Hecke, dem geflochtenen Zaun und den zum Teil mit Schnee bedeckten Holzstößen am Rand des Dorfes kaum zu erkennen war. Die rote Sonne hinter ihr warf geheimnisvoll geformte Schatten über den Schnee und den blauen, vereisten Schlamm – ein Zeichen vom Himmel auf der achtlosen Erdoberfläche.

Die Spatzen, die über ihr hockten, spürten ihre Aufregung und zerstreuten sich ungestüm. Sie schwirrten im Zwielicht durch die Luft. Aber er sah sie immer noch nicht. Er sah sie nie. Fenja zog ihr Kopftuch bis zu den Augenbrauen in die Stirn und folgte ihm still auf der mit Sand bestreuten Straße, so unerkannt, wie es nur ein einfach gekleidetes, junges Mädchen kann.

Es war nicht schwer, ungesehen zu bleiben, denn im Dorf regte sich eine lebhafte, lärmende Geschäftigkeit. Hausfrauen liefen aus den Häusern, einige trugen brennende Lappen und beeilten sich, das Feuer für den Abend zu entfachen. Gesprenkelte Gänse überquerten die Straße und drehten argwöhnisch den Hals. Ein tatarischer Bursche mit einer großen Lammfellmütze trieb Kühe in eine geflochtene Umzäunung. Bald würde die rauchblaue Nacht, die in den Bergen aufzog, auf das Dorf herabkriechen und die ganze Geschäftigkeit zur Ruhe bringen. Aber im Augenblick strömten die Dorfbewohner auf die Straßen, riefen einander etwas zu und lachten, und die Nacht war noch ein Stückchen entfernt.

Fenja bemerkte, daß Peter sich eifrig umsah. Er würde alles so vorfinden, wie er es verlassen hatte! Sauber aufgestellte Hütten aus silbernem Holz mit hellblauen Schnitzarbeiten, die Pfosten und Tore zierten, säumten den leichten Anstieg zum Marktplatz hinauf. Randvolle Wasserkübel, die das letzte Zwielicht auffingen, erzeugten Lichtkreise, die wie Silbermünzen aussahen, die neben die Gemeindepumpe geworfen worden waren. Quadratisches Licht fiel aus den Fenstern auf die Straße, als sich das Treiben von der Straße in die Hütten verlagerte.

Fenja behielt Peter im Auge, bis er die drei großen Tannen auf dem Marktplatz erreichte. Ihre erhabene Größe lenkte den Blick auf die Unbedeutsamkeit der Gebäude. Aber die Häuser und Hütten strahlten trotzdem eine erwärmende Gemütlichkeit aus. In den Fenstern der zwei Läden stapelten sich Lebkuchen, Honigwaben, bunte Marmeladentöpfe und verschiedenfarbige Seidenballen, die es in diesem Gebiet reichlich gab. Abadscharians Geschäft war noch geöffnet, und das Licht aus seinen Fenstern warf eine einladende Wärme auf die Straße.

Fenja beschleunigte ihren Schritt und überholte Peter, sie blieb dabei aber immernoch im Schatten verborgen. Sie blickte zurück, als er unter dem Ladenfenster stehenblieb. Das helle Lampenlicht schien ihm die Knochen direkt aus dem Gesicht zu ziehen und zeichnete harte Linien auf die normalerweise knabenhaften Züge. Aus irgendeinem Grund erfüllte sie der Anblick dieses veränderten Gesichts mit Grauen.

Sie beobachtete Peter und blieb mit dem Rücken an einer verputzten Wand gelehnt stehen. Ihre rauhe Oberfläche hatte die Wärme der Sonne gespeichert, aber der harte Boden erinnerte an den Winter, und sie stellte ihre nackten Füße aufeinander, um sie zu wärmen. Dann drehte sie sich plötzlich um und lief zu dem Weg, der am Fluß entlangführte und sie nach Westen bringen würde, wo die im russischen Stil erbauten Hütten der Molokanen am Rand des Dorfes standen. Wenn sie sich beeilte, konnte sie die Woloschins benachrichtigen und trotzdem rechtzeitig zu Hause sein, um das Feuer anzuzünden.

Peter stieg die Holzstufen zur Hütte der Woloschins hinauf. Sein Tornister zog seine Schultern nach unten – Erinnerungsfetzen aus seinem Leben in der Armee wogen so schwer wie Schrapnell, als wollten sie ihn von dem Lichtstrahl, der durch die Tür fiel, zurückziehen. Ungeduldig warf er sein Bündel nach vorne, und der plötzliche Ruck brachte ihn ins Licht und in die Wärme und in die stürmische Umarmung des alten Semjon Efimowitsch Fetisoff.

„Dzedha", murmelte Peter. Semjon umarmte ihn und drückte ihm zwei unbeholfene Küsse auf die Wangen. Peter sog argwöhnisch die Luft ein; in der Hütte lag der Geruch eines ausgiebigen russischen Festessens. Aber Augenblick! Das ergab keinen Sinn, wenn Galina krank war – ernsthaft krank, wenn er der Nachricht Glauben schenkte, die zusammengefaltet in seinem Hemd steckte. Mit einem Mal erschien ihm das Knarren seiner Stiefel auf dem Holzfußboden hohl und fremd.

„*Stidna, stidna*! Eine Sünde!" murmelte Semjon. „Eine Sünde, einen Molokanen in Uniform zu sehen – ein Verbrechen gegen Gott!" Die ausdrucksstarken Bewegungen seines Mundes ließen seinen steifen, weißen Bart nicht zur Ruhe kommen und übertrieben die Bedeutung von allem, was der alte Mann sagte.

Peter starrte auf die Mütze in seiner Hand herab, als überlege er, woher sie komme. „Ich habe mir meine Kleidung nicht ausgesucht, Dzedha", sagte er. „Wie geht es meiner Mutter?"

„Schau am besten selbst." Semjons faltige Hand fuhr durch seinen Bart, als suche er schuldbewußt nach etwas. „Du bist jetzt hier", sagte er und wich Peters Blick aus. „Das wird ihr gut tun!" Er teilte seinen Bart mit der Hand nach links und rechts, und Peter verzog bei dieser vertrauten Bewegung das Gesicht zu einem Lächeln.

Er nannte den alten Mann „Dzedha", Großvater, aber Semjon war genaugenommen sein Urgroßvater. Mit seinen einundneunzig Jahren war er eine Gestalt mit solcher Vollmacht und Autorität unter den Molokanen, daß die meisten vergessen hatten, daß Galina Antonowna nicht seine eigene Tochter war, sondern das Kind seines Sohnes.

„Komm jetzt, komm", sagte Semjon und hängte sich an Peters Ellbogen. „Wir schauen nach deiner Mutter."

Galina Antonowna saß auf dem schmalen Birkenholzbett in der *Gornitsa*, dem Wohnzimmer. Sie war vollständig angekleidet und stellte sich nicht einmal, als wäre sie krank. Ein Flackern freudiger Genugtuung huschte über ihr Gesicht. Aber sie setzte schnell wieder eine andere Miene auf und streckte ihrem Sohn eine ihrer geröteten, schönen Hände entgegen.

„Du bist also gekommen", sagte sie. „Wie oft habe ich um diesen Tag gebetet!"

„Was sollte ich sonst tun?" Mißtrauen und ein Anflug von Vorwürfen steckten in Peters Stimme. Verblüfft suchte er in ihrem Gesicht nach Anzeichen ihrer angeblichen Krankheit. Galina war keine große Frau, aber ihre Hände, Füße und ihr Gesicht waren verhältnismäßig groß. Sie hatte eine breite, kindliche Stirn und schöne Augen. Aber der untere Teil ihres Gesichts verriet eine unumstößliche Entschlossenheit. Sie sah aus, als habe sie etwas im Mund, das sie weder hinunterschlucken noch ausspucken wollte.

„Dzedhas Nachricht klang ernst ... ich habe ... ich habe mir Sorgen gemacht ..." Peter fand, daß er ihr nichts von den Stunden seines ängstlichen Wartens und der Ungewißheit der Eisenbahnfahrt erzählen konnte, die normalerweise zwölf Stunden dauerte, aber beinahe zwanzig gedauert hatte.

Galina senkte den Blick. „Das war ein bitterer Tag — mitansehen zu müssen, wie du in die Armee des Zaren gehst, und zu überlegen, wann du wohl zurückkommen würdest, zu überlegen, ob du in die Mandschurei zum Kämpfen geschickt würdest!"

„Nur sechs Monate, Mutter — das ist keine so lange Zeit. Immerhin befindet sich Rußland im Krieg! Bleibt uns in solchen Fällen eine andere Wahl?"

„Vielleicht mehr, als du glaubst, Petja. Gehen wir in die Küche."

So wie die Küche aussah, hatte Galina einen Tag eingelegt, der die gesündesten Frauen erschöpft hätte. Der Tisch der Woloschins war für eine Heimkehrfeier gedeckt. Teller mit Hühnchen und Nudeln, goldene *Piruschkija* und *Blintzi* aus Blätterteig, die in heißer Milch schwammen, und Salzgurken wetteiferten um Platz auf Galinas bester Tischdecke. Wohlriechende Düfte drangen vom Herd herüber.

Die Familie versammelte sich schnell um den Tisch — Semjon und Galina; Peters Vater Gawril Iwanowitsch; und die Mädchen, die fünfjährige Dauscha und die vierzehnjährige Nadja. Sie beteten im Stehen und ließen sich dann auf ihren angestammten Plätzen auf den Holzbänken nieder. Nur der alte Mann hatte einen Stuhl.

Semjon konnte es nicht erwarten zu sprechen. „Die Zeit ist gekommen." Er teilte seinen Bart in zwei Hälften und zeigte seinen darunter liegenden roten, dürren Hals und einen vorstehenden Adamsapfel, der auf- und abhüpfte, als er sagte: *„Pohod!"* Peter starrte ihn an. War das sein Ernst? *Pohod* — die Reise, die Pilgerreise.

„Neuigkeiten, mein Sohn, aus Eriwan", warf Gawril ein.

„Großartige Neuigkeiten! Gott sei gepriesen", fuhr Semjon fort. „Der kleine Prophet hat den Ältesten der Molokanen in Eriwan gesagt, daß das Warten vorbei ist. Die Molokanen reisen bald wieder in ein neues Land — dieses Mal aus unserem eigenen Willen."

„Jetzt?" Peter war erschrocken. Alle Molokanen wußten von Efim Gerasimowitsch Klubniken, dem „kleinen Propheten". Als elfjähriges Kind hatte Efim eine Erscheinung in der Form einer geschriebenen Botschaft erhalten. Der Junge, der Analphabet war, hatte die Worte mühsam abgeschrieben, die eine kommende Zeit der Unruhe voraussagten, in der die molokanischen Gläubigen in ein trockenes, aber fruchtbares Land auf der anderen Seite der Erde fliehen müßten. Efims sorgfältig abgezeichnete Landkarte, die er auch in der Erscheinung gesehen hatte, beschrieb die Westküste der Vereinigten Staaten von Amerika. Der „kleine Prophet" mußte inzwischen ungefähr sechzig Jahre alt sein, schätzte Peter, und predigte immer noch den kommenden *Pohod*.

„Wie sehen eure Pläne aus? Werdet ihr alle gehen?" Peter wurde plötzlich unruhig.

Semjon griff nach einer dicken Scheibe Schwarzbrot. „Wir? Was ist mit dir?"

„Ich bin in der Armee. Ihr kennt die Strafe, die auf Fahnenflucht steht. Ich kann nirgendwohin gehen. Ich habe drei Wochen Urlaub, weil", er biß sich auf die Unterlippe, „meine Mutter schwer krank ist. Nach diesen drei Wochen heißt es für mich zurück nach Baku."

„Vielleicht nicht, vielleicht nicht."

Peters Unruhe wuchs. Er warf einen schnellen Blick auf seinen Vater. Gawril wich seinem Blick aus und versuchte, seine Gesichtszüge zu beherrschen. Galina griff nach Peters Hand, und ein bettelnder Ausdruck in ihren Augen wetteiferte mit ihrem entschlossenen Kinn.

Peter lehnte sich zurück und breitete die Handflächen aus. „Es ist nicht zu übersehen, daß ihr alle irgendeinen Plan für mich ausgebrütet habt. Wenn es euch nicht zu große Umstände bereitet, warum erzählt ihr mir nicht einfach, was ihr vorhabt?"

„Einen Plan?" Semjons Tonfall war beschwichtigend. „Nur ein paar Ideen — das ist alles. Nur Ideen."

„Nur Ideen? Ich sehe, wie diese ‚nur ein paar Ideen' mich wie eine Kuh in einem Pferch umringen." Peter blickte in die Runde. Gawrils breite Schultern hingen schützend nach unten; Semjon kaute über seinem ausgebreiteten Bart auf seiner Unterlippe; Galina wich seinem Blick aus und pickte mit ihren Fingern Krümel auf dem Tisch auf; die Mädchen beobachteten mit sprachlosem Unbehagen die Szene.

Peter beugte sich mit einem entwaffnenden Lächeln vor. „Erzähl mir von diesen Ideen, Dzedha! Deine Ideen interessieren mich immer. Sag sie mir!"

Semjon holte tief Luft. Seine dunklen Augen untersuchten die Decke und suchten in dem rauhen Gebälk nach Worten, aber die Worte ließen sich nicht greifen, und die letzten Kohlköpfe dieses Jahres boten ihm auch keine Weisheit.

„Peter, du kennst die Geschichte unseres Volkes —" begann er.

„Ich kenne sie, ja. Du brauchst sie mir nicht zu erzählen."

„Nein, ich brauche sie dir nicht erzählen. Sie steckt in deinem

Blut, du hast sie mit deiner Muttermilch getrunken. Nichts kann sie aus dir herausreißen!" Seine Augen glühten, dann wurden sie trübsinnig.

„Wir sind Abtrünnige, immer von der Verfolgung bedroht. Aber Gott öffnet immer wieder einen Weg der Befreiung. Jetzt hat er uns aus dem Norden über die Berge an diesen Ort gebracht. Du kennst kein anderes Zuhause. Aber seit fünfzig Jahren hängt diese Prophetie wie ein gezücktes Schwert über uns. Wir warten, wir vergessen, wir glauben: Nein, es wird nicht zu meinen Lebzeiten kommen." Sein Blick heftete sich auf Peter. „Dann kommt es unerwartet. Und wir sind erschüttert. Erschüttert", wiederholte der alte Mann. Das Zittern seines Bartes wiederholte wie ein Echo seine Worte. Er wischte sich eine verirrte Nudel aus dem Mundwinkel. „Aber jetzt ist uns ein Ausweg gezeigt worden. Und die Zeit, diesen Weg zu gehen, ist jetzt."

„Wir sehen es auf uns zukommen", warf Gawril ein. „Unruhen und Schwierigkeiten — genau wie der Prophet vorausgesagt hat. In Tiflis gibt es fast jede Woche Streiks ... "

„In Baku auch", fügte Peter hinzu. „Du hast recht mit den Streiks. Früher oder später wird etwas passieren. In Baku heißt es, die Streiks könnten die Fabrikbesitzer zwingen, mit den Arbeitern zu einer Einigung zu gelangen. Das wäre ein Schritt in die richtige Richtung."

„Eine Brotkruste", sagte Semjon düster. „Nein, die Menschen sind in ihrem Inneren aufständisch. Daraus wird nichts Gutes erwachsen. Und wir befinden uns genau zwischen Hammer und Amboß. In den Augen der Regierung sind wir Abtrünnige und in den Augen der Sozialisten Reaktionäre."

„Wie sieht dieser Ausweg aus, von dem du sprichst?" fragte Peter abwesend und war in Gedanken immer noch bei politischen Lösungen.

„Wie er aussieht? Wovon sprechen wir denn? Die Prophezeiung! *Pohod*!" Das Wort explodierte in einem ärgerlichen Zischen. „Wovon spricht jeder Molokane? Von der Prophezeiung! Gehen wir? Bleiben wir? Jede Familie fliegt auseinander wie eine Hühnerschar vor einem Wolf. Die Samarins und Melnikoffs haben alles verkauft. Sie fahren im April. Von Marseilles aus. Und du, Peter, du fährst auch."

„Ich!" Das würzige Fleisch und die Kohlfüllung der *Piruschka* verwandelten sich in seinem Mund zu Heu. „Ich! Mein Leben ist so

schnell geregelt? Ihr habt einen Plan für mich; der Zar hat aber einen anderen."
„Hör zu, der einzige Plan für dich ist Gottes Plan."
„Geh sachte mit dem Jungen um, Dzedha. Das ist eine schwere Entscheidung für ihn", unterbrach ihn Gawrils tiefe Stimme.
„Wohin geht Peter?" piepste Dauscha.
„Gottes Plan", stöhnte Peter. „Es ist nicht so leicht zu wissen, wie dieser Plan aussieht. Warum seid ihr so sicher, daß wir gehen sollten?"
„Wir können nicht gehen. Das ist genau der springende Punkt", erklärte Gawril. „Euer Onkel Michail hat in dieser Angelegenheit ein zu gewichtiges Wort mitzureden. Aber du, Peter, du kannst gehen. Du kannst es dir überlegen. Ein neues Leben —"
Semjon unterbrach ihn: „Ich weiß, du bist derjenige, der geht, derjenige, der unser Erbe in einem neuen Land weiterführt. Ich bin zu alt. Es ist fast siebzig Jahre her, seit wir das Gebirge überquert haben. Ich sterbe hier. Die anderen — wer weiß? Vielleicht folgen sie später. Deine Gelegenheit ist jetzt. Dessen bin ich mir sicher."
„Du kannst nicht so sicher sein", entgegnete Gawril. „Mein Bruder ist genauso sicher, daß dieser *Pohod* ein Irrweg ist. Du kannst auf den Marktplatz hinabgehen und ein Dutzend verschiedener Meinungen über Efims Vision hören. Einige glauben sogar, es handle sich um das Weltende! Die Fanatiker verkaufen alles — entwurzeln ganze Familien; die Skeptiker bleiben hier. Ich weiß es nicht. Wir können nur abwarten. Warten, bis wir von denjenigen, die schon aufgebrochen sind, etwas hören."
„Es kann zu spät sein, wenn wir warten." Galina ergriff das Wort. „Ich weiß, daß wir als Familie warten müssen. Uns bleibt keine andere Wahl. Aber Peter — Peter kann gehen."
„Peter sollte auch etwas dazu sagen dürfen", beharrte Peter.
„Sag es — niemand hindert dich am Sprechen!"
„Also, es gibt zu viel, das ich nicht weiß." Peter versuchte, seine Gedanken zu ordnen. „Wie, schlagt ihr vor, sollte ich es schaffen, nicht als Deserteur erschossen zu werden? Dieser kleine Punkt ist für mich nämlich von einer gewissen Bedeutung! Wie soll ein armer russischer Bauer von diesem Dorf auf die andere Seite der Welt kommen? Und das ohne Papiere. Selbst wenn ich es schaffen würde und dort ankäme, wie würde ich dort leben? Sagt mir das. Und überhaupt, wo ist dieser Ort?"
„Ah." Die harten Linien auf Semjons Gesicht schmolzen in einer

zufriedenen Genugtuung. „Das kann ich dir sagen. Efim hatte Landkarten, auf denen er uns genau zeigen konnte, wohin wir gehen sollen. Ich habe sie nach Tiflis zu einem gelehrten Mann gebracht. Er hat mir alles erklärt, was wir wissen müssen. Er hat mir sogar den Namen genannt. Das Land heißt Kalifornien."

* * *

Kräftige Schritte polterten auf der Veranda. An der Türschwelle teilte sich ein dichter Schatten in die Umrisse von drei stämmigen Männern auf. Der Ofen knisterte und knackte, als Galina mehr Holz ins Feuer warf. Die Flammen sprangen auf und nieder und spielten sich auf den breiten, vor Schweiß glänzenden Gesichtern von Michail Iwanowitsch Woloschin und seiner Söhne, Trofim und Andrei.

„Na, Neffe, erzähl — haben sie dir beigebracht, die Japaner zum Ruhm des russischen Zaren zu töten? Ha! Du lehrst sie das Fürchten. Das ist richtig, das ist richtig", sagte er auf Peters Grinsen hin. „Zeig ihnen die Zähne, und sie laufen davon." Der kräftig gebaute Mann lachte schallend, dann klopfte er Peter rauh auf die Schulter und blickte ihn trotz seines scherzhaften Tons forschend an. „Willkommen zu Hause, mein Sohn. Wie lange bleibst du?" Er rührte mit seiner vom Arbeiten schwarzen Hand einen Löffel Marmelade in ein Glas Tee.

„Wer weiß? Frag Mutter und Dzedha hier. Es klingt so, als hätten sie wochenlang unentwegt daran gearbeitet, mein Leben für mich zu planen."

„Laß dir Zeit", erwiderte sein Onkel. „Wirf dein Leben nicht zu schnell weg."

„Wegwerfen! Wir wollen den Jungen retten", platzte Semjon heraus.

„Noch mehr Gerede von der Prophezeiung! Laß dir eines sagen, Peter Gawrilowitsch. Gott hat uns Hände zum Arbeiten und einen Kopf zum Denken gegeben. Wir brauchen uns nicht an der Nase herumführen lassen, nur weil irgendein Bauernjunge seltsame Träume gehabt hat. Wahrscheinlich hat er schlecht geträumt, weil er zu viel von diesem guten armenischen Essen verschlungen hat! Eine Zeit der Schwierigkeiten und Unruhen! Pah! Sag mir, wann wir keine Probleme und Schwierigkeiten gehabt haben. Sieh ihnen lieber hier in deinem eigenen Land bei deinen eigenen Leuten ins Auge."

„Ich sage", sprach er weiter. „Wenn du einen guten Grund siehst, wegzugehen — gut, dann geh. Aber warum jetzt? Die Ernten sind gut; wir haben ein fruchtbares Land. Natürlich gibt es Probleme in den Städten — aber das hat mit uns nichts zu tun. Warum sollen wir gehen? Die Leute laufen wie verschreckte Hasen davon — warum? Weil ein alter Mann in Eriwan es sagt. Erst letzte Woche habe ich Melnikoff zwei Kühe für den Preis einer kranken Ziege abgekauft. Ein Prophet! Hör zu, euer Prophet ist mein Profit!"

„Hör du zu!" Galina beugte sich über den Ofen und zog heiße Kohlen vom Rost und legte sie oben auf den Samowar. Ein gefährliches, orangefarbenes Licht flackerte auf ihrem Gesicht. „Ich bin nur eine Frau, aber ich weiß, wenn Gott spricht. Mein Herz sagt es mir. Er hat durch Efim gesprochen." Ihre Stimme wurde hart und bekam eine bittere Betonung. „Glaubst du, ich will meinen einzigen Sohn verlieren? Wenn es nach mir ginge, würde ich mich wie eine Klette an ihn hängen und ihn hier behalten. Aber mein Herz sagt mir, daß er gehen muß!"

„Dein Herz, dein Herz", murmelte Michail, aber er verstummte, als er einen warnenden Blick von seinem Bruder auffing.

Der alte Semjon beachtete keinen von beiden. Eine zerknitterte Abschrift von Efims Landkarte erschien in seinen Fingern, und er breitete sie mit seiner rauhen Hand umständlich auf dem Tisch aus. Peter beobachtete ihn kurz, wie er seine ganze wilde, glühende Energie zusammennahm und die anderen aus seinem Denken ausschloß.

Später, als ihre Gäste gegangen waren, sah Peter, daß der alte Mann immer noch über der fleckigen Landkarte gebeugt saß und vor sich hinmurmelte und mit einer groben Feder sorgfältige Markierungen eintrug. Seine freie Hand wanderte zu der glänzenden, kahlen Stelle, die wie ein geflecktes Ei zwischen seinen struppigen Haarbüscheln saß. Er konzentrierte sich so stark, daß sich die Haut auf seiner Stirn in trockene Hautstücke zerteilte. Semjon blies an der Federspitze und blähte dabei seine Wangen auf und senkte dann seine knochige Hand auf seinen Schnurrbart. Das knorrige Handgelenk bog sich nach oben, und aus der Feder tropften schwarze Tintenflecken auf den silberweißen Bart, so daß sein Kopf wie ein Krähennest aussah — schwarzweiß und mit undefinierbaren Zeichen bedeckt. Peter sah, wie die glänzenden, gefleckten Lippen mit einem schwachen Hauch ein Wort formten. Aber er hörte es. *Pohod*!

2. Die Tore der Alanen

Semjon warf die Feder auf den Tisch und wühlte mit beiden Händen in seinem Bart, als wolle er irgendeine starrsinnige, verborgene Botschaft daraus zum Vorschein bringen. *Pohod* war alles, was er denken konnte. *Pohod*, ratterte es ständig durch seinen Kopf, wie verrostete Wagenräder auf einer ausgefahrenen Straße dahinpoltern. Er warf von der Seite einen Blick auf seinen Urenkel. Peters breite Stirn und seine weit auseinanderstehenden Augen waren klar und unbesorgt, aber in diesem kühnen, sich verjüngenden Zug von den Backenknochen zu seinem Kinn steckte eine große Portion Starrsinn. Ja, der Junge hatte Semjons dunkle Augen und – Gott helfe ihm – auch seine Sturheit.

Semjon räumte die Landkarte weg. Er trat zur Tür und steckte sein aufgeheiztes Gesicht in die eisige Luft hinaus. Ein jammerndes Muhen drang zu ihm herüber. *Dummköpfe! Diese Idioten haben vergessen, die Kühe zu melken. Ihre Euter werden steinhart sein!* „Dummköpfe!" ließ er laut Dampf ab, und eine schattenhafte Gestalt sprang aus dem Nirgendwo heraus. *Fenja! Ah, sie kümmert sich darum. Warum rege ich mich nur so auf? Ich muß ja die kleine Fenja zu Tode erschreckt haben.* Das Mädchen war über den Hof zum Kuhstall gestürmt und hinterließ auf dem niedergetretenen Schnee ovale Fußabdrücke. Semjon blickte sich um. Leichte, pulvrige Schneeflocken fielen vom Himmel, aber ein pfeifender Wind hinderte sie daran, sich ruhig auf der Schneeschicht niederzulassen. Sie wirbelten wie Mückenschwärme unangenehm durch die Luft. Die ovalen, grauen Fußabdrücke blieben lange sichtbar.

Pohod! Die Räder drehten sich wieder und lenkten seine Gedanken auf die Zeit der Flucht zurück. Er sah sie wieder vor Augen – Jekaterina, seine Frau, seine junge Frau – wie sie über die Steppe auf ihn zukam. Sie ging langsam, unaufhaltsam, mit einem schweren Gewicht, als würden ihre Füße sogar auf dieser steinharten Steppe Abdrücke hinterlassen. An jeder Stelle, auf die sie ihren Fuß setzte, zeichnete sich ein ovaler Blutfleck ab – rot, dann schnell dunkler werdend, als die gierige Steppe das Blut aufsog. Sie ging so unaufhaltsam, so sicher und fing erst an zu zittern, als er seine Arme um sie gelegt hatte.

Ja, sie hatten gewußt, daß es Schwierigkeiten geben würde. Sie waren religiöse Abtrünnige in einer Zeit der Orthodoxie, Pazifisten in einem kriegslüsternen Volk, Propheten in einer Zeit drohenden Unheils! Natürlich würde es Schwierigkeiten geben! Molokanen – „Milchtrinker" – nannten die Orthodoxen sie; Duchowny Christiani – „geistliche Christen" – nannten sie sich selbst. Schließlich setzten sich beide Namen durch, und sie wurden Duchowny Molokanen – oder nur Molokanen genannt. Ihre Weigerung, Waffen zu tragen, hatte sie in dieses Exil aus der Wolgaebene nach Transkaukasien geführt. Ende der 30er Jahre des 19. Jahrhunderts war es die Regierung von Zar Nikolaus I. müde geworden, sich mit halsstarrigen Leibeigenen herumärgern zu müssen, die lieber starben, als zu töten.

Semjon erschauderte bei der Erinnerung an die Flucht und den kühlen Herbstgeruch von absterbendem Wermut auf der Steppe. Unheilverheißende Gerüchte von grausamen Übergriffen der Regierung und Ausschreitungen der Kosaken hatten sie auf Schritt und Tritt verfolgt, als sie zu ihrem neuen Zuhause aufbrachen. Als ob das noch nicht genug gewesen wäre, hatte der moslemische Imam Schamil – der von seinem Lager im Gebirge in Dagestan heruntersdürmte – auch noch den *Giaurs* – den usurpierenden russischen Ungläubigen – den *Dschihad* erklärt. Und genau durch dieses Gebiet führte ihr Weg!

Dem sich langsam vorwärtskämpfenden Zug erging es zuerst gut, als sie an der Wolga entlangzogen und in den Flußstädten und molokanischen Siedlungen Rast machten und dann nach Süden durch das Land der Don Kosaken ihre Reise fortsetzten.

Dann im Niemandsland südlich des Don, westlich des Terek kamen sie mit dem Krieg in Berührung. Kosakische Reiter zerstreuten sie – töteten, entführten und vergewaltigten sie mit einer grausamen Leichtfertigkeit. Zerstreute Gruppen von angsterfüllten Bauern waren eine leichte Beute zwischen dem Himmel und der weiten Steppe.

Die Erinnerung daran erfüllte Semjons Sinne – Schreie, Weinen, Schlagen und Schleifen in einem panischen Durcheinander; ein Gewirr von Körpern; schäumende Pferde, die Grasbüschel und den durchdringend riechenden Wermut unter ihren fliegenden Hufen aufwühlten; und ein anderer Geruch, sauber und frisch, der Geruch von den Haaren seines vierjährigen Sohnes, den Semjon während des ganzen Kampfes schützend festhielt.

Als der Überfall vorüber war, fehlten Jekaterina und ein junges Mädchen. Sie lenkten ihre Wagen und Karren von der Straße ab und folgten den Hufeindrücken, eine Phalanx der stärksten jungen Männer, unter ihnen Semjon in der vordersten Reihe. Am Abend fanden sie die beiden. Das Mädchen lief mit einem seltsamen wakkeligen Gang voran, und Jekaterina folgte ihr mit dieser unmenschlichen Unaufhaltsamkeit und sah ihm schon von weitem unentwegt in die Augen.

Das Mädchen überlebte, aber Jekaterina begruben sie in der Steppe zusammen mit einem zu früh geborenen Säugling. Sie war weiß gekleidet – denn bei den Molokanen war Weiß die Farbe der Freude, und Jekaterina hatte ihren zerbrochenen Körper abgelegt und war zu der schönen Reise aufgebrochen. Aber in den ausgemergelten Gesichtern, die auf die junge Frau auf der notdürftig zusammengebauten Bahre herabblickten, war keine Freude zu sehen. Sie sangen die Lieder, die von ihrer Befreiung von Schmerzen sprachen, und beteten für ihre pilgernde Seele.

Wermut. Der Geruch kam sogar jetzt wieder zu ihm zurück! Die jungen Männer hatten den Wermut ausgerissen, der die unfruchtbare Erde bedeckte, um ein Grab zu schaufeln, und der bittere Geruch stieg durchdringend auf und umgab sie wie eine unsichtbare Schranke.

Semjon ging am nächsten Tag schweren Schrittes weiter, sein Gesicht zeigte kein Erstaunen, als endlich die Berge in Sicht kamen. Ein Ältester, Iwan Fiodorowitsch, ging neben ihm, um ihn zu trösten, aber er sagte nichts. Semjon drehte nicht den Kopf.

„Wir müssen kämpfen", sagte er.

„Du hast Leid in deinem Herzen, Semjon", antwortete Iwan. „Aber wir können nicht kämpfen. Wenn wir dem Bösen mit den Mitteln Satans widerstehen, werden wir selbst böse. Wir können nicht kämpfen! Deshalb sind wir hier, weil wir nicht kämpfen können! Vertraue auf Gott, Semjon."

Semjon nickte. „Wir müssen kämpfen", sagte er.

Sie kämpften. Sie wehrten die nächste Plündererbande mit einem Dickicht von Sensen und Mistgabeln ab. Die Kosaken bremsten ihre kleinen, wilden Pferde und drehten ab, um sich eine leichtere Beute zu suchen. Ein wilder Jubel erfüllte Semjons Herz, und er begann, Köpfe zu zählen. Von diesem Augenblick an wurde er ein Führer – ein Phänomen bei den graubärtigen molokanischen Patriarchen! Er beschloß, diese 247 Bauern ohne weitere Verluste durch die Steppe und über die Berge zu führen. Er hielt sich an seinem jungen Sohn, Anton, fest und begann zu planen.

Am nächsten Tag betrachtete er die Berge, die sich wie eine fantastische Erscheinung vor ihnen aus der Ebene erhoben. Er sog ihre Fremdartigkeit und Schönheit in sich auf; dann drehte er sich um und betrachtete die Gesichter hinter sich, alt und jung, und schätzte ihre Stärke ein. Der Junge marschierte neben ihm. Anton hatte sich in der letzten Woche verändert; sein Gesicht war von den nächtlichen Gedanken, die für einen Vierjährigen viel zu schwer waren, dünn und bleich geworden.

Der Junge erwiderte seinen Blick. „Wann kommt sie?" fragte er.

„Sie kommt nicht zu uns, sondern wir gehen zu ihr", erwiderte Semjon mit der Weisheit der Alten.

Aber während er sprach, ruhten seine Augen auf den Bergen, und Anton folgte seinem Blick. Das reine, glänzende, ewige Gebirgsmassiv schien sich im Kopf des Jungen mit diesem anderen weißen Bild zu vereinen – seine Mutter, die so friedlich auf schneeweißem Leinen lag. „Wir gehen zu ihr?" fragte er, und dieser Gedanke setzte sich in seinem Bild von den Bergen fest. Danach erfüllte ein Eifer seine Schritte, als sie dem Kaukasusgebirge immer näher kamen.

In der ossetischen Stadt Dsaudschikau machten sie Halt und ruhten sich aus, bevor sie den langen Treck über den Kaukasus in Angriff nahmen. Semjon richtete seine Augen auf und maß die felsigen Klüfte des Tebulos-Berges vor der Stadt. Riesige, schneebedeckte Steilhänge strahlten ein weißes Licht auf die Gesichter herab, in denen sich Ehrfurcht und Angst widerspiegelten. „Das", murmelten sie. „Das – zwischen uns und Rußland!" Der Anblick dieses unversöhnlichen Berges unterstrich ihr Exil mit bitterer Endgültigkeit. Aber Semjon war entschlossen, daß die Berge sie nicht besiegen würden.

Mit der Angst vor einem frühen Schneefall im Nacken versammelten sich die Molokanen im Dorf Redant mit seinem Wachturm, dem ersten von vielen, die ihnen den Weg über die Georgische Heerstraße zeigten. Sie traten ihren Gebirgsmarsch an, bei dem ihnen nur ein trockener Ostwind aus dem freien Land jenseits von Dagestan zusetzte. Nach einem Zweitagesmarsch kamen sie an die Öffnung der Drialskoje Uschelije – der Darielschlucht. Semjon blieb stehen und überlegte. Er bewegte seine breiten Schultern nach links und nach rechts, um die sich langsam vorwärts schleppenden Pilger an sich vorbeiströmen zu lassen. Sie drehten sich um und schauten ihn an, aber er wand sich von dem Mitleid in ihren Blikken ab.

„Das ist keine Straße; das ist ein Märchen", hatten Reisende in Dsaudschikau erklärt. Und sie hatten Geschichten erzählt – hauptsächlich Geschichten und Märchen – aber die sich hoch auftürmenden Wände der Schlucht verdunkelten das Sonnenlicht und verwandelten es in ein Zwielicht aus einer anderen Welt, in der alles möglich erschien. Vor ihm erhoben sich die nackten Felsklüfte, wo die Menschen, die im ersten Jahrhundert nach Christus die Bergpässe bevölkert hatten, die „Tore der Alanen" aufgehängt hatten. Die Alanen – einige sagten, sie seien ein Volk im Altertum gewesen, halb Osseten und halb Perser; andere sagten, sie seien die alten persischen Götter gewesen. Wie dem auch sei, ihre Gegenwart schwebte über diesem Teil ihres Weges!

Semjon trottete einen Schritt oder zwei hinter seinen Leuten her, da er sein Gesicht nicht beherrschen konnte. Die massiven Steinklüfte, die ein paar tausend Meter auf jeder Seite aufstiegen, ließen die Pilger wie Zwerge erscheinen. *Ein Grab, dachte er, ein Grab in seinen zerklüfteten Umrissen und ein Grab in seiner Gier, Menschenseelen zu zermalmen.* Er mußte sich den Hals fast ausrenken, um überhaupt noch den Himmel zu sehen, der nur noch ein schmaler, blauer Streifen weit oben über ihren Köpfen war. Ein Adler schrie. Semjon senkte seinen Kopf nach unten und sah den silbernen Fluß Terek weit, weit unter ihnen dahinfließen.

Und hier in der Schlucht auf einem vorstehenden Felsen thronte eine Burgruine – ein passendes Denkmal, dachte Semjon. Die Burg war der Legende zufolge früher von der schönen, aber bösen Königin Tamara bewohnt worden, die schöne Jünglinge mit Versprechen auf eine große Liebe verführte, aber nach einer einzigen Nacht des Vergnügens die Unglücklichen enthaupten und in den Terek werfen ließ. *Tamara, die Prophetin des Lebens.* Er kicherte grimmig. *Zuerst gaukelt sie Glück vor, dann wird plötzlich das Schwert gezückt.*

Ein stämmiger Bauer drehte sich um und warf unsicher einen Blick auf Semjon zurück. Er wirkte in dieser erdrückenden, unheimlichen Landschaft verwirrt und verloren. Eine gebeugte, alte Frau drehte sich ebenfalls um, und ihre Augen richteten sich unter ihrer *Babuschka* auf ihn. *Schaut doch nicht mich an*, fauchte Semjon innerlich. *Was habe ich euch schon zu bieten?* Er verlangsamte seinen Schritt und betrachtete die Gruppe vor sich. Ihre

Bewegungen waren in einen mechanischen Trott gefallen, und ein graubrauner Staub hatte sich auf sie gelegt, so daß sie wie ein Teil dieser leblosen Felsen aussahen. *Bewegt euch doch! Mit diesem Tempo kommt ihr nie aus dieser Schlucht hinaus!*

Plötzlich stand Anton vor ihm und ließ wie ein kleiner Fels in einer Brandung die Menschen an sich vorbeiströmen. Sein Gesicht war lebhaft und erwartungsvoll, und er fürchtete sich nicht vor den bedrohlichen Klüften oder der verzerrten Miene im Gesicht seines Vaters.

„Ich will den Berg mit dem Schnee sehen", sagte er.

Semjon hob seinen Sohn hoch und marschierte mit ihm auf den Schultern an die Spitze des Zuges; dabei zählte er wieder die Köpfe. Er trieb die Molokanen zu einem Tempo an, bei dem sie den schlimmsten Teil des Gebirgspasses vor Einbruch der Nacht hinter sich brachten. Und wie schnell legte sich die Nacht über sie – ohne jede Ankündigung durch eine Dämmerung! Die Schatten schienen aus dieser blauen Spalte herunterzustürmen und die Kluft wie Nachttiere zu erfüllen, die schnell den silbernen Fluß aufsogen.

Am nächsten Tag sahen sie den Berg Kasbek, den die Osseten den Berg Christi nennen, da er wie ein Diamant funkelt. Antons Gesicht füllte sich mit einem Frieden und einer Sehnsucht, die sich tief in Semjons Seele ergoß.

Schließlich standen sie an einem Tag, an dem ein feiner Nieselregen fiel, im Dorf Mleti, wo die Straße leicht in ein grünes, fruchtbares Land mit Obstbäumen und Weinbergen abfiel.

„Ein Land der Verheißung", murmelte Semjon. „Wir wollen unserem Gott danken, der uns durchgetragen hat." Zweihundertsiebenundvierzig Molokanen fielen im Schlamm der Georgischen Heerstraße auf die Knie. Die Schrecken des Marsches über die Steppen suchten sie nicht wieder heim; keine einzige Seele war während der Gebirgsreise verlorengegangen. Sie betrachteten den jungen Semjon als ihren von Gott ernannten Führer.

In den zwei folgenden Jahren nahmen Tausende von Molokanen diese beschwerliche Wanderung auf sich. Sie ließen sich in Gubernias in Kars, Eriwan, Delizan und Tiflis nieder und bauten ihre eigenen Dörfer im russischen Stil – Malaja Tiukma, Nikitina, Golowinowka, Malhasowka, Woskresenowka. Aber die meisten, die mit Semjon das Gebirge durchquert hatten, siedelten sich mit ihm in einem der Dörfer bei Tiflis an, in denen Wein und Weizen angebaut wurden.

Und sie hatten ein gutes Leben geführt, sinnierte Semjon, während der Schnee im Lichtschein aus dem Türrahmen in gespenstischen Schlangenlinien vom Himmel wirbelte. Reichliche Ernten und erholsame Winter und ein ungetrübter Friede — genau so, wie es die Molokanen liebten. Bis jetzt. Er zitterte in der kühlen Luft, wartete aber, bis Fenja, nachdem sie mit dem Melken fertig war, durch die Gattertür herauskam. *Die friedlichen Tage sind vorbei,* dachte er, während er dem Mädchen zusah, wie es in das stumme Schneetreiben hinaustrat.

* * *

Fenja schloß das Gattertor und ging mit ihrem anmutigen, leichten Schritt Richtung Westen. Sie war nicht überrascht, daß Nadja vergessen hatte, die Kühe zu melken. *Ich hätte es selbst auch vergessen,* dachte sie. *Es passiert nicht jeden Tag, daß Peter Gawrilowitsch nach Hause kommt!* Der Schnee tanzte in einer Luftspirale vom Himmel und ließ sich langsam nieder, als wäre er auch froh, seine Arbeit für diesen Tag erledigt zu haben. Der Himmel wurde wunderbar klar, so daß sie die Lichter ihrer Hütte sehen konnte, die ihr durch die Zweige in den Bäumen zuzwinkerten.

Die Hütte der Kostrikins war außerhalb des Dorfes. Sie lag in einer leichten Senke etwas abseits von den anderen Hütten und trug ihr Strohdach lässig wie eine Pelzmütze auf dem Kopf. Wie die Hütte der Woloschins war sie auch im traditionellen Stil erbaut — eine klassische russische *Izba* mit einem langen Flur, der als Windfang gegen die Kälte diente, die Küche mit ihrem großen Ofen, das Wohnzimmer, das mit Bänken gesäumt war, und ein angebauter Schuppen für die Tiere. Die Hütte der Kostrikins war kleiner und ärmlicher als Peters Zuhause, aber sie war schöner verziert. Fenjas Vater war nicht so sehr ein Bauer, dafür aber ein meisterhafter Schnitzer, und seine phantasievolle Arbeit schmückte jeden Pfosten und jeden Sturz und verschönte sogar das einfachste Möbelstück. Ihre Mutter Anna war eine kluge, praktische Hausfrau. Ohne ihre geniale Haushaltsführung kämen sie nie über die Runden.

Fenja huschte leise in die warme Küche; sie hatte das Feuer im Ofen schon vorher entfacht, und es knisterte jetzt fröhlich vor sich hin. Der goldene Schimmer hüllte ihre Schwester Natascha ein, die Rüben schnitt und sie in den Topf mit Kohlsuppe warf. In der anderen Ecke, in der eine orthodoxe Familie ihre Ikonen stehen hätte, stand ein kleiner Tisch und der wertvollste Besitz der Familie, eine Nähmaschine. Sie war eine von nur zwei Nähmaschinen im ganzen Dorf. Fenjas Mutter konnte das Familieneinkommen aufbessern, indem sie für die wohlhabenderen Familien nähte. Sie war auch jetzt damit beschäftigt, und die Maschine ratterte dahin, als sie einen weiten Rock aus einem kräftigen braunen Merinostoff, der aus der Wolle ihrer eigenen Herde gewoben war, nähte. Die zwei älteren Mädchen, Natascha und Fenja, würden später die Abschlußarbeiten und die Stickereien übernehmen; außer Anna durfte niemand die kostbare Maschine berühren.

Anna schaute mit einem ihrer typischen schnellen, gehetzten Blicke auf, als Fenja ins Zimmer trat. „Gott allein weiß, wo deine Brüder sind", klagte sie. „Hast du sie im Dorf gesehen?"

„Nein, sie können nicht weit sein — die Schafe sind schon drinnen, und ich habe sie nicht hineingetrieben. Ich war bei den Woloschins. Die Jungen müssen sich darum gekümmert haben."

„Such sie am besten für mich, bevor du deinen Mantel auszieht. Wir müssen essen. Dann können sie lesen, während ich hier fertig nähe. Wir dürfen kein Licht verschwenden."

Anna war hartnäckig darauf bedacht, daß ihre zwei Söhne, die jüngsten ihrer Kinder, lesen lernten. Bei den Molokanen galt die Kenntnis der Heiligen Schrift als die höchste und bewundernswerteste Tugend für einen Mann. Die kleinen Jungen wurden an jedem Tag, an dem Unterricht stattfand, vertrauensvoll zur Schule des Provinzrates, des *Zemstwo*, geschickt.

Für die Mädchen wurde Lesen als unwichtig erachtet; stattdessen arbeiteten sie schwer, um ihren Brüdern Arbeiten auf dem Hof abzunehmen, damit die Jungen sich höheren Dingen widmen konnten. Wenn die zwei flachsblonden, rotbackigen Kostrikinjungen abends der Familie vorlasen, wurden sie vor Stolz ganz groß. Immerhin war es eine Leistung der ganzen Familie!

Fenja war kaum auf die Veranda hinausgetreten, als sie die beiden auch schon sah. Ihre silberblonden Köpfe leuchteten wie zwei kleine Monde in der dunklen Senke. Sie lachte vor sich hin, als sie überlegte, auf welche unpassende Bibelstelle Mischa und Wanja wohl heute abend wieder stoßen würden! Sie hatten beide eine Gabe, Bibelstellen auf eine zerstörerische, lustige Weise aus dem

Textzusammenhang zu reißen. Aber ihre Eltern lachten nie. Sie hatten Ehrfurcht und Hochachtung vor dieser Gabe, Zeichen auf Papier in Wörter zu übersetzen. Unabhängig davon, was die Worte bedeuteten!

Später, als sie ihre einfache Mahlzeit aus Suppe und Roggenbrot beendet hatten, saßen sie um den Tisch, und Mischa holte die russische Bibel hervor. Er schlug sie willkürlich auf und begann, auf kindliche, monotone Weise Silbe für Silbe zu lesen:

Bis der Tag kühl wird
und die Schatten schwinden,
wende dich her gleich einer Gazelle,
mein Freund,
oder gleich einem jungen Hirsch
auf den Balsambergen.

Mischa las weiter, als steckte in diesen Worten keine Schönheit. Aber Fenja rührten sie wie ein Lichtstrahl an. *Bis die Schatten schwinden,* dachte sie. *Aber jetzt ziehen sie auf.* Sie erinnerte sich an Peters angespanntes und besorgtes Gesicht, mit dem er die Straße herabgekommen war. *Was wird wohl aus uns werden?* überlegte sie.

Plötzlich mußte sie hinausgehen. „Ich schaue nach dem Vieh", sagte sie zu ihren Eltern und griff nach dem abgetragenen Nankingmantel, den sie zusammen mit Natascha benutzte.

* * *

Fenja stand auf dem freien Feld, und der Hang vermittelte ihr Geborgenheit. Hinter ihr erhoben sich dunkel und scharf die Berge. Unter ihr funkelten die Lichter der Molokanenhütten wehmütig hinter den jetzt im Winter kahlen Zweigen der Obstbäume hervor. Um sie herum atmete die Erde ihr Leben an den Stellen, an denen der Schnee schmolz, heraus. Sie sog den kühlen Geruch ein und vergrub ihre Zehen in dem prickelnd weichen Adlerfarn des letzten Jahres. Sein Duft stieg sanft auf und weckte diese unübersehbare Einsamkeit in ihr, die sie bekämpfte oder genoß, aber nie vergaß. Die Erde öffnete ihren geheimen Speicher mit Erinnerungen und Träumen und Hoffnungen. Die von den Zweigen verzerrten Strahlen des gelben Lichts unter ihr funkelten wie als Antwort auf die weißen Lichtstrahlen vom Sternenhimmel. Zu Hause wartete viel Arbeit auf sie, aber für den Augenblick machte Fenja eine Pause und überließ ihren Körper der Macht der neu freigelegten Erde und hob ihre Augen vorbehaltlos zum Heiligtum der Sterne nach oben.

3. Im Dorf

Ein Flaum von weißgrauen Wolken ergoß sich über die bunt zusammengewürfelten Felder und Hügel wie eine Wollfüllung, die aus einer zerrissenen Bettdecke herausgeschüttelt wird. Ein altbekannter Geruch von nackter, schwarzer Erde stieg mit seinen unvergeßlichen Erinnerungen an den ersten Frühlingsregen im Jahr seit seiner frühesten Kindheit auf. Peter hob den Kopf und sah, daß die Kraniche in der frostigen Morgenluft bereits nach Norden flogen.

Er folgte dem Weg hinter dem Dorf zum Fluß, der sich zwischen den letzten Hüttenreihen und den Weinbergen und Obstgärten im Süden entlangschlängelte. Der Fluß plätscherte wie alle Flüsse im Kuratal geräuschvoll in seinem Bett dahin und trug die scharfen Kanten des erst kürzlich gebrochenen Eises in seiner Stimme. Als Peter an seinem Ufer entlangging, erblickte er einen kleinen Bauern mit einer spitzen Mütze, der aufmerksam das Wasser betrachtete. Gelegentlich stieß er mit seinem Stiefel gegen die Kieselsteine. Peter rief ihm zu.

„Alexei Davidowitsch!"

„Gott sei gelobt, Peter Gawrilowitsch. Offenbar haben sie dich noch nicht in die Mandschurei geschickt – aber ich glaube, das Feuerwerk dort ist ohnehin bald vorbei." Alexeis wachen, schwarzen Augen entgingen Peters hochgeschlossenes Hemd und seine Armeestiefel nicht. „Willkommen zu Hause ... Glaubst du, es kommt Regen?"

„Sieht so aus."

„Na, Gott weiß es, Gott weiß es ... " Er wirkte beunruhigt. „Wenn dieser Bach noch weiter über die Ufer tritt, überschwemmt er mein Land. Dann muß ich Pacht für die Fische darin zahlen. Wer kann sagen, wieviel sie von mir für irgendwelche Fische, die vielleicht zufällig hier vorbeischwimmen oder auch nicht, verlangen!" Alexei zog an seinem prächtigen, keilförmigen Bart. „Ich überlege, ob ich versuchen sollte, ihn auf dieser Seite aufzustauen, oder ob ich der Natur ihren Lauf lassen soll. Ich muß schon genug Pacht zahlen."

„Kannst du das?"

„Warum nicht? Ich habe nicht so viel Land, daß ich es mir leisten kann, die Hälfte davon unter Wasser stehen zu haben – weißt du, was man in Guria sagt?" Er kicherte. "Wenn ich eine Kuh auf meinem Stück Land festbinde, dann ragt ihr Schwanz auf das Land eines anderen!' Nicht nur das, sondern sie steht auch noch bis zu den Knien im Wasser, wenn dieser Fluß seinen Lauf ändert. Feodor Sliwkoff hat mir erzählt, er achte darauf, daß keine Tannenbäumchen aus dem Wald sich seines Brachlandes im Westen des Waldes bemächtigen. Ansonsten schreitet der Staat ein, behauptet, es sei Staatseigentum, und verlangt Pacht und Zinsen für das Holz!"

Alexei hob warnend einen Finger. "Ja, in diesen Tagen muß man schlau sein. Klug wie eine Schlange und sanft wie eine Taube. Gerissen wie der Teufel!"

"Das glaube ich, steht aber nicht in der Bibel, Alexei", erwiderte Peter und grinste über das reuevolle Gesicht des Mannes.

"Muß es auch nicht! Warte nur, bis du dir selbst deine Existenz aufbauen mußt. Du wirst schon sehen, wie du dir den Kopf zerbrichst, wenn du versuchen willst, den Staat zu überlisten. Es wird nicht mehr lang dauern und sie behaupten, mein Bart sei Staatseigentum, und ich muß Pacht für die Läuse darin zahlen."

"Erzähle mir nichts von deinen Schwierigkeiten", spaßte Peter. "Ich bin Regierungseigentum, und jede Minute meiner Zeit ist gepachtet."

Die kleinen, intelligenten Augen schossen nach oben. "Ich weiß, daß es kein Spaß ist." Alexei verzog wissend den Mund. "Ich passe gut auf, daß sie nicht sehen, wieviel Kuhdung meine alte Betsi fallen läßt. Jede Erhöhung an Produktivität bedeutet eine Steuererhöhung. Ich vermute, wenn ich nur ein paar von diesen Kieselsteinen hier anstoße, werde ich als Revolutionär gejagt."

"Wirklich?" Peter wurde plötzlich ernst. "Spricht man im Dorf viel davon? Ich war jetzt ein halbes Jahr fort. In Baku brodelt es an allen Ecken und Enden!"

"Der ganze Kaukasus brodelt", erwiderte Alexei. "Der Krieg mit Japan macht die Sache nur noch schlimmer. Besonders seit es so aussieht, als würden wir verlieren. Das gibt den Radikalen eine Möglichkeit, die Regierung zu verurteilen. Du hast wahrscheinlich von dem großen Streik in Tiflis im Januar gehört. Es war ein Chaos — Tausende von Menschen, die auf den Straßen und Basaren schrien. Dieses Massaker am Blutigen Sonntag in Moskau hat alles ausgelöst. Die Züge wurden angehalten. Die Menschen schwenkten rote Fahnen und sangen irgendein französisches Lied —"

„Die ‚Marseillaise'. In Baku war es genauso — man nennt es die ‚revolutionäre Brutstätte am Kaspischen Meer'. Und das mit gutem Grund, kann ich dir sagen! Ich habe mich gefragt, ob es in Tiflis ein bißchen ruhiger wäre."

Alexei schüttelte den Kopf. „Sie haben alle ‚Nieder mit der Autokratie' gebrüllt, damit sie irgendeine andere antichristliche Regierung einsetzen können. Hier ist bis jetzt alles ruhig, aber sogar in Delizan gab es schon Streiks. Die Kosaken kamen und töteten einige Bauern, vor allem Armenier. Keine Molokanen. Wir halten uns aus solchen Dingen heraus."

„Warum? Warum halten wir uns heraus? Du bist genauso unglücklich über das System wie jeder andere. Willst du keine Veränderung?"

„Nicht diese Art Veränderung." Alexei senkte die Stimme und überflog mit den Augen nervös das Land und den Birkenwald auf der anderen Seite des Flusses. „Diese Bolschewiken, glaube mir, sie sind Satans uneheliche Kinder! Die Zaren sind wenigstens seine rechtmäßigen Kinder. Eine konstitutionelle Regierung — davon wird auch gesprochen — das wäre gut. Aber dazu wird es nicht kommen.

Zu viele hat dieses Revolutionsfieber ergriffen. Sogar einige Bauern, und natürlich alle Fabrikarbeiter, Ölarbeiter — alle! Seit diese Idioten in Moskau beschlossen haben, die Georgische Kirche zu verfolgen, haben sie es sogar geschafft, die religiösen Leute von sich abzubringen. Jedes Mal, wenn ich nach Tiflis komme, fliegen die Flugblätter, die eine gesellschaftliche Revolution fordern, wie schmutziger Schnee durch die Straßen. Ich sage dir, dieser Verrückte aus Gori macht Überstunden! Sie hätten ihn ein bißchen länger in Sibirien behalten sollen. Wie nennen sie ihn? Koba, genau — der Name eines georgischen Volkshelden, aber ich habe gehört, er sei der Sohn eines Schuhmachers und heißt in Wirklichkeit Dschugaschwili." Alexei seufzte tief. „Inzwischen sitzen wir Molokanen auf dem Zaun — bis uns jemand herunterschießt!"

„Oder bis wir fortgehen. Hast du daran schon gedacht?"

„Die Prophetie. Ha! Ich habe daran gedacht — und gedacht und gedacht. Das ist für mich wieder ein Zaun, auf dem wir sitzen. Im Augenblick brauche ich einen Propheten, der mir sagt, ob dieser verrückte Fluß in seinem Bett bleibt oder nicht."

„Vielleicht regnet es nicht. Vielleicht trocknet die ganze Überschwemmung wieder ein."

„Sag das nicht. Dann kassieren sie von mir, weil mein Ackerland größer geworden ist!" Er griff an seine Mütze, als Peter sich zum Gehen wandte. „Willkommen zu Hause, Gawrilowitsch. Der Herr gebe dir seine Führung und Weisheit. Ich glaube, du kannst sie brauchen." Alexei senkte den Kopf und kniff mit zuversichtlicher Miene die Augen zusammen.

Konnte er es denn wissen? überlegte Peter. Alexei war trotz seines hintergründigen Humors und seiner lustigen Art ein gottesfürchtiger Mann; er würde ihn nicht verraten. Aber wenn seine Situation im Dorf allgemein bekannt war, befand er sich in Gefahr. Auch nur an Fahnenflucht zu denken, könnte verheerende Folgen für ihn haben.

Peter folgte gedankenabwesend dem Flußlauf. Zwischen den weißen Stämmen der Birken, den kahlen Obstgärten und den geschnittenen Weinbergen fiel das Kuratal von den westlichen Hügeln zu den Ausläufern des unteren Kaukasus ab. Über ihm hing eine Wolkendecke, deren weicher und mütterlicher Schirm alle Geräusche verschluckte und den Bäumen jeden Schatten raubte.

Was auch über seine Situation oder etwas anderes geredet wurde, sinnierte Peter, Sirakan Abadscharian wüßte es sicher. Sirakan wußte alles. Er war der Sohn von Aram Abadscharian, einem armenischen Witwer, der vor den türkischen Pogromen nach Georgien geflohen war. Aram hatte den Dorfladen gekauft und bald eine schlanke, hellhäutige georgische Frau, Maria Tscheidse, eine Witwe mit einem fünfjährigen Sohn, Noe, geheiratet. Es dauerte nicht lang, bis sie Aram seine erste und einzige Tochter gebar, Nina.

Als seine Eltern älter wurden, übernahm Sirakan das Geschäft. Er erweiterte das Warenangebot um verschiedene getrocknete Waren und exotische Importe, die in Tiflis erhältlich waren. Sogar in diesen unruhigen Zeiten, bemerkte Peter, halfen Sirakans Schlauheit und Intelligenz und seine barsche Herzlichkeit ihm, ein zerbrechliches Gleichgewicht der Beziehungen im Dorf aufrechtzuerhalten – wenigstens soweit, wie es für gute Geschäfte genügte. *Ja*, dachte Peter, *Sirakan würde das eine oder andere wissen.* Er bog in eine Seitenstraße ein, die von geflochtenen Zäunen gesäumt war, und ging zum Marktplatz.

Jetzt, mitten am Vormittag, war das Dorf ruhig. Eine blasse Sonne begann langsam, die Wolkendecke zu durchdringen. Georgische Bauern in dunklen Jacken, die unbehaglich in Gruppen zusammenstanden, hatten aufgehört, nach oben zu schauen. Die weißgewaschenen Häuser und Läden, die ausgebleichte Steinstraße und die schmutzigen, löchrigen Schneeflecken verschmolzen unter dem fahlen Himmel. Die dunklen Schattierungen schienen von der Kleidung der Männer und den Tannenbäumen aufgesaugt zu sein.

Im Gegensatz dazu wirkte die Farbenpracht in Abadscharians Laden noch bunter, als Peter im Türrahmen stehenblieb, bis sich seine Augen an das Licht gewöhnt hatten. Ein schwaches Licht kam durch das gewellte Milchglasfenster und fiel mit einem grünlichen, wässrigen Farbton auf Nina Abadscharians blasses Gesicht und ihre dunklen, ungebändigten Haare und auf ihren Halbbruder Sirakan, der ihnen den Rücken zuwandte. Hinter ihr zeugte ein rotschwarzer Wandteppich aus Aserbaidschan von einer wilden Geometrie.

Sirakans tiefe Stimme verkündete gerade mehrere wichtige Aussagen. „... es ist sicherer für dich, Nina", sagte er in diesem Augenblick, ohne sie anzusehen. „Geh diese Verlobung ein. Du weißt, wie die Dinge um unser Volk stehen ... es sind gefährliche Zeiten für jemanden wie dich." Peter sah, wie Nina vor dem tatarischen Teppich erstarrte, und er dachte an die verängstigten armenischen Gesichter, die er in Baku gesehen hatte.

„Sicherer", wiederholte Sirakan, während ihre dunklen Augen funkelten und dann zitterten, als sie Peter erblickte. Eine Handvoll Münzen fiel aus ihren ausgestreckten Fingern auf die Ladentheke, und das Geräusch ließ Sirakans Kopf herumfahren. Der Armenier lehnte seine dunkelhäutigen Arme auf die Theke, während Nina sich umdrehte und mit großer Konzentration anfing, auf dem hinteren Regal Waren einzusortieren und umzuräumen.

„So, Gawrilowitsch, du bist also zur Beerdigung deiner Mutter nach Hause gekommen! Galina Antonowna hatte schon immer eine gute Zeitplanung. Richte ihr unsere Hoffnung auf eine wunderbare Genesung aus." Sirakans rote Lippen verzogen sich zu einem breiten Lächeln unter seinem glänzenden Schnurrbart.

„Ihr geht es schon ... besser", murmelte Peter.

„Gut, gut — und du, Peter, ich vermute, du denkst viel nach." Peter nickte und versuchte, unbefangen auszusehen. Wußten es denn alle im Dorf? Sein Herz pochte vor Angst.

„Na dann", sagte Sirakan frei heraus. „Dann will ich nachhelfen, daß du noch ein bißchen mehr denken kannst." Er trat in eine Nische hinter sich, die mit einem Vorhang aus gestreiftem Stoff abgetrennt war, und kehrte mit einem zerknitterten Papier zurück, einem Teil der sozialistischen Zeitung, *Sakartwelo.* Peter konnte genug Georgisch lesen, um die Überschrift zu verstehen: „Militärherrschaft für Guria vorgesehen."

„Verstehst du das?"

„Ja, ja – Kriegsrecht in der Provinz Guria."

Sirakan kam mit dem Gesicht nahe an Peters heran und schlug mit dem Handrücken auf die gedruckte Seite. „Weißt du, was das für dich bedeutet?"

Peter war verwirrt. Seine Konzentration versagte, und die schwarz gedruckten Zeilen waren für ihn genauso unverständlich wie die schwarzen Haarkringel auf Sirakans Armen.

„Was meinst du damit, was soll es für mich bedeuten?" *Gott stehe mir bei, dachte er. Muß denn zur Zeit alles etwas für mich zu bedeuten haben?* Er warf einen Blick auf Ninas schlanken Rücken, und eine starke Verlegenheit übermannte ihn. Ihr Bruder warf die Zeitung schwungvoll auf die Theke!

„Bauer! Und die Regierung gibt Leuten wie dir ein Gewehr in die Hand! Hör zu. Georgien geht in Flammen auf. Jetzt, in diesem Augenblick hat Guria praktisch seine eigene Regierung. Diese sozialistische Revolution geht so weit, daß das gesamte Gebiet in den Händen des kommunistischen ‚Komitees' ist. Aber das wird nicht lange so bleiben. Der Regierungsbevollmächtigte verlangt eine Militärregierung. Hör dir das an! ‚Es ist entscheidend wichtig, ohne Verzögerung ein starkes Truppenkontingent nach Guria zu schicken und das Gebiet für drei oder vier Monate unter Kriegsrecht zu stellen.'

Wer, glaubst du wohl, wird diesen Bauern ein Gewehr an den Kopf halten? Du!" Sirakan stieß Peter mit den Fingern gegen die Brust. „Du!" wiederholte er. „Sag mir doch einmal, wie dir das gefällt. Ich kenne dich. Du bist nicht der Mann für so etwas. Ich mag dich, Peter Gawrilowitsch, deshalb gebe ich dir einen guten Rat. Geh weg."

Die Tür wurde schwungvoll geöffnet, und zwei Frauen mit einem Kopftuch auf den Haaren kamen herein. Sirakans Verhalten wurde schlagartig höflich und liebenswürdig. „Womit kann ich noch dienen", fragte er Peter.

„K-Kuchen", stotterte Peter. „Ein Dutzend Stück Kuchen."

„Nina! Wickle den Kuchen für unseren jungen Soldaten ein." Er richtete seine Aufmerksamkeit auf die Neuankömmlinge.

Aufgeschreckt wirbelte Nina herum und steckte einige kleine Kuchenstücke in eine Papiertüte, dabei ließ sie einige fallen und hob sie wieder auf. Je nervöser sie wurde, um so ruhiger fühlte sich Peter. Er blickte sie aufmerksam an, und schließlich trafen sich ihre Augen über dem dicken, braunen Papier. Er nahm es in die Hand. Sirakan streckte eine muskulöse Hand hinter seiner Schwester aus und griff nach einem Rechnungsbuch.

„Geh fort", flüsterte er heiser. „Geh fort."

* * *

Rauch stieg aus dem Lehmkamin der Milchküche auf, als er zur Hütte zurückkam. Die Milch wurde zu Dickmilch verkocht. Nadja war mit ihren rosigen Wangen und ihrem rosafarbenen Kittel ein erfrischender Farbtupfer in dem düsteren Winterhof. Sie stieg vor ihm die Verandastufen hinauf und trug einen randvollen Topf mit Sauerrahm gegen eine gerundete Hüfte gestemmt ins Haus. Er erspähte einen Blick auf Fenja Kostrikin, die neben dem Kuhstall stand; sie warf ihm einen ihrer typischen Blicke aus ihren lebhaften, blauen Augen zu und kehrte dann wie ein scheues Reh um, daß er nur noch ihr weißes Kopftuch als hellen Punkt in der Sonne davonhuschen sah. *Ein sonderbares Mädchen*, dachte er, als er sich bemühte, ihre schlanke Gestalt vor dem verwitterten Holz auszumachen. In ihrem aus Stoffresten zusammengenähten Kleid, das die Farben von Stein und Flechten hatte, stach sie kaum von ihrer Umgebung ab.

Nadja dagegen war nicht zu übersehen. Mit ihren vierzehn Jahren nahm ihr Körper deutlich weibliche Formen an, und sie erzählte alles Dorfgeschwätz, als sie sich zum Essen niedersetzten. Peter hörte glücklich zu, da er den Krieg und die Prophezeiung und die Revolution für ein paar Minuten vergessen wollte. Er wich Galinas fragenden Blicken aus, lachte über den Schwall Krautsaft, der über Dauschas rundes, kleines Kinn herablief, und stellte seinem Vater Fragen über die Arbeit auf dem Hof — über das Vieh und neue Weinstöcke und den harten Boden nach dem ersten Tauwetter.

„Wir brauchen Regen ...", sagte Gawril. „Aber wir gehen diese Woche auf die Felder hinaus, um das Land festzulegen, das uns zugeteilt wurde."

Nadja wischte die Landzuweisungen vom Tisch. „Katja Schubin heiratet bald – habt ihr das gewußt? Fidor Samarin. Alle hoffen auf eine Sommerhochzeit. Ich rechne damit, daß unsere Vettern auch bald heiraten. Onkel Michail ist immer noch das Dorfgespräch. Alles, was er anfaßt, wird zu Gold. Alle Mädchen liebäugeln mit Trofim und Andrei – sie sehen gut aus und sind obendrein auch noch reich."

Ihr fröhlicher Tonfall änderte sich plötzlich. „Aber einigen Leuten gefällt das nicht. *Kulaks* nennen sie sie." Sie steckte ihren Holzlöffel in die gemeinsame Schüssel mit Kohlsuppe und warf Peter einen nachdenklichen Blick zu. „Onkel ist nicht wirklich ein *Kulak*. Er wird nicht dadurch reich, daß er andere Leute ausnutzt – er ist einfach schlauer als die meisten. Wie dem auch sei, ihm ist es gleichgültig, was die Leute von ihm denken. Er lacht nur und sagt: ‚Wenn ich so reich bin, daß ich sie neidisch mache, kann ich das auch nicht ändern.'" Sie zuckte vielsagend die Schultern, aber Peter blickte rechtzeitig auf, um eine besorgte Falte zu sehen, die Galinas glatte Stirn verzog.

„Oh, und noch eine Hochzeit steht bevor", sprach Nadja weiter. „Nina Abadscharian ist verlobt – endlich! Sie ist schon ziemlich alt, wißt ihr. Mindestens schon zweiundzwanzig. Aber hübsch – das sagen alle Jungen, obwohl sie *ninasch* ist. Sie heiratet einen Mann aus Tiflis. Er besitzt einen Anteil an einer Kalikofabrik; ihr könnt euch also vorstellen, daß er reich ist! Aber Sirakan wollte nichts anderes."

Sie plapperte weiter, aber Peters Gedanken waren bei Nina hängengeblieben. *Ninasch* – nicht von uns ... Natürlich würde sie heiraten. Das war keine Überraschung. Und er würde auch eines Tages heiraten, aber nicht *ninasch*. Molokanen heirateten selten jemanden von „außen". Er wäre für seine Verwandten gestorben und wäre gezwungen, als Ausgestoßener zu leben.

Ein hoher Preis, dachte Peter. *Zu hoch. Ich bin nicht bereit, eine solche Entscheidung zu treffen ...*

Dann sah er in Gedanken Nina Abadscharian mit ihren ängstlich umherstreifenden Augen und ihren zitternden Händen vor sich, und die Sehnsucht versetzte ihm einen tiefen Stich.

* * *

Später an diesem Abend kam Galina herein und setzte sich auf die geschnitzte Truhe unter dem Fenster. Sie hatte eine gefüllte Decke auf ihrem Schoß und zog kleine Daunenstückchen mit den Fingern heraus.

„Peter, ich glaube, du solltest weggehen." Die linke Seite ihres Gesichts verlor sich in der Dunkelheit; auf der anderen Hälfte lag der blau schimmernde Lichtglanz vom Fenster.

„Ich denke ständig darüber nach, Maminka", sagte er sanft. „Es ist nicht so einfach, alles aufzugeben und zurückzulassen."

„Ich weiß, ich weiß – aber ich weiß auch, daß du nicht bleiben kannst. Es ist zu ungewiß. Ich habe Angst davor, was passieren kann, wenn wir in dieser Sache nicht auf Gottes Stimme hören."

„Angst? Ich bin doch jetzt schon seit sechs Monaten in der Armee. Bis jetzt hat man mich nicht in die Mandschurei geschickt, und man hat noch nicht von mir verlangt, irgendwelche Revolutionäre niederzuschießen. Vielleicht geht alles besser aus, als du glaubst. Es gibt Gerüchte, daß der Krieg schon fast vorbei ist. Wenn ich es schaffe, noch ein bißchen durchzuhalten, ändern sich die Dinge vielleicht, und ich kann zurückkommen, und wir können wieder alle so leben wie früher! Mach dir nicht so viele Sorgen – junge Männer kommen die ganze Zeit wieder aus der Armee zurück und gehen wieder einem normalen Leben nach. Mehr will ich ja überhaupt nicht."

„Aber genau das kannst du nicht", beharrte Galina. „Selbst wenn du zurückkommen solltest, welche Erinnerungen und Narben würdest du davontragen?"

Erinnerungen, Narben. Sie sprach nicht weiter. In seinen Gedanken tauchten Szenen aus den letzten Monaten seines Lebens in der Armee auf. In Baku hatte ihn sein religiöser Hintergrund zu einem Außenseiter gestempelt – den Fanatiker, dem man lieber aus dem Weg geht. Peter blickte von ihr weg und betastete seine Narben. „Sondere dich ab", hatte seine Familie ihn während des gefühlsgeladenen Abschieds gewarnt. „Vergiß nicht, wir sind ein abgesondertes Volk. Achte darauf, was du ißt – paß auf, daß sie dir kein Schweinefleisch vorsetzen."

Die Molokanen hielten die Speisevorschriften des Alten Testaments streng ein und achteten genau darauf, daß in ihren Häusern nur koscheres Essen serviert wurde. Aber bei den temperamentvollen Russen und Georgiern in seinem Bataillon wurden Peters religiöse Besonderheiten zur Zielscheibe für üble Scherze — von denen einige lustig waren, und einige grausam. *Narben, ja,* dachte Peter. *Ich habe es geschafft, mich von unreinem Fleisch fernzuhalten, und was die Absonderung betrifft, das haben sie mich nie vergessen lassen!*

Galina beobachtete ihn. „Geh jetzt fort", sagte sie. „Das Leben, das du kennst, zerbricht. Es wartet hier nicht auf dich, wenn du zurückkommst. Du bist jung — du mußt einen neuen Weg einschlagen."

„Was? Und alles zurücklassen ... euch ... "

„Ja. Geh fort!" In ihrer Stimme lag eine wachsende Dringlichkeit, und der Schein von draußen fiel auf feuchte Spuren, die sich in ihren Augen sammelten. Ihr stolzes Gesicht verzog sich, und dicke Falten verzerrten die schöne Stirn. Ein Schluchzen entwich der breiten Grimasse, zu der sich ihr Mund verzog.

Peter betrachtete sie mit seltsamer Distanziertheit. Galina war normalerweise nicht die Frau, die viele Tränen zeigte. Die traurigen, tierischen Laute, die von der Frau am Fenster kamen, wirkten fremd auf ihn, als wäre eine Fremde hereingeschlichen und würde irgendeine unmögliche Gunst erbitten. Er zuckte mit kaltem Widerwillen mit der Schulter. *Sie wird sich schon wieder beruhigen!* dachte er. Dann erfüllte ihn Entsetzen über seine eigene Gleichgültigkeit.

Schließlich siegte die Verzweiflung über seine kühleren Gefühle. Er stand in einer plötzlichen Wut auf und hinkte nur mit einem Stiefel am Fuß zur Veranda.

„Was willst du von mir?" brüllte er zurück. „Ich habe mir meine Umstände nicht ausgesucht!"

* * *

Je weiter sein Urlaub verstrich, um so mehr wuchs Peters Unsicherheit. Er fand Trost in den kleinen alltäglichen Ereignissen. Augenblicke, Gesprächsfetzen, Liederverse — die für sich allein betrachtet unbedeutsam waren, aber zusammengenommen das vertraute, geliebte Bild des Dorflebens bildeten. Alles, was nicht von den Erfordernissen der Ernte und des Wetters diktiert wurde, wurde von der molokanischen Tradition bestimmt. Aber jeden Abend setzte sich Galina ans Fenster und weinte mit beklagenswerter Entschlossenheit. Peter konnte sich immer noch nicht entscheiden, ob er gehen oder bleiben sollte, statt dessen fühlte er sich wie gelähmt und in einem Netz obskurer Forderungen gefangen.

Am Sonntag legte die Familie ihre besten Kleider an und schritt zu einem Holzgebäude mit einem steilen Dach in den Gottesdienst. Es war noch nicht Ostern, aber die Obstgärten im Westen schmückten sich mit den ersten Anzeichen einer frühen Blüte. Die ersten Krokusblüten leuchteten in ihren zarten Blütenblättern, die den gelegentlich noch vorhandenen Schneeflecken den Krieg erklärt hatten.

Die Woloschins stiegen die Holzstufen hinauf und kratzten sich den Schmutz von ihren schwerfälligen Filzstiefeln. Als sie das einfache Gebäude betraten, senkten sie den Kopf. Die Versammlung aus ungefähr sechzig Molokanen hatte sich, wie es bei ihnen Brauch war, respektvoll zum Gebet erhoben. Galina und die Mädchen saßen im Frauenbereich gegenüber des Predigertisches. Gawril und Peter bahnten sich ihren Weg zum „Sprecher"bereich.

Semjon schritt nach vorne, ohne jemanden anzusehen. Sein Gesicht verriet eine wachsame Aufmerksamkeit, als die Menschen sich zusammenfanden. Als der rechtwinklige Sonnenfleck, der durch das östliche Fenster hereinschien, die Reihe der kleinen Mädchen in ihren gestärkten Tüchern berührte, drehte er sich zu den „Sängern" um. „Gerrasim Alexeiwitsch", sagte er ruhig. Gerrasim, ein stämmiger Bauer mit einem kindlichen, rosafarbenen Mund, der aus seinem pechschwarzen Bart herausstach, stimmte ein traditionelles Lied an.

Peter betrachtete die anderen „Sänger", die sich hinter Gerrasim versammelt hatten — jedes Gesicht war ihm bekannt. Er kannte ihre Familien, kannte die Lasten, die sie mit sich über die hölzerne Schwelle hereintrugen. Er wußte, warum Iwan Pawloffs Schultern vor Erschöpfung zusammengesackt waren; er wußte, warum Dmitri Bogdanoff, aus dessen Gesicht gerade der fleckige Bart eines neu vermählten Mannes sproß, vor Freude strahlte; er wußte, warum Fidor Samarin sich nicht konzentrieren konnte, sondern immer wieder auf ein bestimmtes Kopftuch mit Spitzenrand auf der Frauenseite schielte. Peter sog den Geruch von nasser Wolle ein, hörte auf das unruhige Kratzen der kleinen Jungen hinter sich und nahm die vollkommene Einfachheit des molokanischen Lebens in sich auf.

Vorne stand Semjon, wie jeden Sonntag, solange Peter zurückdenken konnte. Er bewegte sich leicht zu der langsamen Melodie des Liedes, und seine aufrechte Gestalt zeichnete sich deutlich von dem weißen Wandbehang hinter ihm ab. Die Molokanen sangen mit Erleichterung, als wollten sie irgendeine Spannung durchbrechen, die sich aufgebaut hatte. Als die Geschwindigkeit zunahm, fingen sie an, rhythmisch zu klatschen, und einige Frauen in den vorderen Reihen hoben in einer anbetenden Haltung die Hände. Als das Lied zu Ende gesungen war, hörte es so plötzlich auf, daß das Schweigen selbst weiterhallte.

Als Semjon die Bibel in die Hand nahm, war die Aufmerksamkeit aller Anwesenden auf ihn gerichtet, aber das schien er überhaupt nicht zu bemerken. Sein zitternder Bart strich über den Text, als er das fünfte Kapitel des Lukasevangeliums las. Seine papierdünnen Augenlider zitterten; die blaugrünen Venen, die an seinen feinen Schläfen entlangliefen, pochten, und sein ausdrucksstarker Mund schien die Wörter zu kauen und sich von ihnen zu ernähren. Das ganze Gesicht des Mannes war in Bewegung, aber seine Hände und sein Körper waren vollkommen still.

„‚Niemand reißt einen Lappen von einem neuen Kleid und flickt ihn auf ein altes Kleid; sonst zerreißt man das neue, und der Lappen vom neuen paßt nicht auf das alte.

Und niemand füllt neuen Wein in alte Schläuche; sonst zerreißt der neue Wein die Schläuche und wird verschüttet, und die Schläuche verderben. Sondern neuen Wein soll man in neue Schläuche füllen.'

Gott bereitet ein neues Werk unter uns vor – ein neues", erklärte Semjon seiner Gemeinde. „Jeder hier ist auf irgendeine Weise Teil dieses neuen Werkes. Deshalb muß jeder von uns sein Herz mit einer Offenheit des Geistes untersuchen und herausfinden, inwiefern Gottes Plan ihn betrifft. Gott ruft jedem von uns zu, aber um seine Stimme zu hören, müssen wir alte Wege, alte Gedanken, alte Lebensmuster ablegen.

Und Rußland ist alt – alt, und es rutscht in eine Grube, aus der wir es nicht retten können." Es wurde unruhig, als die Augen des alten Mannes durch den Raum streiften, auf dem einen oder anderen verweilten, sich wieder hoben und weiterzogen. Sie blieben kurz an Peter hängen, als wäre er ein Fremder. „Ein alter Wein-

schlauch, geflickt und verdorben, und aus ihm tropft ein saurer, schlecht gewordener Wein. Aber Gott wird sein Volk bewahren."
Wie in einer Litanei erzählte Semjon die Geschichte des molokanischen Volkes – und betonte dabei immer die Hand Gottes in den Jahren der Verfolgung, des Exils und des Wiederaufbaus. Veränderungen und Unruhen, versicherte er ihnen, seien zum Mittel für Gottes Plan geworden.
„Widersetzt euch nicht", bat er. „Kämpft nicht gegen Gottes Wege an. Legt euch nicht in die gemütliche Zufriedenheit zurück, die die Bereitschaft der Seele tötet. Habt keine Angst davor, von Rußland abgeschnitten zu werden. Ihr seid Rußland. Rußland ist in eurer Seele. Ihr nehmt es mit euch bis an die Enden der Erde."
Das Singen begann wie etwas, das aus der Natur losgelassen wurde. Mit gekrümmten Ellbogen hoben die Männer ihre Hände, an denen die Spuren harter Arbeit deutlich abzulesen waren, und ihr Körper bewegte sich in abrupten, abgehackten Bewegungen.

Gieße in unsere Herzen deinen himmlischen Tau,
wie du deinem Volk in der Wüste
Wasser aus einem Stein zum Trinken gabst.
Führe du uns in dein gutes Land,
das du deinen Erwählten versprochen hast ...

In ihrem Singen lag eine Schwere, wie die Schwere und Schönheit von bearbeitetem Gold. Aber darüber bildete ein ungebremster Sopran einen lyrischen Kontrapunkt. Peter richtete seine Augen an die Decke und sang mit einer Inbrunst, als wolle er seine Seele von allen Trübsalen der letzten Tage reinigen.
Danach wirbelten die Gruppen von Männern und Frauen zusammen, als lebhafte Gespräche, die bei der Mahlzeit mit noch mehr Eifer fortgesetzt würden, einsetzten. Auf Böcken stehende Tische wurden aufgestellt, auf denen sich Gerichte aus Eiern, eingelegten Pilzen, verschiedenem Gemüse und große, runde Brotlaibe häuften. Die Augen und Münder der jüngeren Kinder wurden vor Erwartung ganz feucht. Auf ein Zeichen hin gingen die Kinder zu den hinteren Tischen. Die Jungen spielten Tauziehen mit dem langen Baumwolltuch, das eine Art Tischdecke war, bis ein strenger Blick von einem Älteren ihnen Einhalt gebot. Die Erwachsenen

standen, offenbar unsicher, noch ein wenig herum; dann machten sie es sich an den gleichen Tischen bequem, an denen sie jeden Sonntag saßen. Die Männer legten erwartungsvoll die Handgelenke auf den Tisch, und die Frauen rutschten wie brütende Vögel von einer Seite auf die andere.

Peter saß als Gast am obersten Tisch neben Semjon und den Ältesten. Galina bediente unten am Tisch hinter dem Samowar. Peters Gedanken schlugen ihre eigene Richtung ein. Seine Phantasie füllte sich mit lebhaften Bildern von vertrockneten Flüssen, leeren Dorfstraßen, gähnenden, schwarzen Türrahmen in verlassenen Hütten. Er sah eine schwarze Krähe ziellos an reich gefärbten Seidenstoffen herumpicken, die auf dem Marktplatz herumlagen. Galina verteilte Gläser in tiefen Untertassen mit heißem Tee. Eine Platte ging herum, und Peter nahm sich gedankenabwesend Kohl, Gurken und eine gesalzene Wassermelonenschale.

Semjon Efimowitsch brach mit seinen starken Händen ein Stück Schwarzbrot. *Veränderung und Unruhen. Warum? Die Hand Gottes formt das Leben der Menschen. Warum? Warum kann er uns nicht in Frieden formen?* Peter nahm mechanisch eine knusprige Rinde des Brotes und kaute sie.

Rußland. Ein alter Weinschlauch. Das schöne, geliebte Rußland mit seinen weiten Steppen, seinen Gipfeln, die bis zum Himmel reichten, seinen weiten Taigawäldern, seinen großen Flüssen. Rußland — seine Dörfer mit Strohdächern und phantastischen Kuppeln und dem Geheimnis der Jahreszeiten, die sich in einem mächtigen Kontrast über das Land bewegten. Rußland — seine Armut und Korruption und die unaufhaltsame Tragödie, die jede Generation heimsuchte. Ein alter Weinschlauch, dachte er. *Aber mit einem neuen, gärenden Wein gefüllt, der ihn zum Platzen bringt.*

Ein aromatischer Dampf stieg ihm ins Gesicht. Suppe. Zarte, hausgemachte Nudeln schwammen in einer kräftigen Brühe. *Lapscha.* Er drehte sich um und nahm Galina die Schüssel aus der Hand. Jemand sagte: „Nein ... "

„Nein, nicht sofort — es ist noch zu früh im Jahr. Die Seewege sind nicht offen ... "

„Die ganze Familie?"

„Ja, alle."

„Das muß viel kosten."

„Sie haben alles verkauft ... "

Peter blickte auf, als er seinen Suppenlöffel zum Mund führte.

Aus irgendeinem Grund starrten alle am Tisch ihn an. Sie schauten schnell weg.

„Ein Glaubensschritt", sagte Semjon. Niemand widersprach ihm.

Mehr Brot, Eier, Fleisch. Die Worte fielen wie Konfetti um Peter, ohne ihn zu berühren. *Geh die Schwierigkeiten lieber bei deinen eigenen Leuten an,* dachte er. Er blickte durch den Raum und begegnete dem Blick seines Onkels Michail. Peter war immer noch nicht davon überzeugt, daß er Rußland verlassen sollte.

* * *

Eine bedrückende Unruhe überschattete Peter am nächsten Tag. In der Abenddämmerung spazierte er am Fluß zurück und überquerte die kleine Holzbrücke. Zugvögel, Gänse und Kraniche bewegten sich aufgeschreckt und ruhelos auf der unruhigen Oberfläche des Teiches, der die Felder im Osten bedeckte. Das Wasser war auch unruhig und glitzerte kupfer- und fliederfarben und leuchtete in plötzlichen lebhaften Lichtstrahlen. Die Luft war erfüllt vom Brausen des Windes und der sprudelnden Stimme des Flusses. Peter wickelte sich tiefer in seinen schweren Mantel und richtete den Kopf nach unten, so daß er Nina Abadscharian, die zwischen den Birken stand, zuerst überhaupt nicht sah. Er war überrascht, sie überhaupt zu sehen — und überrascht über seine schnelle, ungebetene Vermutung, daß sie ihn erwartet hatte.

Der Wind tobte sich an ihr aus. Er verwandelte ihre purpurfarbenen Ärmel in wehende Fahnen und spielte mit ihrem Kleid und drückte es ihr kurzzeitig eng an Schenkel und Brust und blies es dann auf, als wollte er jede Andeutung weiblicher Formen leugnen. Er verschluckte ihren Gruß, aber nicht ihr zögerndes Lächeln und das kleine Nicken, das sie ihm zeigte. *Augenblick,* sagte er zu sich selbst, als sein Gesicht ein angenehm aufsteigendes Gefühl verriet. *Sie ist einem anderen versprochen.* Aber er war nicht nur froh, sie zu sehen, sondern auch erleichtert — als könnte es irgendeine vage und schmerzhaft ungelöste Frage für ihn klären, wenn er mit ihr sprach.

„Es ist keine Sünde, mit einem Molokanen zu sprechen", sagte er zu ihr mit einem Grinsen, mit dem er sich über sich selbst lustig machte. „Sieh in mir einfach einen normalen Soldaten."

„Einen Soldaten?" sagte sie mit vorgetäuschter Herabschätzung. „Das ist kein gewöhnlicher Beruf – für einen Molokanen. Hast du vor, wieder zurückzugehen?"

„Wer weiß?" Peter warf seine Vorsicht in den Wind. „Es ist so und so schwierig."

„Es ist schwierig", sagte sie mit schnellem Einfühlungsvermögen. Sie wirkte, als wolle sie ihre Gedanken unbedingt von etwas ablenken, das sie vorher beschäftigt hatte. „Sirakan ist davon überzeugt, daß du alles tun solltest, um sofort aus dem Militär herauszukommen. Ich glaube, er erwartet radikale Veränderungen. Ich weiß, daß die Sozialdemokraten an Macht gewinnen. Ich bin nicht sicher, was das bedeutet, aber mein Bruder rechnet anscheinend damit, daß sehr bald etwas passiert. Natürlich sagt er mir das nicht, aber ich kann es sehen. Menschen kommen und gehen, und es wird viel gesprochen ... "

„Ist er so tief verwickelt?"

„Sirakan? Nein. Nicht direkt. Noe schon – unser Halbbruder, erinnerst du dich an ihn? Es ist sein Leben! Ich glaube, Sirakan bekommt seine Informationen von Noe. Noe will die Welt verändern!" sagte Nina mit einer Mischung aus Bewunderung und Tadel in ihren schönen Augen.

„Will er das? Wie sieht diese neue Welt aus, von der er träumt? Hat er dir das gesagt?"

„Nein, die Leute erzählen mir nicht ihre Träume. Ich muß mir meine eigenen machen. Was Noe und seine Freunde betrifft: Freiheit und Gleichheit und Brüderlichkeit der Menschen – das sind anscheinend ihre Lieblingswörter. Und natürlich führen wir diese Brüderlichkeit herbei, indem wir Familien auseinanderreißen!"

„Du bist also nicht ihrer Meinung."

„Das weiß ich nicht genau. Vielleicht werden wir ohnehin auseinandergerissen. Wir können genausogut etwas dabei gewinnen."

„Wenigstens sucht er sich seinen Krieg selbst aus. Ich habe mir meinen nicht ausgesucht."

Sie sah ihn aufmerksam an. „Du hast mehrere Möglichkeiten, zwischen denen du wählen kannst."

„Aber nicht die Möglichkeiten, die ich gern hätte! Ich werde auf einen dunklen Weg gezwungen – mit vielen Unbekannten! Wie kann ich da eine Wahl treffen? Ich kämpfe nicht wie Noe um eine Sache. Ich bin überhaupt kein Kämpfer. Ich will einfach ein normales Leben führen – ein Feld zum Bebauen, Vieh zum Weiden, eine

Familie. Ich will nur in Ruhe gelassen werden und glücklich sein!" Er machte eine hilflose Geste.

„Ist das alles?" Ein Anflug von Humor spiegelte sich in ihren Augen. „Wie ungewöhnlich! Ich sage dir etwas, Peter Gawrilowitsch — ich will auch glücklich sein. Aber ich glaube, daß zuerst etwas mit uns passieren muß. Bevor wir glücklich sein können, meine ich. Oder auch nur fähig, glücklich zu sein. Für dich sind das deine Qualen. Aber auf der anderen Seite wartet etwas. Etwas, das du dadurch gewinnen kannst."

Peter betrachtete ihr ernstes Gesicht mit seiner feinen, nach unten gebeugten Nase. *An ihr ist eine oberflächliche Fröhlichkeit,* dachte er. *Diese Fröhlichkeit spielt sich um ihre Natur, wie der Wind sich um ihren Körper spielt; aber innen, tief innen ist sie still und mißtrauisch.* Bei Nina rief dieser innere Pessimismus einen Mut hervor, der irgendwie einen Charme ausstrahlte. *Aber sie hat unrecht,* sagte er zu sich. *Ich bin auch jetzt fähig, glücklich zu sein — wenn es auf der Welt Glück gibt. Und Qualen?*

„Augenblick", scherzte er. „Jeder will mich in irgendwelche Qualen stoßen, zu denen ich nicht bereit bin! Meiner Meinung nach sind Qualen etwas, dem man aus dem Weg geht, und genau das ist mein wichtigster Plan — Qualen aus dem Weg zu gehen. Im Ernst, glaubst du, auf uns kommen große Veränderungen zu? Sag mir, was du denkst. Was würdest du tun, wenn du an meiner Stelle wärst?"

„Wenn es dein Plan ist, Schwierigkeiten aus dem Weg zu gehen, glaube ich, daß du sie ohnehin haben wirst — aber du gewinnst nichts dadurch. Ich sehe wirklich Veränderungen auf uns zukommen. Es herrscht eine Ruhelosigkeit, ein Hunger danach, daß etwas passiert. Ich sehe es überall. Wenn Sirakan und ich an einer Gruppe Bauern vorübergehen, schweigen sie. Plötzlich. Wie wenn eine Tür zu einem lauten Zimmer zugeschlagen wird. Warum diese ganze Geheimniskrämerei? Es ist, als wären Dinge, die normalerweise die Farben des gewöhnlichen Lebens trugen, plötzlich nur noch schwarz oder weiß, und jeder muß sich entscheiden. Und mit diesen Entscheidungen kommt Mißtrauen. Du weißt, was ich meine: ‚Wo steht er? Ist er noch sicher?' Menschen, die man schon immer kennt, sind verändert, und es umgibt sie eine Geheimniskrämerei. Aber man weiß nicht, was diese Veränderung bedeutet!"

„Aber einige von uns sind das nicht. Sie sind nicht verändert, meine ich. Ich bin derselbe, auch wenn alles um mich herum sich verändert. Die Molokanen sind so. Wir halten seit Generationen an unseren Bräuchen fest. Warum können wir nicht einfach so weitermachen?"

„Vielleicht könnt ihr das. Aber ich glaube es nicht. Es sieht so aus, als bekämst du Feinde, wie du dich auch entscheidest. Wenn du in der Armee bleibst und hoffst, in ein friedliches Leben zurückzukommen, wirst du enttäuscht werden. Ich sehe die Gefühle in diesem Dorf. Wenn Georgien unter irgendeine Art Militärregierung gerät, wie Sirakan sagt, und du ein Teil davon bist, wird man dich hier hassen. Wenn du die Armee verläßt, bist du ein gejagter Mann, ein Verbrecher. Das einzige, was dir bleibt, ist zu fliehen, aber das ist auch eine Unbekannte."

„Ja. Amerika. Die größte Unbekannte von allen. Und ich will es nicht. Alles in mir sagt mir, daß ich diese Art Exil nicht will. Es muß einen anderen Weg geben."

„Sprich mit Sirakan. Vielleicht hat er eine Idee. Aber sprich leise. Sirakan ist zur Zeit sehr vorsichtig." Sie lehnte sich gegen den Stamm einer Birke; die Kerben in ihrem Stamm waren wie müde, reumütige Augen von grauen, knittrigen Falten umgeben. Ninas eigene Augen waren dunkel, und jetzt lag ein Schatten darüber, und die fliederfarbenen Tupfer in der Luft unterstrichen die Höhlen unter ihren Backenknochen nur noch mehr.

„Ich glaube, Sirakan sähe es am liebsten, wenn du fortgingst", sagte sie abschließend.

„Und du — was willst du?"

Sie zuckte mit den Schultern und blickte ihn direkt an. „Spielt das eine Rolle? Sprich mit meinem Bruder!"

4. Die verschacherte Braut

Nina ließ sich von dem aufbrausenden Fluß an seinem sandigen Ufer entlanglocken. Der Wind zerrte an ihr, und sie verschränkte die Arme gegen die Kälte, aber sie wollte noch nicht zurückgehen. Das Wasser gurgelte und zischte in der hereinbrechenden Dunkelheit, und unter den Bäumen bildeten sich geheimnisvolle, zwielichtige Formen. Der erste Tau hatte den Boden schwarz und feucht gemacht, aber an der Nordseite jedes Baumes hing noch ein Schneefleck wie ein gestärktes Lätzchen. Auf dem Feld rechte das schmelzende Eis mit bleichen Fingern die dunklen Rippen, die der Pflug im letzten Jahr hinterlassen hatte.

Der Winter geht seinem Ende entgegen, dachte sie, und ein Anflug wilder, nicht angebrachter Freude wallte in ihr auf. Die Wasservögel kreischten und schwirrten umher, um sie zu vergewissern, daß sie ihre Unruhe teilten. Ein Mißklang sich widersprechender Gefühle erfüllte sie. *Welch eine Möglichkeit!* sinnierte sie, als sie an Peter dachte. *Flucht nach Amerika – in ein fremdes Land!* Dieser Gedanke war für sie so verlockend, wie er auf Peter abschreckend wirkte. Aber Peter, begriff sie, war mit einer seelentiefen Zugehörigkeit mit den Molokanen verbunden, die sie gleichzeitig verblüffte und faszinierte. Und jetzt, jetzt, da diese Zugehörigkeit gefährdet war, wandten sich ihre Gefühle ihm zu. Sogar Peter schien sich seltsam zu Nina Abadscharian hingezogen zu fühlen, der Außenseiterin!

Sie saß jetzt zwischen zwei Welten, konnte sich aber an eine Zeit erinnern, in der es keine Rolle spielte, daß sie halb Armenierin und halb Georgierin war. Aber diese Zeiten waren vorbei! „Sicher – sicherer für dich ..." Sie erinnerte sich an die versteckte Angst in Sirakans Stimme, als er auf ihre Verlobung mit Mourad Muschegan bestand. Er war erfreut gewesen, als Muschegan nach einem Gottesdienst in Tiflis auf ihn zukam und ein starkes Interesse an Nina bekundete. Muschegan, sagte Sirakan mit liebenswerter Gefühllosigkeit, sei zu reich, um sich über gesellschaftliche Verpflichtungen den Kopf zu zerbrechen. Er wollte eine süße, hübsche Frau, und Nina sollte genau diese Frau sein.

„Und das kann ich auch", sagte sie zu sich selbst, als sie zum Laden zurückging. „Das kann ich!" Sie war bereit, einen gewissen

Preis dafür zu bezahlen, ein eigenes Zuhause und eine Familie und Kinder zu haben.

Sie huschte hinter die Ladentheke und stellte sich wie üblich hinter das Milchglasfenster, um die Grüppchen von russischen Hausfrauen, georgischen Bauern und Dorfkindern zu sehen, die sich bei Sonnenuntergang auf dem Marktplatz versammelten. Sie beobachtete ihre Kleidung und ihre Gesten, wenn sie ihre Köpfe zusammensteckten oder sich scherzhafte Bemerkungen zuriefen – die Scherze derjenigen, die zusammengehörten. Sogar ihre Streitereien waren beneidenswert! Aber die Krümmung im Fensterglas erlaubte ihr nur einen verbogenen und gebrochenen, verzerrten Blick. Die Waren, die Münzen und die unverrückbaren Muster, die in den tatarischen Wandteppich hinter ihr eingewebt waren – das war ihre Welt!

Sirakans gleichmäßige, beruhigende Stimme lenkte ihre Gedanken ab. Er erklärte einem georgischen Bauern etwas aus seinem Rechnungsbuch. Sie sah, daß der Georgier vor Aufregung zitterte, die sich schnell in Wut steigerte.

„Womit ... womit soll ich denn bezahlen? Von dem Stückchen Land, das du und diese Russen mir gelassen haben?" Er seufzte vor Schmerzen. „Ihr saugt das letzte aus uns heraus und wundert euch dann, daß wir eure lausigen Waren nicht bezahlen können."

Nina betrachtete den Mann mit vorsichtigem Mitgefühl. Die Georgier lehnten sich gegen den Druck des Russischen Reiches auf und betrachteten die Armenier, die Geschäfte machten, als gierige Emporkömmlinge, die ihnen die Mittel raubten, die sie für ihre Befreiung benötigten. *Ich verstehe euch*, wollte sie sagen. *Ich bin eine von euch! Wenigstens die Hälfte von mir.*

„Du willst, daß ich zahle? Ich sage dir, ich kann nicht bezahlen!" Der Mann schaute sich wild um, als Leute auf der Straße die Ohren spitzten.

Die Angst saugte jede Wärme aus ihren Händen und Füßen und ließ sie in ihre Brust strömen; diese pochende Flut hämmerte in ihrem Herzen.

„Nein, nein." Sirakan klang beschwichtigend, entschuldigend. „Das verlange ich nicht ... schau. Siehst du diese Summe? Das ist dein Kredit. Ich sage nur, daß ich dir nicht mehr geben kann –"

„Du hungerst uns aus! Deine Gier vertreibt uns noch aus unserem eigenen Land ..." Dieser rauhe, hysterische Schrei löste ein Gemurmel in der zusammengelaufenen Menschentraube aus.

Brennende Fackeln mit einem schwarzen Stiel leuchteten hier und da auf und warfen mit diesem blassen Schimmer, den das Feuer im Zwielicht hatte, Schatten auf die Menschen.

Mit einer wütenden Armbewegung fegte der verärgerte Kunde Sirakans Rechnungsbuch zusammen mit mehreren Gläsern von der Theke. Im selben Augenblick, in dem das Glas zerbarst, stürmten lärmende Dorfbewohner in den Laden. Nina trat einen Schritt zurück und drückte sich gegen die Wand, als könnte sie in den schwarzen und roten Formen hinter sich untertauchen. Sirakan bückte sich langsam, sehr langsam, um sein Buch wieder aufzuheben. „Geh hinaus!" keuchte er ihr zu. „Geh jetzt hinaus!"

Flaschen flogen klirrend zu Boden; jemand ergriff einen Stoffballen und warf ihn der Menge draußen zu. Die schimmernde orangerote Seide wehte in hochgehaltenen Händen — wie ein helles, wogendes Banner. Sie begann, mit dem unverwechselbaren Geruch, den brennende Seide abgibt, zu rauchen. Dann sah Nina das Freudenfeuer. Sirakan richtete sich auf, und ein rauhes Grinsen verzog seine Lippen.

„Hier", sagte er mit überschwenglicher Großzügigkeit. „Nehmt alles; warum sollen wir nicht feiern?" Er packte einen Ballen billigen Kalikostoffes und warf ihn mit solcher Wucht, daß der Mann, der ihn auffing, verstummte. Lachend begann Sirakan, Gläser mit eingelegtem Gemüse auf den Steinboden zu werfen. Nina starrte ihn verständnislos an.

„Wir sind Nachbarn", überschrie er den Lärm. „Wir feiern miteinander." Ein stechender Essiggeruch erfüllte die Luft. Nina, die regungslos vor ihrem Wandteppich kauerte, wurde es sehr warm, aber ihre Augen hingen verwundert an Sirakan.

„Wartet, wartet", rief seine kräftige Stimme den erstaunten Gesichtern um ihn herum zu. „Warum wollt ihr Essig haben, wenn ihr Wein haben könnt?" Er fing an, Flaschen mit Tsitskawein herumzugeben, während er sich seinen Weg zur Tür bahnte. Als er das knisternde Freudenfeuer erreichte, hielt er sein Rechnungsbuch über dem Kopf.

„Schaut", verkündete er. „Wir feiern miteinander..."

Er schlug das Buch auf und las einen Namen: „Patiaschwilli." Ohne hinzuschauen, riß er eine Seite aus dem Buch, zerknüllte sie in seiner Faust und warf sie auf die Flammen. „Wasadse..." Eine Papierkugel knisterte und kringelte sich in der Flamme. „Schgenti..." Noch einer — zu Asche. Nina sah in stummer Bewunderung zu, wie Sirakan einen Namen nach dem anderen der verstummten Menge vorlas, während ihre Schulden schrumpften, sich wanden und in Asche auflösten. Ein breites Grinsen zog allmählich anstelle der aufgebrachten finsteren Mienen über die Gesichter. Wenn es zwei Dinge gab, die die Georgier bewunderten, dann war das Mut und Größe!

Als alles vorbei war, trat ein Bauer mit einem dünnen Gesicht mit der ganzen Haltung und Würde eines Volkes vor, das für seine Gastfreundschaft berühmt ist. Er hob ein billiges Glas, das Nina wiedererkannte.

„Es ist dein Glas und dein Wein, Abadscharian, aber wir trinken dir zu. Nachbarn!" sagte er, als er sich umblickte und die belustigte Zustimmung auf den Gesichtern um sich sah.

„Wir leben zusammen, wir trauern zusammen, und wir feiern zusammen!" Der Georgier legte den Kopf zurück und nahm den ersten Schluck.

Es war, wie er sagte — sie feierten! Die halbe Nacht. Nina war nach oben in die Wohnung gehuscht, aber sie kam wieder nach unten, nachdem der letzte verschwunden war.

„Das ruiniert mich", stöhnte Sirakan, als sie anfingen, den Laden wieder in Ordnung zu bringen. „Der Schaden — er hätte schlimmer sein können." Er fuhr mit der Hand über die Holztheke, als wollte er sie trösten.

„Sie hätten uns auch ausbrennen können. Weißt du das? Uns ausbrennen... so wie es aussieht, sind wir glimpflich davon gekommen. Viel glimpflicher als unsere Brüder in Aserbaidschan." Nina erschauderte in der kalten Nachtluft. Die Tataren und Aserbaidschaner waren schon immer eine schattenhafte Bedrohung am Rand ihrer Welt gewesen; erst kürzlich berichtete Morde an Armeniern in Baku hatten diesen alten Alptraum wieder zum Leben erweckt.

Sirakan starrte in das verlöschende Feuer vor der Tür. Als er seinen Blick wieder ihr zuwandte, wirkte er nachdenklich und besorgt.

„Ich frage mich nur — wenn solche Schwierigkeiten schon in einem solchen Dorf auftreten, wie werden sie dann dich behandeln? Als die Tochter von Aram Abadscharian, dem armenischen Ladenbesitzer? Oder als die Schwester von Noe Tscheidse, ihrem Kameraden in dem Aufstand?"

„Ich glaube, nach dem morgigen Tag spielt das keine Rolle mehr", sagte sie ruhig.

„Nein, nein, das glaube ich auch. Wenn du verheiratet bist, liegt dein Schicksal bei Muschegan. Je früher, um so besser. Es ist sicherer für dich ..."

„Und was wird aus dir und Vater und Mutter?"

„Wer weiß? Vielleicht müssen wir wegziehen. Dieses Dorf platzt aus den Nähten. Aber wir können nichts dagegen tun."

Sirakan war ruhig und grimmig, als sie daran gingen, den geplünderten Laden wieder in Ordnung zu bringen. *Sicherer*, dachte sie, als zerbrochenes Glas unter ihrem Besen knirschte, *aber zu welchem Preis?*

Morgen sollte also der große Tag sein. Die zwei Familien würden zusammenkommen und eine Verlobungsvereinbarung treffen. Morgen würde die georgische Hälfte in ihr sich hinter irgendeiner Tür in ihrer Seele zurückziehen, und sie würde die armenische Verlobte von Mourad Muschegan.

* * *

Der Morgen war kalt und immer noch dunkel, als Nina aufstand. Ein Hauch eines grauen Dämmerlichts fand seinen Weg in ihr Zimmer mit dem Metallbett, der weißen Daunendecke und dem schlichten, kleinen Stuhl, der mit einem verblaßten, blauweiß gestreiften Kissen verziert war. Sie entzündete vorsichtig die Lampe auf dem wackeligen, ovalen Tisch vor dem Fenster und öffnete die Truhe, die auf dem Teppich am Fußende ihres Bettes stand. Dieser Teppich war der einzige wirkliche Farbtupfer im Zimmer. Er war tief blau und mit Blumen übersät, deren Farben von einem zarten Lachsrosa bis zu einem leichten Rosa und Gelb reichten.

Nina kleidete sich langsam an; heute würde sie das orientalische Kleid einer Armenierin tragen. Sie zog einen gestreiften Rock aus schwerer Seide über eine lange Hose in Indigoblau. Über ihrer weißen Bluse trug sie ein dunkles Mieder, und beide waren von einer kräftig bestickten Schärpe eng umgürtet, die zweimal um ihre schlanke Taille gewickelt war. Sie trat an den Spiegel, lächelte ängstlich und strich sich über die Stirn. Sie hatte ihre Haut immer für wachsfarben gehalten, aber sie war fein und leuchtend, so daß ihre neutrale Schattierung die Farben um sie herum widerspiegelte. Heute morgen waren diese Farben Grauschattierungen. Ihr

Gesicht nahm einen steifen, aber ernsten Blick an, als wollte es sagen: „Was wird wohl heute mit dir geschehen?"

Ninas Blick wanderte weiter und fiel auf die hübsche Schärpe, dann auf ihren Saum und die blaue Hose, die ihre Knöchel über den leichten tatarischen Schuhen mit den spitzen Zehen umschloß. *Diese Schuhe kann ich nicht anziehen,* dachte sie. *Es ist einfach zu kalt. Ich muß meine alten Stiefel anziehen.* Die Stiefel waren aus weichem, gelblich braunen Leder, ohne Absatz im georgischen Stil. Sie paßten gut zu ihrem gelbbraunen Mantel, aber sie waren abgetragen. Sie hoffte, die reichen Muschegans würden das abgenutzte Leder unter der unbeschwerten, farbenfrohen Hose nicht bemerken.

Sie konnte von unten ein Poltern und Schieben hören, als Aram und Sirakan hin- und hergingen, um den Wagen zu beladen. Sogar die Verlobung der einzigen Tochter und Schwester genügte nicht, um die Möglichkeit, Geschäfte in der Stadt zu erledigen, ungenutzt verstreichen zu lassen. Warum vergeblich in die Stadt fahren, sagten sie!

Nina warf einen letzten Blick in den Spiegel, bändigte ihre stürmische Haarpracht und krönte sie mit der armenischen Kopfbedeckung und dem langen, seidenen Schleier, der jedes Mädchen wie eine Prinzessin aussehen ließ. Sie legte den Kopf schief, um besser zu hören, und vernahm die leichten Schritte ihrer Mutter. Es wurde ernst, beinahe Zeit aufzubrechen! Aber etwas in ihr zögerte. Sie betrachtete gedankenabwesend das Gesicht im Spiegel, als suche sie etwas. Dann trat sie ans Fenster. Aber in der blassen Morgenluft sah sie nur den beladenen Wagen unten auf der Straße und die vertrauten Hüttenreihen, hinter denen viele Bäume mit kahlen Zweigen standen. Und darüber einen Mond, der beinahe voll war, aber ausgelaugt und an einem Rand verblaßt wie eine alte Münze, die zu lang im Umlauf war.

„Nina!" Das war die Stimme ihrer Mutter. Sie trat vom Fenster weg und ging nach unten.

* * *

„Sie arbeiten also im Geschäft Ihres Bruders!" Mourad Muschegan sagte das, als wäre das irgendwie belustigend, als stehe sie aus der Laune einer jungen Frau heraus hinter der Ladentheke. Er lächelte nachsichtig und schuf in seiner Vorstellung das Bild eines gut erzogenen, aber wunderlichen Mädchens, das noch nicht weiter war, als sich mit der Rolle einer Verkäuferin die Zeit zu vertreiben. *Soll ich ihm seine Illusionen rauben?* fragte sich Nina. Sie legte den Kopf schief und lauschte auf die Dissonanz in ihrem Inneren und hörte dieses hinterlistige, kleine Verlangen, etwas zu sagen, das Muschegan Grund geben würde, sie und ihre ganze Mitgift wieder nach Hause zu schicken. Aber sie wußte, daß sie kaum etwas sagen konnte, das ihn sonderlich beeindrucken würde. Er sprach mit ihr, weil er in ihr Gesicht sehen wollte, nicht weil er ihre Gedanken hören wollte. Sie schaute ihn gelassen an und nahm ihren ganzen Witz zusammen.

„Ja", erwiderte Nina. „Es ist eine wunderbare Gelegenheit, die menschliche Natur zu studieren — und zu überleben. Diese zwei Dinge sind oft miteinander verbunden!"

„Oh, und was haben Sie gelernt?" Seine Wangen blähten sich zu einem süffisanten Grinsen auf, und seine Schläfen bewegten sich nach oben zu seinem Haaransatz.

„Nicht so viel, wie ich gern gelernt hätte", antwortete sie ernst. „Ich glaube, ich bin im falschen Geschäft! Das Problem bei einem Laden ist, daß die Leute hereinkommen und ehrlich sagen, was sie wollen, und man es ihnen gibt. Im übrigen Leben läuft es aber ganz anders." Nina ließ ihre Augen über das Gesicht ihres Verlobten gleiten.

Mourad Muschegan war kein schlechtaussehender, junger Mann. Knapp über dreißig, die Schlankheit seiner Jugend hatte er verloren, aber noch nicht die Schwerfälligkeit des mittleren Alters angenommen. Seine Haut war blaß und hatte einen Schimmer, der nicht von guter Gesundheit zeugte. Seine schwarzen Haare glänzten, und sogar seine Kleider schienen zu schimmern. Aber seine Hände waren anders — blaß wie sein Gesicht, aber sie sahen trokken und gepudert aus. Dieser Wechsel wirkte irgendwie störend.

„Sie sind zu hübsch, um so zynisch zu sein", bemerkte er mit einem spöttischen Blick, der das Thema menschliche Natur vom Tisch wischte. „Bleiben Sie bei den positiven Dingen! Denken Sie nur daran, daß Sie in ein paar Wochen meine Frau sind, die Herrin meines Lebens, meines Hauses..." Er blickte sich im Zimmer um, als wolle er sie mit der Pracht bekanntmachen, die ein einfaches Dorfmädchen in Ehrfurcht versetzen müßte.

Sie folgte unumwunden seinem Blick. Ihre künftige Schwiegermutter, Hamas, saß ihr gegenüber in dem förmlich eingerichteten Salon und servierte Tee und Kuchen mit einer gelernten Würde und tauschte mit Maria Abadscharian höfliche Bemerkungen aus. Ninas Augen nahmen das Plüschsofa, die schweren Vorhänge mit ihren grünen Seidenquasten und die Familienphotos in den vergoldeten Rahmen wahr. Konnte es wirklich sein, daß sie hier leben sollte? Sie sagte sich wieder alle Gründe auf, warum es günstig, sogar nötig wäre, Muschegan zu heiraten. Welche Wahl blieb ihr sonst?

Er lächelte sie wieder mit seinen feuchten Augen an. Er stellte sein Teeglas und seine Untertasse mit einer fürchterlichen Entschlossenheit auf den Tisch und legte seine weißen Hände auf seine Knie. Er hatte eine besondere Art, mit der er dies tat – seine Hand mit dem Onyxring schloß sich auf dem gestreiften Stoff, zog ihn etwas nach oben und zeigte ein paar Zentimeter seiner Seidensocken.

Verwirrt und aus irgendeinem Grund verlegen, wandte Nina ihren Blick dem Fenster zu, aber das früh hereinbrechende Zwielicht verwehrte ihr einen klaren Blick nach draußen. Statt dessen spiegelte das teure Fensterglas den Raum und die sich darin befindlichen Personen wider. Sie konnte kaum die Platane vor dem Fenster erkennen, die wie eine doppelt belichtete Photographie aussah. Es war eine seltsame Zusammenstellung, dachte sie mit einem leichten, einseitigen Lächeln – der große, knorrige Baum mit steifen, kleinen Leuten, die auf seinen ausgebreiteten Ästen sitzen und Tee nippen. Sirakan wirkte besonders lächerlich und sah aus, als fühle er sich nicht wohl in seiner Haut.

Sie kniff die Augen zusammen, als zwei kaum auszumachende Studenten in Sicht kamen, die beide tiefblaue, fast nicht von der Straße abstechende Seemannsjacken trugen. Ihre blassen Gesichter und Hände und das weiße Papier, das sie trugen, wirkten von ihren Körpern losgelöst und auf gespenstische, unmenschliche Art herumgeweht. Die Bewegung dieser körperlosen Hände wirkten gewichtig; es war wie eine schaurige, unheimliche Pantomime, die gleichzeitig eine hoffnungsvolle und eine düstere Bedeutung enthielt. Plötzlich gingen die jungen Männer auseinander, und einer von ihnen begann, seine Flugblätter auf der Straße zu verteilen. Den anderen verlor sie aus dem Blick, aber er konnte nicht weit sein, denn eines der bedruckten Blätter kam durch die Luft geflogen, blieb am Baumstamm hängen und bewegte sich zwei bis vier

Zentimeter nach oben, als versuche es, auf die Zweige über sich zu klettern.

„Die kleinen Idioten sind zu dumm, um zu wissen, daß man nicht mit Feuer spielen sollte", sagte Muschegan, der ihrem Blick gefolgt war. Er setzte eine ernste Miene auf, aber dann hob er, unter der Spannung des langen Blickes, den sie ihm zuwarf, seine Augenbrauen und versuchte, witzig zu klingen. „Georgische Unabhängigkeit! Welch ein großer, zu Herzen gehender Begriff! Und wohin hat es sie gebracht, bis Rußland 1801 die Herrschaft übernahm? Wie oft sind schon fremde Truppen in Tiflis einmarschiert? Neunundzwanzigmal? Ungefähr. Kein erstrebenswertes Leben, auch nicht für die freiheitsliebenden Georgier."

„Jeder Mensch will seine Freiheit." Sirakan zuckte in einer versöhnlichen Geste mit den Schultern. „Das können Sie ihnen nicht verübeln, Mourad. Überlegen Sie doch nur, was Sie oder ich bei einem freien Armenien empfinden würden. Die Menschen wollen ihr Leben selbst auf ihre eigene Weise gestalten. Für die meisten bedeutet das irgendeine Art nationaler Identität."

„Natürlich, natürlich. Ich streite ihnen dieses Recht auch nicht ab. Ehrlich gesagt, bewundere ich einige von ihnen sogar beinahe. Zoe Zordania und seine georgischen Nationalisten sind intelligente Idealisten. Ich kann eine hohe Intelligenz genauso bewundern wie den nächsten Menschen. Zordania begreift aber nicht, daß er mit diesen Sozialdemokraten einen Tiger am Schwanz packt, der sich irgendwann umdreht und ihn verschlingt." Muschegan erwärmte sich an seiner bildhaften Sprache: „Und dann kommen die Russen und stecken das Biest in den Käfig."

„Vielleicht", sagte Sirakan umsichtig. „Aber Zordania ist auch ein scharfsinniger Politiker und nicht nur ein intelligenter Idealist. Ich glaube, er ist eine Kraft, mit der man rechnen muß. Ich hoffe nur, daß die Russen großzügig sind, wenn sie rechnen. Zordania ist eine echte Führungspersönlichkeit, und die Menschen folgen ihm, weil sie das Gefühl haben, daß ihm wirklich etwas an dem georgischen Volk liegt. Und das stimmt auch! Das einzige Problem ist, daß Georgien nicht mehr georgisch ist. Schauen Sie sich nur Tiflis an. Hauptsächlich Georgier – aber auch sehr viele von uns Armeniern. Die übrigen sind Russen, Türken – eine ganze Mischung aus verschiedenen Völkern. Kommen Sie den Wünschen der Georgier nach, dann sind alle anderen aufgebracht. Es ist ein kompliziertes Problem." Er lächelte bescheiden und warf Maria einen Blick zu, anscheinend dachte er an ihr georgisches Blut. Nina bemerkte, daß sie blaß und still war.

„Genug von der Politik", murmelte Muschegan. „Das ist für unsere hübschen Damen bestimmt nicht interessant." Er lächelte Nina ermutigend zu, und sie verspürte einen Augenblick Panik. *Erwartet man, daß ich etwas sage?* Sie biß sich nervös auf die Lippen, als wollte sie zum Handeln ansporen, aber ihr Vater, Aram, ergriff das Wort.

„Importieren Sie immer noch Baumwolle für Ihre Fabriken? Ich habe gehört, die Preise gehen immer weiter in die Höhe."

Muschegan rollte mit den Augen und stieß ein grimmiges Lachen aus. „Ich importiere sie von fast überall her – aus der Karibik, aus Afrika, sogar aus Amerika. Es sieht so aus, als könnten sie es mir nicht schnell genug nachliefern. Es gab schon Zeiten, in denen ich einige Tage schließen mußte, weil ich keine Fasern mehr hatte, um die Fabriken in Gang zu halten. Glauben Sie mir, es ist eine Verschwendung, diese Maschinen nutzlos herumstehen zu haben. Das einzige, was ich dabei spare, sind Löhne. Wenn niemand arbeitet – wird auch niemand bezahlt, auch ich nicht. Man sollte glauben, die Bauern hier und in der Ukraine kämen auf die Idee und würden anfangen, mehr Baumwolle anzupflanzen. Aber wer wird je verstehen, was im Kopf eines Bauern vor sich geht! Daß Rußland im Begriff steht, ein Industrieland zu werden, ist ihnen gleichgültig. Sie wollen, daß alles so bleibt, wie es immer war."

„Wir müssen ein ungewöhnlich fortschrittliches Dorf haben", warf Sirakan trocken ein. Nina bemerkte, daß er über seinen Schnurrbart strich, wie ein Mann ein nervöses Pferd streichelt, um es zu beruhigen. Kein gutes Zeichen. „Einige unserer Bauern pflanzen dieses Jahr Baumwolle an – obwohl es ein Risiko für sie bedeutet. Das Kuratal ist vielleicht ein bißchen kalt für Baumwolle, und wenn sie eine Ernte verlieren, kann es ihnen passieren, daß sie alles verlieren. Sie wissen ja, wie hart die Bauern besteuert werden."

„Natürlich, Steuern sind der Preis für den Frieden."

„Ja, sie zahlen vielleicht dafür, aber sie bekommen ihn nicht. Niemand könnte Transkaukasien zur Zeit friedlich nennen."

„Wessen Schuld ist das?"

„Eine gute Frage. Die Antworten sind leider nicht so einfach. Wer kann erklären, was in Guria vor sich geht?"

„Die Aufstände in Guria werden niedergeworfen." Auf Muschegans glattem Gesicht erschienen auf beiden Seiten seines kurzen

Kinns kleine Säckchen des Mißfallens. „Das Militär wird zu Hilfe gerufen", fügte er hinzu.

„Ich weiß, aber schauen Sie doch nur, was schon passiert ist – Landbesitzer und *Kulaks* werden getötet. Als nächstes kommen Fabrikbesitzer an die Reihe." Nina holte Luft. Sirakan hatte seine übliche Diplomatie über Bord geworfen. „Und das ist nicht nur einfach ein weiterer Streik; diese Menschen haben tatsächlich ihre eigene Regierung durch ein Komitee errichtet – einen Sowjet, wie sie es nennen."

Muschegan senkte den Kopf und blickte zu Sirakan auf. Nina konnte die roten Ränder unter seinen Augen und den Puls in seinen Schläfen schlagen sehen. Obwohl sein Gesicht vor Wut weiß wurde, war sein Tonfall ruhig. „Sie sind Anarchisten. Wie sollen sie jemanden regieren? Die Rolle, die sie gewählt haben, wird zu einem Exempel dafür, was mit Dieben und Mördern passiert, die gegen die errichtete Ordnung ihre Fäuste erheben. Das werden Sie schon sehen."

„Dessen bin ich mir sicher", murmelte Sirakan. „Sagen Sie mir, wie gehen Sie mit diesen Anarchisten in Ihrer eigenen Fabrik um? Ich weiß, daß sie ‚das Proletariat propagieren', wie sie es nennen."

„Damit habe ich keine Probleme. Ich habe eine besondere Nase für Sozialdemokraten und ihre Tricks! Glauben Sie mir, wenn ich sie ausfindig mache, und das tue ich immer, dann werde ich mit ihnen schon fertig. Aber das ist nicht allein mein Verdienst! Die Schwarzen Hundert sind sehr kooperativ."

„Ah ja", sagte Aram. „Das Geschäft ist heutzutage komplizierter geworden. Alles verändert sich. Ein Mann muß in seinem Haus für Frieden und Stabilität sorgen."

„Ach ja." Muschegan fuhr mit seiner aschfahlen Hand über sein Knie, und Nina schreckte zurück, als seine Socke herausschaute. „Auf das Familienleben kommt es an – dafür arbeitet ein Mann."

Nina fiel auf, daß er dies in demselben leichten Tonfall sagte, den er bei der Beschreibung der Diebe und Mörder in Guria benutzte. *Seltsam*, sinnierte sie. *Seine Stimme läßt auch die wichtigsten Dinge banal klingen, doch seine schmerzhaft gezielten Gesten machen sogar die idiotischsten Bewegungen seltsam bedeutungsvoll.* Sie verschleierte den Ausdruck in ihren Augen mit ihren langen Wimpern, damit niemand sehen konnte, daß sie zu dem Schluß gekommen war, daß der reiche Mourad Muschegan ein Narr war.

Sie warf einen Blick auf ihre Eltern. Wie immer konnte sie Marias

Miene nicht deuten. Aber Aram wirkte völlig arglos und machte glücklich Inventur in dem reichen Salon der Muschegans. Sirakans kräftige Schultern waren gegen die geschnitzte und gepolsterte Rückenlehne eines Stuhls im englischen Stil aufgerichtet. Offenbar zermarterte er sich seinen Kopf nach einer Möglichkeit, diesen Besuch mit Würde zu beenden. Nina hoffte, ihm fiele bald etwas ein. Ihre Glieder fühlten sich an wie Blei, und sie dachte sehnsüchtig an ihr sauberes, schmales Bett und das kleine gestreifte Kissen auf ihrem Stuhl.

* * *

Ninas Gedanken beschäftigten sich am nächsten Tag viel mit Mourad Muschegan. Verzerrte Bilder seiner unattraktiven Erscheinung tauchten in jeder wachen Minute vor ihr auf. *Dieses Reptil!* dachte sie. *Ich bin schon an ihn gebunden; er füllt mein ganzes Denken aus!* Ihr einziger tröstlicher Gedanke war, daß Sirakans Begeisterung über die Heirat verflogen war. Da Muschegan außerdem ein kapitalistischer Ausbeuter war, wie er im Buche steht, konnte sie wahrscheinlich mit Noes Hilfe rechnen, wenn sie versuchte, sich aus dieser Heiratsfalle zu befreien, die Aram für sie ausgelegt hatte. Leider standen der radikale Noe und sein Stiefvater immer auf Kriegsfuß miteinander. Welch ein Witz! Aram würde auf sie wahrscheinlich genausowenig hören wie auf Noe! Außerdem würde Aram sich nie freiwillig vor der Dorfgemeinde bloßstellen und von einer formellen Verlobung zurücktreten. Und die Hochzeit sollte schon in drei Wochen stattfinden!

Sie lag mit dem Gesicht nach unten auf ihrem Bett und krallte die Finger um eine Handvoll Daunen, als könnte sie sich damit fest verankern. Wie der Tag sich dahingeschleppt hatte! Sie konnte hören, wie Sirakan unten den Laden zuschloß, und dann vernahm sie die leichten Schritte ihrer Mutter auf der Treppe. Sie drehte sich nicht um, als sich die Tür öffnete, aber das Rascheln von Marias Röcken, als sie sich auf dem Stuhl niederließ, verriet ihr, wer ihr Besucher war.

„Ich habe gestern bei Muschegans an ein Mädchen denken müssen, das ich früher einmal kannte", begann Maria. Nina stützte sich auf einen Ellbogen und warf ihrer Mutter einen teilnahmslosen Blick zu.

„Sie kam aus einer guten Familie, war die Tochter eines Staatsbeamten. Aber sie ging in eine Fabrik arbeiten — weil sie versuchte, die Leute dort zu erreichen. Das war in den 70er Jahren. Wir wollten die Menschen aus ihrem Elend befreien. Wie sonst sollte man das erreichen, als dadurch, daß man ihr Elend mit ihnen teilte? So arbeitete diese junge Frau mit den Fabrikarbeitern und versuchte, ihnen zu helfen. Sie bildete Lernzellen für sie. Aber es war schwer für sie ...

Die Zustände waren — entsetzlich! Sie war so erschöpft von den langen Stunden und den schrecklichen Lebensbedingungen, daß sie in eines der äußeren Gebäude huschte und sich auf den Boden in den Schmutz legte, nur um ein bißchen in Ruhe schlafen zu können. Schließlich versagte ihre Gesundheit, und sie war gezwungen, zu ihrer Familie zurückzugehen.

Gestern, als wir Tee tranken, kam mir ihr Gesicht wieder in den Sinn. Sie war ein hübsches Mädchen, blond und zart. Ich habe mich gefragt, ob in Muschegans Kalikofabrik auch solche Mädchen arbeiten. Es ist lange her, seit ich auch nur an solche Dinge gedacht habe!"

„Warum haben ihre Eltern ihr das erlaubt?" fragte Nina.

„Das haben sie nicht. Sie hat auf eigene Faust ihr Zuhause verlassen und ist fortgezogen. Einige von uns haben das damals gemacht; wir haben unsere Familien verlassen und uns eine Arbeit gesucht oder sind zur Universität gegangen, damit wir das einfache Volk erreichen konnten."

„Wir?"

„Oh ja. Ich war eine dieser radikalen Frauen aus den 70ern! Ich trug die blaue Brille und die dunklen Röcke und besuchte den Unterricht, als hinge mein Seelenheil davon ab! Und um das zu tun, mußte ich alles auf's Spiel setzen. Deine Großeltern sind sehr bürgerlich! Es dauerte Jahre, bis sie überhaupt wieder mit mir sprachen."

„Wie bist du ausgebrochen — wie konntest du überleben?"

„Ich habe geheiratet", sagte Maria einfach. Nina blickte ihrer Mutter hungrig ins Gesicht, als könne sie dadurch Einzelheiten herausziehen, die eine Bedeutung für sie enthielten. Maria war immer noch eine schöne Frau. Ihr karges Gesicht war dunkler geworden, so daß Schatten unter ihren Brauen und unter ihrer Nase und in den langen Linien auf jeder Seite ihres Mundes lagen. Aber das hob nur wie die schwarzen Umrandungen auf einer

Ikone die Vollkommenheit ihrer Gesichtszüge hervor. Seltsamerweise hielt sie ein Kinderschulbuch in der Hand, das zu alt war, als daß es eines ihrer eigenen Kinder benutzt haben könnte. Sie streichelte es mit ihren Fingerspitzen. Nina schaute es neugierig an.
„Viele von uns haben das damals gemacht. Ich gewann meine Freiheit durch eine vorgetäuschte Heirat. Ein schrecklicher Fehler, Nina. Die Ehe ist etwas Heiliges, nicht etwas, das zu irgendeinem anderen Zweck benutzt werden sollte. Aber Gott war gut zu mir."
„Was ist passiert?" Fasziniert und gebannt hörte Nina zu. Maria bemühte sich sehr darum, ihren Tonfall knapp und sachlich zu halten, aber ihre Stimme fing flüchtige Gefühlsnuancen auf und verriet sie.
„Es gab engagierte junge Männer, die bereit waren, sich zu opfern, um einen neuen ‚Arbeiter für das Volk' zu befreien. Sie erwarteten ohnehin kein persönliches Glück und waren deshalb bereit, auch in Zukunft auf eine Ehe zu verzichten. Davit Tscheidse war einer von ihnen." Maria machte eine Pause, als ließe sie den Namen auf ihrer Zunge zergehen – Davit, Davit – es war, als sänge sie den Namen. Und Nina begriff, daß Jahre vergangen sein mußten, seit sie ihn zum letzten Mal ausgesprochen hatte.
„Davit war ein Freund meines Bruders, und soweit meine Eltern es sehen konnten, war er geeignet. Natürlich kannten sie ihn nicht wirklich, genauso wenig, wie sie mich kannten. Als er um meine Hand anhielt, sahen sie kein Problem. Wir heirateten schnell, Davit und ich, und nahmen unser Studium in Kasan auf. Wir machten uns nicht die Mühe, so zu tun, als lebten wir zusammen."
„Aber Noe?"
„Ja, Noe! Mach dir keine Sorgen, Nininka, ich habe nicht vergessen, wie Noe auf der Bildfläche erschien! Ich versuchte, meine Gedanken auf mein Studium zu konzentrieren. Ich besuchte treu jede Unterrichtsstunde und die zusätzlichen Versammlungen. Ich sah Davit nicht oft, aber wenn ich ihn sah, dann fühlte ich mich innerlich, wie wenn ein Feuer entfacht wäre – als könnte ich die ganze Welt lieben! Davit war mein Freund, mein Bruder, mein Ratgeber – immer mit einer ruhigen, verständnisvollen Art. Und immer zum Verrücktwerden objektiv mir gegenüber.
So ging es während der ganzen Universitätszeit; ich lebte von meiner Mitgift, und er lebte von dem, was er verdienen konnte, oder von dem, was er von seinen Eltern geschenkt bekam. Als Davit graduierte, wurde er in ein abgelegenes Dorf in den Bergen

geschickt, um dort zu unterrichten – eine *Zemstwo*stelle. Er schrieb mir gelegentlich – saubere, kleine Briefe, die sowohl einfühlsam als auch zynisch waren, und natürlich zum Verrücktwerden objektiv! Ich schloß mein Studium zwei Jahre später ab. Siehst du das Bild hier – das wurde zu der Zeit aufgenommen, als ich mein Studium abschloß. Schau, das ist Davit."

Als sie eine verblaßte Photographie aus ihrem Arbeitsbuch zog, beugte Maria ihren Körper, um das Bild ins Licht zu halten. Alle Schatten in ihrem Gesicht hoben sich, und ihre Stimme klang jung. Nina betrachtete die mitgenommene Photographie. Es war nicht schwer, Maria zu erkennen. Sie trug die strenge Kleidung und die getönte Brille, aus der die Uniform der radikalen Studentinnen bestand. Aber bei Maria schmiegte sich das züchtige, dunkle Kleid mit dichterischer Leichtigkeit an ihren hübschen Körper, und die Brille konnte die byzantinische Schönheit ihres Gesichts nicht verbergen.

Davit war zu ihrer Enttäuschung verschwommen. Aus irgendeinem Grund hatte Nina das Gefühl, es sei für sie von entscheidender Wichtigkeit, sein Gesicht zu kennen, als müßte sie es eines Tages wiedererkennen. Sie warf einen Blick auf ihre Mutter und erkannte, daß Maria jeden Gesichtszug mit stechender Deutlichkeit sah. Der weiße Knick, der über das glänzende, schwarzgraue Papier lief, machte Davits Gesicht unkenntlich, aber er konnte Marias inneres Bild nicht beeinträchtigen.

„Ich war überrascht und erfreut, als Davit zu meiner Graduierung kam", sprach Maria weiter. „Wir wußten beide, daß die Behörden erwarteten, daß ich zu ihm in seiner *Zemstwo*stelle zöge, aber Davit machte mir klar, daß ich das umgehen konnte, wenn ich wollte. Ich wollte nicht. Und ich konnte sehen, daß Davit sich während dieser zwei Jahre in den Bergen verändert hatte. Die Briefe waren eine Täuschung, ein Schutzschild, um mich von ihm fernzuhalten! Aber als wir einander wiedersahen, wußten wir, daß Gott uns ein Geschenk gegeben hatte – eine echte Ehe. Schau, sieh ihn dir an! Du kannst diesen Anflug von Verletzlichkeit daran sehen, wie die Schatten über seine Augen fallen. Das war neu. Davit sah mit dreiundzwanzig knabenhafter aus als mit zwanzig!"

Nina betrachtete ernsthaft das Photo, aber sie sah nichts. Maria wurde plötzlich wieder kühler, und Nina fragte sich, ob ihre Gedanken ihr weh taten, oder ob sie meinte, sie sollte ihre Begeisterung für Davit Tscheidse gegenüber Aram Abadscharians Tochter zügeln.

„Wie dem auch sei", meinte Maria abschließend. „Ich zog zu ihm dort in seine primitive Behausung. Es war praktisch Exil. Ich denke, die Regierung wußte von Davits politischen Neigungen und wollte ihn in sicherer Entfernung halten. Aber wir waren so glücklich! Wir unterrichteten miteinander, und wir lernten miteinander. Besonders lernten wir, daß Philosophie nicht das Leben ist. Unsere Studentenambitionen und hochtrabenden Ideen stellten sich als zerbrechliche Dinge heraus. Erst als wir sie über Bord warfen, lernten wir wirklich zu dienen. Und, Nina, wir fanden so viel Freude daran! Unser gemeinsames Leben erschien uns so einfach und so vollkommen. Aber ich habe ihn verloren. Die Cholera raffte ihn dahin, als Noe gerade das Laufen lernte."

Nina starrte mit verschwommenem Blick in die schweigende Pause, die Maria ließ. „Warum erzählst du mir das?" fragte sie und drehte langsam den Kopf und schaute ihrer Mutter in die Augen. „Warum?"

Die ältere Frau zuckte mit den Schultern. „Du bist meine Tochter, Nina. Ich wünsche mir für dich Dinge, von denen du noch nicht einmal weißt, daß es sie gibt."

„Ich weiß, daß es sie gibt", sagte Nina bitter. „Aber es gibt sie nicht für mich. Ich bin irgendwie anders."

„Ja, das stimmt. Du bist anders", antwortete Maria ruhig.

„Was kann ich tun?" fragte Nina. „Von Zuhause fortgehen und in irgendeiner Fabrik arbeiten? Dann würde ich immer noch irgendeinem Mann wie Muschegan gehören. Sprich mit meinem Vater! Sag ihm, er soll mir diese Heirat ersparen!"

„Ich habe mit ihm gesprochen. Er bleibt unbeweglich." Ihre Augenlider zuckten bei irgendeinem geheimen Gedanken oder Gefühl. Dann zog sie wieder die sanfte Verteidigungsmauer hoch, die sie so kurzzeitig fallengelassen hatte, als der Name Davit Tscheidse über ihre Lippen kam. Nina wußte, daß Maria sich nie gegen ihren Mann wenden würde, und eine große Einsamkeit kam über sie.

„Warum hast du es mir erzählt?" fragte sie wieder.

* * *

Die Straße war hart und voll Fahrrinnen. Die Rinnen waren im Morgenlicht blau, und die schlangenähnlichen Ränder zwischen ihnen drückten sich in ihre abgetragenen Lederstiefel. Aber Nina ging und ging. Sie wollte die östlichen Felder hinter dem Dorf erreichen und das große und offene, weite Land sehen. Sie warf den Kopf zurück und blickte auf die Telegraphenkabel, die der Straße folgten.

„Ich gehe und werde Telegraphistin!" Sie lachte und sagte: „Nein, ich gehe nach Tiflis und arbeite mit Noe zusammen."

Hinter ihr erklang ein Singen. Ein rhythmisches russisches Singen — die Molokanen gingen auf die Felder an die Arbeit. Sie ging langsam, und das Singen wurde immer lauter, bis sie nichts anderes mehr hörte.

Sie lauschte. Jedes Wort und jede Note kam genau richtig — mehr als richtig — unausweichlich, als könnte kein anderes Wort und keine andere Note passen. Das Singen vermittelte ihr das Gefühl, als befände sie sich in einem blättrigen Wald voll Licht und Dunkelheit. Dieser Wald erschien ihr wirklicher als die gewöhnlich aussehenden Männer, die mit ihren Mützen und in ihrer Bauernkleidung an ihr vorbeigingen.

Steht auf, neue Kräfte, denn die Zeit ist längst gekommen.
Geht vorwärts auf dem vorbereiteten Weg des Friedens.
Die Morgendämmerung zieht schon am Himmel auf,
denn die Sonne ist aufgegangen; Freiheit kommt näher;
der Frühling, der Frühling kommt.

Steht auf, alle, die bereit sind und die Stunde der Sorgen vergessen;
wir gehen, neue Kräfte, wir gehen und gehen...

Es war Peter Gawrilowitsch — der in seinem kräftigen, klaren Tenor sang. Er blickte sie von der Seite an und ging, so lange er konnte, neben ihr. Sie wußte, daß er sie nicht bestätigen konnte, aber sie fühlte sich bestätigt. Sie hatte das Gefühl, daß alles in ihr verstanden wurde und durch die Felder und den Himmel und das Singen zum Ausdruck gebracht wurde.

Sie drehte sich um, als Peter weiterschritt. Er war der letzte Mann in der Gruppe. Das Dorf lag vor ihr, alt und kahl gegen das Blau der Suramiberge. Aber die Berge selbst sahen unter dem Himmel neu aus. „Ich gehe in die Berge und unterrichte Kinder oder ... " Und sie lachte laut über diese lächerliche Idee. „ ... Ich gehe mit Peter Gawrilowitsch nach Amerika!" Sie ging langsam und nicht auf geradem Weg zurück und hielt ihre Arme ein wenig von ihrem Körper ab. Die harten Rillen bissen sich durch ihre dünnen Sohlen, aber sie krallte wie ein Vogel auf einem Zweig die Zehen zusammen und freute sich, daß sie die Straße fühlte. Sie wußte nur zwei Dinge. Sie würde das Dorf verlassen, und sie würde Mourad Muschegan nicht heiraten.

5. Exil wider Willen

Der Regen kam und prasselte gegen das Fenster. Er schlug gegen die Läden und auf das mit Lehm verklebte Dach, so daß ein musikalischer Klang auf allen Seiten zu hören war. Peter zog sein langes *Kosoworotka* an, das Bauernhemd mit dem hohen Kragen, das an der Seite offen ist. Er steckte seine Füße mit den dicken Socken in die *Lapti*, gewobene Bastschuhe, und wickelte dann seine Beine in leinene Gamaschen; seine Finger bewegten sich bei dem Rhythmus des Regens schneller, als er die ledernen Bänder zuschnürte. Es war ein Tag, den man nutzen mußte! Der erste Frühlingsregen kündigte das Frühlingspflügen an, das beginnen würde, sobald die Felder trocken waren.

In der Küche saß Semjon am Tisch und tauchte doppelt gebackenen Zwieback in seinen Joghurt und schaute mit finsterer Miene in die gebogene Ofenöffnung. Der Geruch von feuchtem Futterstroh, das auf dem Ofen trocknete, erfüllte den Raum. Semjon durchbohrte Peter mit einem finsteren Blick und brummte unfreundlich. *Zum Teufel!* fauchte Peter innerlich. *Der alte Mann weiß alles! Er nagelt mich mit diesen scharfen alten Augen fest und bewirft mich mit beunruhigenden Worten, die den ganzen Tag wie nasse Hühnerfedern an mir kleben!* Peter blickte sehnsüchtig nach der Tür, als Semjon in übertriebener Überraschung die Augenbrauen hob.

„Wohin gehst du denn?" Die ruhige Stimme war täuschend sanft.

„Zu den Woloschins — Onkel Michail. Sie sind gerade aus Worontsowka zurückgekommen, und er hat sich eine neue Maschine gekauft, die er mir zeigen will."

„Eine Maschine." Ein Dreieck gänseartiger Haut erschien zwischen dem aufgeknöpften Kragen von Semjons Hemd und seinem Bart, als er den Kopf umdrehte. Die heraustretenden Adern an seinem Hals sprangen und wanden sich, als pumpten sie die ungesagten Worte in seinen Mund, wo sie sich hinter seinen eng zusammengekniffenen Lippen aufwallten.

„Eine Maschine." Peter nickte mit fester Entschlossenheit.

„Eine Maschine!" Das Hautdreieck wurde fuchsrot und glich sich dem feuchten Ring um Semjons Auge an. „Eine Maschine — ein Pflug, eine Harke — eine Falle! Eine Falle für dich, Peter. Es wird alles der Rost fressen! Der Rost!"

„Der Rost wird sie nicht fressen, Dzedha; sie steht in der Scheune."

„Ärgere mich nicht, Junge! Du weißt ganz genau, was ich meine! Michail will dir mit seinen eigenen Plänen den Kopf verdrehen. Und du bist so naiv und läßt dich davon einwickeln. Er rollt seine Reichtümer wie einen türkischen fliegenden Teppich vor dir aus. Eine Falle! Eine Falle für ihn und für dich! Michail verkauft seine Seele, um die neueste Spielerei an Maschinen zu kaufen. Er will so sein wie die ganzen *Kulaks* drüben in Worontsowka. Laß ihn! Aber auf dich wartet etwas anderes! Schau mich nicht so störrisch an!"

„Du hast Angst", sagte Peter kühl. „Du hast Angst, daß Onkel Michail eigene Ideen haben könnte. Ideen, bei denen *Pohod* keine Rolle spielt." Er errötete. Sein Herz pochte bei der Kühnheit seiner eigenen Worte. Aber er wollte sie nicht zurücknehmen. Niemand würde ihm diese Entscheidung aus der Hand reißen! Nicht Semjon, nicht Galina, nicht Michail. Das Recht, den weiteren Verlauf seines Lebens selbst zu bestimmen, war einige Risiken wert.

Semjons Hände umklammerten mit den gekrümmten Fingern den Tisch, als er seinen altersschwachen Körper zu einer zornigen Haltung aufrichtete. Peter trat mit einem Funkeln in den Augen, das dem des alten Mannes in nichts nachstand, an ihm vorbei. Er sprang von der Veranda und trieb dabei die Hühner im Hof kreischend auseinander. Seine *Lapti* rutschten aus und saugten sich dann auf der Erde fest. Semjon folgte ihm; er war langsamer auf den Beinen, aber seine Arme fuchtelten energisch. Peter drehte sich um, und der Regen bedeckte sein Gesicht, wie wenn seine Kühle seine hartnäckige Miene nur noch verhärten würde.

Peter blieb unbeugsam stehen und ließ Semjons aufgestaute Worte über sich ergehen. „Die Erde ist bald wie vollgesaugtes Schwarzbrot – weich zum Pflügen – und wo bist du dann? Fort, um über Michails Blech und Metall Lobgesänge anzustimmen! Michail, der zwei Söhne hat, die ihm bei der ganzen Arbeit helfen!" Der alte Mann fuchtelte in seinem prophetischen Eifer, der den umstehenden Hühnern erneute Angst einjagte, mit den Armen. Der Regen perlte sich in seinem Bart und spritzte bei jeder Bewegung und jedem Nicken seines kräftigen Kopfes nach allen Seiten. Er stolperte vorwärts. Dabei blieb einer seiner Basthausschuhe im Schlamm stecken. Verdutzt hielt er so lange inne, daß eine wagemutige Henne näherkam und den Kopf mißtrauisch vor- und zurückstieß. Sie legte den Kopf schief, um den morastigen *Lapti* zu inspizieren, als wolle sie sagen: „Was für ein Vogel ist denn das?" und pickte verächtlich daran herum. Verdrießlich drehte Semjon den Kopf und warf der waghalsigen Henne einen funkelnden Blick zu. „Verschwinde, du blödes Ding; laß das, du Teufelsbrut!" brüllte er mit schriller Stimme.

Nadja steckte den Kopf aus dem Kuhstall, und ihr Mund formte ein großes „Oh", während Peter sich vor Lachen bog. Eine tiefe Liebe zu dem alten Mann stieg in ihm auf. Peter wollte gern etwas Besänftigendes sagen, etwas, das die aufgebrachten Gefühlswogen beruhigen und die Entrüstung aus dem Gesicht des alten Mannes wegwischen würde, der mit seiner angeschlagenen Würde und seinem triefenden Socken im Morast stand.

Semjon zerrte gedankenabwesend an seiner Hose und blickte sich wie verwirrt um. Dann war er wieder der Alte. Er kniff die Augen so sehr zusammen, daß die tiefen Falten strahlend leuchteten, als hätte er etwas neu und klar erkannt. Der lange Blick, den er Peter zuwarf, steckte voll Mitgefühl und Verständnis. „Geh jetzt", sagte er ruhig. „Sprich mit Michail; sprich mit jedem. Aber höre am Ende auf dein eigenes Herz. Und Gott gehe mit dir."

* * *

Semjon! Peters Gedanken kreisten um seinen Urgroßvater mit seiner schnell entfachten Wut, die zu wohlriechender Asche verbrannte! Aus dieser Asche stieg dann irgendein unerwarteter, süß schmeckender Aspekt der Gedanken oder des Geistes des alten Mannes wie Rauch auf. Wie oft hatte Peter das schon erlebt! Das rasche innere Aufbrausen schürte ein Ventil — einen großen inneren Sprung zu etwas völlig anderem, etwas, das sehr viel Ähnlichkeit mit Sanftheit hatte. Und Semjons Sanftheit besaß eine große Macht.

Peters Gedanken verschwammen und schlüpften davon, als er die vom Regen frische Luft einatmete. Der Geruch von abgestandenem Eis war verschwunden. Der Regen kam in wogenden Wetterfronten herab und leckte auch den letzten Schnee weg. Peter schlug die Dorfstraße nach Westen ein. Hinter der Hüttenreihe zeigte ein Drittel der Getreidefelder ein wildes, kämpferisches Grün, wo der Winterweizen aufgegangen war. Peter hatte einen

Teil davon selbst im letzten Herbst gesät. Mit dem Tau würde ein weiteres Drittel zusammen mit Gerste, Hafer und Frühlingsweizen, den die Bauern *Schito* nannten, ausgesät. Das letzte Drittel blieb dieses Jahr brach liegen. Wie ertragreich und einladend die Felder aussahen! Seine Hände warteten sehnsüchtig auf das Gefühl der Erde zwischen den Fingern!

Das Land begann sich in kleine Tiefen und Höhen zu wellen. Auf jeder gerundeten Anhöhe stachen die zarten Frühlingsfarben der Obstbäume gegen die dunklen Fichten weiter oben ab. Hier und da hockte eine Hütte mit Strohdach in einer aufnahmebereiten Falte in der Landschaft. Nach Süden hin strömte der vom Regen angeschwollene Fluß sprudelnd und schäumend und bahnte sich seinen Weg durch die Höhen und Tiefen der Hügel. Aber die Straße schnitt eine gerade Bahn zu Onkel Michails Hof, stieg leicht an, um den Bauernwagen und -karren den Zugang zu der Mühle zu ermöglichen, die breitbeinig über dem Fluß stand, und verengte sich dann zu einem gewundenen Ziegenpfad, der nach hinten zwischen die Hügel hineinführte und dann nicht mehr zu sehen war.

Peter ging um das zweistöckige Steinhaus mit dem Ziegeldach und den geschnitzten, hellblau gestrichenen Läden herum. Er erblickte seine Tante Marfa, die an der hinteren Tür einen Teppich ausschüttelte. Zwei von Onkel Michails tatarischen Arbeitern lungerten neben der Treppe herum und rauchten. Tante Marfa versetzte ihrem Teppich einen kräftigen Schlag in Richtung der beiden Männer. Aber die Tataren blieben unbeeindruckt und warfen Peter einen beobachtenden und gleichzeitig teilnahmslosen Blick zu. Sie führten ihre Zigaretten mit lässiger Würde in ihren feinknöchigen Händen zum Mund.

Michail und seine Söhne waren bestimmt in der Scheune und trafen alle Vorbereitungen für den Tag, an dem der Pflug in die Erde gesenkt würde — für sie der erste Frühlingstag.

„Warum mache ich mir überhaupt Gedanken darüber?" Onkel Michail seufzte, als der Mißmut in einer Welle von seinem blauschwarzen Haaransatz bis zur Spitze seines gepflegten Bartes rollte. Aber Peter sah ihn erwartungsvoll an. Michail war nicht der Typ, der mit seiner Meinung hinter dem Berg hielt.

Sie standen gleich hinter der Tür der großen Scheune. Weiter im Inneren spiegelten leuchtende Metallformen graue, regennasse Muster wider — glänzende Rundungen und funkelnde Stangen, die die Umrisse einer gut gepflegten Maschine umarmten. Der rhythmische Klang von Metall auf Metall ertönte, als Michails ältester Sohn, Trofim, mit seinen großen Schmiedhänden gewaltsam ein Zusatzteil auf dem neuen Pflug befestigte. Das Geräusch der Niederschläge draußen wetteiferte mit dem harten Metallklang. Ein Blöken wie der Lärm müder, unzufriedener Kinder erschallte aus der weiter entfernten Ecke, wo Michails Herde ihren verzweifelten Beitrag zu dem Getöse leistete. Peter konnte kaum die Gestalt von Andrei, Trofims jüngerem Bruder, ausmachen, der sich zwischen den klagenden Schafen bewegte.

„*Pohod*! Welch eine Hysterie!" sprach Michail weiter. „Das habe ich meinem Bruder auch gesagt — du hast mich ja gehört! Galina Antonowna hat hier und da kleine Andeutungen ausgestreut, daß ich das Geld aufbringen sollte, damit sie gehen könnten. Sie können sich deine Überfahrt leisten — aber nicht mehr. Das hast du gewußt, nicht wahr? Aber warum sollte ich etwas finanzieren, an das ich nicht glaube? Sicher, sie würden es mir zurückzahlen — um das Geld geht es nicht. Ich würde sie auf einen Holzweg schicken — sie würden es später bereuen. Die Zukunft der Molokanen liegt hier. In Rußland."

„Aber wenn ich gehe, bin ich von allem abgeschnitten", warf Peter ein. „Ich werde meine Familie nie wiedersehen."

„Vielleicht. Warum willst du das riskieren? Was bietet Amerika einem Mann wie dir schon? Vergiß nicht, nicht alle, die auszogen, um das Land zu erkunden, haben bei ihrer Rückkehr Freudengesänge über Milch und Honig angestimmt. Die Bedingungen sind dort hart. Die meisten Einwanderer leben in überfüllten, schmutzigen Großstädten. So kann kein Molokane leben! Wir brauchen Land. Einige haben rundheraus gesagt, daß Kalifornien kein Land für religiöse Menschen ist."

„Ist Rußland das?" widersprach ihm Peter. „Wir werden zum Militärdienst gezwungen — oder verfolgt, wenn wir uns weigern. Schau nur, was mit den Duchoborzen in Achalkalaki Uezd passiert ist. Die Kosaken sind in eine Versammlung aus zweitausend Menschen gestürmt — und haben sie getötet, vergewaltigt, niedergebrannt. Die Duchoborzen wissen, wieviel Freundlichkeit sie vom Zaren erwarten können! Sie verschwinden. Sie haben genug von Mütterchen Rußland."

„Niemand kann dem Zaren vorwerfen, er wäre weichherzig, Peter. Aber die Duchoborzen bringen den Zorn selbst auf sich herab. Sie demonstrieren gegen die Regierung und wundern sich dann, warum die Kosaken geschickt werden! Außerdem ist das schon mehrere Jahre her. Tatsache ist doch, daß es uns Molokanen besser geht als je zuvor. Schau dir das an", Michail deutete mit der Hand und zeigte ihm das Gerät hinter sich.

Trofim hörte auf zu hämmern und blickte auf. „Das beste weit und breit! Und laß dir sagen, diese Maschine ist nicht nur zum Vorzeigen! Ich habe sechzig neue *Desiatiny* Land gekauft. Das macht insgesamt zweihundertachtzig! Nicht schlecht für einen armen Bauern. Und es kommen bald Landreformen. Sogar der Minister des Zaren, Stolypin, ist den Molokanen freundlich gesinnt, weil wir zeigen, daß das Land sich bezahlt macht. Bauern im amerikanischen Stil nennen sie uns. Willst du ein Amerikaner sein? Gut! Du kannst hier in diesem Dorf einer sein! Warte nur noch ein paar Jahre."

„Ich habe vielleicht keine paar Jahre Zeit, Onkel. Was ist, wenn die Umstände mich zwingen zu gehen? Prophetie oder nicht, es gibt große Probleme, wenn ich jetzt in Rußland bleibe, obwohl ich, weiß Gott, nicht weggehen möchte."

„Natürlich, selbstverständlich. Aber denk doch weiter. Der Krieg gegen Japan ist fast vorbei. Du bist zimperlich wegen des Gedankens, auf diese Revolutionäre zu schießen, aber ich sage dir, das wird nicht passieren. Sie rufen die Kosaken zu Hilfe, wie sie das immer tun. Die Dinge beruhigen sich, du dienst deine Zeit ab und dann kommst du wieder hierher zurück. Was sind schon fünf Jahre für einen jungen Mann? Du hast dein ganzes Leben noch vor dir. Warum sollst du es nicht dort leben, wo du willst?"

Die ernste Anspannung in Peters Gesicht verwandelte sich in ein Grinsen. „Mir gefällt dein Denken", sagte er. „Du sagst mir genau das, was ich hören will."

Der große Mann brummte. „Ich will dir keinen Honig um den Mund schmieren. Was ich sage, ist die Wahrheit."

Peter folgte ihm in die dunklere Scheune. Der Geruch von Schafen, Pferden und Maschinenöl vermischte sich mit dem frischen Geruch des Regens. Andrei breitete Futter für die Schafe aus und murmelte vor sich hin. Sein glattes, dunkles Haar fiel ihm in die Stirn, als er seine kräftigen Schultern über die blökende, braunweiße Herde beugte. Seine grauen Augen versteckten sich hinter einer Brille mit einem Metallgestell, die von dem Dampf dieses Tages und dem feuchten Atem der Tiere angelaufen war.

Es war typisch, fand Peter, Andrei bei der Herde anzutreffen. Er hatte keine von Trofims mechanischen Fähigkeiten, aber er war ein kluger Bauer und Tierzüchter. Sein Vater schwankte zwischen Stolz und Verzweiflung über seinen jüngeren Sohn. Denn im Gegensatz zu dem gelehrsamen Trofim neigte Andrei dazu, seine eigenen Gedanken zu haben und seine eigenen Wege zu gehen. Es war für Peter nicht zu übersehen, daß er auch jetzt seinen eigenen Gedanken nachging – sie entwichen seinem Mund wie der Dampf aus einem kochenden Wasserkessel.

„Er hat unrecht", ein singender Unterton erklang durch das Blöken und Hämmern hindurch. Peter bückte sich auch und half ihm, Armladungen voll Stroh zu den Schafen zu schleppen. Auf dem Rückweg warf ihm Andrei einen vom Dampf verschwommenen Blick zu und murmelte: „Wir müssen miteinander sprechen. Später."

„Gut", sagte Peter. „Heute abend?"

„Nein. Nicht heute abend. Ich treffe mich mit jemandem – Natascha Kostrikin; wir gehen heute abend miteinander spazieren." Er unterdrückte ein Lächeln und senkte den Blick, als Peter eine Augenbraue hochzog.

„Wir gehen hinaus – in ein paar Minuten. Geh lieber wieder hinüber und singe Loblieder auf diesen neuen Pflug."

Peter ging hinüber und trat neben Trofim. *So*, dachte er. *Andrei und Natascha Kostrikin! Das treibt einen größeren Keil denn je zuvor zwischen ihn und Onkel Michail.* In Michails Augen glich Nataschas würdevolle Schönheit ihre fehlende Mitgift nicht aus. Sein praktisch denkender Onkel hatte es nie bereut, die breitknochige, mürrische Marfa geheiratet zu haben. Diese Verbindung gab ihm das Kapital, zum reichsten Mann im Dorf zu werden. Michail hatte seinen Bruder, Gawril, für einen Toren gehalten, als er die sympathische Galina heiratete, die nur ihr süßes Lächeln und ihre liebeskranken Augen in die Ehe mitbrachte. Marfa hatte ihm Herden und Land und, was am besten war, eine Mühle gebracht. Was konnte es Süßeres geben?

Michails Augen funkelten jetzt vor Stolz und Vorfreude, als er zusah, wie sein Ältester den neuen Pflug einsatzbereit machte. Peter staunte über die kompliziert gebaute Maschine. Sogar ein einfacher alter Stahlpflug galt in einem Dorf, in dem ein Drittel der Bauern immer noch Holzpflüge benutzten, als Errungenschaft. Das Licht, das sich im Regen bewegte, hob das Wort *Guenier* hervor. Er sah drei Speichenräder und ein funkelndes Streichblech mit einer heimtückischen Kante. Und, wenn man will, einen Sitz – falls der Pflüger müde werden sollte. Peter schüttelte belustigt den Kopf. Was sollte wohl ein Mann denken, der auf diesem Stahlsitz hockte, während die Pferde unter seinem Gewicht schwitzten und die Erde unter ihm aufbrach und zerbröckelte?

„Welch eine Schönheit!" bemerkte er und fuhr mit der Hand über den Sitz und bückte sich, um die Zugvorrichtung zu inspizieren, an der Michails drei kräftige Duchoborzenpferde angeschirrt würden. „Das ist kein Pflug – das ist ein Kunstwerk! Er zerschneidet die Erde wie ein Messer die Butter."

Trofim blickte auf und zeigte in einem breiten Lächeln seine weißen, überstehenden Zähne. „Das wird er", stimmte er zu. „Wir sind so schnell mit dem Pflügen fertig, daß wir ihn an andere Bauern verleihen können – doppelter Profit! Dann säen wir damit *Schito* an." Er nickte mit dem Kopf zu einer langen Kiste mit einem Rad an jedem Ende. Peter blickte mit leichtem Argwohn zu der neuen Maschine hinüber. Offenbar wurde sie über die Erde gezogen, und das kistenähnliche Gerät würde den Samen ausspucken. *Aber es läßt sich nur auf gut bearbeiteten, flachen Feldern einsetzen*, dachte Peter. Er strich sich über das Kinn, als er sich vorstellte, wie diese schwerfällige Kiste über die Felder kroch und den Samen von der Dunkelheit in die Dunkelheit schickte.

„Aber wie ist es mit euren neuen Feldern?" fragte Peter. „Sie waren im letzten Frühling noch Urwald. Ein solches Gerät tanzt doch nicht im Walzer um Baumstümpfe herum."

„Du hast recht. Wir hacken das neue Feld mit dem Handpflug auf und säen Hafer. Der wächst überall."

„Gut", stimmte Peter zu. Aber ihm gefiel die Sämaschine nicht. Für ihn bestand das ganze Ziel der schweißtriefenden Knochenarbeit darin, säen zu können – aufrecht zu gehen und seine freie Hand zu heben und den Samen auszustreuen. Eine seine frühesten Kindheitserinnerungen war daran, wie er dem alten Semjon auf einem gut gepflügten Feld auf und ab folgte und versuchte, diese weit ausgreifende, großzügige Armbewegung nachzuahmen, mit der der alte Mann den Samen der Obhut des Windes und der Erde und der Sonne übergab. In dieser Bewegung steckte so viel ungezähmte Freiheit und Freude! *Nimm! Nimm!* sagte der ausgestreckte Arm des alten Mannes. Seine langen Haare und sein langer Bart wehten im Wind und unter der Kraft seiner Bewegung. Er beugte die Knie bei seinem kräftigen Schritt und funkelte mit seinen dunklen Augen über das bestellte Land. *Nimm!* Und sein Arm breitete sich mit Eifer und offener Hand aus.

Lebendige, pulsierende Farben tauchten in Peters Erinnerung auf. Die Sonne, die die hellen, aufgeblähten Röcke der Frauen beleuchtete, während ihre Arme sich hoben und senkten; der Samen, der fröhlich in der Luft funkelte und in einem goldenen Regen auf die weiche Erde fiel; die Schatten des Waldes, die den Rand des Feldes eifrig bedeckten, und sogar die Bäume, die sich aufnahmebereit vorbeugten. *Nein,* dachte Peter, *Säen war nichts für knausrige Menschen!* Und Semjon war ein großartiger Sämann.

Zwei Bauern betraten die Scheune. Michails Mund nahm eine kühle, gerade Form an, und seine Augen ein verschlagenes Funkeln — seine Geschäftsmiene. Die Männer liefen beiläufig hin und her und gaben vor, an den Duchoborzenpferden Interesse zu haben, bevor es sie zu dem Guenierpflug hinzog. Beide waren mittelmäßig wohlhabende Bauern und warfen wahrscheinlich mit dem Hintergedanken, es auszuleihen, einen Blick auf das neue Gerät. Einer von ihnen, ein untersetzter Bauer mit einem aschblonden Bart, fuhr mit einer geröteten Hand über den Metallsitz. Eine unverschämte, schwarzweiße Henne, die sich freute, dem Regen entkommen zu sein, hockte sich einen Augenblick auf einen der zwei Pfluggriffe, blähte schamlos ihr Gefieder auf und hinterließ eine Spur Hühnermist hinter sich. Der Bauer wischte ihn gedankenabwesend in einer ehrfurchtsvollen Bewegung mit seinem Ärmel weg und bückte sich, um mit dem Führungsrad zu spielen. „Schlaue Leute, diese Deutschen", murmelte er erstaunt.

Peter konnte sehen, daß Onkel Michail alle Hände voll zu tun hatte, die neuesten landwirtschaftlichen Errungenschaften zu erklären. Er nickte den neu Angekommenen zu und zog sich ruhig in den nassen Hof zurück.

Andrei wartete am Dreschboden auf ihn. Der Regen hatte sich gelegt, und der Hammer war verstummt. Eine Stille breitete sich über dem Hof aus, die so fein war wie die silbernen Tropfen, die den Rand von Fenstersimsen und Dachvorsprüngen und Schoberdächern zierten. Die Feuchtigkeit verdunkelte die Holzbretter und Steinrollen des Dreschbodens. Dahinter erstreckte sich der Hof bis zum Fluß. Am Wasser entlang stand eine Ansammlung unordentlicher, schuppenähnlicher Banjas wie achtlos hingeworfene Würfel.

„So", neckte Peter seinen Vetter. „Es muß Natascha Wassilejwna sein ... "

Andrei zog verlegen seine schwarzen Augenbrauen zusammen und sagte eilig, ohne auf Peters fragenden Blick zu achten: „Natascha! Das ist eine andere Sache. Hör du mir jetzt einmal zu! Die Sicht meines Vaters ist nicht die einzige Möglichkeit, wie man Dinge sehen kann. Er ist so auf den Hof fixiert, daß er nicht über einen Strohhalm und einen Haufen Kuhmist hinaussehen kann!"
„Du hältst es also mit den anderen! Willst, daß ich weggehe! Du weißt, was das für mich bedeutet, Vetter."
„Nein, aber hör mir zu — Vater sieht es nicht, aber wir haben hier im Dorf wirklich Schwierigkeiten. Nicht so sehr mit den Molokanen, sondern mit den Georgiern. *Kulaks* nennen sie uns. Und sie haben recht, Peter, sie haben recht! Vater bewegt sich innerhalb der Grenzen dessen, was er für richtig hält, aber irgendwie kommt er immer gut heraus. Der Neid, der unter der Oberfläche brodelt, brütet häßliche Dinge aus."
Peter runzelte betroffen die Stirn. „Was ist passiert? Hat es hier schon Zwischenfälle gegeben?"
„Nein. Noch nicht. Aber der Frieden ist so zerbrechlich wie dünnes Glas. Ein unbedachtes Wort, eine geringfügige Unvorsichtigkeit — irgend etwas, und es ist schlecht um uns bestellt. Wir werden ein neues Guria. Vater streckt schon zu lange die Hand aus, um zu nehmen. Das rächt sich an uns, und ich habe Angst um uns, wenn es so weit ist. Ich habe Angst um uns!"
Peter betrachtete forschend das Gesicht seines Vetters in dem vom Regen gewaschenen Licht, das von den lebhaften Rändern der aufbrechenden Wolken herunterstrahlte. Er sah ungeheuchelte Ehrlichkeit in den grauen Augen; Andreis Gesicht verzog sich, als sein Eifer, Peter zu überzeugen, mit seiner Entschlossenheit kämpfte, objektiv zu sein, seinen Vetter seine Entscheidung selbst treffen zu lassen.
„Er wirkte so optimistisch — als er von Landreformen, der Zukunft Rußlands sprach ... " Peters Stimme verstummte niedergeschlagen.
„Peter, er ist sich überhaupt keiner Sache sicher." Andreis ruhige Stimme zitterte vor Aussagekraft. „Es kommt die Zeit, in der es in ganz Rußland keinen sicheren Ort für Menschen wie dich und mich geben wird. Wenn es für dich einen Zufluchtsort gibt, dann packe diese Gelegenheit beim Schopf. Aber überlege es dir gründlich; du mußt dir in deinem Herzen sicher sein. Deine Familie steht nicht bei jedem Sozialisten im Dorf unter Verdacht wie wir."

„Was hast du vor, Andrei?"
„Was kann ich schon tun? Weggehen kommt für mich nicht in Frage. Außerdem, wie könnte ich meine Familie im Stich lassen, wenn Schwierigkeiten auftreten? Und dann ist da noch Natascha." Er legte den Kopf zurück. Sein scharfes, junges Kinn stach von dem wechselhaften Himmel ab. Blaue Risse in den Wolken warfen zerklüftete Spiegelbilder auf seine Brille. Trofims Hammer ertönte wieder mit einem schweren, regelmäßigen Schlag.

„Ich weiß es nicht", murmelte Andrei. „Wir werden vielleicht für die Sünden unseres Vaters bezahlen müssen, Trofim und ich!"

Peter drehte sein Gesicht zu dem angeschwollenen Fluß und sein Verstand war von Andreis Worten hin- und hergeworfen. Er ging ein paar Schritte auf das Wasser zu, nah genug jetzt, um die Mühle auf einer felsigen Landerhebung zu sehen und die Ungezähmtheit zu hören, mit der der Fluß den geschmolzenen Schnee und das gebrochene Eis aufnahm. Blaue Flecken glitzerten in dem grauweißen Strudel; die Wolken waren wie zerfetztes Papier aufgerissen, und gleichmäßig verteilte, blaue Risse tauchten über ihren Köpfen auf.

Peter war zutiefst beunruhigt. Trotz der Unruhen, die er in Baku gesehen hatte, waren ihm die „Schwierigkeiten" weit entfernt erschienen — eine große Wende in der Geschichte, die im Entstehen begriffen war, aber keine unmittelbare Tragödie, die seine eigene Familie bedrohen könnte.

In Gedanken verloren, zuckte er bei einem leichten Schritt und einer Hand auf seinem Ärmel zusammen. Es war Fenja Kostrikin. Er wich von ihr zurück, als hätte sie die Pest. Ihr Gesicht sah seltsam unbekannt aus. Das Kopftuch war ihr von ihrer hohen, kindlich runden Stirn gerutscht und zeigte das Schimmern weißlicher Daunen an ihrem Haaransatz und die dicken, aschblonden Haare. Die glatte Haut über ihren blonden Augenbrauen hatte vor Angst dicke Knoten. Eine spannungsgeladene Dringlichkeit lag in ihrer Stimme und in ihren Gesten.

„Sie sind da!" Ihr Flüstern hallte das Tosen und Wüten des Flusses wider. „Soldaten! Sie suchen dich!"

„Was? Was sagst du da? Ich bin nicht ... es besteht kein Grund ... " Peter legte die Hände auf ihre Schultern, als wollte er die Wahrheit aus ihr herausschütteln.

„Sie sind da! Sie sind in euer Haus gekommen und haben dich gesucht — haben gesagt, du sollst nach Delizan gehen, in die

Kaserne dort. Galina Antonowna hat ihnen gesagt, du seist schon wieder fort, du seist schon auf dem Rückweg nach Baku. Aber sie wurden anscheinend mißtrauisch. Sie haben angefangen, die Hütte zu durchsuchen – ich glaube, sie kommen als nächstes hierher. Hierher zu deinem Onkel."

Andrei trat neben sie. „Sie hat es also getan! Hat dir die Möglichkeit, selbst deine Entscheidung zu treffen, genommen. Dein Weg ist jetzt festgelegt, Peter!" Sein Ton war bitter und leidenschaftlich, und seine Augen spiegelten Fenjas Angst wider.

„Du mußt dich verstecken – sie werden Vater befragen, vielleicht sogar unser Haus durchsuchen. Was hat sie nur über uns gebracht?"

„Warte, warum sollte ich die Sache nicht erklären? Vielleicht akzeptieren sie, daß hier ein Irrtum vorliegt ... "

„Nein! Riskiere das nicht! Zu viele wissen, worüber du seit Tagen nachdenkst. Wenn sie deine Erklärung akzeptieren, gut. Aber wenn nicht, was werden sie dann mit dir machen?"

Peter zuckte mit den Schultern. Das eine Risiko war genauso groß wie das andere.

„Versteck dich, Peter", bettelte Fenja. Sie rannte zur Straße, hielt sich die Handfläche als Schild über ihre angestrengten Augen und war bald wieder zurück. Sie hatte ihre Hand ausgestreckt, als könne sie es nicht ertragen, Peters Ärmel loszulassen.

„Sie kommen!" berichtete sie mit zitternder Stimme.

„Die *Banja*", sagte Andrei und schob seinen Vetter zum Fluß. Sie befanden sich schon in einem der Badehäuser, als die Pferdehufe den Takt zur wilden Musik des Flusses schlugen. Andrei schloß die Tür und zog die Brille von seinem schweißgebadeten Gesicht. Peter konnte deutlich sehen, wie seine Augen vor Entsetzen weit wurden. Die *Banja* mußte erst kürzlich benutzt worden sein, denn die Kohlen auf dem Ofen glühten in einem kräftigen Rot, und der Dampf, der den kleinen, dunklen Raum erfüllte, stieg wie ein Rauchsignal von dem grob gehauenen Loch im Dach auf.

„Gott helfe uns", stöhnte Andrei. „Wir winken sie mit der Fahne nach unten – wie könnten wir ihnen besser sagen: ‚Hier sind wir! Ergreift uns!'"

Peter warf den Kopf nach oben und starrte auf den entweichenden Dampf. Er zog den Ärmel seines schweren Mantels über seine nasse Stirn. Er und Andrei warfen einander einen verzweifelten

Blick zu; dann begann Peter, das nasse Schaffell auszuziehen und fingerte an seinem Hemd herum.

„Ausziehen", befahl er.

„Was?" Andrei war verblüfft. „Was sagst du da? Und wenn wir davonlaufen müssen ... "

„Ausziehen", wiederholte Peter so bestimmt, daß der verblüffte Andrei gehorchte. „Wenn sie uns finden, sagen wir ihnen, meine Mutter habe sich getäuscht; und sagen ihnen, wir nehmen ein ganz gewöhnliches Dampfbad. Wenn sie uns angezogen antreffen, ist es offensichtlich, daß wir uns hier verstecken — und du steckst dann genauso tief in Schwierigkeiten wie ich. So kann dir niemand etwas vorwerfen."

„Du bist verrückt, Peter. Eine so kindische Erklärung nehmen sie uns nie ab!"

„Vielleicht nicht. Aber es ist unsere einzige Chance — außer sie sind so blind, daß sie eine *Banja* übersehen, aus der oben der Dampf wie eine weiße Fahne aufsteigt."

„Das wird keine würdevolle Kapitulation für dich, Vetter", flüsterte Andrei mit einem trockenen Grinsen, als er Peters angespannten, schwitzenden Körper betrachtete, der in einem seltsamen Winkel abgebogen war, während er sich anstrengte, durch die Spalten in dem grauen, verzogenen Holz etwas zu hören. Peter warf ihm ein dünnes Lächeln zurück; seine Ohren waren auf das Auf und Nieder der Stimmen im Hof gerichtet. Aber er konnte durch das kleine Loch im Holz nichts anderes sehen als Fenja Kostrikins lange, schlanke, schlammbespritzte Füße. Andrei muß sie auch gesehen haben, denn er war schnell auf den Knien und hielt den Mund an den Spalt.

„Fenja", zischte er. Die Füße zögerten nicht; in einer Sekunde war sie an der Tür. Peter zog eilig seine *Kosoworotka* um die Hüften. Andrei streckte eine Hand aus und zog sie in den kleinen Raum, wo sie verwirrt, aber ruhig und aufrecht stehenblieb und Peters Augen in der Dunkelheit suchte.

„Hör zu, Fenja, hab keine Angst!" sagte Andrei sanft. „Wenn sie zur Tür kommen — nun, du weißt, was das für uns bedeutet. Es ist besser, wenn du aufmachst; wenn sie glauben, hier sei nur ein Haufen Mädchen, können wir sie vielleicht von unserer Fährte ablenken. Kannst du das für uns tun?"

Sie nickte wie ein gutes, braves Kind und wandte den Blick immer noch nicht von Peter.

„Fenja", erklärte Andrei sanft. „Du mußt so aussehen, als würdest du baden — dein Mantel, dein Rock ... " Er zögerte. „Du kannst dein Hemd nach oben ziehen, aber — du mußt dich beeilen ... "

„Ich weiß", sagte sie fest. „Schaut weg."

„Ja. Schau, meine Augen sind zu."

Peter drückte sich von den Holzbänken weg zur Tür und zu dem dampfenden Kohlenbett in der Ecke. Die feuchte Hitze brachte die eine Seite seines Körpers zum Kochen, während die andere anfing, in der Zugluft, die durch die schlecht schließende Tür pfiff, zu frieren. Draußen hörte er das Klirren von Pferdegeschirr.

„Ihr zwei überprüft die Hütten oben am Hang", befahl eine junge, angenehme Stimme. „Wir schauen hier."

Peters Herz pochte im Rhythmus mit dem plötzlichen Klopfen, das die klapprige Tür erschütterte. Dann war Fenja da, und ein senkrechter Lichtbalken sprang von einer Türangel zur anderen, als die Tür geöffnet wurde. Er konnte den jungen, gepflegten Soldaten mit seinen klaren, neugierigen Augen und einem dünnen, lockigen Schnurrbart sehen. Er sah, wie sich die Neugier des Mannes in ein wildes, gieriges Interesse verhärtete und verdichtete, als Fenja vor ihm stand und ihr Hemd vor ihren festen, jungen Körper hielt.

„Ich bin auf der Suche nach Peter Woloschin", sagte der Unteroffizier mit einem belanglosen, freundlichen Unterton in seiner Stimme. „Es sieht so aus, als sei er ... nun, wir wissen nicht, was wir denken sollen. Haben Sie ihn gesehen?"

Peter schaute schnell zu Fenja, die den Kopf schüttelte. Der Dampf spiegelte sich in dem frischen Luftstoß, und das rötliche Licht strömte wie fließendes Wasser über die glatte Haut von Fenjas nackter Schulter. Er konnte nur wenig von ihr sehen, nur die ihm zugewandte Schulter und den langen, blonden Zopf. Ihre weiche, glatte Schulter, die so ganz anders war als eine Männerschulter, bog sich leicht, als sie sich zu dem Soldaten vorbeugte. Peter konnte ihren erstaunlich weißen Nacken sehen. Ihre Stimme, die zu ihm in der Dunkelheit drang, überraschte ihn.

„Die Woloschins, die Sie suchen, wohnen weiter oben an der Straße, weiter in der Mitte des Dorfes" antwortete sie dem Soldaten ruhig. Ihre Stimme war klar und furchtlos mit einem leichten Anflug von Koketterie darin.

Was macht sie denn da? dachte Peter entrüstet.

Er riß seine Augen von ihr los und starrte hinaus auf seinen Gegner. Der junge Mann in der glatten Uniform lächelte und griff sich an den Schnurrbart.

„Wir haben dort schon einen kleinen Besuch abgestattet", sagte er. „Die alte Frau ist von ihrem Totenbett aufgestanden und hat uns gesagt, daß unser junger Molokane so erpicht darauf sei, wieder zum Dienst zurückzukommen, daß er bereits nach Baku aufgebrochen sei! Sie wirkte bemerkenswert gesund, als sie versuchte, uns davon abzuhalten, zu eifrig nach ihm zu suchen. Wir tun nur unsere Pflicht! Aber irgendwie traue ich diesem Peter Gawrilowitsch nicht ganz."

Fenja zuckte mit den Schultern, und das Hemd verrutschte ein bißchen. „Es kann schon sein, daß er früh abgefahren ist", sagte sie freundlich. „Die Züge fahren so unzuverlässig, daß es nicht leicht ist, nach Baku zu kommen. Vielleicht könnten Sie morgen dorthin telegrafieren und fragen, ob er inzwischen angekommen ist. Möglicherweise stellen Sie fest, daß er überhaupt nicht vermißt wird."

„Das ist wahr." Er schien mit ihrer Antwort zufrieden zu sein, aber er wollte offensichtlich das Gespräch nicht beenden. „Es ist nicht meine Aufgabe, abwesende Soldaten aufzuspüren, solange sie nicht offiziell vermißt werden. Wahrscheinlich vergeuden wir nur unsere Zeit. Außerdem", fügte er als Anspielung hinzu. „Vielleicht gibt es bessere Dinge, nach denen man suchen könnte."

„Möge der Herr Ihnen helfen, sie zu finden", sagte Fenja spröde, aber noch bevor sie die Tür schließen konnte, erschienen zwei weitere Soldaten.

„Oh", sagte einer, und wandte den Blick nicht von ihr. „Beute! Sag ihr, sie soll herauskommen, dann entscheiden wir, wie wir sie aufteilen."

Der junge Unteroffizier johlte vor Lachen, als Fenja bestimmt die Tür zuschlug. „Ich habe sie zuerst gesehen! Dem Sieger gehört die Beute."

„Du bist ein lüsterner, alter Hund. Warum willst du nicht mit deinen Kameraden teilen? Außerdem sind vielleicht noch mehr in der Hütte! Sag ihr, sie soll noch einmal aufmachen!"

Fenja drückte ihre Wange gegen das rauhe Holz und horchte gespannt, ob sich die Schritte entfernten. Peter horchte auch, aber er hörte nichts als seinen eigenen abgehackten Atem und Fenjas Atem. Sie war so nahe, daß er sie in der Dunkelheit hätte berühren können. Aber er blieb wie angefroren stehen und horchte und horchte und hörte die kurzen, wilden Atemstöße aus ihrem Körper aufsteigen. Schließlich entfernte sich der Unteroffizier.

„Na", sagte er zu jemandem. „Das war doch ein hübscher Anblick, der uns den Weg kürzer macht." Er erhielt als Antwort ein Murmeln, das in den Flußgeräuschen hinter ihnen unterging. Die Hufe klapperten dumpf auf dem Boden, und ein derber Bariton sang ein altes kosakisches Liebeslied. Das Geräusch wurde schneller und verhallte, als die Pferde in einen langsamen Galopp fielen und in Richtung Osten durch das Dorf zur alten Poststraße aufbrachen, die Tiflis mit Delizan verband.

Fenja atmete tief aus; dann zog sie sich mit tauben Händen ihr Hemd über die Schultern. In wenigen Sekunden war sie wieder in die Fenja verwandelt, die er kannte, wieder mit ihrem schlecht passenden Flickenkleid getarnt. Dann war sie, ohne einen Blick zurückzuwerfen, verschwunden. Aber als sie an der Tür vorbeiging, sah er, daß ihr Gesicht vor Schweiß oder Tränen ganz naß war, und in ihre frische, junge Wange hatte sich an der Stelle, an der sie sie gegen die Tür gedrückt hatte, das Muster des Holzes eingegraben.

Einen Augenblick sprachen die beiden Vettern kein Wort. Dann seufzte Andrei. „Sie sind königliche Schönheiten, diese Mädchen! Königinnen!"

Peter sah ihn nur erstaunt an.

Lange Augenblicke verstrichen, während die Kohlen grau wurden. Kalte Luft zog mit den Strahlen des Tageslichts herein, und sie kleideten sich schnell wieder an. Dann saßen sie steif auf der Holzbank, wie es bei den Russen üblich war, bevor sie zu einer langen Reise aufbrachen. Andrei war der erste, der das Schweigen brach.

„Es kann sein", sagte er und warf Peter einen Blick von der Seite zu. „Daß sich alles zum besten gewendet hat. Ich glaube nicht, daß deine Mutter dir deine freie Entscheidung nehmen wollte. Sie hat wahrscheinlich nur den ersten Gedanken ausgesprochen, der ihr in den Sinn kam — mit der Absicht, dich zu beschützen, dir Zeit zu geben. Vergiß nicht — wenn sie ihnen nicht gesagt hätte, daß du fort bist, befändest du dich jetzt mit ihnen auf dem Weg nach Süden nach Delizan. Würdest du das wollen?"

„Ich weiß nicht, was ich will." Peter zuckte bitter mit den Schultern. „Welche Rolle spielt das jetzt noch? Welch ein Idiot ich war! Ich habe sorgfältig jede Seite dieser Frage abgewogen — und mich mit dieser ersten großen Entscheidung meines Lebens herumgequält. Und hier sitze ich nun wie ein Bettler, der keinen Pfennig besitzt, und wichtigtuerisch eine ausgezeichnete Mähre untersucht, während der Verkäufer sich schieflacht! Was kann ich jetzt schon tun? Ich muß untertauchen und mich verstecken und dann – Amerika! Ich habe keine Ahnung, wie ich überhaupt dorthin kommen soll. Aber das ist die große Herausforderung meines Lebens – wie komme ich an einen Ort, an den ich überhaupt nicht will!"

„Außer", sagte er langsam und nachdenklich. „Außer ich kann wahrmachen – was sie ihnen gesagt hat, und so schnell wie möglich nach Baku kommen, wieder in mein Soldatenleben schlüpfen, und niemand wird wissen ... "

„Nein! Nein, Peter. Du hast sie da draußen gehört! Sie haben dich jetzt in Verdacht. Du glaubst, du wurdest vorher schon gequält – aber warte nur! Sie werden keine Gelegenheit ungenutzt verstreichen lassen, dich in Situationen zu stoßen, die für einen Molokanen unerträglich sind. Oder noch schlimmer. Ich habe gehört, was du Vater über diesen Vorfall mit den Duchoborzen gesagt hast, als wir noch Jungen waren. Vergiß nicht, damals hatten die Duchoborzen aus Achalkalaki Uezd ein Dutzend Männer in der Armee – und neun von ihnen wurden zu Tode gefoltert! Du wärst ein Narr, wenn du dich nach allem, was passiert ist, ihrer Willkür ausliefern würdest."

Peter schaute zu dem Kohlenbecken hinüber, das jetzt außer einem winzigen orangefarbenen Feuerfunken, der durchdringend hell, aber weit entfernt leuchtete, grauweiß und tot war.

„Du hast wahrscheinlich recht", gab er zu. „Aber wenn es eine Möglichkeit gibt, in Rußland zu bleiben, dann werde ich sie finden!"

„Dann solltest du sie aber bald finden. Wenn du nicht in Baku auftauchst, kommen sie und suchen dich. Du mußt in den Untergrund gehen, wie die Radikalen sagen."

„Das stimmt. Das sagen sie, nicht wahr?" Die Wut verschwand aus Peters Gesicht wie Wasser, das in der Erde versickert. „Vielleicht ist das die Lösung für mich."

„Was! Du würdest dein Schicksal in ihre Hände legen? Sie sind ein gottloser Haufen, nur auf Zerstörung bedacht."

„Hör zu, Andrei, ich akzeptiere nicht, was sie tun oder glauben – aber in Notzeiten hat sogar König David bei den Philistern seine Zuflucht gesucht."

„Er war wahnsinnig, als er das tat."

„Nein — er hat sich nur wahnsinnig gestellt. Das ist nicht das gleiche."
„In deinem Fall, Peter, glaube ich, wäre es das gleiche!"
Aber Peter hörte nicht zu. „Denk doch einmal nach, Vetter. Ab sofort bin ich ein Flüchtling — ich habe keine Wahl. Aber wenn es eine Revolution gibt, eine neue Regierung, dann ist meine Stellung vollkommen anders. Das ist eine Möglichkeit!"
„Eine Möglichkeit, ja. Aber am Ende wird sie dich verraten."
Peter warf ihm einen kalten Blick zu. „Was ist für mich Verrat? Meine eigene Familie hat mich verraten."

* * *

„Mach dir keine Sorgen, sie sind fort." Sirakans Tonfall war beruhigend, aber er warf Peter beinahe um, als er sich beeilte, die Jalousien herabzulassen und die Tür zu verriegeln. „Ich habe deine galanten Freunde vor zwei Stunden vorbeigaloppieren sehen." Der Armenier zog Peter hinter den blaurotgestreiften Vorhang zwischen dem Laden und dem Lager. Er hob gedankenabwesend ein Glas mit eingemachtem Gemüse hoch und staubte es nachdenklich ab. Der Blick, den er Peter zuwarf, war gleichzeitig aufgeregt und mitfühlend.
„Warum um den heißen Brei herumreden?" sagte er, während seine langen Finger zwischen den Gläsern und Dosen hantierten. „Du hast verloren; Galina hat gewonnen. Wenigstens hast du die Möglichkeit, neu anzufangen und ein neues Leben zu beginnen — vielleicht wäre das ohnehin das beste gewesen. Wo ist dein Abenteuergeist?"
„Ich weiß, ich weiß. Ich muß also die Armee verlassen. Ich bin bereits ein Deserteur! Aber muß ich deshalb das Land verlassen — das will ich wissen. Ich denke immer noch nach, vielleicht gibt es eine Möglichkeit — die Armee zu verlassen, aber nicht Rußland." Peter fiel es schwer zu sprechen, als verzerrte der Knoten in seinem Hals jeden Vokal.
„Aber natürlich, wenn es dir nichts ausmacht, regelmäßig beschossen zu werden. Was? Glaubst du, du kannst untertauchen?"
„Für eine Weile, warum nicht? Ich bin sicher, das haben andere auch getan."

„Du bist ein Narr, Peter. Du trittst um dich, nur weil du nicht das Gefühl haben willst, deine Mutter habe dein Leben in eine bestimmte Richtung gelenkt. Sei vernünftig! Verschwinde von hier — tauche in Batumi unter, bis die Seewege offen sind. Nimm dann das erste Schiff, das du bekommen kannst."
„Was ist mit Noe? Noe verschwindet doch auch von Zeit zu Zeit. Wie macht er das?"
„Noe! Noe ist ein Wiesel!" Sirakan knirschte voll Traurigkeit und Bewunderung mit seinen kurzen, quadratischen Zähnen. „Es stimmt; er ist bemerkenswert. Aber das ist der Teufel auch. Nur durch Gottes Gnade hat Noe so lange überlebt — fünfundzwanzig Jahre! Willst du wie er leben? Du bist verrückt! Du weißt nicht, wovon du sprichst."
„Nur für eine Weile, Sirakan. Es ... es zögert die Dinge hinaus, gibt mir Zeit ... "
„Eine Verzögerung ist das letzte, was du brauchen kannst. Du mußt entschieden handeln. Jetzt!"
„Nein, hör zu. Ich brauche Zeit." Peter schwitzte in seinen ohnehin feuchten Kleidern. „Ich will die Sache ein bißchen bremsen, damit ich nachdenken kann —"
„Worauf wartest du? Nichts wird sich ändern."
„Vielleicht doch. Gib mir eine Chance. Du kennst uns Bauern, wir hängen an dem Land —"
„Du wirst bald an einem Galgen hängen", brummte Sirakan, aber Peter konnte sehen, daß er weich wurde. „Das einzige, was dir möglicherweise helfen könnte, wäre eine Revolution, eine neue Regierung. Aber dieser Stern ist zu hoch, um nach ihm zu greifen! Ich würde es dir nicht raten."
„Vielleicht ist das der einzige Stern, der mir übrigbleibt", sagte Peter grimmig.
Sirakans Hände wurden plötzlich ruhig. „Du glaubst also, die Geschichte erweist sich als dein Freund. Du bist ein Narr, Gawrilowitsch! Jeder Armenier kann dir sagen, daß der Mensch nur einen Freund hat, und das ist bestimmt nicht die Geschichte!" Seine Augen zogen sich zusammen und blickten Peter herausfordernd und forschend ins Gesicht. „Worauf wartest du wirklich?" fragte er sanft, und Peter fühlte, wie die angestrengten Muskeln in seinem Gesicht versagten und zitterten.
Der große Armenier schob den gestreiften Vorhang beiseite, und seine bärenähnliche Gestalt füllte den Türrahmen. „Einverstan-

den", sagte er. „Am Montag fahren wir nach Tiflis, um Waren zu kaufen. Du kannst mit uns kommen, und ich sage dir, wo du Noe finden kannst. Wenn Noe irgendeine ausgezeichnete Idee für dich hat – gut. Wenn nicht, kannst du den Zug nach Batumi nehmen und dich einen oder zwei Monate ruhig verhalten – bis du wegkommen kannst. Wie dem auch sei, Noe kann dir die Papiere besorgen, die du brauchst."

Peter schloß die Augen und seufzte erleichtert auf. „Danke. Gott segne dich für deine Hilfe!"

„Sag das nicht zu Noe! Er erschlägt dich mit Argumenten, die deinen Verstand eine Woche lang nicht in Ruhe lassen!"

„Warum sollte er das für mich tun?"

„Für dich? Er tut es nicht für dich. Er tut es gegen die Regierung. Das ist Noes Triebfeder", antwortete Sirakan, als er mit schwerfälliger Würde in das vordere Zimmer trat. „Übrigens, wann ist dein Urlaub zu Ende?"

„Am Mittwoch."

„Gott sei Dank. Du machst mich zwar zu einem Schmuggler und Helfershelfer, Peter Gawrilowitsch. Aber wenigstens noch nicht diese Woche."

* * *

Peter trottete widerwilligen Schrittes zur Hütte der Woloschins zurück. Er ballte die Fäuste und richtete seinen verschwommenen Blick auf den Morast auf der Straße. Trotz des frischen Windes schwitzte er in seiner feuchten Kleidung, der wie ein freundlicher Hund an seinen nassen Händen und seinem Gesicht leckte.

Er hörte die Stimmen, die über den Hof hallten. Gawrils ernster, anklagender Tonfall, der so ungewohnt bei ihm war, rollte in klangvoller Wut an den Verandapfosten vorbei. Und diese bittere, keuchende Traurigkeit, die an der dämmernden Luft sägte! Das war Galina – die den Schmerz über ihren Betrug betrauerte. Peter verhärtete sein Herz, konnte sich aber nicht vor dem stechenden Schmerz abschirmen. Die Worte waren nichts; es war die Wut und Bitterkeit und das herzzerreißende Bedauern, das in ihnen mitschwang, als sie aus der Tür und dem Fenster herausdrangen.

Peter stand vor den Verandastufen, aber sie erschienen ihm zu steil, um sie zu besteigen. Er wandte sich ab, lehnte sich an die Mauer der Hütte und legte seine ausgebreiteten Handflächen an die Balken und drückte seine Stirn schwer auf das Holz. Er schloß die Augen, und seine Finger bewegten sich leicht über der schwammigen Oberfläche des nassen Holzes, als er nach Trost tastete.

Er drehte leicht den Kopf zur Seite und sah, daß Fenja zum Anfassen nahe neben ihm stand. Ihre Schultern waren gegen die Wand gedrückt, und sie stand mit einem Fuß auf dem anderen. Ihre lebhaften blauen Augen waren geübt, aber er wußte, daß es in der Mitte des Hofes nichts gab, das sie so gebannt anschauen konnte. Das Blau unter den dichten, goldenen Wimpern wurde tiefer, als versammelten sich darin die dunkler werdenden Schatten des aufziehenden Zwielichts. Er sah seine Verlorenheit in ihren unbeweglichen Augen.

Schließlich bewegte sie sich und streckte eine ihrer zart geformten, aber aufgerauhten Hände aus und berührte seine Stirn. „Das Holz hat dir ein Zeichen eingedrückt", sagte sie. „Damit siehst du wie ein alter Mann aus. Wie Semjon." Er konnte ihr nicht antworten, sondern drehte sich wieder zur Wand, und einen Augenblick später fühlte er, daß sie verschwunden war.

Der Regen begann, wieder leise zu fallen. Aber er bewegte sich nicht. Er wußte, daß er bald hineingehen würde, Kohlsuppe und Schwarzbrot essen und seine letzte Nacht unter der vertrauten Decke schlafen würde. Aber es wäre das Essen und das Bett eines Fremden. Er befand sich bereits im Exil.

6. Das Zeichen im Holz

Ich fühle mich innerlich hohl, dachte Fenja, als sie im Dämmerlicht zur Hütte der Kostrikins zurücklief. *Tief in meinem Inneren ausgehöhlt — genauso fühle ich mich. Wird dieses leere Gefühl wieder verschwinden, oder werde ich es mit mir herumtragen, bis, bis ...* Ihr ungeübter Verstand brach müde ab, und sie blickte überrascht auf die Hütte hinab. Es brannte ja jedes Licht im Haus! Sie beschleunigte ihre Schritte und sprang die Stufen zur Veranda hinauf.

Wanja und Mischa sammelten die Behälter mit den Setzlingen zusammen, die sie so sorgfältig angepflanzt hatte und überall hinstellte, wo sie ein bißchen Licht abbekommen könnten. Anna wühlte in der Holztruhe in der Wohnstube und breitete prächtige Dinge aus ihrer eigenen Mitgift, die sie vor zwanzig Jahren mitgebracht hatte, um sich aus. Ihr Vater, Wassilji, stand am Ofen, und sein Gesicht arbeitete unter der Anstrengung, seinen tiefen Kummer zu zwingen, eine demütige Haltung anzunehmen. Fenja kannte diese Miene — sie bedeutete, daß irgendeine besondere Gelegenheit bevorstand, etwas, das sie alle zwingen würde, aus jedem armseligen Besitz, den sie hatten, das meiste herauszuholen. Sie würden ihren Rücken gerade aufrichten und ihren Betrachtern Staub in die Augen streuen — der Staub ist die Zurschaustellung von Annas alten Seidensachen und der erlesenen Auswahl von Gerichten, die den wackeligen Tisch bedecken würden — der natürlich unter einer Tischdecke aus Satindamast versteckt wird. *Uns geht es gar nicht so schlecht, würden acht Augenpaare erklären! Aber hebt nur nicht die Tischdecke hoch!*

Dann würde das Leben sich wieder auf das mühselige, besorgte Ringen, überhaupt ein Essen auf den Tisch zu bringen, beschränken. Das wußte Fenja. Zwei Wochen lang Kohlsuppe und Rüben — kein Brot. Außer jemand aus der Gemeinde erinnerte sich an sie, wie es oft geschah. Immerhin wurde niemandem etwas vorgegaukelt. Man wußte, wie sie jeden Tag aussah — und Natascha und Tanja und Luba und diese zwei kleinen Wildfänge, Mischa und Wanja. Ach ja, Anna würde herausholen, was sie konnte, und es würde sie alles kosten. Aber es war wenig genug für eine Frau, die so stattlich wie eine Königin war. Fenja seufzte und richtete ihre Aufmerksamkeit wieder auf ihre Setzlinge.

„Was tut ihr hier?" wollte sie von den zwei Jungen wissen.
„Saubermachen. Mutter will nicht, daß diese schmutzigen, alten Pflanzen jedes Fenster und jede Tür versperren. Wir bekommen Besuch, du hilfst also am besten auch mit. Wir haben schon auf dich gewartet. Wo bleibst du nur", antwortete Mischa.
„Gib sie mir", verlangte Fenja. Sie pflegte die Baumwollsetzlinge seit dem Winterende und hoffte, den Pflanzen einen guten Start zu ermöglichen und die kurze Zeit, in der sie wachsen konnten, auszugleichen. Eine erfolgreiche Baumwollernte könnte ihnen Geld bringen — vielleicht genug für *Pohod*. „Wachst, kleine Setzlinge", hatte sie in den kalten, dunklen Wintertagen geflüstert. „Ihr habt eine Chance. Wachst."
„Fenja", unterbrach Anna ihre Gedanken. „Wo warst du denn?" Sie wartete nicht auf eine Antwort, sondern sprach weiter, und ihre Stimme sprang vor Aufregung und Freude auf und nieder. „Komm herein. Wir haben so viel zu tun. Ich weiß nicht, wie wir bis morgen fertig sein sollen."
„Morgen? Für die Kirche?" fragte Fenja einfältig, und ihre Gedanken waren immer noch bei ihrer kostbaren Baumwolle. Anna legte die zwei Seidenkleider aus — ein vorgeschriebener Teil ihrer Molokanentracht, und der kleine Raum füllte sich mit dem Geruch von getrocknetem, verstaubten Thymian und Zedernholz. Der Duft ließ Erinnerungen aus Fenjas Kindheit aufsteigen, als sie und Natascha manchmal die alte Truhe mit stiller Ehrfurcht öffneten und in das dunkle Innere spähten. Rosafarbene und blaue Seide, die wie Blumen schimmerte! Elfenbeinfarben, zarte alte Spitzen. Weiße Leinentaschentücher, die rot und blau bestickt waren. Aus Furcht, auch nur einen Faden zu berühren, steckten sie ihre kleinen Nasen hinein und atmeten diesen herrlichen, muffigen Geruch ein, der aus einer anderen Welt zu kommen schien.
„Nein, nein, nicht für die Kirche!" rief Anna aus. „Für nach der Kirche — für danach, Fenja. Iwan und Axinia Bogdanoff kommen aus Delizan", sprach sie eifrig weiter. Dann schwieg sie und sagte mit getragener Stimme: „Und weißt du, warum sie kommen?"
Fenjas Augen wurden groß. Bogdanoff? Sie hatte noch nie von ihnen gehört. Aber es war zweifellos wichtig. Sehr wichtig.
„Nein", flüsterte sie. „Warum?"
Anna hielt einen verblaßten Filzrock hoch und faltete ihn schnell zusammen. „Als Ehevermittler. Ehevermittler für die Woloschins. Andrei bittet um die Hand unserer Natascha! ... Ja, es ist wahr!"

jubelte sie. „Michail hat seinen Segen dazu gegeben – die Hochzeit wird für diesen Sommer festgelegt, unmittelbar vor der Ernte – das heißt, wenn wir genug für eine Mitgift zusammenkratzen können. Bogdanoff ist Marfas Bruder. Er wird also für den jungen Mann sprechen." Sie schob einen Haufen alternder Kleidungsstücke beiseite. „Wir haben viel zu tun! Ich nehme an, wir werden die ganze Nacht auf sein!"

„Wo ist Natascha?" fragte Fenja und blickte sich um, als hätte sie etwas verloren.

„In der *Banja* mit Luba. Sie putzt sich fein heraus für ihren Verlobungstag."

* * *

Anna behielt recht. Sie waren die ganze Nacht auf – Putzen, Bakken, Vorbereiten. Natascha kam zurück und half ihnen. Die Jungen wurden auf das Bett im Wohnzimmer zum Schlafen geschickt statt auf die Schlafbänke in der Küche. Anna stürzte sich in eine Arbeitswut, aber immer wieder hielt sie inne und blickte sich um, als sei sie plötzlich verwirrt. „Eine armselige Hütte", murmelte sie grimmig. „Eine armselige Hütte."

Fenja warf einen schuldbewußten Blick auf ihren Vater, der mit dem Rücken zu ihnen am Fenster stand. An seinem gebeugten Rücken oder an der Haltung seines Kopfes mit den dünner werdenden blonden Haaren war keine Veränderung festzustellen. Aber sie konnte sehen, wie sich seine Ohren auf beiden Seiten der roten, faltigen Haut an seinem dicken Hals bewegten, und sie wußte, daß er am Ende seines weißlichen Schnurrbarts kaute. Und sie kannte den frustrierten Ausdruck in seinem Gesicht so gut, wie sie die Risse in der Wand kannte, die sie seit ihrer Geburt anstarrte.

Natascha folgte ihrem Blick und zuckte mit den Schultern. „Zu viel Arbeit, zu wenig Freude", murmelte sie. „Keinen von beiden trifft eine Schuld. Es ist unsere Armut ... "

„Nun, Schwester, du bist bald davon frei", sagte Fenja sanft.

„Oh nein. Man wird nie davon frei", erwiderte sie, und Fenja konnte die plötzliche traurige Wolke nicht verstehen, die über ihre Augen zog.

Tanja kam herein. Ihr stämmiger, draller Körper platzte schier vor Aufregung und Energie, als sie ihren plumpen, wattierten Mantel auszog. Diese Verlobung hatte sie alle mit Hoffnung erfüllt! *Nur mich nicht*, dachte Fenja. Sie nahm den Mantel von Tanja und schlüpfte hinaus und brachte ihre geretteten Setzlinge in Sicherheit.

Sie hatte sie sorgfältig auf der Veranda untergebracht, aber sie brauchte einen sichereren Ort, an dem sie sie vor ihren erhabenen Gästen verstecken konnte. Sie brachte sie in den Schuppen und trug sie hinauf auf den durchhängenden Dachboden, wo die Gänse und Ziegen sie nicht umwerfen würden.

„Einige Tage Dunkelheit", sagte sie zu ihnen. „Und dann bringe ich euch auf das Feld, wo ihr wachsen könnt." Sie malte sich aus, wo sie sie anpflanzen würde. Der größte Teil des Bodens würde natürlich angesät werden. Aber sie würde ihre besonderen Pflanzen am östlichen Rand anpflanzen, wo sie die Nachmittagssonne für die späteren Setzlinge nicht behindern würden. Dann im September würden sie weiße Büschel gesunder Baumwolle tragen. Bis dahin wäre Natascha schon verheiratet.

* * *

Die Tür ging knarrend auf, und die Gänse begannen zu schnattern. Wassilji kam herein und rieb sich die Hände von der Kälte. Er lächelte, als er sie sah, und seine Zähne zeigten ein dunkleres Elfenbein als sein flachsfarbener Schnurrbart und Bart.

„So, kleine Tochter, du bist auch hier, um aus dem Weg zu sein", sagte er reumütig.

„Ich verstaue nur meine Setzlinge; schau, sie haben es alle bequem in den Kisten, die du gemacht hast!"

Wassilji sah sie ernst an. „Ja, sie haben einen Anfang in dieser harten Welt. Wir werden sehen, wie sie sich auf dem Feld machen."

„Wir werden sehen", wiederholte Fenja. „Vielleicht fällt die Ernte besser aus, als wir glauben."

„Nun, es ist ein Anfang. Der Sommer hier ist vielleicht ein bißchen kurz für Baumwolle, auch wenn sie einen guten Start haben. Aber wir werden sehen, Mädchen. Wir versuchen es." Die Worte berührten einen unangenehmen Gedanken in Fenja. Sie blickte in sein Gesicht, das vom vielen „Versuchen" ausgelaugt war, und der Zweifel begann, ihre frohen Pläne wegzuwischen. Wassilji warf ihr einen offenen, forschenden Blick zu, als habe er ihre Gedanken gelesen, und er verstand ihre Zweifel. Sie schämte sich plötzlich.

„Stecke deine Ziele nicht zu hoch, Fenja", mahnte ihr Vater zur Vorsicht. „Auch bei der besten Ernte wäre Pohod für uns als Familie zu teuer. Es würde mehrere Jahre mit guten Ernten dauern, bis wir so viel Geld hätten. Vergiß nicht, wir sind zu acht. Obwohl wir nach diesem Sommer wahrscheinlich nur noch sieben sind. Und so wie du und Tanja vor unseren Augen heranwachst, kann es passieren, daß ich jedes Jahr eine Tochter verliere.

Es ist wie die alte Geschichte von dem Bauern, der dem Zaren sagte, er gebe ein Viertel seines Einkommens für Steuern aus, ein Viertel zur Bezahlung seiner Schulden, er investiere ein Viertel in die Zukunft und werfe ein Viertel aus dem Fenster hinaus. Der verwirrte Zar fragte den Bauern, was er damit meine, und er sagte, daß er seinen alten Vater unterstütze, womit er eine Schuld abtrage; er unterstütze seinen Sohn, was eine Investition in seine eigene Zukunft sei; und er habe außerdem eine Tochter, womit er Geld aus dem Fenster hinauswerfe, denn eine Tochter heiratet und ist fort. Sie wird Teil einer anderen Familie."

„Armer Vater, dann wirfst du viel Geld aus dem Fenster! Kein Wunder, daß wir so arm sind! Aber vielleicht heirate ich nie! Ich bin keine Schönheit wie Natascha."

Ihr Vater zeigte seine dunklen Zähne und grinste. „Das sagst du jetzt. Aber warte nur ein Jahr oder zwei! Schau, du bist wie diese Setzlinge. Sie sind jetzt blaß und spindeldürr. Sie haben einfach noch nicht genug Licht bekommen. Aber warte nur, bis sie aufs Feld kommen."

Fenja warf ihm einen mißtrauischen Blick von der Seite zu. Lachte er sie aus? „Was meinst du mit Licht? Ich verstehe, was Licht für eine Pflanze bedeutet, aber Licht für mich?"

„Die Augen eines Mannes, das meine ich damit. Nicht nur seine Augen für dieses hübsche, kleine Gesicht, das du immer versteckst, sondern seine Augen für dein Inneres, deine Seele. Und deine Seele, kleine Fenja, ist so gerade und gesund wie ein junger Baum."

Fenja zog sich das Kopftuch über die Augen und schlüpfte verlegen davon, als er ihr mit seiner rauhen, roten Hand einen Kinnstüber versetzte. Aber sie merkte sich seine Worte. Noch als alte Frau würde sie sich daran erinnern.

* * *

Wer wird uns wohl wiedererkennen? fragte sich Fenja. *Wir erstrahlen wie Schmetterlinge in einem plötzlichen Glanz!* Der Sonntagmorgen dämmerte silbergrau im Nachspiel des Sturmes vom Samstag. Aber die Hütte der Kostrikins glänzte wie ein Garten mit ungewohnter Farbe.

Wie viele arme Familien kauften die Kostrikins den Stoff für ihre Kleidung pfundweise und nicht meterweise. Das war für Annas Kinder besonders praktisch, da sie eine Nähmaschine hatte, mit der sie die Kleidung aus Stoffresten zusammenstückelte, die sie jeden Tag trugen. Die fein gewobenen Merinoröcke und Kaftans waren zum Verkauf bestimmt und nicht für die eigene Familie gedacht – es ging ihnen wie einigen armen Milchbauern, die es sich nicht leisten konnten, Butter zu essen.

Aber an diesem Morgen sahen Natascha und Tanja wie Bojarentöchter aus – mit Ausnahme ihrer Schuhe natürlich. Natascha sah besonders hübsch aus. Sie war groß und stattlich wie Anna, mit ihrer Haut, die so zart war wie die einer Lilie, ihren hellblonden Haaren und ihren ernsten, grauen Augen. Die Jahre hatten einen eisigen Schimmer auf Annas altes blaues Kleid gelegt, der zu der zarten Farbe des Mädchens paßte. *Sie sieht aus wie Sneguroschka, die Schneejungfrau,* dachte Fenja. *Mit ihren zarten Gesichtszügen und diesem kristallklaren, glücklichen Leuchten in den Augen. Was wird Andrei wohl denken, wenn er die Schönheit sieht, die er erobert hat?*

Und Tanja – Tanja war wie eine blühende Rose. Die verblaßte rote Seide hatte die Färbung einer Blume angenommen, die ihre dralle Schönheit hervorhob. Ihre dunkelgoldenen Haare wurden durch ein Tuch aus gestärkter Spitze betont, und sie hielt ein steifes leinenes Taschentuch in ihren plumpen, rosafarbenen Fingern.

Anna trug den grünen Wollrock, den sie jeden Sonntag anhatte. Die Seidenkleider sollten ihre Töchter tragen, beharrte sie. Immerhin kämen heute Heiratsvermittler aus dem weit entfernten Delizan ins Haus. Sie wollte, daß ihre Mädchen einen vorteilhaften Eindruck hinterließen. Wer weiß? Es gibt viele gute molokanische junge Männer in Delizan ...

Fenja, die immer noch im Hemd war, half der zehnjährigen Luba in ihr Werktagskleid aus Stoffresten und wollte dann in ihren eigenen von der Arbeit abgenutzten Rock schlüpfen.

„Warte", sagte Anna, „nicht diesen Rock. Ich habe etwas anderes für dich."

Fenja schaute sie fragend an. Alle anderen Kleidungsstücke im Haus waren auf Bestellung für die Tochter oder Frau irgendeines wohlhabenden Bauern angefertigt. Aber Anna rollte mit entschlossenem Blick ein Wollkleid aus.

„Das gehört natürlich nicht uns", sagte sie dabei. „Aber wer soll es schon erfahren, wenn du es ein paar Stunden trägst? Darja Efimnowna wohnt in Worontsowka, was soll sie also dagegen haben, wenn du ihr Kleid anziehst? Sie hat ungefähr deine Größe... hier, probiere es an."

Fenja griff nach dem weichen Wollbündel und schlüpfte mit ihrer langärmligen Bauernbluse in das Kleid. Anna trat zurück und schaute sie an. „Es wird passen", sagte sie ruhig, aber sie nickte mit einem Anflug von Stolz in den Augen. Natascha drehte sich um und hauchte: „Aber Fenja, du bist ja eine kleine Schönheit!"

Eine heiße, nicht aufzuhaltende Röte stieg in Fenja auf und gab ihr das Gefühl, ihre Haut sei ihr zu eng, und sie blickte auf das neue Kleid herab — das erste neue Kleidungsstück, das sie je am Leib getragen hatte.

Annas stolzer Blick war verständlich. Es war wirklich ein besonderes Kleid. Nach alter Weise geschnitten, ein traditioneller russischer *Sarafan*, der aus weicher, brauner Merionowolle gewoben war. Der hohe Kragen und die vordere Seite des Oberteils waren mit blättrigen Schnörkeln aus kräftigem Grün und einem hellen, weizenfarbenem Gelb bestickt — der Farbe von Fenjas Haaren. Der Rock war mit einer Vielfalt goldener Sonnenblumen gesäumt, die fröhlich mit grünen Blättern und blassen, gelblichen Blütenblättern aufsprangen.

„Nun", meinte Anna und hatte die Augen immer noch auf ihre Tochter gerichtet. „Darja wird für die ganze Arbeit, die in diesem Kleid steckt, viel bezahlen — aber es sieht an dir besser aus als an ihr!"

„Allerdings", stimmte Natascha ihr zu. „Es steht dir irgendwie — wie etwas, das aus der Erde gesprungen ist — aber so hübsch an dir, Fenja! Und es sieht wirklich nicht so schlecht aus mit Bastschuhen. Sie passen zu diesen ganzen Sonnenblumen. Wenn nur Peter Gawrilowitsch dich heute sehen könnte!"

Fenja zuckte schamvoll errötet zurück. Es entsetzte sie, seinen Namen in Zusammenhang mit ihrem zu hören. Sie ließ den Kopf hängen und begann, ihre Zöpfe aufzulösen und sich die Haare zu kämmen und ließ sie über den schönen braunen Stoff fallen. Sie waren so lang, daß sie bis zu den Sonnenblumen hinabfielen, die sich mit einem seidenen Schimmer über ihren plumpen *Lapti* öffneten.

Aber Tanja hatte sich bereits umgedreht und sah sie an. „Sie hat recht! Du siehst aus wie eine Waldnixe! Und Natascha ist ein Engel vom Himmel. Aber was bin ich?"

„Was ist sie?" mischte sich der junge Wanja ein und richtete einen hoffnungsvollen Blick auf Anna, als erwarte er zu hören, daß die praktische Tanja sich in irgendein exotisches Geschöpf verwandelt habe.

„Genug dummes Geschwätz", sagte Anna ungeduldig. „Setz dein Kopftuch auf, Fenja, wir müssen gehen ... "

* * *

Iwan Bogdanoff und seine Frau Axinia hatten beide die offene, unbeschwerte Art von Menschen, die glauben, daß es von allem genug gibt. Sie waren ein junges Ehepaar, wie die meisten molokanischen Heiratsvermittler. Sie kamen mit den Woloschins und nickten zur Begrüßung mit dem Kopf und lobten laut Wassiljis Schnitzarbeit und Annas schönes Essen. Daß sie zwei Babys und nicht nur eines mitbrachten, war Fenja ganz recht. Etwas in ihr entspannte sich, als sie Annas zufriedenes Lächeln und Wassiljis scheuen, erleichterten Blick sah. Vielleicht würde der Tag doch nicht so schrecklich werden!

Fenja beobachtete Axinia mit Neugier und fühlte sich von ihrem einfachen, kindlichen Lächeln ebenso wie von ihrer mitteilsamen und für Fenja völlig fremden Sichtweise angezogen. Axinia war gleichzeitig sehr dick und sehr hübsch. Ihr seidener Bauernrock war rot und weiß gestreift und von einer weißen, leinenen Schürze bedeckt, die mit Spitzen besetzt war. Ihre weitärmlige, bedruckte Bluse platzte schier vor bunten Blumen über ihrer riesigen Brust. Ihre Zwillinge fühlten sich völlig wohl dabei, diese üppigen Konturen miteinander zu teilen. Axinia ließ immer das eine auf ihrem

Schoß sitzen und hielt das andere an ihre Brust, wo es sich wie ein Kätzchen an einen Strohballen hängte. Gelegentlich wechselte sie die beiden. Ihr rotwangiges Gesicht und ihre glatten, braunen Haare glänzten, als seien sie mit Butter bestrichen. *Sie sieht aus wie eine riesige Matruschkapuppe*, dachte Fenja erstaunt, *eine mit viel Lack.*

Iwan hatte auch eine tiefgründige und mitteilsame Art – obwohl er neben seiner farbenfrohen Frau ein bißchen trocken und blaß wirkte. Fenja gefiel die einfache Großzügigkeit, mit der er die Aufgabe der Heiratsvermittlung anging. Iwan Bogdanoff, seine Frau Axinia, Michail und Marfa Woloschin und Andrei und Trofim setzten sich mit Wassilji und Anna um den Tisch der Kostrikins. Die Kinder waren zum Spielen nach draußen geschickt worden; Tanja und Fenja standen am Ofen bereit, ihre Gäste zu bedienen, während Natascha im Wohnzimmer saß und darauf wartete, daß sie hereingerufen würde.

Ganz nach molokanischer Sitte vergeudete Iwan keine Worte bei den Verhandlungen. „Andrei bittet um die Hand eurer Natascha. Seid ihr einverstanden?" fragte er.

Gewöhnlich folgte an dieser Stelle ein Jammern von der Familie der Braut. „Oh, eine Tochter verlieren, noch dazu eine so gute Arbeitskraft ... " oder „Was sagst du da? Sie ist ja noch ein Kind ... " Aber Wassilji wußte, daß solche Sprüche niemandem etwas vortäuschen würden. Er hatte eine Tochter, die reif für die Ehe war, und einer der reichsten jungen Männer im Dorf wollte sie heiraten. Die einzige Frage war die Mitgift. Wassilji senkte mit demütiger, besorgter Miene den Kopf. Fenja wußte, daß Nataschas Aussteuer seit Wochen in seinem Kopf umging. Würde seine magere Aussteuer seiner Tochter die Gelegenheit rauben, glücklich zu werden?

Iwan deutete zu Andrei, und der junge Mann trat vor und sah in seiner neuen, bestickten *Kosoworotka* eindrucksvoll aus.

„Welch ein Bräutigam!" Axinia breitete die Hände mit den Handflächen nach außen aus, und eines der Babys purzelte auf den Lehmboden. „Man könnte am hellichten Tag mit einer Laterne weit und breit suchen und würde keinen solchen Mann finden! Ein Mann, der es verdient ... " Sie hob den Säugling wieder auf, der unbeeindruckt von dem Sturz, Mullstückchen vom Boden aufhob. Axinia, die ihre Rolle sichtlich genoß, ergoß sich weiter in einer Flut lobender Worte und pries Andrei, die Woloschins, diese Verbindung und den heiligen Stand der Ehe. Sie warf den einen Säugling über ihre Schulter, so daß er auf den Fußboden hinter ihr schaute, und schaukelte den anderen so schwungvoll auf ihrem Schoß und so kräftig, daß der brave Kleine so aussah, als gebe er ihr mit viel Weisheit recht.

„Wollen wir denn etwas Schlechtes für unsere Kinder? Fragt im Dorf, wen ihr wollt – die Woloschins verstehen zu leben. Und Andrei – die Arbeit brennt ihm unter den Nägeln! Jeder kann sehen, was sie aus ihrem Hof gemacht haben – ein Segen für jedes Mädchen. Wir haben die Sache auf den Tisch gebracht; jetzt wollen wir sie zum Glück unserer Kinder regeln."

Fenja unterdrückte ein Lächeln, als das Baby weise mit dem Kopf nickte. Sie trat hinter Axinia und nahm ihr das andere Kind ab und warf dabei einen schnellen, neugierigen Blick auf Andrei. Wie angespannt sein Gesicht mit seiner Locke aus seinen glatten schwarzen Haaren, die über seine Augenbraue fiel, aussah! Er rückte seine Brille zurecht, um zu verbergen, daß seine Augen zu der Tür, die ins Wohnzimmer führte, hinüberschielten. Seine Hand zitterte leicht, als er Anna eine Börse reichte, die sich bei den vielen Rubeln ausbeulte. Das Geld war *Kladka* – der Preis für „den Kauf der Braut", der angeblich je nach der Schönheit der Braut unterschiedlich hoch ausfällt. Anna machte ein kleines Ritual daraus, als sie es zählte. *Kein Wunder, daß die Börse so dick ist,* dachte Fenja, als Natascha im Türrahmen erschien.

Natascha hatte noch nie so schön ausgesehen – oder so steif. Sie wirkte, als habe der eisige Farbton ihres verblaßten Kleides ihr das Herz gefroren und zwinge ihren schlanken Körper in diese aufrechte, starre Form. Ihre Hände waren verkrampft, und Fenja konnte sehen, daß sie den Tränen nahe war. Axinia gackerte beflissen. „Ah, sie ist schüchtern", sagte sie laut. „Hab keine Angst, Liebes – das ist das Schicksal jeder Frau; wir müssen es alle ertragen." *Sie hat Angst,* stellte Fenja fest. *Aber nicht vor der Ehe. Sie kann ihr Glück noch überhaupt nicht glauben, und sie hat Angst, daß es ihr irgendwie entgleitet.*

Aber die Fülle von Andreis *Kladka* war zu gewichtig, um einfach so vergessen zu werden. Annas Hände mit ihren schönen Knochen und ihrer häßlichen Haut gaben das Geld in Nataschas jüngerer Ausgabe derselben Hände. Sein Gewicht schien sie irgendwie zu verankern. Sie blickte auf; ihre Augen schauten in Andreis Augen, und sie waren von Wärme durchflutet.

Ohne den Blick von seinen Augen abzuwenden, schob Natascha

die Börse wieder ihrer Mutter zu und drückte Andrei einen Seidenschal in die Hand. Er band ihn sich als Zeichen für das Dorf, daß er eine Braut hatte, um den Hals.

„Das ist schon besser!" freute sich Axinia. „Die anderen spielen *Lapka, Krugi* und *Gorelki*, und der junge Andrei hat sich selbst eine Schönheit ausgewählt. Und jetzt lächelt sie über seinen Antrag. Was braucht man mehr? Gott sei mit euch."

Sie warf einen Blick auf den voll beladenen Tisch. Wassilji, der ihren Blick bemerkte, trat mit einer steifen Verbeugung vor.

„Eßt", forderte er sie auf. „Und Gott sei mit euch."

Fenja und Tanja begannen, Geschirrtücher und Platten mit Essen herumzureichen. Fenja warf einen nervösen Blick auf ihren Vater, als er anfing, in seinem Essen herumzustochern. Die Sitte bestimmte, daß das Festessen der Heiratsvermittler die Zeit war, über *Pridano* — die Mitgift der Braut — zu verhandeln. Sie konnte sehen, daß Marfa Woloschin ihrem Mann einen fragenden Blick von der Seite zuwarf. *Sprich*, sagten ihre Augen, aber Michail verschlang genüßlich mehrere Mundvoll *Lapscha* aus der gemeinsamen Schüssel.

Er griff mit einem klugen Funkeln in den Augen nach einem Stück gebratenen Lammfleisch. Er wußte gut genug, daß Wassilji schwer zu kämpfen hätte, um eine Mitgift für seine Älteste zusammenzukratzen. Aber was wäre er bereit zu akzeptieren?

„Jetzt zu *Pridano*", begann er, und Wassilji fing an, an den Spitzen seines Schnurrbarts zu kauen. „Mäntel, Kleider, Leinen — wir wissen alle, was üblich ist. Das Wichtige ist die Truhe, die du ihr mitgibst, damit sie die Wäsche darin aufbewahren kann. Wir hätten gern eine Truhe aus Birkenholz mit einem geschnitzten Deckel —"

Marfa konnte sich nicht zurückhalten. „Einen Samtmantel und einen Ledermantel für Andrei, eine Daunenmatratze und Decke, Seide und Werktagskleider ... " Sie streckte ihre Finger in die Höhe, um wie üblich die Kleidungs- und Haushaltswaren aufzuzählen. *Und sie hat noch viele Finger übrig*, dachte Fenja bestürzt. Michail senkte wie ein Stier den Kopf, und Marfas Inventurrechnung fiel in sich zusammen. Wassilji strich gedankenabwesend wie ein Blinder, der versuchte, etwas, dem er noch nie zuvor begegnet war, zu identifizieren, über die Damasttischdecke.

„Auf die Truhe kommt es an", erklärte Michail. „Ich brauche keine Frau, die mir sagt, was mein Sohn braucht! Andrei hat bis jetzt immer etwas anzuziehen gehabt." Seine scharfen Augen suchten Wassiljis Blick. „Einverstanden?"

„Einverstanden", bestätigte Wassilji und versuchte, seiner Stimme nicht seine Erleichterung anmerken zu lassen. „Ich habe die Truhe schon. Bis August tragen wir zusammen, was wir können, um sie zu füllen."

„Gelobt sei Gott!" rief Axinia aus. „Es hat keinen Sinn, die Liebe eines jungen Mannes wegen eines Mantels zurückzuhalten, den er ohnehin nicht braucht! Gott sorgt schon dafür. Der Körper ist wichtiger als Kleider."

Fenja drückte ihre Nase in die weichen Daunen auf dem Kopf des Babys und warf Axinia einen dankbaren, lächelnden Blick zu. Die ältere Frau antwortete mit einem freundlichen Lächeln. „Ah, die Schönheiten, die ihr in dieser Familie habt", sagte sie zu Anna. „Gott schenke, daß meine kleine Walentina auch so hübsch wird!"

Das kleine Mädchen auf ihrem Schoß zog ihre Brauen in einem zweifelnden Blick zusammen und begann, an der Tischdecke zu ziehen. Fenja warf ihr auch einen zweifelnden Blick zu. Dann fiel ihr ein, daß sie das schöne Kleid trug, und legte dem Baby eilig ein Tuch unter das Kinn. „Ich lege sie im Wohnzimmer schlafen", bot sie an.

„Danke, Liebes! Sie sollten heute nachmittag schon schlafen. Heute ist ein großer Tag für sie."

Fenja legte die Zwillinge auf das große Bett aus Birkenholz. Der kleine Junge rollte sich schläfrig zusammen, aber Walentina schaute sich wild um und setzte zu einem guten, lauten Weinen an. „Pst... pst..." Fenja streichelte sie beruhigend. „Ruhig, kleines Mädchen", flüsterte sie. „Sie unterhalten sich, und ich will etwas hören." Sie hielt den Atem an und lauschte. Sie schnappte die harten Konsonanten eines Wortes auf — eines Wortes, das jedes Mal, wenn sie es hörte, an ihrem Herzen zehrte. *Pohod!* Sie strengte ihre Ohren an, als Walentina anfing, ein blubberndes, kleines Gurgeln von sich zu geben.

„Delizan ist wie ein aufgeschreckter Bienenstock." Der schweigsame Iwan hatte seine Sprache gefunden. „Viele, viele Familien gehen — Tarnoffs, Samarins, Fetisoffs — einige im nächsten Monat, andere nach der Ernte. Dann gehen wir auch. Gleich nach der Hochzeit."

„Gott helfe uns", seufzte Axinia und griff nach einem Kuchenstück. „Eine solche Reise in ein fremdes Land! Ganz wie die alten

Geschichten, die uns unsere Großmutter über Iwan den Verückten erzählte, der über die dreimal neun Länder hinaus in das dreimal zehnte Königreich reiste." Iwan warf ihr einen schnellen, argwöhnischen Blick zu. „Nicht du, Liebster", sagte sie rasch.

„Was ist mit deiner alten Großmutter", fragte Michail und unterdrückte ein Grinsen. „Sie wohnt bei euch, nicht wahr? Was wird aus ihr, wenn ihr alle Rußland den Rücken kehrt?"

„Oh, sie kommt mit, sie kommt mit", erwiderte Axinia und fuchtelte mit einem Löffel voll Marmelade herum. „Sobald sie davon hörte, sprang sie von der Ofenbank und fing an, Mus zu kochen. ‚Großmutter,' habe ich zu ihr gesagt. ‚Du mußt dich ausruhen.' Aber es half nichts. ‚Ich habe lang genug auf der Ofenbank geschlafen,' sagte sie. ‚Wofür glaubst du, habe ich mich in all diesen Jahren ausgeruht? Damit ich für *Pohod* bereit bin!' Ehrlich gesagt, haben wir gedacht, sie bereite sich auf das Sterben vor — Gott weiß, sie ist wirklich schon sehr alt. Aber nein, sie sagt: ‚Ich sterbe nicht, meine Liebe. Meine Seele verläßt meinen Körper erst, wenn ich dieses Kalifornien gesehen habe.' Und so kommt sie mit. Ich bin froh darüber. Mein Herz war bei dem Gedanken, daß ich sie verlassen müßte, schwer ... Aber sie ist mir keine Hilfe bei den Babys. Sie ist inzwischen ein bißchen verwirrt. Sie würde sie über die Schiffsreling fallen lassen und glauben, das sei eine Wiege."

Axinia seufzte, ein Geräusch, in dem keine Unzufriedenheit steckte.

„Gott sieht es als richtig an, uns aus unserer Heimat zu reißen und uns wer weiß wohin zu schicken. Nur er weiß, wie ich mit zwei Babys zurechtkomme. Es wäre mit einem schon fast unmöglich — aber mit zwei ... "

„Sie fängt bei jeder Gelegenheit wieder mit diesem Thema an!" schimpfte Iwan. „Ich verlange ja nicht, daß sie schwimmen!"

‚Was weißt du schon? Ich bin bestimmt völlig erschöpft, wenn ich versuchen muß, mit den beiden auf dem Schiff zurechtzukommen. Wir brauchen Hilfe, ein junges Mädchen, dessen Herz für Pohod schlägt."

„Du träumst, Frau. Welches Mädchen würde um die ganze Welt segeln, um unsere überfütterten Babys zu verhätscheln?"

Fenja zog es mit großen Augen zur Tür. Axinias Augen begegneten im stillen Verstehen ihren Blick.

„Einige wollen vielleicht. Gott hat seine Wege." Axinias helle Augen unter ihren gebogenen Brauen wichen nicht von Fenja.

Aber Anna wurde steif und schüttelte sich, als habe ihr jemand eine Handvoll kratzendes Stroh über den Rücken gerieben.

„Nur wenige Eltern würden eine Tochter allein so weit fort lassen", sagte sie mit Betonung. „Ihr wißt, wie es bei uns Bauernleuten ist; wir brauchen unsere Töchter für die Arbeit."

„Natürlich verlieren wir am Ende alle ohnehin unsere Töchter, wenn sie heiraten." Axinia seufzte mitfühlend. „Aber wer kann das schon sagen? Vielleicht heiraten sie in Amerika besser. Meine kleine Walentina wird dort heiraten."

Fenjas Aufregung steigerte sich zu einer Stärke, die ihr Herz laut pochen ließ. Aber Anna schüttelte den Kopf. „Es wäre grausam, ein junges Mädchen so weit von ihrer Familie wegzuschicken."

„Es geschieht, wie Gott es will", widersprach Axinia, aber sie hob gutmütig und absichtlich den Kopf, als sie ihre Augen von Fenja abwandte.

„Es ist Gottes Wille, daß alle gehen!" erklärte Iwan.

Michail zeigte seine Zähne in einem grimmigen Lächeln und öffnete den Mund, um etwas zu sagen, aber Wassilji mischte sich ein. „Es ist Gottes Wille, daß alle Jesus nachfolgen", sagte er bestimmt und löschte schnell die Flammen eines Streits. „Einige werden ihm hier in Rußland dienen, andere folgen ihm nach Amerika. Wichtig ist, daß man nicht vergißt, wem wir folgen — Christus und nicht einem Propheten. Zu viele laufen Klubniken hinterher und vergessen dabei Christus.

Aber jetzt will ich euch die Truhe für Nataschas Mitgift zeigen. Ihr sagt mir dann, ob sie für das junge Paar geeignet ist ... Fenja, hilf mir, sie aus der Scheune zu holen."

Fenja zog die Augenbrauen hoch. Eine Truhe? In der Scheune? Sie hatte sie bestimmt nicht gesehen. Ihr Vater mußte heimlich daran gearbeitet haben. Als sie damit in die Küche zurückkamen, stießen alle Gäste bewundernde Rufe aus.

„Ein wahres Kunstwerk!" rief Axinia. „Schaut euch das an! Darin steckt monatelange Arbeit. Wer käme schon auf die Idee, Blätter und Zweige so zu schnitzen?" Sie plapperte weiter, während die anderen sich um die Holztruhe drängten. Natascha bückte sich, um den reichlich beschnitzten Deckel zu streicheln und um ihr Gesicht zu verstecken, denn Fenja konnte die Tränen in ihren Augen glänzen sehen.

Wassilji bückte sich, um einen Span wegzuwischen. Mit abgewandtem Blick erklärte er seine Arbeit. „Ein Weinstock, wie ihr seht", sagte er und streichelte den heraustretenden, knorrigen Stamm eines reifen Weinstocks, der in Reben überging, die sich überlappten. „Ich kann die Heilige Schrift nicht lesen, und sie noch weniger in Holz schnitzen, aber den Gedanken, den ich meiner Tochter mitgeben wollte, war der von Christus als dem wahren Weinstock."

Er hob jetzt den Kopf und sprach deutlich. „‚Ich bin der Weinstock, ihr seid die Reben' — Christi Worte an uns. Das ist der Gedanke, den ihr in eurer Ehe immer im Herzen behalten sollt, Natascha und Andrei. Bleibt in ihm, in seiner Liebe, und ihr bringt viel Frucht, und eure Freude wird vollkommen sein, wie er verheißt. Die Truhe — soll euch daran erinnern", sagte er, wieder scheu geworden. „Ich lege sie mit Zedernholz aus und habe sie bis August fertig."

* * *

Später, als ihre Gäste gegangen waren und die Kinder sich an den übriggebliebenen Leckereien sattgegessen hatten, brachte Wassilji dem jungen Wanja die Bibel. „Lies", sagte er. „Lies die Worte des Evangelisten über den Weinstock." Dann trat er ans Fenster und verschränkte die Arme über der Brust, als habe er Schmerzen. Anna trat neben ihn. Fenja sah, daß sie erschöpft und mit den aufgewühlten Gefühlen von den Ereignissen dieses Tages fast den Tränen nahe war.

„Die Truhe, Wassilji — sie ist so schön", sagte sie. Ihr schräger Kopf, die hängenden Schultern, die ganze Haltung ihres müden Körpers war eine einzige Entschuldigung — und Wassilji entging das nicht.

„Es ist wenig genug, das wir ihr bieten können", murmelte Wassilji kopfschüttelnd. Aber seine Hand kam herüber und fing an, die weiche Haut über dem Ellbogen seiner Frau zu streicheln.

Wanja hatte seine Stelle gefunden und begann zu lesen. „Ohne mich könnt ihr nichts tun... Wenn ihr in mir bleibt... werdet ihr bitten, was ihr wollt, und es wird euch widerfahren... Bleibt in meiner Liebe..." Natascha träumte müde und friedlich am Ofen. Tanja griff hinter sie und angelte sich das letzte Kuchenstück. „Das sage ich euch, damit meine Freude in euch bleibe und eure Freude vollkommen werde ... "

Die Stimme des Jungen klang kindlich, aber die Worte drangen tief in Fenja ein. *Ein Platz in Jesu Herzen* ... *Vollkommene Freude* ... Die dünne Stimme des kleinen Jungen schnitzte sich in ihr Herz! Wie Wassilji faltete Fenja ihre Arme über einem Schmerz, der sie mit Freude oder Traurigkeit erfüllte. Dann ging sie still auf die Veranda hinaus.

„Nimm den Mantel, Fenja!" folgte ihr Tanjas Stimme.

* * *

Das Dorf schlief. Das neue Gras und der frische Klee auf dem Hügel fühlten sich saftig unter Fenjas nackten Füßen an und sandten einen frischen Duft aus, der sich mit dem aufregenden Fichtengeruch, der von den Hügeln herabzog, vermischte. Die schwarze und aufnahmebereite Erde legte ihre wunderbare Kraft in diesen kurzen Raum zwischen letztem Tauen und erstem Wachstum. Sie sah zu, wie die Lichter in der Kostrikinhütte erloschen. Jetzt brannte nur noch ein Licht im Dorf — das Licht kam aus Peter Woloschins Hütte. Fenja heftete ihre Augen auf den schwachen gelben Schein aus dem Fenster. Peter Gawrilowitschs letzte Stunden in seinem Heimatdorf schwanden dahin, als der Mond aufzog und die Nebel sich schlossen und eine feine, zarte Wolke die Sterne durchschimmern ließ.

„Ich bin innen hohl", flüsterte Fenja. „Klopfe an mir, Herr, dann hörst du ein Echo ... "

7. Das Land der Philister

Galinas Gesicht hatte sich verändert. Sie hatte die ganze Nacht damit zugebracht, Rubelnoten in das Filzfutter von Gawrils großen Lederstiefeln zu nähen, und das hatte eine Veränderung bei ihr bewirkt. Ihr entschlossenes Kinn hatte seinen kämpferischen Charakter verloren, und ihre Haut hing müde und faltig von den hervorstehenden Backenknochen. Peter warf ihr einen verärgerten Blick zu. *Du hast doch erreicht, was du wolltest*, knurrte er innerlich. *Schau jetzt wenigstens glücklich aus* ... Sein Knappsack lehnte am Türpfosten und war zum Bersten vollgestopft.

„Noch etwas ... ", sagte Galina immer wieder.

Peter, der sich bevormundet vorkam und sich nicht wohl in seiner Haut fühlte, wies sie immer wieder zurück. „Ich bin ein Flüchtling — kein reisender Sultan. Nein, nichts mehr."

Auf der Ofenbank zusammengerollt lagen sein Armeehemd und seine Armeehose. Morgen würden sie mit Ziegenblut beschmiert und dem Kommissar als Beweis dafür vorgelegt werden, daß Peter auf seinem Weg durch den Wald von wilden Tieren getötet wurde. Eine verbreitete Geschichte bei vermißten Soldaten — manchmal war sie wahr. Dauscha lag zusammengerollt neben dem Kleiderhaufen und war selbst ein zerknitterter, kleiner Haufen und beobachtete alles mit halb geschlossenen Augen. Nadja machte sich am Ofen zu schaffen und drehte schwungvoll Pfannkuchen um und warf gelegentlich einen verzweifelten Blick auf ihren Bruder.

Peter steckte seine Füße in die schwerfälligen, mit Rubeln ausgestatteten Stiefel. Als er aufblickte, stand Galina über ihm und hielt ihm ein schön besticktes Bauernhemd hin. „Für dich", sagte sie mit bettelnden Augen.

Peter legte den Kopf zurück und betrachtete die kostbare Stickerei um den Kragen und die Ärmel. Er dachte an die langen Stunden, die eine solche komplizierte Arbeit erforderte, aber das erinnerte ihn nur wieder daran, daß sein Exil lange geplant war und daß Galina die Planung übernommen hatte, als sie in den Winterabenden dieses Hemd bestickte. „Ich kann es nicht mitnehmen", sagte er kurzangebunden. „Ich habe ohnehin schon zu viel ... "

Er wandte sich von ihr ab und trat an den Tisch, an dem Semjon und Gawril über der zerknitterten Landkarte mit den Eselsohren brüteten, die den Weg nach Kalifornien beschrieb. Semjons starke, knorpelige Finger bewegten sich nachdenklich, als drückte er Peters Zukunft in das faltige Papier. Seine handgeschriebenen Anweisungen und Erinnerungen zierten den Rand der Seite, die russischen Zeichen, die in einer starken Schräglage geschrieben waren und wie fliehende Tiere aussahen.

„Vergiß nicht, dein Gesicht niemandem zu zeigen", warnte ihn Gawril. „Ab morgen giltst du als tot."

„Mach dir keine Sorgen", erwiderte Peter. „Das ist ein Teil der Rolle, die ich spielen kann."

Semjon warf ihm einen scharfen Blick zu und wandte sich dann wieder der Landkarte zu und schüttelte den Kopf so vehement, daß seine langen Barthaare über das Papier strichen.

„Zieh diese Stiefel nicht aus, Petja. Sie sind dein ganzes Vermögen", warnte Gawril. „Trenne dich um nichts auf der Welt von ihnen."

„Nein", sagte Peter und schlüpfte in seinen Rucksack. Semjon schaute ihn nicht an, sondern schüttelte immer noch den Kopf.

„Alles klar, ich bin fertig", sagte Peter ruhig. Gawril küßte ihn und strich mit seinen großen Händen rauh über Peters Hinterkopf. Peter stand stocksteif, als Galina ihn festhielt. Sie hob den Kopf, um ihm in die Augen zu sehen, aber er wandte den Blick ab. Eine eigenwillige Haarsträhne rutschte aus ihrem Kopftuch hervor und berührte sein Kinn. Sie sah alt aus. Er wollte sie nicht so in Erinnerung behalten. Er wollte sich nicht an den verzweifelten Blick in ihren Augen oder an ihr besiegtes Kinn erinnern.

Schau nicht so, wollte er rufen. *Denn ob du es glaubst oder nicht, komme ich vielleicht zurück! Ich überrasche euch alle! ... Aber vielleicht auch nicht!* Dieser Gedanke drängte sich ihm lange genug auf, um einen Augenblick Mitleid mit ihr zu wecken, und er streichelte sie unbeholfen und erwiderte ihre Küsse.

Die frühe Morgenluft legte sich wie kaltes Eisen auf ihn, als Peter der Hütte den Rücken zukehrte und der ruhigen Nebenstraße zum Marktplatz folgte. Er wußte, daß Gawril, Galina und die Mädchen sich in einem einzigen Schatten vor dem schwachen Licht des Türrahmens auf der Veranda zusammendrängten. Er schaute nicht zurück.

* * *

Ein verstohlenes Licht aus Abadscharians Laden fiel auf die Straße. Sirakan hievte ein leeres Faß in einen Holzkarren, während drei schlecht zusammenpassende Pferde phlegmatisch ihren Atem in dampfenden Wolken in die kalte Luft bliesen. Peter steckte seinen Sack unter ein zerknülltes Segeltuch und rutschte zwischen das Faß und den Fahrersitz.

„Woher hast du denn diese Schönheiten?" scherzte Peter und nickte zu dem breitrückigen Pferd an der Deichsel, das von seinem Blickwinkel aus wie ein altes, niedergesessenes Sofa aussah.

„Das Aussehen ist nicht alles, Gawrilowitsch. Das stellst du auch noch fest, wenn du je so alt wirst", erwiderte Sirakan mit geduldiger Herablassung. „Aber wenn meine Reiseausstattung nicht dein Gefallen findet —"

„Oh nein, ich bin mehr als dankbar dafür. Ich bin sicher, daß sie viel bequemer ist als das, was der Zar für mich im Sinn hat."

„Dann mache es dir bequem", sagte Sirakan mit übertriebener Gastfreundschaft. „Aller Komfort meines bescheidenen Wagens steht Eurer Exzellenz zur Verfügung." Er warf eine stinkende Ladung halb gegerbter Felle hinter Peter.

„Für die Schuhfabrik", erklärte er. Nina, die gerade aus dem Laden getreten war, lächelte aufgeregt, als habe er etwas sehr Witziges gesagt, kletterte Peter gegenüber auf den Wagen und zog ihre Knie an. Nina war ruhig, aber in ihrem Schweigen steckte etwas Atemloses und Aufmerksames. Das zunehmende Licht legte einen burgundfarbenen Schimmer auf ihre dunklen Haare und unterstrich die tiefe, sanfte Weichheit ihrer schrägstehenden Augen. Ihr reines Profil war so blaß wie eh und je, ihre neutrale Hautfarbe bildete einen hübschen Kontrast zu den reichen Farbnuancen ihrer Haare und Augen.

Ein süßes, sehnsüchtiges Gewicht legte sich auf Peter. Er seufzte und blickte weg. Von seiner Nische hinter dem Faß beobachtete er die leere Straße. Um diese frühe Stunde gab es wenig zu sehen — nur die Hütten mit den austreibenden Bäumen hinter ihnen, die an jeder Zweigspitze Leben versprachen. Und in ihrem Schatten ein alter Mann, dessen eindrucksvoller Bart vom Mondlicht beschienen wurde. Er schimmerte so stark, daß Semjons Augen sich in dunkle Höhlen vertieften. Aber Peter strengte sich an und sah das Funkeln seiner Miene unter den schweren Brauen. Der Wagen machte einen Satz nach vorne, und ihre Augen hefteten sich in einem unablässigen, festen Blick ineinander, der sich erst löste, als die Straße einen Bogen machte und der Marktplatz verschwunden war.

* * *

Sie kamen nach Tiflis und bogen in die Worontsow-Straße ein. Das rötliche Braun und Orange der alten Häuser schwamm in dem schwülen Dunst, der vom Fluß heraufzog. Fein geschnitzte Balkone an alten Steinhäusern steckten über ihnen die Köpfe zusammen. Sie trotteten an der Universität vorbei und dann hinaus in Richtung der Kura, wo sich die Häuser ängstlich an steilen Felsen über dem brodelnden Wasser klammerten. Die Kura schäumte unzufrieden innerhalb ihrer begrenzten Ufer, während die Häuser konsterniert mit ihren tristen Farben von ihren Vorsprüngen herabblickten.

Sie folgten am Fluß entlang der Golowinski-Prospekt. Das war die „neue Stadt" mit ihren Regierungsbüros und modernen Geschäften und Cafés. Die Alleen waren mit stattlichen Fichten und ebenso stattlichen Gebäuden gesäumt, die russischen Klassizismus mit altem georgischen Baustil verbanden. Auf den Straßen wimmelte es von gutaussehenden Georgiern mit dunklen *Papuschkas* und fliegenden kirkasischen Mänteln, Russen in Hemden mit hohem Kragen oder dunklen, europäischen Anzügen und Armeniern mit Händlermützen und -jacken. Hübsche Frauen in langen Kleidern fuhren in Kutschen durch die Straßen oder spazierten mit französischer Leichtlebigkeit am Arm modisch gekleideter junger Männer die Alleen entlang. Aber am Rand des Stadtzentrums aus dem neunzehnten Jahrhundert kauerte das andere Tiflis, das Tiflis alter kriegerischer Kulturen: Kirkasen und Osseten, Juden und Armenier, Zigeuner und Tataren.

Unverwüstlichkeit und Schwung, dachte Peter und verrenkte sich fast den Hals hinter dem schützenden Faß. Tiflis zeigte seine Stärke wie in einer großzügigen, kurzen Geste mit einem muskulösen Arm. Die Stadt hatte die unheimliche Fähigkeit, weit auseinanderliegende Themen aufzugreifen und sie in ein faszinierendes Schauspiel städtischen Lebens zu integrieren. Während seiner turbulenten Geschichte war die Stadt vierzigmal geplündert und neunundzwanzigmal völlig zerstört worden, aber jedes Mal war sie wieder auferstanden – ebenso übersprudelnd und unverwüstlich wie ihre bunt gemischte Bevölkerung. Tiflis schaffte es, die Narben, die ihm von Chasaren, Hunnen, Persern, Byzantinern, Arabern und Mongolen zugefügt worden waren, hinzunehmen und sie als Schmuck zu tragen. Im letzten Jahrhundert, sinnierte Peter, hatte Rußland den Hintergrund für diese schillernde Szenerie gebildet – aber wie lange noch? In Tiflis brodelte die Revolution. Sogar ohne die Anzeichen von Streiks, Gewalt, Straßenversammlungen konnte Peter die Rebellion riechen, die in der Luft lag.

Die Wagenräder schaukelten und protestierten, als sie die breite, gut gepflasterte Allee verließen und in die engeren Straßen der „Altstadt" einbogen. Bald hielten sie vor einem großen Steinhaus mit schmiedeeisernen Beschlägen an, und das häßliche Pferd drehte sich um und warf ihnen einen gequälten Blick zu. „Mit Karren kommt man in diesem Kaninchenlabyrinth unmöglich voran", beklagte sich Sirakan. Er und Nina würden den Tag damit zubringen, von Straße zu Straße zu gehen und Waren zu kaufen. In Tiflis gab es für jedes Gewerbe eine eigene Straße. Schuhmacher, Weber, Silberschmiede, Parfümerien, Färber wetteiferten in mittelalterlichem Nebeneinander um ihre Kunden, so daß der Einkauf eine Tagesaufgabe war.

„Wir müssen uns später hier wieder treffen", brummte Sirakan. „Wer weiß, welche Pläne Noe ausbrütet! Zieh deine Mütze weiter in die Stirn, Gawrilowitsch. Du siehst aus wie ein Russe. Weißt du denn, wo du bist? Wenn du nicht hierher zurückkommst und mir Bericht erstattest, hängt Semjon mich auf und peitscht mich mit seinen scharfen Augen aus. Noe wohnt in Nadsaladewi. Du findest ihn wahrscheinlich in dem armenischen Café, das nebenan steht. Verstanden?"

„Alles klar." Peter versuchte, seine Verwirrung zu verbergen. „Hier also, bei Sonnenuntergang ... " Die wärmende Sonne wirbelte die Gerüche der Allee auf – Müll und geschmolzene Butter und Knoblauchzehen und der aufdringliche Gestank der halb gegerbten Felle neben ihm. Er kletterte aus dem Wagen und fühlte sich vor den abweisenden Steinmauern, die sich um ihn herum auftürmten, ganz klein. Er nahm seine Mütze ab und zerknüllte sie zwischen den Fingern.

„Sirakan, du bist ein guter Freund ... "

Der stämmige Armenier grinste reumütig. „Lauf jetzt los, Peter – das ist Dank genug. Du bist inzwischen subversiv und gesetzlos genug, daß Noe dich mit offenen Armen aufnehmen wird. Grüße ihn von uns."

Nina, die mit einer Hand am Geländer im Wagen kniete, warf ihm ein frohes, heimliches Lächeln zu. Er hob in einem halbherzigen Abschied seine Mütze und bahnte sich den Weg durch die engen verworrenen Straßen zu seinem Treffpunkt mit Noe.

Deduschians Café war nicht schwer zu finden. Es stand mit seinen dicken Wänden und viel neuem Verputz unübersehbar an einer abfallenden Straßenecke. Ein fettig verschmierter und von Fliegen verschmutzter Glaskasten stellte mit Honig gesüßte Waren und Baklawa, ein Gebäck aus dünnen Teigschichten, die mit Nüssen und Honig gefüllt waren, aus. Ein würziger Geruch von gebratenem Lammfleisch drang aus der offenen Tür. Mehrere Tische mit bedruckten Tischdecken standen eng zusammengedrängt im Raum. Die meisten Holzstühle, die mit früher einmal usbekischblauer und jetzt abgehender Farbe gestrichen waren, waren besetzt. Dicker Rauch und der Geräuschpegel angeregter Gespräche umgaben Peter, als er eintrat.

Im hinteren Teil des Raumes konnte er einen kahlköpfigen Mann mit einem auffällig großen Schnurrbart sehen, der dicken, süßen türkischen Kaffee in Tassen goß. Ein Mädchen mit einem weinroten Rock und einem Ledergürtel bediente.

Als Peter in den Raum trat und sich suchend umblickte, verstummten einige Gespräche. Er bemerkte, daß mehrere mißtrauische Augenpaare sich mit maschinengenauer Präzision auf ihn richteten. Er errötete, als er erkannte, wie fehl am Platz er mit seiner Schaffellmütze und seiner russischen Kleidung aussah. Außer einigen georgischen Arbeitern bestand der größte Teil von Deduschians Kundschaft aus Armeniern.

Peter ließ eilig seinen Blick durch den Raum schweifen, bis er Noes dunklen Kopf an einem hinteren Tisch ausfindig machte. Die drahtige Gestalt des jungen Georgiers saß entspannt auf einem der primitiven Stühle zwei Landsleuten gegenüber. Der Winkel seines Ellbogens, sein gerader Blick und die Asche an der Spitze seiner Zigarette – alles deutete auf die Bedienung in dem weinroten Rock. Sie blieb unbeeindruckt mit ihrem Tablett stehen, und ihr stolzes Zigeunergesicht war von kurzen, schwarzen Haaren und goldenen Ohrringen umrahmt.

Noes Gesicht wirkte auch ein bißchen zigeunerhaft mit seinem dramatischen Spiel von waagrechten und senkrechten Linien. Eine frühe Falte runzelte sich auf seiner Stirn; die lange, schön geformte Adlernase zog die Linie nach unten zu der Spalte zwischen seinen Schneidezähnen und dem Grübchen in seinem Kinn. Diese Mittellinie war von geraden, sehr dunklen Brauen und einem ebenso dunklen Schnurrbart unterbrochen.

Als Peter nähertrat, heftete sich Noes ganze verborgene Energie auf das Mädchen; er lachte sie an und drehte sich dann mit einer sehnigen Bewegung um, um seine Zigarette auszudrücken. Dabei erblickte er Peter. Seine Augen wurden groß; er nickte mit ernster Miene und griff nach einem vierten Stuhl. Das Mädchen starrte Peter neugierig an und schob sich mit schmalen, schwingenden Hüften zwischen den Tischen hindurch.

Peter zwängte seine langen Beine unbequem unter den wackeligen Tisch. Er legte seine Mütze vor sich, bis einer der Georgier sie mit einem wilden, beleidigten Blick anstarrte. Peter nahm sie mit einer schnellen Bewegung und verstaute sie so, daß sie nicht mehr zu sehen war, während Noe ihn lächelnd und spekulierend von oben bis unten betrachtete.

„Das ist Peter Gawrilowitsch", sagte er auf Russisch zu seinen Begleitern. „Aus unserem Dorf." Sie grüßten ihn flüchtig und wechselten dann einige Worte auf Georgisch. Sie wirkten über den Neuankömmling nicht gerade begeistert und standen vom Tisch auf, sobald sie ihren Kaffee ausgetrunken hatten.

„Nationalisten", sagte Noe.

„Oh..."

„Gute Leute, aber ein bißchen dogmatisch. Ich hoffe, sie bekommen, was sie wollen. Oder wenigstens einen Teil von dem, was sie wollen."

„Ja."

Noe lachte plötzlich und lehnte sich dann mit zusammengekniffenen Augen an die verschmierte Wand zurück.

„So, warum hat Sirakan dich zu mir geschickt?"

„Er dachte, das heißt, ich dachte, du könntest mir vielleicht helfen... Ich befinde mich in einer schwierigen Lage."

„Was? Sag, warst du nicht in der Armee?" Noes Augen hefteten sich auf Peters Bauernkleidung. „Warte. Ich verstehe." Er pfiff leise zwischen den Zähnen und blickte Peter geradewegs an. „Und du willst das Land verlassen?"

„Nein! Das heißt, ich weiß nicht... ich hoffe, ich kann bleiben."

„Du hast große Hoffnungen, Peter."

„Ich weiß."
Noe lehnte seinen Stuhl schräg gegen die Wand zurück. Seine Augen hatten einen ernsten Blick, als er sie durch den vollen Raum schweifen ließ, aber in der lässigen Ruhe seines Körpers steckte nichts Ernstes. Peter konnte sehen, wie in seinen haselnußbraunen Augen und in den Winkeln seines breiten Mundes Pläne entstanden. Peter spürte, daß seine Gedanken wild arbeiteten, und ließ seine Augen in dem überfüllten Café herumwandern.
Im Mittelpunkt des Raumes drängten sich sechs oder sieben Armenier zu einem Gespräch im Flüsterton zusammen. Einer von ihnen, ein kräftiger, untersetzter Mann mit einem Zinken von einer Nase und einem schwachen Kinn erklärte den anderen etwas mit ernster Miene, seine Finger breiteten sich auf der geblümten Tischdecke aus, und seine Augen rangen um Verständnis. Neben der Küche starrte ein Mann unverwandt in ihre Richtung. Seine aristokratischen Züge standen im krassen Gegensatz zu seiner schäbigen Kleidung. Auf seiner Stirn verzweigte sich eine blaugrüne Vene bis unter seinen zurückweichenden Haaransatz. Es fiel schwer, den Blick von dem faszinierenden Pulsieren dieser Vene abzuwenden, die aussah, als pumpe sie Gift in das Gehirn des Mannes, um die Ironie um seine Mundwinkel zu erzeugen.
„Ein Idealist", sagte Noe.
Peter warf ihm einen fragenden Blick zu. „Dieser Mann strahlt eine Bitterkeit aus."
„Ja, es gibt zwei Arten. Entweder sind sie naiv oder bitter. Die Bitteren erreichen mehr."
Peter war erstaunt. „Bist du kein Idealist?" fragte er mit einem kurzen, verblüfften Lachen.
Noe warf ihm einen seltsamen Blick zu. „Gehen wir; hier können wir nicht sprechen."
Er schritt in den hellen Nachmittag hinaus, und Peter folgte ihm und umklammerte umständlich seine Mütze und Schultertasche. Er schwitzte unter seinem schweren Mantel. Sie gingen schnell in die Unterkünfte der Arbeiterklasse von Nadsaladewi. Noe führte ihn eine ausgetretene, wackelige Treppe hinauf in ein kleines, unwohnliches Zimmer im dritten Stockwerk. Das spartanische Bett mit seiner fleckigen, grünen Decke war mit *Sakartwelo*exemplaren, der georgischen Revolutionszeitung, übersät. In einer Ecke standen Kisten mit bedrucktem Material.
„Dein erstes Problem ist, daß du wie ein Russe aussiehst",

erklärte Noe, als er die Tür schloß. „Genau danach suchen sie. Probiere das an." Er warf ihm eine kurze Arbeitsjacke und -mütze zu. Peter zwängte sich in die steifen, ungewohnten Sachen. Der blaue Stoff spannte um seine kräftigen Schultern. Er bückte sich, um sich daran zu gewöhnen, als Noe eine Braue hochzog. „Du siehst immer noch wie ein Russe aus", sagte er verächtlich. „Aber gegen dein Gesicht können wir nichts tun. Zieh dir die Mütze tiefer ins Gesicht und versuche, niemanden anzusehen."

Peter gab dem Schild der Mütze einen entschlossenen Dreh nach unten. „Wie ist das? Meine Ohren sind mindestens drei Zentimeter frei, und ich fühle mich, als hätte ich ein eisernes Band um die Brust!"

„Genau das, was du brauchst — eine kleine Änderung deines Körperbaus. Glaube mir, wenn sie dich als Deserteur schnappen, ändern sie deinen Körperbau für dich! Ich habe schon Musterleistungen von ihnen gesehen."

„Beschreibe sie mir lieber nicht", stöhnte Peter. „Unter dieser Mütze ist kein Platz für noch mehr Sorgen."

„Jetzt erzähle mir alles", forderte Noe ihn auf und lümmelte sich auf den einzigen Stuhl.

Peter ließ sich auf die durchgelegene Pritsche fallen und erzählte seine Geschichte. Der junge Georgier hörte mit abstrakter, ruheloser Aufmerksamkeit zu. Er nahm die Zigarette aus dem Mund, starrte nachdenklich den Stummel an und vergaß ihn dann, bis er bis zu seinen Fingerspitzen abgebrannt war. Dann zündete er mit einer würdevollen, automatischen Bewegung eine neue Zigarette an. Trotz der ständig beschäftigten Hände zweifelte Peter nicht daran, daß Noe jede Einzelheit speicherte und verarbeitete.

„Wenn das in einem Jahr geschehen würde, bestünde die Möglichkeit, daß es eine völlig neue Regierung gäbe — und keinen Krieg mit Japan", war Noes erster Kommentar.

„Aber das ist zu spät für mich, willst du damit sagen ... "

„Nicht unbedingt. In diesem Winter ist alles schnell geschehen — viel schneller, als wir je erwartet hätten. Aber man kann nie wissen. Du mußt einfach handeln — und die Konsequenzen tragen."

„Schön. Aber woher weiß ich, wie ich am besten handeln sollte? Ich zerbreche mir darüber schon seit Wochen den Kopf. Handeln, sagst du! Aber was ich wissen will, ist —"

„Das ist es gerade! Du willst es wissen! Das ist der Trugschluß, dem ihr Leute erliegt! Und er bindet euch Hände und Füße." Noe deutete mit einer langen Spitze kalter Asche auf ihn. „Du glaubst, du kannst die Dinge dadurch kontrollieren, daß du etwas weißt. Das ist aber naiv. Du kannst es nicht wissen. Du kannst nur handeln. Und im Handeln liegt Macht. So kann man Kontrolle ausüben. Es gibt keine Macht ohne Energie und keine Energie ohne Handeln! Und du bist erst real, wenn du handelst." Die Asche verstreute sich bei einer weiteren schnellen Bewegung.

Peter war sprachlos. „Entschuldige", sagte er. „Ich bin nicht gebildet. Für uns gibt es zwei Möglichkeiten, zwischen denen man wählen kann — eine gute und eine schlechte — wir wählen die gute. In diesem Fall ist es schwer zu sehen, was gut ist. Es liegt in Gottes Händen —"

Noes Grinsen verriet Spott. „Gut, schlecht — woher willst du das wissen? Und merke dir eines, Gawrilowitsch, du bist nicht in den Händen Gottes. Du bist in den Händen der Geschichte! Es baut sich zur Zeit eine Kraft auf, die dich auf ihren Weg entlangweht, wie ein Staubkorn vor einem alten Besen davonfliegt."

Peter zuckte mit den Schultern. „Und was soll ich tun, während ich auf den Schlag mit diesem alten Besen auf mein Hinterteil warte?"

Noe lächelte breit und freundlich. „Das, mein Freund, ist einfach. Du verschwindest."

„Verschwinden. Das ist ein Gedanke, den auch ein einfacher Bauer verstehen kann. Das gefällt mir", sprach er mit spöttischer Ehrfurcht weiter. „Ich kann nur real werden, indem ich handle, und ich kann handeln, indem ich verschwinde; ich werde also real, wenn ich verschwinde. So, großer Lehrer, und wie verschwinde ich?"

Noe lachte begeistert. „Du und ich, wir werden miteinander auskommen, Peter. Wie dir Sirakan sicher gesagt hat, bin ich ein Meister im Verschwinden. Ich erzähle dir meinen Plan. Später. Aber vorher habe ich heute nachmittag noch einiges zu erledigen. Eine kleine Demonstration. Ich zeige dir Tiflis, und du kannst einen Tag lang Sozialdemokrat sein — es gibt wohl keine bessere Tarnung für einen molokanischen Bauern! Hier, nimm das."

Peter nahm es — eine Pappschachtel, die unter dem Gewicht seiner bedruckten Propaganda nachgeben wollte. „VEREINIGT EUCH!" schrie die Überschrift, als Noe anfing, Flugblätter in Segeltuchsäcke zu stecken. *Vereinigt euch*, wiederholte Peter und fragte sich, wohin er hier nur geraten war.

Die wackelige Treppe spuckte sie wieder aus auf den baufälligen Durchgang. Ein warmer Frühlingstag begrüßte sie; der frische Duft von blühenden Aprikosenbäumen vertrieb den beißenden Geruch von zu vielen Menschen, die auf zu engem Raum zusammenlebten.

Sie bahnten sich ihren Weg in den alten südlichen Teil der Stadt — der Peter neu war. Straßen und Wege aus Kopfsteinpflaster kreuzten sich und verknoteten sich in einem komplizierten Labyrinth, das von höhlenähnlichen Läden und Basaren gesäumt war. Noe führte ihn eine Färbergasse hinab, in der rote und schwarze und indigoblaue Banner aus Wolle zum Trocknen aufgehängt waren. Eine starke, unbeschreibliche Sehnsucht erwachte in Peter, als er den Geruch aus Wolle und Farbe, Parfüm und Gewürzen, gebackenem Brot und herzhaftem Fleisch roch.

Von dem Neuen erregt, drehte Peter immer wieder den Kopf, um eine weitere Seitengasse zu sehen, in der die Dunkelheit von dem plötzlichen Funkeln von Kupfer oder Silber oder reicher Seide erhellt wurde und die nach exotischen Gerüchen duftete.

Noe schritt mit seinem federnden Gang und strahlenden Lächeln neben ihm her. „Ich habe Hunger", verkündete er plötzlich. Er tauchte in den Mund eines kleines Ladens, der ihn gleich darauf in einer heißen und heftigen Luft wieder ausspie. Sie aßen im Weitergehen *Lawasch*, ein georgisches Fladenbrot, und stopften sich das warme, knusprige Zeug in den Mund. Peter folgte seinem Freund dicht auf den Fersen und wich gestikulierenden Händlern, mit Kalikoschürzen bekleideten Hausfrauen, Mullahs mit seidenen Turbanen und prächtig geschmückten georgischen Helden aus. Hier und dort störten moslemische Mädchen, die von Kopf bis Fuß in schwarze Schleier gehüllt waren, wie bewegliche Schatten die bunte Farbenpracht.

Peter fühlte sich kühn und sorglos, drängte sich in die Menschenmenge und drehte sich gelegentlich um, um einem schlanken georgischen Mädchen nachzublicken. Die Altstadtgerüche veränderten sich leicht, und Peter merkte, daß sie näher zum Fluß kamen. Die hellblauen Mauern einer Moschee erhoben sich vor ihnen. Sie bogen zur Sionikathedrale ein und kamen dabei an einer alten *Karawanserai* am Ende der Sionskajastraße vorbei.

„Hier versammeln wir uns heute abend — hier auf den Stufen der Kathedrale." Noe lehnte sich an einen Baum und warf einen Blick über die sprudelnde Kura. „Da, siehst du das da drüben über dem

Fluß? Nein, ein wenig weiter oben — auf dem Hügel. Das ist die Metechifestung. Sie ist sehr alt, wird aber immer noch benutzt. Für politische Gefangene. Sirakan ist überzeugt, daß das mein künftiges Zuhause wird. Er weiß nicht, wie schlüpfrig ich bin."

Peter betrachtete die graubraunen Mauern mit vorsichtigem Blick. Das Gebäude sah furchterregend aus, wahrscheinlich war es in seinem Inneren mit schmutzigen Zellen gespickt, in denen „Gäste der Regierung" dahinvegetierten. Aber vorne und an einer Seite sah man die schöne Kuppel der Metechikapelle, deren Silhouette sich vom Hügel abhob. „Hübsch", sagte Noe, der seinem Blick folgte. „Aber sie wird auch als Gefängnis benutzt."

„Warum tust du das?" fragte Peter verwundert, ohne seine Augen von der Kapelle zu wenden. „Warum riskierst du, ins Gefängnis zu kommen — oder noch Schlimmeres — für etwas, das du nicht einmal beim Namen nennen kannst?" Dann traf ihn der Gedanke, daß in den Augen der Regierung das Metechigefängnis für den Deserteur Peter Gawrilowitsch Woloschin ein ebenso passender Ort war wie für den politischen Agitator Noe Tscheidse. „Warum?" murmelte er noch einmal, mehr zu sich selbst als zu seinem Begleiter.

Noe holte eine Zigarette heraus und betrachtete sie. „Ich lebe für die Veränderung, Peter. Wer kann wissen, was richtig ist? Ich weiß nur, was falsch ist. Und das Falsche schafft Unzufriedenheit; und Unzufriedenheit gießt Öl ins Feuer der Revolution."

„Revolution! Was kann sie schon Gutes ausrichten? Für dich persönlich. Vertraust du den Leuten, die regieren werden, wenn ihr Erfolg habt? Wie die alten Leute sagen, die einzigen starken Vögel sind die Raubvögel, ob Zar oder Kommunist."

„Die Regierung wird eine Regierung des Volkes", unterbrach ihn Noe. „Aber das ist nicht meine Sache. Meine Sache ist die Veränderung. Jetzt. Die Geschichte hat mich in diese gärende Zeit geworfen. Und so stürze ich mich in die Veränderung. Ich tue alles, was ich kann — Großes oder Kleines —, um das System zu stürzen. Dafür lebe ich! Außerdem", fügte er mit vernünftiger Miene hinzu. „Warum, glaubst du wohl, helfe ich dir?"

„Ich war mir nicht sicher", erwiderte Peter. „Ich hatte nicht erkannt, daß du so hohe Motive hast. Aber du selbst, dein Lebensstil ist gefährlich! Denkst du nie an die Zukunft?"

„Nie. Jeder Gedanke an die Zukunft beraubt mich, untergräbt meine Macht ..."

„Deine Macht! Verstehe — um eine Veränderung zu bewirken. Aber wie ist es mit Gott? Bist du Atheist?"

„Nein, nein... ich bin nicht direkt ein Ungläubiger... ich glaube schon an irgendeine Macht", Noe warf den Kopf zurück und schlug sich in einer Parodie auf die Brust, „die größer ist als meine Macht! Nur die wahren Idealisten sind wirklich Atheisten — die Bitteren! Und ich bin nicht bitter. Ich bin jung, und das Leben schmeckt süß!" Seine haselnußbraunen Augen nahmen einen entfernten, grübelnden Blick an, und aus irgendeinem Grund dachte Peter an die Zigeunerin mit ihrem stolzen Auftreten und ihrem auffallenden Gesicht, die in Deduschians Café bedient hatte. Peter stieß ein verwirrtes Lachen aus. Die Einbildung, dachte er, war echt; genauso wie die plötzlich aufflackernde Leidenschaft. Aber eines war wahr — in Noe Tscheidse steckte keine Bitterkeit.

Noe löste sich aus Sionis Schatten und führte Peter nach Westen, wo sich die nackte Wand des Davidberges vor ihnen erhob. Sie lachten und verhandelten sowohl miteinander als auch mit den Straßenverkäufern und kauften Tomaten, Schafskäse und mehr Brot. Sie warfen sich ihre Jacken über die Schultern und schritten den Hang zum Berg hinauf. Sowohl Noe als auch Peter war von dem Aufstieg warm geworden, und sie waren ruhiger geworden, als sie die Wendeltreppe erreichten, die sich vom Golowinski-Prospekt zur St.-David-Kirche hinaufwand. Schutt vom Bau der neuen Seilbahn lag auf dem Gelände herum. Sie gingen um den Schutt herum und stiegen zur Kirche hinauf — die St.-David-Kirche auf dem Mtatsminda-Berg. Der malvenfarbene Dunst lag über den Randbezirken der Stadt und ging in die pastellfarbenen Wellen der Hügel in der Umgebung über — ein hauchfeiner, reizvoller Zusatz zu dem fremden, geheimnisvollen Charakter der Stadt, die sich unter ihnen erstreckte.

Aber auf dem Davidsberg war die Luft rein und erfrischend. Der Käse und das Brot schmeckten besonders gut. Noe seufzte vor Befriedigung, streckte sich auf dem Rasen aus und legte seinen Kopf dabei auf einen Sack mit Propagandamaterial. Peter betrachtete sein starkes, schönes Profil. Dann wanderte er zur Kirche. Lange, rabenschwarze Schatten zerschnitten das Licht des späten Nachmittags in leuchtende Dreiecke. Als Peter über sie ging, legte sich eine Stille in seine Seele. Ein Glänzen wie von einem Edelstein lenkte seinen Blick auf sich, und er ging darauf zu. Hier im Kirchhof war ein schwarzes Marmorgrab, das mit einem bronzenen

Kruzifix geschmückt war. „Gribojedow" sagten die eingemeißelten Buchstaben — Gribojedow, der russische Schriftsteller, der 1829 während seines Dienstes als Botschafter in Persien enthauptet wurde. Seine junge, schöne Frau hatte ihn überlebt. Peters Aufmerksamkeit richtete sich auf die trauernde weibliche Gestalt, die in satinfarbenem Licht oben auf dem Grabstein erstrahlte.

Ihr gebeugter Rücken, die Haltung ihres gebeugten Kopfes wirkten schmerzlich vertraut. Die ganze Gestalt war so unter ihrem Verlust gebeugt, daß er unweigerlich an Galina und ihr verändertes Gesicht denken mußte, mit dem sie sich von ihm verabschiedet hatte. Ihr Bild schlüpfte zwischen ihn und den schwarzen Marmor — bittende Augen, Finger, die ein Bauernhemd streichelten, das mit der Mühe von vielen Stunden bestickt worden war. Peter schüttelte wie ein nasser Hund den Kopf. „Warum habe ich das Hemd nicht genommen?" fragte er sich.

Ohne es zu wollen, erinnerte sich Peter an Dauschas kleine Gestalt, die auf dem Ofen zusammengerollt war, an Nadjas Schatten im Türrahmen, Gawrils verschlossene Miene und Semjons dunkle Augen im Mondlicht. „Das war erst heute morgen! Ist es möglich?" fragte er sich. Er strich mit einer Hand über den kalten Marmor, und eine schaudernde Vorahnung durchfuhr ihn. „Kann es sein, daß ich sie nie wiedersehe?"

Peter schüttelte wieder den Kopf, als wollte er damit die nagenden Gedanken abschütteln, aber sie hingen wie Kletten an ihm. *Ich hätte das Hemd nehmen sollen.*

Als die Luft abkühlte, fand der leichte Wechsel des Lichts seinen Weg auf die gemeißelte Oberfläche der trauernden Statue. Peter stand so lange wie angewurzelt, daß die Kälte der Erde in seine Stiefelsohlen kroch. Schließlich seufzte er und wandte sich ab. Noe, der seinen Kopf immer noch auf einem Stoß Flugblätter liegen hatte, beobachtete ihn gespannt — mit einem unergründlichen Blick auf seinem gutaussehenden, dunklen Gesicht.

8. Der Mann aus Stahl

Ich gehöre nicht hierher, dachte Peter, als die zusammenlaufenden Menschenmassen sich an der Sionikathedrale immer dichter um ihn drängten. Er und Noe hatten sich ihren Weg bis ganz nach vorne freigekämpft – sie standen so nahe, daß er sehen konnte, wie die flachen, grauen Augen des ersten Sprechers wie Zinnscheiben über das wachsende Gedränge schweiften.

Peter ließ den schweren Sack mit Flugblättern vor seinen Füßen zu Boden fallen, und sein Blick suchte Noes Augen. „Das ist nichts für mich, Freund", erklärte er. Ein zunehmendes Gefühl des Grauens krampfte ihm den Magen zusammen.

„Mach dir keine Sorgen", erwiderte Noe gut gelaunt. „Es ist ein bißchen zu früh, um zu erwarten, daß du für die Herrschaft des Proletariats – oder die georgische Unabhängigkeit – Feuer und Flamme bist."

Peter war erleichtert, daß Noe nicht beleidigt war. Noes inneres Feuer wurde anscheinend von der Aufregung, die sich um sie herum aufbaute, angefacht. Etwas aus seinem Inneren sprang an die Oberfläche und äußerte sich in seiner raschen Einschätzung der versammelten Menge und in seiner schnellen Begrüßung seiner Genossen. Aber Peter fühlte sich von dem erdrückenden Mob gefangen und war von dem tosenden, chaotischen Lärm aus Hunderten von Gesprächen verwirrt.

„Ich bin kein Philosoph, ich bin ein Arbeitspferd", entschuldigte sich Peter. „Wenn ihr ein freies Georgien habt, pflüge ich gern euer Land und ernähre eure Kinder. Inzwischen –"

„Inzwischen", beendete Noe den Satz für ihn. „Inzwischen kannst du dir ein unauffälliges Plätzchen am Rand suchen. Es ist ohnehin besser, wenn du jetzt nicht gesehen wirst. Aber suche dir eine dunkle Stelle, von der aus du gut zuhören kannst. Du lernst vielleicht etwas."

„Wer spricht denn?"

„Die übliche Gruppe von Zordanias Sozialisten. Ich bin nicht sicher, was ihnen eigentlich wichtiger ist – ein radikaler Sturz des Systems oder ein sicherer kleiner Hafen in einem freien Georgien."

„Könnt ihr nicht beides haben? Außerdem dachte ich, du magst Zordania."

„Das tue ich. Größtenteils. Aber ich befinde mich auch an einem

Wendepunkt. Zordania und seine Menschewiken gleiten auf die Liberalen zu – und setzen ihre Hoffnungen auf den Nationalismus. Ehe du dich versiehst, betteln sie um eine Verfassung! Aber die Bolschewiken sind die wahren Revolutionäre. Ihre Vision gilt der ganzen Welt – nicht nur diesem kleinen Fleckchen Erde an der Spitze des Kaukasus! Heute spricht ein Mann, den ich hören will – man nennt ihn Koba, aber seine Gedanken –"

„Koba!" unterbrach ihn Peter schnell. *Schon wieder! Dieser Mann taucht wie der Satan selbst immer wieder auf!* „Kennst du ihn?"

„Ein bißchen. Gut genug, um zu wissen, wofür er steht."

„Blutvergießen", knurrte Peter. „Dafür steht er."

„Ja, Blut", erwiderte Noe leidenschaftlich. „Die Autokratie blutet das Volk seit Jahrhunderten aus. Jetzt ist die Zeit für Vergeltungsmaßnahmen gekommen – nicht die Zeit, um zurückzuzukken. Dieser Koba – er zuckt nicht zurück. Er ist wie Stahl. Stalin sollten sie ihn nennen – Mann aus Stahl."

„Er ist kein Mensch, er ist ein Wolf. Er liebt den Blutgeruch..." Peter bemerkte plötzlich, daß er seine Stimme erhoben hatte, um den Lärm des Mobs zu übertönen.

„Du glaubst, du wärst zu rein für das alles, Peter, aber eines Tages wirst du feststellen, daß du auch angesteckt werden kannst!"

„Das ist nicht unsere Art..." beharrte Peter. Aber Noe hörte ihm nicht länger zu. Die schöne Kellnerin aus Deduschians Café war aufgetaucht.

„Irina!" rief Noe.

Peter drängte sich bis an den Rand der Menge zurück. Er konnte Noe immer noch sehen, der jedem, der sie nehmen wollte, Flugblätter in die Hand drückte. Die weißen Blätter, die von Noes zentralem Standort aus von Hand zu Hand weitergereicht wurden, sahen wie eine blasse, zerfetzte Blume aus, die sich in dem dunklen Sturm der Menschheit öffnete.

Neugierig blieb Peter am Rand der lärmenden Menge stehen. Die meisten Demonstranten kamen offenbar von außerhalb des hauptsächlich türkischen Stadtteils um die Sionikathedrale. Nur wenige Köpfe mit Turbanen kamen an ihm vorbei und gingen ihren eigenen Geschäften nach oder blieben kurz stehen und schauten mit verächtlicher Neugier dem Treiben zu.

Peter strengte sich an, um den Sprecher zu verstehen, der gerade die Stufen bestiegen hatte – der Mann mit den grauen, flachen

Augen. Er sprach auf Georgisch, aber einzelne Wörter konnte Peter verstehen: „ ... Brüder ... Einheit ... ein langer und schwieriger Kampf ... " Dann deutlicher: „Der Ruf der Zeit ist nach Freiheit, und Freiheit ist ohne Souveränität und Unabhängigkeit Georgiens nicht möglich!"

Das stimmt, dachte Peter. *Ein guter und gesunder Wunsch — wenn sie die richtigen Mittel wählen würden, um diesen Wunsch zu verwirklichen.* Wenn der „legale" sozialdemokratische Anführer, Zoe Zordania, sich zu einer gemäßigteren Position bewegen würde, könnte der Traum in erreichbare Nähe rücken, überlegte Peter. *Wenn diese gewalttätigen Bolschewiken wie Koba ihnen diese Möglichkeit nicht entreißen!*

Da war er, Koba bestieg die Stufen — klein aber mächtig. Peter erinnerte sich an die tabakfarbene Blässe in seinem Gesicht. Kobas Schultern hatten eine seltsame Haltung, als er sich an seine Zuhörer wandte, und Peter konnte sehen, daß ein Arm kürzer war als der andere. Kobas Stimme drang kräftig zu ihm herüber; außerdem konnte er ihn leichter verstehen als den vorhergehenden Sprecher, weil er Russisch sprach.

Nichts, was er sagte, war neu, genauso wie die zerklüftete Seite eines Berges nicht neu ist, aber der besondere Einfall der Lichtstrahlen den bekannten Anblick unheimlich und bedrohlich machen kann. *Koba kann mit dieser Art Licht gut umgehen*, dachte Peter. *Er versteht seine Sache!* Koba rechnete mit der Autokratie in einem beißenden Sarkasmus ab, der die formlose Unzufriedenheit der Menge schürte — Haß. Und es klang alles so vernünftig, ja sogar moralisch richtig klingen zu lassen.

Koba faßte mit Allgemeinheiten die felsenfeste Grundlage aller revolutionären Gedanken zusammen, ob sozialistisch oder nationalistisch. Seine geballten Fäuste hoben die längst bekannten Aussagen hervor: „Wir müssen ständig gegen die Regierung kämpfen, die Autokratie stürzen, lautstark und ununterbrochen das Ende des sinnlosen, unnötigen und grausamen Krieges gegen Japan fordern ... "

Peter hatte genug gehört. Er löste sich aus der Menge und zog sich in einen Hauseingang unter einem Balkon zurück. Aber Kobas Stimme folgte ihm: „Das Proletariat kann ohne politische Freiheit nicht leben und nicht atmen. Wie Luft oder Nahrung brauchen wir Pressefreiheit, Redefreiheit, Versammlungsfreiheit, Gewerkschaften und Streiks. Und um das zu erreichen, können wir nur auf uns selbst zählen. Natürlich wollen die Liberalen politische Freiheit — aber sie wollen sie nur für sich selbst. Wir, die Arbeiter, wollen sie für die ganze Nation. Nur wenn die Fesseln der Knechtschaft, die die Autokratie jedem Lebewesen angelegt hat, gesprengt werden, kann die Arbeiterklasse ihre volle Stärke entwickeln und für sich selbst ein besseres Leben, ein sozialistisches Gesellschaftssystem erreichen!"

Plötzlich wurden die dogmatischen Parolen durch ein Lied unterbrochen. Sanft, lyrisch, mitreißend umrahmte die Melodie die Worte eines großen georgischen Dichters. Nacheinander stimmten die Demonstranten in den Gesang ein, bis er anschwoll und wie etwas Lebendiges, das die Luft über den Menschen bewohnte, anwuchs. Peter, der zuhörte, wurde von einem großen Mitgefühl für sie erfüllt. Vor seinen Gedanken tauchte die Schönheit Georgiens auf, und er wollte, daß sie es als ihr Eigentum besitzen und in Frieden leben und sich an ihren einzigartigen Gaben von Gott freuen könnten.

Die Musik erstickte jedes andere Geräusch, so daß Peter die erste Reihe einer Kosakenabordnung sah, ohne sie vorher zu hören. Das Singen verwandelte sich in einen Schrei, als die Reiter in die versammelte Menschenmenge hineinritten.

Peter drückte sich gegen die Mauer und beobachtete das Schauspiel, das sich ihm von dem schattigen Türeingang aus und in dem schwachen Licht bot. Das Schreien hörte genauso schnell auf, wie es begonnen hatte. Das Klappern von Hufen, das Quietschen von Satteln und Zaumzeug, Geräusche von polternden Schlägen und lautem Stöhnen drangen in seine Nische zu ihm herüber. Ein schattenhafter Kosake ritt an ihm vorüber, säbelte einen fliehenden Jugendlichen nieder und lenkte dann sein Roß zurück zur Kirche. Einen Augenblick später beugte sich eine beherzte, rotwangige Frau über den gestürzten Studenten. Sie riß Streifen von ihren Unterröcken, und ihr Mund war besorgt zusammengekniffen. In einer beinahe koketten Geste, die unter diesen Umständen absurd wirkte, schob sie immer wieder ihr weißes Kopftuch zurück, das ihr ständig über die Augen rutschen wollte. Ein zweiter Reiter auf einem gescheckten Pferd kam dahergeritten und schlug ihr den Schädel ein. Das Kopftuch glitt ihr über das Gesicht und wurde rot, während sie langsam auf eine Seite fiel.

Entsetzt erstarrte Peter in seiner Ecke und zog den Kopf zurück. Er strengte sich an, etwas zu verstehen, ohne auf die Muskelanspannung zu achten, die er mit seiner ungemütlichen Haltung hervorrief. Ein metallisches Kratzen auf der Steinstraße riß seinen Kopf nach links. Er starrte in das gelassene Gesicht eines jungen Kosaken, der auf seinem Pferd saß und lässig ein Bajonett in der Hand hielt. Ein Schwall von Gefühlen steckte in dem Blick, den die beiden miteinander wechselten.

Der Kosake hatte genug Ähnlichkeit mit Peter, um als enger Verwandter von ihm gelten zu können — dieselben breiten Backenknochen, die schräg abfallenden Wangen, das entschlossene Kinn und den geraden Mund. Die Augen aber waren anders — schmale kirgisische Augen mit einer leidenschaftlichen Neugier, die aus den schmalen Lidern hervortrat. Peter fühlte, wie er mit seltsamer Anerkennung reagierte. Der Soldat fesselte weiterhin seinen Blick, als er wie beiläufig die Spitze seines Bajonetts bewegte. Sie spießte den Stoff von Peters blauer Jacke auf, zog sie schwungvoll beiseite und zeichnete die Linie seines Schlüsselbeines nach. Peter erschauderte und schloß die Augen. Damit brach er den seltsamen Bann.

Der Kosake bewegte lässig und mechanisch die Hand und stieß so zu, daß sich die Klinge von dem Schlüsselbein in das weiche Fleisch zwischen Peters Hals und Schulter bohrte. Peter stöhnte vor Schmerz und öffnete die Augen; er war festgespießt und jede Bewegung bereitete ihm Schmerzen. Der Kosake warf ihm einen langen, befriedigten Blick zu, dann zog er mit der ganzen wilden Grausamkeit, die in seiner früheren Geste gefehlt hatte, seine Waffe zurück. Er zeigte seine Zähne in einem strahlenden Lächeln. Dieses Lächeln entzündete in Peter einen wilden Haß.

Er legte die ganze Kraft seines vom Pflügen gestählten Rückens in die Bewegung, packte die Gewehrmündung des Mannes und wand es ihm aus der Hand. Mit einem gewaltsamen Schlag schwang er den Griff der Waffe auf die Schläfe seines Gegners, wo sein Kopf nicht von der Schaffellmütze geschützt war. Blut spritzte aus seinem Ohr, und sein Gesicht funkelte vor Erstaunen. Der Kosake stürzte in einer sich windenden Bewegung vom Pferd, und seine Finger griffen nach dem Revolver in seinem Gürtel. Peter stellte seinen Stiefel auf das Handgelenk des Mannes und trat ihn kräftig mit dem Absatz. Dabei fühlte er, wie die Haut über den Knochen rutschte. Der Kosake stöhnte und war still.

Keuchend verkrampfte Peter die Finger; sein Zwerchfell rebellierte. „Stidna, stidna... Sünde... ", erklang eine Stimme in ihm. Er fiel auf die Knie, und sein eigenes Blut vermischte sich mit dem

Blut, das unter dem Kopf seines Feindes eine Lache bildete. „Gott helfe mir", betete er. „Ich habe ihn getötet ... *Stidna* ... " Er würgte, und seine Finger tauchten in das Blut und den Schmutz ein. Er kämpfte darum, sein Bewußtsein nicht zu verlieren, und wurde durch drei voneinander unabhängige Gefühle in der Wirklichkeit festgehalten – durch die Kälte des Pflasters, das Klopfen seines Herzens und den stechenden Schmerz in seiner Schulter. Aus einem Fenster über ihm strömte der Klang einer kaukasischen Klarinette zu ihm herab. Ihre durchdringende Resonanz wurde mit einem im Mittleren Osten typischen Pfeifen tiefer und wieder höher und verflog dann in der Nachtluft.

Peter zwang seine Knie, die unter ihm nachgeben wollten, steif zu bleiben, und zog sich mühsam an der Mauer hoch. Vorsichtig, ohne einen Blick auf den gefallenen Kosaken zu werfen, stolperte er zur offenen Straße hin. Die Leichen des jungen Georgiers und der Frau mit dem Tuch waren verschwunden. Einige Männer drängten sich im Eingang der Kirche zusammen; ein schwerfälliger Mann lag wie ein weggeworfenes Bündel auf dem Platz; ein anderer, ein großer Georgier, lag mit dem Gesicht nach unten in der Gosse, die Röcke seines weiten Mantels waren über seinen Kopf gezogen. Ein dritter Körper lag ausgestreckt in einer Blutlache auf den Stufen. Peters Herz krampfte sich furchtsam zusammen, als er Noe erkannte. Er vergaß seine eigenen Schmerzen und ging wakkeligen Schrittes auf seinen Freund zu. Eine schattenhafte Gestalt war vor ihm dort – Irina. Als er näherkam, legte sie den Kopf schief und trat die ausgestreckte Gestalt mit ihrem hellblauen Stiefel. Noe erwachte zu neuem Leben und sprang auf.

Ein gespenstisches Lächeln spielte sich um Irinas Züge, als sie sah, daß Peters Gesicht sich vor Entsetzen und Übelkeit verzog. „Das ist nur einer seiner Tricks", erklärte sie. „Das macht er öfter – stellt sich tot, wenn die Kosaken kommen."

Mit einer schnellen Bewegung stand Noe neben Peter, als dieser anfing zu taumeln. „Kannst du gehen, Peter", fragte er mit einer solchen Sanftheit, daß Peter kaum seine Stimme erkannte.

„Ich – kann – gehen."

Es war sehr spät nachts, als Peter bei dem Knarren und Poltern mehrerer Menschen auf der Treppe im hinteren Teil des Hauses erwachte. Welches Haus war das? Er kämpfte gegen die Lethargie an, die an ihm zerrte und ihn in die Bewußtlosigkeit ziehen wollte. Er lag in einem sauberen Bett; er war gewaschen und verbunden worden und trug ein sauberes Hemd. Er hatte keine anderen Kleidungsstücke an außer, zu seiner Überraschung, seinen Stiefeln — und lag damit schwerfällig auf dem sauberen, weißen Laken.

„Du wolltest dich nicht von ihnen trennen", sagte eine amüsierte Frauenstimme. Peter schreckte bei dem Klang auf. Nina! Er verzog sein Gesicht zu einem beschämten Grinsen.

„Du hast um diese Stiefel so wild gekämpft wie Noe um die Zukunft ganz Georgiens!" neckte Nina ihn.

„Sie haben einen ideellen Wert für mich", erklärte er und blickte ihr ins Gesicht. Ihre Augen, die eine schlaflose Besorgnis verrieten, straften ihre lustigen Worte Lügen.

„Deine Gefühle sind dann aber sehr stark. Noe und Sirakan haben es aufgegeben!"

„Du kannst Noe sagen, daß die Armee des Zaren — trotz eines Krieges — ein gutes Stück sicherer ist als seine Eskapaden."

„Sag es ihm doch selbst", erwiderte sie.

„Sag ihm was?" Sirakans schwere Schritte erklangen auf dem Fußboden.

„Nicht dir — Noe", entgegnete Nina.

„Noe", brummte der große Armenier. Dieser Name war anscheinend in den letzten wütenden Stunden zu einem Reizwort geworden. „Er holt deine Sachen — er ist bald zurück. Was er zu sagen hat, weiß ich nicht."

Sirakan blieb neben dem Bett stehen und zog die Decke zurück. Dann untersuchte er die verbundene Wunde. „Hat aufgehört zu bluten", bemerkte er.

„Ich kann sie nicht sehen. Es tut weh, so den Hals zu verrenken. Wie groß ist sie?"

„Ungefähr drei Zentimeter lang. Aber viel tiefer natürlich."

„Drei Zentimeter!" Peter war erstaunt. Drei Zentimeter, und sein ganzer Körper war wie niedergeschmettert!

„Sooo", Sirakan zog das Wort auf seinen gerundeten Lippen in die Länge. „Du hast also meinen Rat befolgt, und hierher hat es dich gebracht. Was sage ich nur deinen Leuten, dem alten Semjon?"

„Nichts", bat Peter. „Sie müssen das nicht wissen. Sage ihnen, ich bin in Sicherheit—"

„Ich schulde ihnen mehr als das — und du auch. Wie fühlst du dich?"

„Besser. Ein bißchen wackelig, aber bereit." Er setzte sich mit einem Stöhnen auf.

„Das sehe ich. Ich glaube, du mußt heute nacht wirklich zu allem bereit sein, Peter Gawrilowitsch."

Während er sprach, trat ein Schatten aus der Dunkelheit des Türrahmens. Eine stattliche, stark verschleierte moslemische Frau stand schweigend vor ihm und wartete darauf, von ihnen erkannt zu werden. Überrascht bemerkte Peter, daß sie seinen Knappsack und seinen Schaffellmantel trug, und daß sie sich eine zweite Jacke über den Arm geworfen hatte. Sie ließ abrupt den Rucksack fallen und wühlte in der Jackentasche nach einer Zigarette. Dann trat sie ans Bett und zog ihren schwarzen Schleier beiseite.

„Noe!" rief Peter erstaunt.

Der Georgier verzog trotz der Zigarette sein Gesicht zu einem schlauen Grinsen.

„Na, wer denn sonst? Wie viele Haremsschönheiten können sich eines solchen Schnurrbarts rühmen?"

Peter schüttelte unter Schmerzen den Kopf und zuckte mit den Schultern, ebenfalls unter Schmerzen. Während Noe zurücktrat und seinen jungen Freund mit einem kritischen Auge betrachtete, huschte ein zweiter schwarz verschleierter Schatten ins Zimmer. Peter hatte keine Schwierigkeiten, Irinas abrupte oder sinnliche Bewegungen zu erkennen. Noe warf ihr mit diesem ungewollten Leuchten in den Augen und um die Nase, das Peter bereits kannte, einen kurzen Blick zu.

„Wir kleiden uns oft so", erklärte Noe. „Bei unseren eigenen nächtlichen Touren. Ich bin nicht sicher, wer es sich zuerst ausgedacht hat, aber es war eine so gute Idee, daß viele von uns einen Schleier überwerfen, wenn wir nicht erkannt werden wollen. Die Polizei ist wahrscheinlich über die plötzliche Zunahme von moslemischen Frauen in der Stadt erstaunt. Wir sind morgen auch verschleiert", fügte er hinzu. „Bei unserem Ausflug."

„Ausflug?" fragte Peter.

„Ja. Ich habe dir doch ein Abenteuer versprochen. Es beginnt morgen."

„Ich hatte den Eindruck, es habe bereits begonnen", entgegnete Peter trocken.

„Es hat schon angefangen, das stimmt. Du wirst wegen Totschlags und Fahnenflucht gesucht. Wenn du nicht für dein Verschwinden sorgst, übernimmt das die Regierung."

„Genug von deinem Unsinn, Noe", warf Sirakan ein. „Wir müssen unsere Pläne treffen – dann die paar Stunden, die uns noch bleiben, für ein bißchen Schlaf nutzen. Nina, geh schlafen."

Nina sah nachdenklich aus und verließ gehorsam den Raum. An der Tür drehte sie sich noch einmal um und warf einen letzten, langen Blick auf das Bett. *Totschlag*, dachte er. *Es war also doch kein Alptraum.*

* * *

Sie brachen auf, als die weißen Sterne über dem Mtatsminda gerade anfingen zu verblassen. Als die Morgendämmerung die mit Gold und Silber überzogenen Kuppeln und Türme zum Funkeln brachte, hatten sie die Stadt bereits hinter sich gelassen. Sirakans Wagen holperte über die Georgische Heerstraße, die geradewegs durch das Gebirge führte, nach Norden. Peter, der vollkommen wach war und pochende Schmerzen hatte, richtete seinen Körper auf, um jeden Stoß aufzufangen, den die Straße durch das Holz des Wagens schickte.

Der Morgen war kühl, und er zog seinen weiten Mantel enger um sich; seine Mütze, die gegen das Wagengeländer geklemmt war, dämpfte die Stöße für seine verletzte Schulter ab. Es erschien ihm unmöglich, daß er erst vor vierundzwanzig Stunden sein Heimatdorf verlassen hatte. Er fühlte sich wie ein uralter Mann, der bei seinem eigenen Beerdigungszug hin- und herschaukelte. Die verschleierten Gestalten Ninas, Noes und Irinas leisteten ihren Beitrag zu diesem Eindruck – jedoch rauchte Noe unablässig und verstreute blasse, graue Asche auf seinem schwarzen Purdah.

Das flache Ackerland blieb hinter dem Wagen zurück. Im Norden begann das Land anzusteigen und spielte mit der Geometrie der Obstgärten und des Ackerlandes. Der Wagen legte sich auf die Seite, und Peter bemühte sich, den Stoß abzufangen. *Abfangen, abfangen*, dachte er. Schmerzen trommelten auf ihn ein und ließen ihn die wilde Schönheit des Kaukasus sanft aufnehmen. *Nimm es auf*, dachte er, als er über die Felder blickte, die an die Straße angrenzten. *Nimm es auf, du bist nicht der erste, der Schmerzen empfindet!* Seine sehnsüchtigen Augen strichen über die Landschaft und suchten nach Bildern, die die Bilder in ihm ersetzen sollten, die ihn wie ein Alptraum verfolgten – seine gebrochene Fami-

lie, der blutgetränkte Leichnam des Kosaken. *Stidna*, hallten die Hügel wider. Peter machte sich steif, um den Schmerz abzufangen.
Die Berge beugten sich vor. Das Land veränderte sich von den glatten Wellen der Erde zu einem aufgehäuften Steingeröll vor dem strahlend blauen Himmel. Es war eine junge, aggressive Geologie — eine Geologie, die immer noch an die alten starken Kräfte erinnerte, die sie hervorgebracht hatten. In weiter Ferne säumten silberne Schnee- und Eisfäden die Flanken der fernen Gipfel, wechselten sich mit reinen, weißen Eisspitzen ab und vermengten sich mit ihnen. Der Wagen polterte und schaukelte weiter; Peter krümmte sich, um die Stöße abzufangen.

Je mehr der Morgen verstrich, um so dichter war die Straße von Tiflis nach Mtscheta mit Bauern bevölkert, die auf den Markt gingen. Hirten in großen Strickmützen trieben ihre Schafherden voran. Ein ungewöhnlicher Wagen, der von zwölf weißen Rindern gezogen wurde, polterte an ihnen vorbei. Peter duckte sich, und Noe drückte seine Zigarette aus, als eine Truppe Kavalleristen näherkam. Die Straße staubte hinter ihnen, und die weißen Streifen ihrer grauen Uniformen funkelten auf ihrer Brust.

Die Flanken des Berges Kartli kamen am Zusammenfluß von Aragwi und Kura in Sicht. Mtscheta, die legendäre Hauptstadt Georgiens bis zum fünften Jahrhundert, lag zwischen den Hügeln. Aber sie steuerten weiter auf die hohen Berge zu. Tief eingeschnittene Schluchten öffneten sich, zuerst auf einer Seite, dann auf der anderen. Ihre widerhallenden Wände übertrieben rauh die Geheimnisse der von der Frühlingsschmelze angeschwollenen Flüsse.

Nach dem Dorf Passanauri bogen sie von der Straße ab und hielten in einem Wäldchen, in dem sich Hornstrauchblüten wie Sterne vor dem Hintergrund der dunklen Tannen öffneten. Sie nahmen einen Imbiß aus kaltem Hühnchenfleisch, *Lawasch* und Oliven zu sich. Peter beobachtete die anderen trübsinnig. Das Zittern in seinem Zwerchfell raubte ihm jede Freude an dem Essen. Nina und Sirakan waren in eine leise Diskussion vertieft. Irina hockte auf einem Felsen neben Noe und hatte ihr Gesicht enthüllt, aber ihre Schönheit war immer noch von dem schwarzen Schleier umrahmt.

Peter war über die Beziehung der beiden pikiert. Irina wirkte in ihrem Umgang mit Noe sorglos und leichtfertig, aber doch war sie mit ihrer schön geschwungenen Nase und ihren spähenden Augen immer zur Stelle. Sie legte ihr Kinn schief und warf ihm durch gesenkte Lider einen trotzigen, mißachtenden Blick zu – einen Blick, der eine Beleidigung wäre, wenn er von einem Mann käme. Aber Noe loderte unter diesem Blick auf. Es war nicht zu übersehen, daß sie eine intime Beziehung miteinander hatten, aber diese Intimität steckte voll Herausforderungen und Unbekannten.

Sie sind sich ähnlich, diese beiden, dachte Peter. *Haben starke Gefühle, alle beide.* Aber Noes Gefühle waren verstreut und diffus – sie konnten sich zu einer Gewitterfront aufbauen und sich dann in hundert verschiedene Richtungen zerstreuen. Irinas Gefühle waren auf ein bestimmtes Ziel konzentriert. Sie war die Art Frau, die ein Ziel für ihre Gefühle brauchte. Und es sah so aus, als sei Noe dieses Ziel.

Peter bog seine Hände; sogar der unverletzte Arm begann, taub zu werden. Er überquerte die Straße und blickte auf das tiefe Tal hinab, in dem das Wasser, das sich fast vor seinen Füßen eröffnete, laut dahinflutete. Nina trat ruhig neben ihn und hielt sich die Hand als Schild vor der Spätnachmittagssonne über die Augen.

„Die zwei bleiben getrennt", erklärte sie und nickte auf die Flüsse hinab, die über ein wirres Felsgeröll sprudelten. „Schau, der Weiße und der Schwarze Aragwi treffen sich hier – aber sie vermischen sich nicht. Der dunkle Fluß links bleibt schwarz, und der helle Weiße Aragwi bleibt rechts. So fließen sie eine Weile nebeneinander her. Bis zum Dorf Bibliani, glaube ich. Das ist wie ein Wunder, nicht wahr?" fragte sie und schaute ihm tief in die Augen.

Peter blickte auf den Fluß unter sich. Sie hatte recht. Das Wasser schäumte und rieb an dem Felsen, aber es konnte die klare Trennung zwischen den zwei Aragwis nicht aufheben. Es wirkte seltsam. Seltsam und beunruhigend.

„Wohin fahren wir, Nina? Weißt du das?"

„Tiefer in die Berge hinein. Noe hat einen Kontaktmann in einem Bergdorf. Sie unterstützen seit Jahren Revolutionäre und andere unerwünschte Personen. Viel mehr weiß ich auch nicht, außer daß ein Seil über einer Steilwand der einzige Weg in das Dorf ist, und daß es keinen Weg heraus gibt, bis der Schnee auf den hohen Pässen schmilzt. Ein gemütlicher, kleiner Zufluchtsort für Unruhestifter wie Noe. Sicher vor der Polizei."

Sie machte eine Pause, als überlege sie sorgfältig, was sie sagen wollte. „Ich gehe mit euch", erklärte sie. „Sirakan ist einverstanden; er handelt es gerade mit Noe aus."

„Deine Verlobung..." begann Peter.

„Vorbei", sagte sie mit einer solchen Endgültigkeit, daß er seine Fragen hinunterschluckte. „Noe will noch vor Einbruch der Nacht über den Felsen ins Tal hinabkommen. Ich glaube also, wir haben es nicht mehr weit", fügte sie hinzu.

* * *

Als die Luft kühler wurde, nahm die Taubheit in Peters Arm zu, und Schwindelanfälle plagten ihn. Schatten, die am Fuß der großen Berge aufzogen, fingen an, die Umrisse von Bäumen und Felsen zu verwischen. Aber der Himmel brannte in einem rosigen Feuer. Ovale Lichtflecken drangen durch die dunklen Silhouetten der Tannen und hingen wie feurige Opale in den eng miteinander verwobenen Zweigen.

Sie kamen zu einer alten Steinmauer, an deren Seite mehrere Tannen standen, die in einem unförmigen Gehorsam zum Ostwind hin gelehnt waren. *Jetzt ist es soweit,* dachte Peter. *Hier ist es — die Steilwand, das Seil, das Tal. Das Seil und die Steilwand werden ein Problem darstellen,* überlegte er besorgt.

Sirakan und Noe machten sorgfältig eine Schlinge in das Seil und ließen Irina und Nina in das dunkle, bewaldete Tal hinab. Peter folgte ihnen und versuchte dabei, sich mit seinem gesunden linken Arm zu halten. Aber es war ein langer Weg nach unten, und er konnte das warme, sich ausbreitende Gefühl einer offenen Wunde verspüren, bevor seine Füße den Boden berührten.

„Bist du unten?" kam Noes Frage von weit oben.

„Ja."

Noes drahtige Gestalt, die sich wand, während er eine Hand über der anderen bewegte, erschien an der Seite der Steilwand.

„Bist du unten?" brüllte Sirakan, als er der wartenden Gruppe Rucksäcke und Bündel zuwarf. Das Seil wurde nach oben gezogen. Sie befanden sich in dem Tal.

Noe führte sie durch den Wald und ging zielsicher einen sandigen Pfad entlang, der vom Mondlicht silber beschienen wurde. Er hatte seinen Schleier abgelegt und war der einzige in der Gruppe, den Peter deutlich sehen konnte. Die schattenhaften Gestalten der Mädchen wurden von den Schatten der Bäume verschlungen. Peter konzentrierte seine Augen auf Noes blaue Jacke und zwang seine Glieder mit aller Willenskraft, vorwärts zu gehen.

Die Bäume hörten auf. Das Tal öffnete sich vor ihnen; es war an einer Seite von einem kleinen Fluß begrenzt. Ein Wirrwarr von zerbrochenen Felsen hatte seinen wilden Lauf gezähmt und sein Wasser sanft über den Talboden verteilt. Seine Ufer waren mit Haufen von Bärendung gespickt und von mehreren großen Pappeln an der anderen Seite bewacht. Jenseits von ihnen, vorbei an einer Öffnung, hing eine lockere Ansammlung von quadratischen Steinhütten am Bergabhang. Zerbröckelnde Türme mit eingekerbten Brüstungen thronten über ihnen.

Noe stand am Flußufer; er wartete auf die Mädchen und behielt Peter besorgt im Auge. „Ich bin hinter dir", sagte er, als Peter in den Fluß watete. Das Wasser war eisig kalt. Peter versuchte, normal zu atmen, als er sich hindurchkämpfte. Einige Meter vom gegenüberliegenden Ufer entfernt blieb er stehen. Das Wasser glitt so sanft wie Seide über den Sand. Wellenförmige Lichtstrahlen schlängelten sich wie Aale über die schwarze Strömung. Bei der Bewegung wurde ihm übel. Entmutigt blickte Peter auf.

Ein Wolkenschleier blähte den Mond auf. In der Luft lag eine Bewegung wie die Wellen des Meeres. Aber sie berührte nur die Baumwipfel und wehte die milchig blauen Unterseiten der Pappelblätter nach oben. Die rauschenden Bäume und der unruhige Himmel schienen mit ihm verwandt zu sein. Aus irgendeinem Grund hatte er das Gefühl, er solle im Fluß niederknien. Er schwankte leicht, und Nina trat hinter ihn. Sie watete schwerfällig weiter und zerbrach die glatte Wasseroberfläche wie zerbrochenes Glas. Peter riß seine Augen von dem Funkeln los und erblickte am Ufer ein neues Funkeln — etwas, das im Mondlicht wie eine Fischhaut glitzerte.

Ein Mann stand dort, von Kopf bis Fuß in eine Eisenrüstung gekleidet. Er hatte ein gezogenes Schwert in der Hand und sah aus wie der Engel, der den Garten Eden bewacht. Lateinische Buchstaben unter einem silbernen Kreuz schmückten seinen gelben Mantel. Peter drehte sich um und schaute Nina an. Ihr Gesicht war bleich und angespannt; ihre Lippen öffneten sich, aber nicht aus Angst.

„Noe", fragte sie, ohne die Augen von dem Mann abzuwenden. „Was bedeuten die lateinischen Buchstaben?"

„*Sollingen*", antwortete Noe.

„*Sollingen*", wiederholte sie, als erkläre das alles.

9. Die Schlucht zwischen den Felsen

Der gepanzerte Fremde steckte sein Schwert in die Scheide und streckte seine Hände in einer großmütigen Geste aus. War es Gnade – oder eine Drohung? Der Mund des Mannes bewegte sich, aber Peter konnte außer diesem eindrucksvollen, wellenartigen Rauschen in den Bäumen über sich nichts hören. Er konnte von dem Gesicht dieses kugelähnlichen Kopfes, der in Metallmaschen eingeschlossen war, nur wenig sehen. Dreieckige Schatten, die der Mond unter seine Brauen und seinen Schnurrbart warf, gaben dem Gesicht des Mannes ein unmenschliches Aussehen.

Als sie das Flußufer hinaufkletterten, spielte das gestreifte Licht unter den Pappeln mit den Metallteilen, so daß Peter zeitweise nur eine bewegliche Ansammlung von silbernen Punkten sah.

Niemand sprach. Peter lauschte dem Klang ihrer Schritte auf dem harten Boden, aber er hörte immer noch das Brausen des Windes über dem fließenden Wasser – oder war es die keuchende Anstrengung seiner Lungen?

Der Weg stieg an, und ein weißes Dorf aus Steinhäusern leuchtete in einer zerklüfteten Spalte zwischen den Bergen hervor. Darüber hing mit gespreizten Fingern ein Schneefleck am Berghang; darunter brannten schwach leuchtende, orangefarbene Feuer. Peter bemühte sich, irgendeine Ordnung in der Verwirrung der aschfahlen Formen zu finden. Ein sinnloser Felshaufen verwandelte sich am Rand der Felder zu einer wackeligen Mauer. Mehr Geröll brachte Ansammlungen von Steinhütten hervor, häufte sich dann auf und bildete die rauhen Seiten eines Wachturmes. Peter blickte hinauf; die spitzen Zinnen seiner gezackten Brüstungen schnappten nach den schwach leuchtenden Sternen.

Peter strengte seine Augen an und blieb stehen. Er horchte auf die Bewegung der unruhigen Luft in den unsichtbaren Baumwipfeln. Er sah, wie sich Noes Lippen bewegten. Er war sicher, daß er etwas gesagt hatte, aber die Worte drangen nicht zu ihm hindurch. Ein Schrei aus Ninas Mund durchdrang das hypnotische Auf und Ab der Geräusche. Er fühlte Noes Hand sanft auf seiner Schulter; die leichte Berührung warf ihn zu Boden. Irgendwie wurde er hochgehoben und wie ein Kind getragen; dabei fühlte er die kalte Berührung von Stahl an seinem Gesicht. Dann lösten sich Stein und Metall in einer langsam über ihm hereinbrechenden Dunkelheit auf.

* * *

Die Dunkelheit roch nach Lehm, Rauch und Tieren. In ihr tummelten sich unbenennbare Dinge. Peters Nerven spannten sich kräftig an und hatten die dringende Sehnsucht, seine Umgebung zu identifizieren. Aber die Dunkelheit besiegte ihn. Gerüche, herb oder süßlich, kamen im Luftstrom zu ihm herüber und waren einmal feuchtwarm und dann wieder plötzlich kühl. Geräusche wurden sanft und stetig zu ihm herübergetragen — oder sie prasselten plötzlich auf ihn ein. Das Licht von einem hohen, spitzen Fenster war das einzige im Raum, das deutlich zu sehen war. Peters Augen klammerten sich an das helle Rechteck, das als Antwort auf den Sonnenstand im Raum die Runde machte.

Das Licht fiel auf verschiedene Dinge — das Gesicht eines alten Mannes, das mit Falten durchzogen und mit alten Narben übersät war und dessen Augen wie zwei helle Sterne leuchteten. Sein rechtes Ohrläppchen fehlte vollständig, aber das hinderte ihn nicht, dumm zu lächeln und dabei riesige Lücken in seinen Zähnen zu zeigen. Er betastete die grauen Haare, die seine dunkle, nackte Brust wie schmierige Asche bedeckten und dann in der Dunkelheit verschwanden.

Peter schloß die Augen. Aber die beharrlichen, geheimnisvollen Geräusche rissen ihn wieder aus dem Schlaf. Das Licht war auf etwas anderes gefallen, dieses Mal auf eine Prinzessin mit einem sanften, runden Gesicht unter einer aufgerollten, samtenen Kopfbedeckung. Leuchtende Glas- und Spiegelstückchen waren auf ihr Mieder gestickt, und das Licht entfachte sie zu blendenden Funken, die in den Augen schmerzten. Peter drehte sich, und das feuchte Stroh unter ihm raschelte unangenehm.

Eine sanfte Stimme zog ihn zurück. Nette, lindernde Worte. Er versuchte, sie zu verstehen, aber er konnte ihre Bedeutung nicht erfassen. Es genügte, daß freundliche Hände ihn berührten. Sie entblößten sanft die Haut an seiner Schulter und brachten einen frischen Verband an. Peter schlug die Augen auf. Nina Abadscharians weiße Hand bewegte sich über sein Schlüsselbein, als könnte sie den Schmerz vertreiben. Sie legte ihm ihre kühle Handfläche so auf die Stirn, daß er ihr das Gesicht mit einer solchen Sehnsucht zuwandte, daß sie einen Schritt zurückwich. Ein niedrig hängender Leuchter aus durchbohrtem Eisen verbreitete kleine, silberne

Lichtsternchen, die auf den Staub- und Rauchschwaden um Nina herumschwebten. Der Mann hinter ihr stand ganz still und beobachtend da, aber irgendwie wurde der Schimmer in der Luft und auf seinem panzerartigen Mantel flüssig — eine flüssige Membran lebendigen Lichts, das im Raum strömte und zwischen dem Mann und der Frau floß. Peters Gedanken drehten sich um die Furt im Fluß unter den Pappeln und das Funkeln des brechenden Wassers und den Ausdruck auf Ninas Gesicht, als sie im Fluß stand und das dunkle Wasser ihre Beine umspülte. Dunkles, wirbelndes Wasser — es umspülte jetzt auch ihn. Er wollte schlafen. Lange, lange schlafen.

* * *

Das Klicken eines Gewehres lenkte mit Schreck seine Aufmerksamkeit auf sich. Ein blauer Lichtstrahl zeigte die lange Mündung mit ihrem ungewöhnlichen dreieckigen Mechanismus. *Stidna!* Das unerwünschte Auftauchen grober Erinnerungsstücke trieb Peter das Blut in sein Herz. Aber die geschickten Hände nahmen das Gewehr gekonnt auseinander. *Keine Bedrohung hier,* tröstete sich Peter. Hinter dem Gewehr und den Händen konnte er verschwommen das Gesicht eines Kriegers ausmachen. Jung, mit furchtlosen, goldbraunen Augen, einer stumpfen Nase und einer blassen Narbe über seiner sonnengebräunten Wange. Sein ausgebleichtes, rotbraunes Hemd war mit einem schwarzen Ledergürtel zusammengebunden, der mit seltsam geformten Silbermedaillen besetzt war. Er trug keine Rüstung, aber Peter erkannte ihn trotzdem sofort. *Sollingen.* Das seltsame Wort hatte sich auf freundliche, tröstende Weise in Peters Gedanken eingeprägt. Der Kopf des jungen Ritters war gebeugt, während er seiner Arbeit nachging. Ungebändigtes, sonnengebleichtes Haar umrahmte die rechteckigen Flächen seines Gesichts, und ein prächtiger, an den Spitzen verkümmerter Schnurrbart zog sich über seinen Mund wie eine Girlande über eine Tür.

Sollingen. Peter bewegte das Wort in seinem Geist. Er wollte dem jungen Mann etwas sagen. Er vergaß es wieder — was war es nur? Er schüttelte bei der Bemühung, sich zu konzentrieren, den Kopf, aber seine Gedanken verstreuten sich wie aufgeschreckte

Vögel in alle Richtungen. *Sollingen.* Er wußte, daß es wichtig war. Zu viel Mühe. Er würde sich später daran erinnern. Peter ergab sich der schweren Trägheit, die ihn wieder in den Schlaf zog.

※ ※ ※

Das harte Schlagen von Metall auf Stein drang an seine Ohren. Die Tür stand jetzt offen, und er konnte mehr von dem Inneren der Hütte sehen. Er lag auf einem Haufen aus Stroh und Wolfsfellen. Fremdartige, reich gefärbte Wandbehänge zierten die Steinmauer ihm gegenüber. Nein, keine Wandbehänge. Es waren Hemden, mittelalterliche Mäntel, die mit Wappenzeichen verziert waren — eine Krone, ein Adler, ein Kreuz. Auf ihnen standen unbekannte Wörter: *Genua, Vivat Husar, Souvenir.*

Wo um alles in der Welt war er nur? Breite Schwerter, runde Metallschilde und alte Waffenrüstungen umgaben die Hemden. Peter wandte sich ab. Sein Kopf wollte platzen. Dieses metallene Geräusch drang ihm schmerzlich in Mark und Bein! Wie sollte er nur denken? Und er mußte denken!

Das lärmende Pauken hatte seinen Ursprung nicht weit von seinen Füßen, wo ein nacktes Kleinkind einen Wasserkrug aus Messing gegen den Steinboden donnerte. Sein kleines Gesicht war dabei wild vor Entschlossenheit.

Eine plumpe, junge Frau nahm dem Kind sanft den Krug weg und murmelte und schnalzte dabei mit der Zunge. Er schlug mit Armen und Beinen energisch auf sie ein. Die Mutter, die von diesem Verhalten entzückt war, sprach einige Worte in eine dunkle Ecke und erhielt ein tiefes Kichern als Antwort. Dann drehte sie sich um und warf einen mitleidvollen Blick auf Peter und ging mit ihrem Krug hinaus.

In wenigen Augenblicken war sie zurück. Sie schloß die Tür, womit sie Peters Welt wieder einengte. Dann beugte sie sich über ihn, und die funkelnden Münzen an jeder Seite ihres Kopfschmucks schaukelten. Sie fuhr über seine Haare und goß dann den Inhalt des Kruges über seine Haare und seinen Kopf. Die Flüssigkeit war warm und roch säuerlich scharf. *Urin*, dachte er. Er wand seinen Körper nach vorne und schrie und würgte, aber ein grausamer Schmerz warf ihn wieder zurück auf das stinkende

Stroh. Mit einem freundlichen, verständnisvollen Blick nahm die Frau ihren leeren Krug und stellte ihn wieder dorthin, wo das Kind in den Staub schlug. Der kleine Junge packte freudig den Messinggriff und begann wieder, damit auf den Boden zu hämmern.

„Gott, Vater, laß mich ohnmächtig werden", betete Peter. Aber er blieb erbarmungslos wach. Die Verzweiflung erfüllte ihn innerlich, als er darum kämpfte, sich aus dem chaotischen Lebensgewirr in dieser Steinhütte einen Reim zu machen.

Auch nachdem die Nacht an den hohen Fenstern aufzog, gönnte Peters Angst seinem erschöpften Körper keine Entspannung. Er untersuchte mit fast aus ihren Höhlen tretenden Augen unsichtbare Winkel und erstarrte bei jedem neuen kleinen Geräusch. Aber die einzige Botschaft, die seine ermüdeten Sinne wahrnehmen konnten, war der übelkeiterregende Gestank von kaltem Urin, der von seinem Kopf kam.

* * *

Er erwachte bei dem Geruch von Zigarettenrauch. Der Geruch erschien ihm sauber, vertraut und willkommen. Noe saß neben ihm und beobachtete ihn kühl hinter einem Dunst aus blauem Rauch. Noe sah ernster aus, als Peter ihn je zuvor gesehen hatte. Langeweile, vermutete Peter. Aber Peter erwärmte sich schnell für ihn. Noe, sein guter alter Freund seit drei Tagen!

Die Miene des jungen Georgiers veränderte sich, sobald sich ihre Blicke trafen. Er sah beinahe schuldbewußt aus.

„Willkommen in unserem Gebirgszufluchtsort", begann er. „Du fragst dich wahrscheinlich, wo wir sind."

Peter antwortete mit einer zustimmenden Falte über einer Augenbraue.

„Wir sind geschätzte Gäste! Gäste in einem Chewsurendorf in den Bergen über Passanauri – jenseits des Tales des Schwarzen Aragwi."

„Chewsuren! Habe ich noch nie gehört ... oder doch, ich erinnere mich nicht ... "

„Sie sind einer dieser geheimnisvollen Bergstämme. Niemand weiß, woher sie kommen. Einige glauben, sie seien Nachkommen verirrter Kreuzfahrer – klingt plausibel; sie kleiden sich so, nicht wahr? Aber andererseits sprechen sie eine georgische Sprache. Wer weiß also? Jedenfalls sind sie für uns ein Segen. Sie hassen die Russen und nehmen alle Schwierigkeiten auf sich, um jedem zu helfen, der es nicht mit der Regierung hält. Sie sind ein seltsamer Haufen. Die fremdartigste Mischung aus Schmutz und Adel, die du je finden wirst. Aber du bist hier ziemlich sicher – trotz deiner unglückseligen Nationalität. Sie würden einen Gast nie beleidigen. Gastfreundschaft ist Teil ihrer Religion."

„Sind sie denn ein christliches Volk?" fragte Peter, zutiefst erleichtert.

Noe schwieg und bedeckte das Glimmen seiner Zigarette mit seiner linken Hand. „Nein. Wenigstens nicht so, daß du sie Christen nennen würdest. Sie glauben anscheinend vor allem an den Heiligen Georg. ‚Tetri Giorgi' nennen sie ihn – den weißen Georg. Irgendwie bringen sie ihn mit dem Mond in Verbindung. Ich verstehe das nicht richtig.

Aber irgendwie bewundere ich sie. Wenn man schon hirnlos abergläubisch ist, kann man es genausogut ganz sein. Und ich sage dir, diese Chewsuren sind es ganz! Sie haben vier Feiertage in der Woche – nicht weniger. Sie halten den Freitag aus Respekt vor ihren moslemischen Nachbarn heilig und den Samstag wegen der Juden; den Sonntag feiern sie, weil sie sich für Christen halten, und den Montag, um einfach zu zeigen, daß sie freie Georgier aus den Bergen sind! Das gefällt mir!"

„Ich bin mir nicht sicher, ob mir das gefällt", überlegte Peter. „Ich sehe die Kreuze – wissen sie nichts von Christus?"

„Das glaube ich nicht. Ich glaube, sie beten die Kreuze einfach als Symbole an. Sie wissen nicht einmal richtig, wofür sie stehen. Sie beten die Fruchtbarkeitsgötter der Wälder mit der gleichen glühenden Begeisterung an. Bäume, den Mond – sie beten alles an! Vor der Jagd beten sie zu einer Gottheit, die sie ‚den alten Mann des Waldes' nennen. Und du solltest ihre Tempel sehen. Sie behängen sie mit Hunderten von kleinen Messingglocken. Je mehr Glocken, um so heiliger ist der Tempel. An wichtigen Feiertagen machen sie Bier aus Gerstenmehl und opfern es. Es ist ein wunderbares Zeug – sie sieben es durch einen alten Sack aus Pferdehaaren. Und an den wichtigsten Feiertagen opfern sie Schafe – um die Herrlichkeit Gottes zu beschwören und den Mond und die Sterne zufriedenzustellen, sagen sie. Sie schlagen den Schafen den Kopf ab und machen ein Kreuz aus dem Blut ..."

„Ein Kreuz! Und doch wissen sie nicht, was es bedeutet!" rief Peter aus. „Seltsam! Sie picken kleine Stückchen auf – hier ein bißchen Wahrheit und dort ein bißchen Wahrheit – zusammen mit diesen heidnischen Bräuchen. Woher haben sie sie?" Ein Bild stieg in seinem Kopf auf – Männer mit unerschütterlichen, erdverbundenen Körpern und adeligen Gesichtern, deren Herzen von dem Glanz des Mondes und der Sterne ergriffen sind und deren Hände mit dem Blut von Opfertieren beschmutzt sind.

„Wer weiß? Wenn du das wissen willst, mußt du Grigol fragen."

„Grigol?"

„Der Chewsure, den wir am Fluß getroffen haben."

„Oh." *Sollingen*, dachte Peter. „Spricht er Russisch?"

„Sehr gut sogar. Er ist Metallarbeiter und ist in Wladikawkas in die Lehre gegangen. Er weiß wahrscheinlich am meisten im Dorf – über die Welt draußen, meine ich. Und außerdem ist er geachtet. In einer Kultur, in der Waffen für einen Mann wichtiger sind als sein Haus, seine Frau oder seine Felder, ist ein Schmied ein sehr wichtiger Mann!"

Peter brummte. „Mörderische Waffen und höfliche Gastfreundschaft – welch eine Kombination! Wie fühlt sich dein wilder Freund bei dem Gedanken, daß er einen Russen beherbergt?"

„Mach dir keine Sorgen; du bist hier relativ sicher – wenigstens momentan. Aber die Chewsuren können unberechenbar sein. Vor einigen Jahren kam ein russischer Ethnologe in eines der Dörfer, um ihre Lebensweise zu erforschen. Solange er bei ihnen war, behandelten sie ihn wie einen lang vermißten Verwandten. Als er sie verließ, dachte sein Gastgeber eine Weile nach, verfolgte ihn dann und schlug ihm den Kopf ab, noch bevor der arme Gelehrte ‚kulturelle Anthropologie' sagen konnte." Noe schien diese Geschichte auszukosten. „Ich vermute, die ganzen Fragen gaben dem Mann das Gefühl, bedroht zu werden."

„Du bist aber ein anderer Fall", fügte er in einem tröstenden Ton hinzu. „Ich habe ihm erzählt, daß du einen Kosaken getötet hast. Du bist also ein Held in seinen Augen. Du paßt sehr gut hierher."

Stidna! Dürfte er es denn je vergessen? Das erstaunte Gesicht des Kosaken, das Blut, der Knochen unter seinem Stiefel. Wieder quälte das bekannte grauenhafte Gefühl Peters Geist. Er erschauderte auf dem stinkenden, knirschenden Stroh. Noe berührte in einem schnellen Anflug von Mitgefühl seinen Arm. „Du bist hier in Sicherheit", versicherte er ihm, und Peter machte sich nicht die

Mühe, ihm zu erklären, daß ihn nicht die Angst um sich selbst quälte.

„Wann verlassen wir dieses Dorf wieder?" fragte er statt dessen.

„Erst wenn der Schnee auf den Gebirgspässen geschmolzen ist. Eine Frage von Wochen, vermute ich."

„Wochen!" Seine Verzweiflung hallte in dem kleinen Raum wider.

„Wochen." Noe betrachtete ihn reumütig. „Ich sehe, oder besser gesagt, ich rieche, daß sie dich mit ihrem Lieblingstrank gegen Läuse gesalbt haben. Diese Frauen machen aus fast allem Kosmetik. Sie waschen regelmäßig ihre Haare in Kuhurin. Das wird als Luxus angesehen. Fühle dich also geehrt."

„Ich fühle mich überhaupt nicht geehrt. Ich fühle mich schmutzig. Ich hoffe, sie ehren mich nicht noch einmal — bevor ich von hier verschwinden kann."

Noe begann, hemmungslos zu lachen. Peter verzog sein Gesicht zu einem widerwilligen Grinsen.

„Sie tun es wieder", prophezeite Noe gut gelaunt. „Glaube mir, Peter Gawrilowitsch, bis wir Chewsuretien verlassen, verstehst du die Sinnlosigkeit, Entfremdung und die ganzen Kräfte, die uns zur Rebellion treiben. Du stehst Schulter an Schulter mit uns, bevor alles vorbei ist!"

Peter betrachtete ihn entrüstet und rollte sich dann wieder in sein stinkendes Strohlager und gab vor, er wolle schlafen.

* * *

Als seine Kraft zurückkehrte, begann Peter, sich mit seiner Umgebung vertraut zu machen. Sein Gastgeber, erfuhr er, war ein schweigsamer Chewsure um die Vierzig mit kurz geschnittenen Haaren, die wie schwarze Nudeln in Locken über seine Stirn hingen. Die junge Mutter war seine Frau, Fardua. Seine vorhergehende Frau war mit fünf Kühen als Geschenk zu ihrer Familie zurückgeschickt worden, weil sie kein Kind bekommen hatte, und so war Fardua besonders stolz auf ihren robusten Sohn. Oberflächlich ging das Paar kalt und distanziert miteinander um. Sie berührten sich nie, und Fardua bezeichnete ihren Mann in der Öffentlichkeit hochnäsig als „Fepchwia" oder „Panther", obwohl sein richtiger Name Schota war. Privat waren sie sehr liebevoll zueinander.

Die Hütte war, wie Peter entdeckte, eigentlich ein kleiner Turm aus drei Stockwerken. Das oberste Stockwerk wurde als Lagerraum benutzt. Das zweite Stockwerk war für die Männer und ihre Waffen reserviert. Das erste Stockwerk war für die Frauen, Kinder und Tiere. Aber spät abends huschte Fardua leise nach oben, und ihr Lachen drang durch die Öffnung in der Decke, durch die der Rauch abziehen sollte, und der eiserne Leuchter begann zu schaukeln.

Der alte Mann war Schotas Vater, ein Stammespatriarch, der wegen seiner zahlreichen Narben und Wunden hoch geachtet wurde. Das jugendliche Mädchen mit der fürstlichen Kopfbedeckung war Farduas Schwester, Mzia. Sie erschien oft nachmittags mit Nina, und sie tranken Tee und unterhielten sich auf Georgisch. Es galt als unschicklich, daß ein unverheiratetes Mädchen einen unbekannten Mann pflegte, deshalb brachte normalerweise Fardua Peter die türkischen Bohnen, die Hirse und das getrocknete Fleisch, aus dem ihr Essen in der Vorfrühlingszeit bestand.

Manchmal tauchte zu den seltsamsten Tageszeiten Grigol in der Begleitung eines ungefähr sechsjährigen Jungen und eines gelben Hundes mit einem übel zugerichteten Schwanz und glänzenden schwarzen Lippen auf, die sich in einem fortwährenden Lächeln aufrollten. Der Köter hatte eine Art, hin und wieder mit einem beschämten Grinsen auf sein Hinterteil zu schauen, das den Eindruck erweckte, er schäme sich wegen des unehrenhaften Zustands seines Schwanzes. Der Knabe war eine jüngere Ausgabe Grigols. Er hatte dieselben dunklen Haare mit seinem versengt aussehenden, verkümmerten Pony, eine starke Ähnlichkeit mit Grigols kräftiger Nase mit der leichten Kerbe darin, und das gleiche große Grinsen, das sowohl seine unteren als auch seine oberen Zahnreihen zeigte. Sein gelbes Hemd und seine indigoblaue Hose waren zerrissen, aber sein mit Silber besetzter Ledergürtel war ein Kunstwerk. Grigol nannte ihn immer mit ernster Stimme „Loma" — „Löwe" — und berührte ihn dann hinten am Hals oder raufte ihm die Haare. Dabei zog er seinen Mund nach unten, um die Zuneigung zu verbergen, die aus seinen goldbraunen Augen leuchtete.

Als das Fieber von ihm wich, ging Peter dazu über, nachmittags im Freien zu sitzen und das Sonnenlicht aufzusaugen, das von der nach Westen gerichteten Wand reflektiert wurde. Zuerst gesellte sich der Hund zu ihm, er kam mit einer schlangenähnlichen Bewegung angekrochen und hechelte freudig, als Peters Hand auf seinen

Kopf herunterkam. Dann tauchte der Junge auf und trug ein kleines Holzschwert oder manchmal einen Bogen und Pfeile in der Hand. Er schoß dann auf einen dunklen Fleck auf einem Felsen oder tobte herum und schwang angriffslustig das Schwert und warf dabei gelegentlich einen Blick auf Peter, um sicherzugehen, daß er ihm auch bewundernd zuschaute. Peters ermutigendes Lächeln zog ihn an. Oft kniete der Junge neben dem gelben Hund und streichelte ihm die Ohren und stellte in seinem abgehackten Russisch viele Fragen. Seine rotbraunen Augenbrauen zogen sich vor Erstaunen über Peters Antworten bis zu seinen Ohren zurück. Schließlich erschien Grigol, und das Gesicht des Knaben nahm eine zufriedene Miene an, als wollte er sagen: „Gut. Jetzt ist er da. Er bringt dich wieder in Ordnung!"

Aber Grigol zeigte keinerlei Neigung, irgendjemanden in Ordnung zu bringen. Sein Fragenvorrat war genauso unerschöpflich wie der seines Sohnes. Peter stellte fest, daß Grigol, wie Noe ihm erzählt hatte, wirklich ein Mann mit einiger Erfahrung war. Sein Russisch war, wenn er auch einen schweren Akzent hatte, sehr gut. Er war in Wladikawkas in die Lehre gegangen — eine russische Militär- und Bergbaustadt, die früher eine ossetische Stadt namens Dsaudsikau gewesen war. Es war nicht zu übersehen, daß er mehr gelernt hatte als nur das Schmieden. Grigol hatte mehrere Jahre als Geselle gearbeitet und war dann in sein Dorf zurückgekehrt, um ein blondes Mädchen aus dem Stamm der Swanen, Tetrua, zu heiraten. Er war über zwanzig gewesen, und es war Zeit, eine Familie zu gründen.

„Aber auf uns kamen schwere Zeiten zu", erzählte Grigol Peter. „Selbst in guten Jahren ist es schwer, in diesen Gebirgstälern ein Leben zu fristen. Die Menschen im Dorf litten an einer Hungersnot. So ging ich nach Tiflis, um eine Arbeit zu finden. Als ich zurückkam, war Tetrua tot, aber sie hatte mir ein Geschenk hinterlassen — meinen kleinen Löwen hier." Grigols Hand senkte sich auf Lomas Rücken, und der Junge sprang mit der ungezähmten Freude eines jungen Kindes auf, als habe die Berührung ihm einen elektrischen Schlag versetzt. Er sprang in einer Nachahmung des kaukasischen „Dolchtanzes" herum, kam dann zurück und setzte sich neben seinen Vater, dieses Mal ein bißchen näher.

„Also", sagte Grigol, „habe ich eine Ziege geopfert und acht Silberrubel gegeben und bin davon ausgegangen, daß meine Wanderjahre zu Ende waren. Aber überall, wohin ich gehe, spreche ich mit den Menschen. Vielleicht glaubst du, ich sei zu schnell mit meinen Fragen, aber das ist meine Art. Ich bin bei jedem so. Die Menschen haben überall eine andere Sichtweise, und es gibt nur eine Möglichkeit, diese herauszufinden."

Peter stellte fest, daß Grigol nicht übertrieben hatte. Er wollte alles über die Molokanen wissen – wie sie ihre Felder bestellten, welche Erträge sie hatten, ob sie ihren eigenen Schmied hatten, welche Geräte sie benutzten. Er hatte eine Art, mit schneller Kreativität, die Peters Bewunderung hervorrief, eine neue Information aufzunehmen und sie mit den anderen Dingen, die er kannte, zu verbinden.

Grigol kam immer wieder auf zwei Themen zu sprechen – Krieg und Ehe. Er erforschte Peters Gedanken und durchkämmte seinen Glauben wie eine alte Frau, die am Markttag ein Schnäppchen machen will! Pazifismus – welch ein Gedanke! „Man kann genauso aufgeben und als – als Pflanze leben! Der Gnade jedes Wetterwechsels ausgeliefert, den die Berge über dich hereinbrechen lassen!"

Grigol hatte keine Schwierigkeiten, Peters Widerwillen, dem Zaren zu dienen, zu verstehen. Aber er war verblüfft über den Schmerz, der über sein Gesicht zog, wenn er das Gespräch auf den toten Kosaken brachte. „Das tut dir weh, nicht wahr?" forderte er ihn heraus und blickte ihm aufmerksam in die Augen. „Du leidest darunter, daß du einen Menschen getötet hast! Spare dir deine Tränen, Peter. Er war nicht dein Bruder; er war eine Schlange. Zertritt das Ungeziefer, bevor es zuschlagen kann. Das ist unsere Devise. Wenn es nach dem Zaren und seinen Kohorten ginge, würden die Chewsuren und Swanen und alle Gebirgsvölker in den Süden gebracht – als Sklaven, die auf ihren Plantagen arbeiten. Für einen freien Georgier ist der Tod besser."

„Für mich", murmelte Peter, „wäre der Tod besser als der Gedanke an diesen Mord, der meiner Seele keinen Frieden läßt."

„Du bist ein Narr!" Grigol war so aufgeregt, daß er aufstand und sich dann wieder setzte. „Es ist etwas Gutes, einen Feind zu töten. Diese furchtsamen, alten Großväter haben deinen Verstand verdreht. Du bist völlig durcheinander."

„Vielleicht. Aber es tut mir trotzdem leid, daß ich meine Hände mit Blut besudelt habe."

Peter betrachtete seine Hände – sie waren in diesen Tagen nicht besonders ruhig – und zog sich in seine düsteren Gedanken zurück. Aber Grigol war noch nicht fertig mit ihm. Er holte ihn aus seinem Schneckenhaus heraus und fing an, ihn nach seinen Ansichten über die Ehe zu löchern.

Grigol erschien das Beharren der Molokanen darauf, innerhalb der eigenen Kultur zu heiraten, bizarr. Liebe war ein aufregendes, exotisches Abenteuer; die Auswahl auf spröde molokanische Jungfrauen zu beschränken, ging ihm gegen die Natur! Bei den Chewsuren war es ein Tabu, ein Mädchen aus dem eigenen Dorf zu heiraten. Ein junger Mann suchte sich ein Mädchen aus einem anderen Dorf aus; es gab kurze Verhandlungen zwischen den Familien; dann ritten der tapfere Chewsure und seine Kameraden in einem Überraschungsangriff durch das Dorf und entführten die Braut. So einfach und so großartig war das!

„Aber Moment", entgegnete Peter. „Was ist, wenn das Mädchen nicht einverstanden ist ... ihr — ja, ihr schändet es einfach."

„Einverstanden? Natürlich ist sie einverstanden! Welches Mädchen will nicht heiraten?"

„Liebe, Grigol. Ich spreche von Liebe."

„Natürlich spielt die Liebe dabei eine Rolle. Welcher Mann würde ein Mädchen nehmen, wenn er sie nicht liebte? Außerdem, gebt ihr Russen eure Töchter nicht auch weg? Die Eltern verbeugen sich nicht und bitten ihr Kind um seine Erlaubnis, nicht wahr?"

„Nein, aber gute Eltern wollen das Glück ihres Kindes." Peter schwieg plötzlich und dachte an Nina Abadscharian. War das nicht genau der Grund, der sie in dieses Exil ins Gebirge getrieben hatte? *Wir sind beide entwurzelt worden*, dachte er. *Ich durch den Krieg, sie durch die Ehe.*

„Was geht dir im Kopf um?" wollte Grigol seine Gedanken wissen.

„Nina. Noes Schwester. Sie ist kein politischer Flüchtling. Sie ist ein Flüchtling vor der Ehe!"

Grigol durchbohrte ihn mit einem schnellen, wilden Blick. Dann zwangen seine zusammengekniffenen Augen eine Undurchdringlichkeit auf sein übriges Gesicht. „Ein Flüchtling, sagst du — ist sie verheiratet?"

„Nein, sie ist vor einer vereinbarten Ehe geflüchtet. Aber was wird jetzt aus ihr? Ihre Eltern stehen vor dem ganzen Dorf in Schande; sie kann nie zurückgehen. Ich vermute, sie ist auf Noe oder Sirakan angewiesen —"

„Noe ist kein guter Beschützer für ein solches Mädchen. Er kann nicht einmal seine eigene Frau beschützen", sagte Grigol grimmig, und die Narbe auf seiner Wange wurde ganz weiß.

„Irina? Wie meinst du das?"

„Ganz einfach — sie ist eine unverheiratete Frau, und das ganze Dorf weiß, daß sie mit ihm schläft. Weißt du, was mit einer solchen Frau in diesem Dorf passieren kann? Ich erzähle dir eine Geschichte. Ein Mann hatte eine Frau. Sie war schön und — frei in ihrer Lebensweise. Als sie schwanger wurde, fing er an, sich mit dem Gedanken zu quälen, daß sie nicht ehrlich zu ihm gewesen sei und daß das Kind nicht seines wäre. Der Brauch hier verlangt, daß einer untreuen Frau die Nase abgeschnitten wird. Aber er liebte sie doch! Er konnte es nicht ertragen, ihr schönes Gesicht zu entstellen. So brachte er sie zu den Ältesten, und sie schnitten ihr statt dessen die Ohren ab. Das ist akzeptabel, weißt du; es muß nicht unbedingt die Nase sein. Später fand er heraus, daß er sich geirrt hatte. Das Kind war aus demselben Holz geschnitzt wie sein Vater! Aber bis dahin war sie schon tot ... "

„Tetrua?" fragte Peter vorsichtig.

„Tetrua!" kam die heisere Antwort. „Aber sage mir — habe ich mich entschieden, einen Menschen zu schänden, oder haben die Sitten meines Volkes mich dazu getrieben?"

Peters Augen wurden größer. „Aber du bist ja genauso wie ich! Du hast deine Hand ausgestreckt, um ein Leben zu vernichten, und du kannst nicht damit leben!"

„Ich lebe damit. Ich lebe jeden Tag damit. Siehst du meinen Sohn — nach meinem eigenen Bild gemacht, bis auf seine Augen. Seine Augen sind Tetruas Augen; und selbst wenn in ihnen Liebe steckt, klagen sie mich an — sie klagen mich an!"

* * *

Manchmal platzte Noe in ihre Gespräche und lenkte den Wortfluß gewöhnlich auf den „Kampf des Volkes." Es war nicht zu übersehen, daß Noe beschlossen hatte, Peter zu „bearbeiten", Grigol zog sich dann meistens mit einem belustigten gelben Funkeln unter seinen geraden, rötlichen Wimpern aus dem Gespräch zurück. Er hatte gewöhnlich irgendein Metallstück und Werkzeug bei sich, so daß er seine Zeit nie vergeudete. Seine Augen waren auf seine Arbeit gerichtet, aber Peter wußte, daß ihm nichts entging.

„Wir sind Brüder, Peter", war Noes erste Taktik. „Sogar Lenin sagt, daß die Verfolgung von Sekten in Rußland so weit geht, daß sogar die Steine laut schreien! Genau das sind seine Worte. Du siehst also, daß wir ein gemeinsames Anliegen haben."

„Ist Lenin nicht Atheist?"

„Natürlich, aber das hindert ihn doch nicht, Ungerechtigkeit zu sehen und darauf zu reagieren. Schau!" Noe durchwühlte seine Taschen und zog ein Flugblatt heraus. „Das ist erst letztes Jahr herausgegeben worden, hauptsächlich für die Molokanen und die Duchoborzen und andere Sekten. Hast du es schon gesehen?"

Peter warf einen Blick auf das Titelblatt: „Rasswet" – „Die Morgendämmerung."

„Ja, ich habe es gesehen. Es war im ganzen Kaukasus verbreitet. Aber ich habe es nicht gelesen." Er erwähnte nicht, daß er es in seinem eigenen Zuhause gesehen hatte, aber daß Semjon es benutzt hatte, um damit den Ofen anzuzünden, bevor er es in die Hand bekommen konnte.

„Die Arbeit des Teufels!" hatte der alte Mann gesagt. „Es gehört ins Feuer!"

„Du solltest es lesen. Ihr Sektierer leidet, um Gewissensfreiheit zu bekommen – genau darum geht es bei dieser Revolution. Der Molokanismus ist eine Art gesellschaftlichen Protestes gegen die feudale Unterdrückung der Orthodoxen Kirche. Politischer Protest in religiösem Gewand! Schau hierher – Lenin selbst sagt, daß die sektiererische Bewegung in Rußland ‚eine der demokratischen Strömungen ist, die gegen die bestehende Ordnung gerichtet sind'." Noe begann, auf der Suche nach Tabak in seinen Taschen zu wühlen.

„Du willst also damit sagen, daß wir uns eine neue Religion erträumt haben, weil wir dieses Bedürfnis nach Gleichheit oder Freiheit hatten?"

„Das ist zu vereinfacht ausgedrückt. Du mußt doch zugeben, daß es überall Ungleichheit gibt und daß diese eine tiefe Unruhe erzeugt, nicht nur in der Gesellschaft, sondern auch im Herzen der Menschen."

„Das stimmt", mischte sich Grigol ein. „Im Herzen der Menschen herrscht eine Unruhe – eine Art ruheloser Sehnsucht. Aber selbst wenn wir alle gleichgestellt wären, wäre diese Unruhe immer noch da. Es ist nicht nur Gleichheit oder Freiheit, die der Mensch braucht; ein starker Mann kann sich diese beiden Dinge mit seinen zwei Händen nehmen!"

„Er hat recht", stimmte Peter zu. „Du sagst, daß wir aufgrund gesellschaftlicher Bedürfnisse unsere Religionen geschaffen haben; ich sage, der Mensch schafft sich Religionen, weil er Gott braucht. Und wie ist es mit der Religion, die Gott selbst geschaffen hat? Es stimmt, es herrscht dieses Vakuum ... und wir können nicht damit leben, aber wenn Gott selbst eingreift, um diese Leere auszufüllen ... "

„Das sagen alle Religionen. Jede behauptet, sie sei diejenige, die von Gott geschaffen wurde."

„Das behaupten sie vielleicht, aber es stimmt nicht." Grigol folgte seinem Gedankengang, während seine Hände mit einer Feile und irgendwelchen kunstvollen Silberstücken beschäftigt waren. „Ich war vor einigen Jahren in Baku. Ihr habt bestimmt die Minarette dort schon gesehen. Sie ragen in die Höhe, als wollten sie den Himmel anzapfen. Ein Mullah steht mehrmals am Tag oben auf diesem hohen Turm, und er schreit zu dem einen Gott hinauf, er solle aus dem Himmel herauskommen." Grigol schwieg kurz, und die Feile lag ruhig in seiner Hand. „Wer weiß, welche Worte er dabei sagt; ich verstehe kein Arabisch — aber es ist eine Sprache der Sehnsucht. Seine Stimme ist die eines sehnsüchtigen Geschöpfs. Und die Moslems auf der Straße — sie fallen mit dem Gesicht nach unten auf die Straße! Als erwarteten sie, daß Gott erscheine. Und sie haben Angst, ihm ins Gesicht zu sehen! Aber der Mullah — er brüllt weiter — ruft zu Gott von seinem hohen Turm. Das tut er jeden Tag. Er weiß, daß Gott nicht erscheinen wird, aber er ist trotzdem traurig darüber. Wenn man allein in einer Stadt ist und weit weg aus seinem Heimatdorf, ist dieser Schrei das einsamste Geräusch auf der Welt."

Grigol bewegte seine Hand, und ein schön bearbeitetes Dreieck aus Silber glitzerte in der Sonne. Er machte sich nicht die Mühe, den Kopf zu heben oder ihre Blicke zu suchen. Sie hatten Lenin vergessen und dachten über die Einsamkeit eines Menschen nach und über Gott und über ein gefangenes Volk, das im Schatten der vom Schnee versperrten Bergkämme lebte.

Noe hatte seinen Tabakbeutel gefunden und rollte gedankenabwesend eine Zigarette mit einer Seite seiner „Rasswet". Der orangefarbene Glimmer fraß sich schnell in die schwarzen Seiten.

* * *

Grigol war zwei Tage lang verschwunden. Peter und der Junge verbrachten die Nachmittage damit, zwanglos im Dorf herumzusitzen. „Er ist auf der Jagd", erklärte Loma. „Wenn er zurückkommt, gibt es ein Festessen. Er bringt uns einen Bären oder ein Reh oder wenigstens ein paar Hasen."

Peter ermutigte das nicht. Bären und Hasen standen eindeutig nicht auf dem molokanischen Speiseplan. *Aber was macht das schon*, stichelte ihn ein inneres Flüstern. *Immerhin habe ich einen Menschen getötet. Was ist ein Hasenbraten oder auch Schweinefleisch im Vergleich dazu?* Manchmal, wenn nachts das Fieber sich wieder in seine Knochen stahl, fragte er sich, ob er sich überhaupt noch als Molokane betrachten konnte. *Ich kann genausogut Bärenfleisch essen und Nina Abadscharian lieben.*

Für Peter brachte Grigols Abwesenheit wenigstens einen Vorteil mit sich. Er sah Nina öfters. Aus irgendeinem Grund hielt sie sich fern, wenn Grigol da war. Ob aus Respekt vor irgendwelchen Dorfsitten oder aus persönlichen Gründen wußte Peter nicht.

Nina schien es leicht zu fallen, sich dem Leben der Chewsuren anzupassen. Sie wirkte in diesen Tagen irgendwie freier, kindlicher. Es war nicht zu übersehen, daß Loma ihre Gesellschaft mochte; sie hatte immer eine Bemerkung oder eine Geschichte parat, die seine schnell abgelenkte Aufmerksamkeit erregte.

Als sie an diesem Nachmittag mit Mzia die kurvige Steinstraße heraufspaziert kam, sah sie wie ein neuer Mensch aus. Sie war in der Tracht der Chewsuren gekleidet und trug einen dunkelroten Rock mit einer bestickten Borte und ein kunstvolles Mieder. Ihr Kopf war mit einer Kopfbedeckung und einem Schleier bedeckt, aber ihre dunklen, lockigen Haare ließen sich nicht darunter bändigen und fielen ihr über die Schultern. Sie strahlte Zufriedenheit aus, aber ein nagendes Unbehagen zehrte an Peters Geist, als er sie ansah. Vor dem Hintergrund der scharf geschnittenen Kanten der hohen Gipfel wirkte ihre Schönheit wie etwas Zerbrechliches — etwas, das leicht zerschmettert werden konnte.

Aber Nina schien in ihrem Chewsurenrot völlig unbesorgt. Die zwei Mädchen setzten sich auf die niedrige Steinmauer, die das Dorf umgab, und Nina drehte sich um und betrachtete den dunklen Waldsaum jenseits der Felder. Mzias warmes Lächeln stieg in ihre plumpen Backen, als sie ihre Freundin beobachtete.

„Sie haben angefangen zu pflügen", bemerkte Nina.

„Du schaust doch überhaupt nicht auf die Felder; du schaust auf den Wald!" lachte Mzia mit einem „Du-kannst-mich-nicht-zum-Narren-halten-Unterton" in ihrer Stimme.

„Unsinn! Was ist denn im Wald?"

„Ein Bär, ein Löwe, ein Jäger ... " sang das jüngere Mädchen.

„Pscht!"

Worüber sprechen sie nur? fragte sich Peter. Er lehnte an der Mauer mit dem Blick nach draußen – auf die Felder, den Wald und die Ausläufer der Berge im Norden. Er betrachtete lange seine Umgebung. Das war es also! Diese unbezähmbare Geographie war die Falle, die hinter Peter Gawrilowitsch Woloschin zugeschnappt war. Das Tal der Chewsuren war an allen Seiten aus stufenförmigen Spitzen herausgeschaufelt worden – und es war eine unsaubere Arbeit. Haufen von felsigem Geröll verunstalteten das Dorf, als sei es von einer leidenschaftslosen Arbeitsmannschaft eilig erbaut worden, die Besseres zu tun hatte.

Jeder Winkel dieser unerbittlichen Spitzen zog das Auge nach oben. Sogar die dunklen Gestalten der Bäume wiesen wie ein Pfeil nach oben – und deuteten an – das ist der Weg! Benutze ihn! Wenn du fliegen kannst.

Das Dorf selbst stand breitbeinig auf einem östlichen Felsvorsprung. Die Hauptstraße führte im Zickzack den Abhang hinauf, und die Hütten, die die Straße säumten, sahen aus, als seien sie in einem verzweifelten Unterfangen aus der Erde gestampft worden. *Nur eine Tagesreise von meinem Heimatdorf entfernt*, dachte Peter. *Und doch ist es wie in einer ganz anderen Welt, als lebte man hier auf dem Mond!*

„Es ist eine karge, unwirtliche Gegend", bemerkte er.

„Nein, nicht karg, schau, sie pflügen."

„Der Boden ist karg; sie ernten nicht viel für ihre Mühe."

„Sie haben genug zu leben – wie andere auch."

„Es ist ein armseliges Leben", beharrte er und betrachtete Nina prüfend.

„Es ist ein Leben", widersprach sie. Mzia rückte näher und wollte zuhören. Das Funkeln ihrer rosigen Wangen verriet auch eine Widerrede. Loma erschien, und sein hölzernes Schwert schlug zwischen ihnen auf den Stein.

„Erzähl mir eine Geschichte. Erzähl mir noch einmal von Schamil und seinen Kriegern!"

„Das ist eine alte Geschichte. Ich erzähle dir eine neue – von dem bösen Gud und dem Hirtenjungen Sasiko."

„Ein Hirtenjunge? Nein! Erzähl mir von Hadschi Murat und wie die Russen ihm den Kopf abschlugen."

„Kopfabschlagen, Morde und Kriege – du befindest dich heute wohl auf dem Kriegspfad! Was hältst du davon? Ich erzähle dir von Schamil und wie er Schuanette als seine Braut entführte, und davon, wie ihre reichen armenischen Verwandten sie nicht freikaufen konnten, weil sie beschloß, entführt zu bleiben –"

„Mädchengeschichten", schrie Loma, und das Schwert fuhr krachend nieder. Dann stieß er wieder einen Schrei aus – dieses Mal aus Freude. Grigol kam mit Schota und einem dritten Chewsuren den Hang heraufgeschritten. Der „Mann aus dem Wald" hatte es gut mit ihnen gemeint. Grigols Begleiter trugen einen Elch, dem das Fell abgezogen war; Grigol hatte viele dicke Waldschnepfen an ihrem Hals aufgehängt in seinem Gürtel stecken. Sein Hemd war offen und mit dunklen Blutspuren befleckt. Mehr Blut von den toten Vögeln überzog den unteren Teil seines Hemdes. Der gelbe Hund, der neben ihm hertrottete, blickte besorgt auf die Schwanzfedern eines Huhns und wandte dann seinem Herrn sein strahlend schwarzes Lächeln zu.

Loma flog, ungeachtet des Blutes, seinem Vater in die Arme. Dann sprang er ganz aufgeregt zu Nina zurück.

„Ein Festessen!" rief er aus und umarmte sie. „Heute abend gibt es riesige Freudenfeuer und ein großes Festessen!"

„Ja, ein Festessen!" wiederholte sie. Ihre Hand fuhr über den dunkelroten Fleck, der sich von seiner Schulter auf ihre Bluse gedrückt hatte, und blieb dann auf dem Kopf des Jungen liegen. Aber ihre Augen wandten sich den Männern zu, die von unten heraufkamen, und blieben an Grigols dunklem, erschöpften Gesicht hängen.

10. Das Tal der Chewsuren

Morgen und Abend – für Nina sprangen die Tage mit strahlendem neuen Leben über die zerklüfteten Ränder des Chewsurentals. Die Morgendämmerung goß ihren Frühdunst aus der Spalte am südlichen Kamm wie Milch, die aus einem Eimer geschüttet wird. Das Zwielicht zitterte, rosa- oder aprikotfarben, in einer schüchternen Ungewißheit. Dann legten sich die schwarzen Schatten der westlichen Gipfel mit einer solchen Gewalt über den Talboden, daß sie immer wieder neu überrascht war. Danach gingen die Feuer an und wurden im Schutz eines felsigen Überhangs oder an der gewundenen Mauer oder entlang einer Steinhütte zu neuem Leben entfacht. Heute abend würden sie im ganzen Tal brennen und das Festessen verkünden.

Nina breitete die steifen Falten ihres roten Rockes aus. Die bestickte Borte mit ihren Mustern aus Indigoblau, Gelb und Hellrot legte sich um ihre Füße. Die samtene Kopfbedeckung drückte ihr mit einem Gewicht auf den Kopf, das sie sowohl als angenehm als auch als passend empfand.

Ihre Gedanken wanderten auf die ersten Tage nach ihrer Ankunft zurück – quälende Tage für Peter. Wie sein heißer, verschmachteter Verstand auf den Wegen der molokanischen Weisheit herumgewandert war! Seine Lippen waren aufgesprungen, und auch seine Stimme war heiser, aber die Worte selbst waren sicher und passend. „Warum ist meine Seele so betrübt ... Er schickt dir Versuchungen, damit du alle Leiden kennst; Er schickt dir Trost, damit du nicht länger leidest ... "

Peter erschauderte; das Stroh raschelte, und ein Gestank stieg auf, aber sie beugte sich vor und hörte zu. Sie drehte sich um. Ja, er war immer noch da – Grigol – er stand auch da und hörte zu. Seine helle Panzerung fing kleine Lichtstrahlen von dem alten eisernen Kerzenleuchter auf, und sie funkelten auf seinem Körper, während er zuhörte, wie Peter Gawrilowitsch die Lieder aufsagte, die ihm von Geburt an ins Herz geschrieben waren.

Peter murmelte jetzt. „Ich will es nicht! Warum? Warum habe ich das Hemd nicht genommen?" Dann: „Fenja ... schließ die Tür. Laß es nicht geschehen ... Fenja ... "

Wieder kamen die molokanischen Lieder. „Er hebt alle in die

Höhe und wirft sie in die Tiefe; Er erschlägt alle und hilft allen zum Leben. Du bist meine starke Zuflucht ... Du allein ... "

Nina wand sich, um den Schmerz in ihrer Brust in einen weniger bestraften Bereich ihres Körpers übergehen zu lassen. „Du allein ... meine Rettung ... " Sie ließ sich von diesen Worten treffen — Trost an diesem dunklen Ort. Sie erinnerte sich an den alten Semjon, der ihr erklärt hatte: „Die Molokanen sind ein Volk, das die Psalmen singt." Damals hatte sie das für einen schönen Brauch gehalten; jetzt sah sie, daß es mehr war. Für Peter stillten diese Worte einen inneren Schmerz und hielten irgendeine schreckliche, beunruhigende Dunkelheit von ihm fern.

Nina hatte gewartet, bis Peter wieder ruhiger wurde, bevor sie Schotas Hütte verließ. Inzwischen war die Dämmerung hereingebrochen. Grigol folgte ihr und berührte mit seiner warmen Hand ihren Arm.

„Mit wem hat er gesprochen?" fragte er.
„Mit Gott, glaube ich."
„Wer ist Fenja?"
„Ein Mädchen — ein Mädchen aus dem Dorf ... "
„Seine Schwester?"
„Nein. Ein anderes Mädchen."
„Ah." Er ging befriedigt davon.

Nach diesem Tag kam Grigol jeden Tag und setzte sich neben Peter. Er hatte immer die eine oder andere Arbeit in der Hand, und er sprach selten. Aber er beobachtete den Kranken, und wenn Ninas Augen abgewandt waren, beobachtete er sie.

※ ※ ※

Ein strahlender, weißer Stern in der Mitte des Feuers leuchtete auf und zog sich zusammen, als der blaugraue Rauch von gebratenem Fleisch in den Nachthimmel aufstieg. Die Männer, die alle ihre Kreuzfahrerkleidung trugen, hatten sich um das Feuer bei Grigols Schmiede versammelt. Die Frauen saßen außerhalb in Gruppen zusammen. Neben Nina flüsterten Mzia und Fardua, während Schota im inneren Kreis aufstand und die Jagd schilderte. Er sprach mit Übung und benutzte Formulierungen, die Teil der frühen Ausbildung eines Chewsuren waren. Er machte Witze über den „alten Mann des Waldes"; offenbar wurde die Jagdgottheit nicht sehr ernst genommen. Dann wandte er sich mit mehr Ernst dem Halbmond zu — *Tetri Giorgi*.

Nina hob das Gesicht; ein Halbmond hing wie eine Kinderwiege tief am Himmel und war von den zerbrechlichen Sternen des Vorfrühlings umgeben. Sie richtete ihre Aufmerksamkeit wieder auf die leckende, zitternde Mitte des Feuers. Es ist wie ein gefallener Stern, dachte sie. Eine Spitze steckt in der Asche, und die andere zieht es nach oben und verrät die Sehnsucht, nach Hause zu kommen. Das Licht überströmte den Boden und umriß die Schatten von Noe und Grigol, die genau vor ihr saßen. Sie waren in ein Gespräch vertieft. Sie beugte sich vor. Noes Gesicht lag im Schatten, aber sie konnte das Feuer sehen, das die Seite von Grigols Gesicht wie eine leuchtende Hand streichelte.

Grigols Stimme war fragend. Noes Hände bewegten sich, als forme er eine Erklärung aus dem Rauch. Nina erkannte, daß sie über eine Frau sprachen. *Über mich?* fragte sie sich, als die Worte *frei* und *wählen* zu ihr herüberkamen. *Nein*, entschied sie. *Sie sprechen von Irina*.

„Wir sind aus den alten Bräuchen hinausgewachsen", sagte Noe gerade. „Eine Frau kann selbst ihre Wahl treffen. Warum sollten die Alten irgend etwas dabei zu sagen haben? Jeder Mensch, ob Mann oder Frau, hat ein Recht, sein Leben selbst zu bestimmen."

„Wenn ihr eure Wahl so frei trefft, wie könnt ihr dann mit den Älteren im Frieden leben? Ob es dir paßt oder nicht, sie sind ein Teil deines Lebens. Bei uns würde Blut fließen, wenn wir so schnell handeln würden, ohne ihre Zustimmung zu haben. Es gäbe Blutfehden. Es ist wahr, wir entführen normalerweise eine Braut, aber es gibt Bräuche, die man vorher einhalten muß."

„Natürlich, in einem abgelegenen Dorf wie diesem oder bei einigen zurückgebliebenen Gruppen ist das so. Aber die Dinge ändern sich. Frauen sind es satt, wie ein Besitz behandelt zu werden. Sie wollen selbst eine gewisse Freude für sich erfahren."

„Aber würdest du das für deine Tochter wollen — oder für deine Schwester? Sag es mir als Vater — als Beschützer."

„Natürlich. Das sage ich doch die ganze Zeit! Ich würde das wollen, was dem Mädchen das größte Glück bringt."

Grigols Profil wurde härter. „Glück. Vielleicht mußt du einmal darüber nachdenken, wieviel Freude du deiner eigenen Frau bringst. Deine Liebe bringt sie in eine schwierige Lage. Und ich kann dir sagen, Glück und Gefahr passen nicht zusammen."

„Oh nein. Du irrst dich", entgegnete Noe. „Die Gefahr erhöht die Freude noch. Sag mir, wenn du glaubst, daß ich mich irre!"

Nina zog sich zurück. Die Hand, die sie ausstreckte, um sich abzustützen, verfehlte knapp einen blauen, absatzlosen Stiefel. *Irina, sie muß das Gespräch auch mitangehört haben.* Nina blickte gerade rechtzeitig auf, um ein schwaches, verzerrtes Lächeln zu sehen, das ihre fein geschnittenen Lippen verzog und dann wieder verschwand. Der herausfordernde, verächtliche Blick war wieder da. Aber etwas an dieser kurzen, verletzlichen Miene versetzte Nina einen Stich ins Herz.

Mehr Frauen kamen jetzt und brachten Schüsseln mit Hirse und Bohnen. Aber Nina ging Irina nach, als sich diese aus der Menge entfernte, und holte sie ein, als sie auf den Pfad neben der niedrigen Mauer am Rand der Felder einbog.

„Das Essen ist bald fertig", sagte Nina. „Gehen wir zurück?"

„Zurück? Wozu?" fragte Irina schulterzuckend. „Ich habe schon oft genug gesehen, wie sich Männer mit Bier betrinken."

„Nein. Ich dachte nur, du hast Hunger ... "

„Schau mich nicht so an! Ich brauche dein Mitleid nicht. Heb dir das für deinen verlorenen kleinen Molokanen auf — oder für dich selbst. Du brauchst vielleicht ein bißchen Mitleid. Ich bin frei, aber du tappst von einer Falle in die nächste."

Zu verblüfft, um etwas zu sagen, richtete sich Nina steif auf. *So*, dachte sie. *Noes Leichtlebigkeit beschämt Irina, und sie leidet darunter. Sie weiß, daß ich Noe gehört habe, und es verletzt sie.*

„Du glaubst, er nutzt mich aus", sprach Irina mit erregter Stimme weiter. „Aber in Wirklichkeit nutze ich ihn aus."

„Er ist mein Bruder, Irina. Ich glaube, er liebt dich. In seiner Liebe steckt auch etwas, das andere ausnützt, aber es ist trotzdem Liebe."

„Oh, das weiß ich. Warte nur. Er wird mich vermissen. Dann gehen wir in den Wald hinaus. Du weißt, was das heißt. In den Dörfern sagt man, daß ein gutes Mädchen mit einem Verehrer ‚im Dorf spazierengeht.' Aber die schlechten Mädchen ‚gehen in den Wald' mit ihren Liebhabern! Ich kenne eure Dorfsitten. Ich bin also ein wildes Mädchen aus dem Wald", sagte Irina bitter.

„Es ist besser, nicht mit Noe in den Wald zu gehen", warnte Nina. „Es könnte etwas passieren. Diese Menschen sind ein seltsames Volk mit unberechenbaren Methoden."

„Wenn ich will, tue ich es trotzdem", antwortete Irina. „Ich werde mir noch überlegen, ob ich es riskiere oder nicht. Ich habe es nicht nötig, mich in primitive Formen hineinzwängen zu lassen, die mir nichts bedeuten." Ihr stolzes Gesicht wurde weicher, als sie sich abwandte. „Ich weiß, daß du dir Sorgen um mich machst, Nina. Sei aber du auch vorsichtig. Du läßt dich von diesen Leuten wahrscheinlich eher gefangennehmen als ich."

Nina schüttelte den Kopf, und Verzweiflung und Angst zerrten an ihr. Irina war so schnell und hartnäckig bei der Hand, ihren Weg selbst bestimmen zu wollen, aber sie war hier von geheimnisvollen Sitten umgeben, die sie nicht in Betracht zog! *Ich muß sie deutlicher warnen. Morgen, bevor sie in den Wald geht, um Noe zu treffen, halte ich sie auf. Aber heute abend gehe ich zurück.* Sie dachte an die rote Anziehungskraft des Feuers bei der Schmiede. Sie wollte bei Mzia und den anderen Frauen sitzen und mit ihnen gebratenes Fleisch und Brot essen. Sie wollte zuhören, wie Schota seine eigenwilligen Kriegsgeschichten erzählte, und sehen, wie Loma vor Erstaunen seine Augenbrauen hochzog. Und sie wollte Grigols Gesicht beobachten, das unter der zarten Berührung des flackernden Feuerscheins gelassen wirkte.

„Ich dachte schon, du willst nicht mit uns feiern."

Sie drehte sich abrupt um. Es war Grigol, der mit großen Portionen Fleisch und Brot auf einem umgedrehten runden Schild vor ihr stand. „Ich bin gekommen, um dich zu suchen."

„Ich wollte gerade zurückgehen. Aber du hast mir ja eine Portion mitgebracht."

„Wir halten unser eigenes Festmahl. Es ist genug für uns beide. Einen Gast hungrig wieder gehen zu lassen ist eine große Schande bei uns."

„Aber du verpaßt dein Feuer. Und die Geschichten."

„Loma hat mir gesagt, daß du die besten Geschichten kennst. Ich werde also nichts versäumen. Paß auf. Wir haben gleich unser eigenes Feuer."

Er reichte ihr den Metallschild, und ihre Finger umfaßten den Rand. Sie hielt ihn fest; das leicht vertiefte Silber umrandete grobe Stücke Brot und Fleischbrocken. *Eine große Portion*, dachte sie. *Jemand kümmert sich um mich.* Sie betrachtete das Essen und war von einem süßen Wohlbefinden und Versprechen erfüllt.

Grigol fand bald Brennholz, und unter seiner Hand war schnell ein Feuer entfacht. Hier, außerhalb der Mauer war es windiger. Die langen Flammen krümmten sich unter der Wucht des Windes und sprangen dann hoch hinauf, als wären sie plötzlich freigelassen worden. Nina und Grigol saßen nebeneinander. Sie hatten den silbernen Schild zwischen sich liegen und unterhielten sich über alles mögliche. Er begann, ihr von den fremden Menschen zu erzählen, die er auf seinen Reisen getroffen hatte.

„Die verschiedensten Menschen — Bettler und Intellektuelle, Bauern und Künstler. Jeder breitet heutzutage seine Seele aus. Jemand zieht einen Korken aus der Flasche — und alles, was in der Dunkelheit gegärt hat, kommt herausgesprudelt. Sogar die Landstreicher haben ihre Gedanken. Ja, sogar die mit den schwarzen Ringen unter den Augen, die so aussehen, als sei jeder Gedanke aus ihrem Kopf herausgebrannt.

Die Landstreicher in Rußland entzünden solche Lagerfeuer an einer Kreuzung", erzählte ihr Grigol. „Vor einigen Wintern wärmte ich mich an einem dieser Feuer außerhalb von Wladikawkas. An dem Feuer saß ein Mann, ein Russe mit einem breiten Gesicht und den Furchen großer Sorgen auf der Stirn. Nun, dieser Russe war von jedem Feuer fasziniert. Ein brennendes Haus war für ihn schöner als ein Festessen, und ein Freudenfeuer auf der Straße war seine größte Freude. Das hat er mir selbst erzählt. ‚Schau nur, wie schlau es ist,' sagte er immer. ‚Es knabbert an dem Holz, wie eine Maus an einem Käse knabbert.' Dann ergoß er sich in allerlei phantastischen Beschreibungen des Feuers und verglich es mit den Geschöpfen des Feldes und des Waldes.

Als ich in seine grübelnden Augen schaute, dachte ich: *Gut — soll er sich ruhig am Feuer freuen; er hat ohnehin wenig Freude im Leben.* Einer der Landstreicher, die dort standen, war ein heiliger Landstreicher, einer von der Sorte, wie man sie in ganz Rußland sieht. Mit Bastschuhen und einem langen Bart, der an den Enden so versengt war, daß man durch sein zerlumptes Hemd hindurchsehen konnte. Seine Augen waren rot und blau. Augen, die so aussehen, als seien sie auf einen fernen Ort gerichtet, auch wenn sie einen unmittelbar ansehen.

‚Unser Gott ist ein brennendes Feuer,' sagte er. Der Feuerfreund spitzte die Ohren. ‚Warum glaubst du an Gott, alter Mann?' fragte er respektvoll.

‚Ich glaube — das ist genug,' sagte der Landstreicher. Dann beugte er seinen alten Körper zurück und schaute zum Himmel hinauf. ‚Die Himmel verkünden seinen Ruhm, die Sterne verkünden Weisheit!' Ich kannte mich gut genug aus, um zu wissen, daß am Himmel kein einziger Stern zu sehen war. Es war noch nicht einmal die Dämmerung hereingebrochen. Außerdem war an diesem Tag alles in einen grauen Nebel gehüllt. Aber diese seltsamen alten Augen hatten eine Art, meinen eigenen Augen die Sicht des heiligen Mannes aufzudrängen! Ich blickte hinauf, und die Gestirne bewegten sich mit einer klar angelegten Ordnung über meinem Kopf. Aber der Feuerfreund beobachtete immer noch die Flammen und schüttelte den Kopf. ‚Der Mensch ist der Mittelpunkt der Welt,‘ murmelte er. Aber er konnte zuhören und sagte nicht viel mehr.

Die Dunkelheit zog auf und mit ihr die Kälte. Ein paar zusätzliche Landstreicher tauchten auf und hockten sich zusammen und drängten sich, um näher an das Feuer heranzukommen. Aber der heilige Landstreicher stand hoch aufgerichtet und ein bißchen abseits von den anderen. Mir fiel auf, daß er die Lippen bewegte, als spreche er mit jemandem.

Ein dunkler, kleiner Mann saß neben meinem Ellbogen. Seine Haut war trocken und glänzte, als wäre er in einem Kamin über den Rauch gehängt worden. ‚Wer ist das?‘ fragte ich ihn. ‚Das ist Gorki,‘ antwortete er. ‚Der Schriftsteller.‘ Er sprach von dem Feuerfreund. Aber Gorki war mir gleichgültig. Ich meinte den Landstreicher. So bin ich einfach weggegangen. Als ich das Feuer verließ, hörte ich die Stimme des Schriftstellers wieder: ‚Schaut nur, wie schlau es ist,‘ sagte er gerade. ‚Es schlängelt sich in ein Versteck in der schwarzen Asche und springt dann wieder in die Höhe ... Nein, es hat seine Arbeit noch nicht beendet!‘

Ich muß hin und wieder an diese Nacht am Feuer denken. Etwas an deinem Freund Peter erinnert mich an diesen alten Landstreicher. Er spricht mit Gott, und man spürt, daß sich seine Gegenwart vom Himmel herabbeugt." Grigol schwieg einen Augenblick und blickte sie an. „Außerdem sind die Sterne auch bei Tageslicht und Wolken am Himmel da."

Nina war so darin vertieft, sein Gesicht zu beobachten, daß sie das Schweigen nicht brach. Schweres, geschmolzenes Licht färbte den Rand seines ungezähmten Haares bronzefarben, goß Gold in seine Augen und ließ die weiße Narbe hervorstechen. Diese Narbe, lernte sie, verriet mehr über Grigols Gemütszustand als sein ernster Mund oder sein klarer Blick. Wenn er ernst sprach, stand sie in vertikaler Linie heraus. Wenn er etwas lustig fand, leuchteten seine weißen Zähne unter dem üppigen Schnurrbart, und die Narbe verformte sich zu einem fröhlichen Winkel. Aber in den Augenblicken tiefgehender Gefühle schien die Narbe ganz weiß zu werden und sich loszulösen und stach dann wie ein Ausrufezeichen aus seinem Gesicht ab.

Nina zwang ihren Blick wieder zurück zum Feuer.

„Peter macht dich anscheinend neugierig. Sein Glaube."

„Ich weiß eines", antwortete Grigol. „Es gibt bestimmte Zeiten, in denen ein Mann nicht unter Kontrolle hat, was aus ihm herauskommt. In diesen Augenblicken sieht man, was ihn wirklich ausmacht. Ich sehe, daß Peter ein guter Mensch ist, und ich sehe, daß er diese Güte aus einer Quelle hat, die nicht in ihm selbst begründet ist." Die weiße Narbe stach wie eine Warnsäule heraus. Sie kannte ihn gut genug, um keine Fragen zu stellen.

„Ich habe auf meinen Reisen von den Molokanen gehört", sprach Grigol weiter. „Aber Peter ist der erste, dem ich begegne. Es gab molokanische Dörfer in der Steppe nördlich von hier. Sie waren als schwer arbeitendes, religiöses Volk bekannt, das sich von den anderen abgrenzte. Aber wir sind hier isoliert und haben nicht viel Kontakt zur Außenwelt."

„Warum bleibst du dann hier?"

„Ich werde nicht für immer hier bleiben. Eigentlich habe ich abgesehen von meiner frühen Kindheit den größten Teil meines Lebens außerhalb des Dorfes verbracht. Aber mein Sohn ist hier geboren, und hier hat man sich um ihn gekümmert, als seine Mutter starb. Tetruas Mutter übernahm seine Pflege, aber sie ist auch schon seit über einem Jahr tot. Wenn Loma ein bißchen älter ist, gehen wir zurück in die Stadt und leben dort. Aber der Junge muß erst noch ein bißchen größer werden; und ich selbst habe auch das Gefühl, daß ich mich zuerst irgendwie stärken muß, bevor ich ein neues Leben beginne. Aber", sagte er, „ich schmiede Pläne." Und er warf ihr einen geraden, ernsten Blick zu, der alles bedeuten konnte.

Sie sahen zu, wie das Feuer blau und orangefarben funkelte, bis es zu Asche zerfiel. Dann stand Grigol auf und warf ein letztes Holzstück auf die Kohlen, und die heiße Glut flog wie glühende rote Motten hoch. „Schau", lächelte er. „Wenn ich so etwas sehe, denke ich an den Schriftsteller Gorki, und ich frage mich: Nun, ist der Mensch wirklich der Mittelpunkt der Welt?" Er schwieg und blickte auf. Das kühle Gewicht des Nachthimmels lag schwer auf Ninas Gesicht, als sie seinem Blick folgte. Das ganze Himmelsgewölbe, das sich zwischen den dunklen Bergrändern erstreckte, klimperte vor flüssiger Bewegung. Das hauchfeine Rad der Milchstraße rollte langsam von Spitze zu Spitze. Die näherstehenden Sterne leuchteten und verblaßten, als würden sie einander Botschaften zuflüstern.

Grigols Augen leuchteten, und er lachte. „Dieser alte Landstreicher hatte aber recht. Der Himmel verkündet Weisheit."

Er bückte sich, hob den silbernen Schild, der zu Ninas Füßen lag, hoch, richtete sich plötzlich auf und ergriff mit seiner rechten Hand sanft ihr Kinn. Sie wandte sich nicht ab, als er sie einen langen Augenblick aufmerksam ansah. Die Narbe brannte mit weißer Glut. Dann ließ er seine Hand sinken, und sie gingen zum Dorf zurück.

* * *

Morgen und Abend die Tage kamen hell und geheimnisvoll. Nina spürte das unerwartete Hocken hinter Steinen, Lauern im Schatten der Berge, Verstecken unter dem dunklen Schild des Waldes. *Hier könnte alles passieren!* dachte sie aufgeregt. Möglichkeiten nahmen in den unerforschten Bereichen ihrer Phantasie verlockende Formen an.

Heute sah sie, daß ein hauchfeiner, zerbrechlicher Frühling begann, Felsen und Geröll mit seinen Boten zu überziehen. Zarte gelbe und purpurfarbene wild wachsende Blumen suchten ihre Wurzeln entlang der grob gepflügten Feldränder. Winzige, klammernde Gebirgsblumen in leuchtendem Rosa saßen an unmöglichen Felsvorsprüngen auf verbotenen Steinmauern. Absurd weibliche Girlanden zierten massige Felsen. *Sie werfen sie in einem Anfall männlicher Kränkung ab,* dachte sie belustigt.

Nina stand im Türrahmen von Mzias Hütte und betrachtete das Dorf, das in der kühlen Morgenluft zum Leben erwachte. Hinter ihr schlief Irina noch, aber Mzias Mutter machte sich schon an dem seltsamen, kegelförmigen Ofen zu schaffen. Mzia selbst kauerte auf einem dreibeinigen Stuhl mit einem Ledersitz und einer hohen Rückenlehne, die wie ein Brett geformt war, aber auf der jeder Zentimeter beschnitzt war. Die Chewsuren schnitzten ihre geometrischen Muster auf jede zur Verfügung stehende Fläche.

Nina konnte sehen, daß die alte Frau Brennstoff holen wollte.
„Ich hole es", bot sie an und ging hinaus, um von einer eingestürzten Mauer am Dorfrand *Kisjak* zu holen – Ziegel aus getrocknetem Dung. Ihre rötlichen Stiefel folgten der steilen, kurvigen Straße abwärts, aber ihre Augen hob sie zu den Bergen hinauf. Sie umrundete eine Reihe von Hütten, die am Abhang standen. *Wie gut sie das Gleichgewicht halten,* dachte sie. *Sie sitzen so hartnäckig abgewinkelt an diesem Steilhang!* Quadrate, Würfel und Blöcke kamen ihr in den Blick – offene Türen, dahinter Treppen, geöffnete Fenster, dahinter Wohnstuben, Durchgänge, die zu den Feldern hinabführten. Steine, überall – aber hier und da fielen ihre Augen erstaunt auf einen leuchtenden Farbfleck – einen geometrischen Wandbehang, einen bestickten Mantel, ein helles Kinderkleid.

In einem schwarzen Türrahmen stand eine alte Frau mit zerfurchtem Gesicht und leuchtenden, schwarzen Augen, die sie anlächelten. Nina freute sich an ihrer Zustimmung.

Sie war schon fast unten bei der Mauer, als ein Schrei sie herumwirbeln ließ. Loma kam aus einer versteckten Tür herausgeschossen und in einem so wilden Tempo den Berg herabgerast, daß er drohte über die Steinmauern zu springen. Nina lachte und sah ihm zu, wie sein aufgeregtes Gesicht und sein energiegeladener kleiner Körper näher kamen. Er konnte noch nicht lang aufgestanden sein, bemerkte sie. Eine Seite seines Gesichts war rosiger als die andere, und seine wilden Haarsträhnen standen in alle Richtungen und verrieten Spuren von Mull und Stroh.

„Ich gehe heute auf die Jagd", verkündete er. „Schau, ich habe meine eigenen Waffen, und wir schießen – Vater und ich." Er fuchtelte mit den Armen und schaute sich ständig um, als würde ihm das Abenteuer entgehen, wenn er es nicht im Auge behielt.

Nina bückte sich und schaute ihm ins Gesicht. „Welch ein tapferer Junge! Was willst du schießen?"

Loma zögerte, als kühle Gedanken seine Begeisterung etwas dämpften. „Nun, Vögel, nehme ich an", dann wurde er mutiger. „Oder einen Bären! Wir schießen einen schwarzen Bären, Vater und ich!"

Nina biß sich auf die Lippe, um ihr Lachen zu unterdrücken. „Du bist ein sehr mutiger junger Krieger, wenn du ein so großes und gefährliches Tier erlegen willst." Sie beugte sich näher zu ihm und streichelte die silberne Haut um sein Kinn. „Aber ich glaube, du bringst bestimmt etwas zurück. Und ich verspreche dir etwas –

ich koche es für dich. Auf ganz besondere Weise, mit Kräutern — Thymian und Basilikum ... Magst du das?"

Er nickte und wurde plötzlich still, und seine Finger spielten mit einer glänzenden Scheibe, die auf ihr Mieder gestickt war. Er blieb eine Weile so stehen. Nina konnte sehen, daß er sich enger an sie schmiegen wollte — aber er kämpfte dagegen an. *Armes, mutterloses Kind!* Er wollte feststehen und an seiner Würde festhalten! Immerhin war er heute ein Mann. „Ich bringe es dir", versprach er. „Was es auch ist! Es ist für dich."

Er riß sich mit einem kräftigen Schwung von ihr los, bei dem die Strohhalme aus seinen Haaren flogen. Nina richtete sich auf, und ihr Blick fiel in Grigols Augen über dem Kopf des Kindes. Sein muskulöser Körper zitterte vor leisem Lachen, als der Junge in seinem blinden Eifer gegen seinen Schenkel rannte. Nina hatte Grigols Gesicht noch nie so entspannt und voll Freude gesehen. Sein Kopf war in einer ungezähmten, wilden Begeisterung zurückgeworfen, und die Narbe auf seiner bronzefarbenen Wange stand schräg vor Frohsinn. Ein leichtes, einseitiges Lächeln spielte sich um Ninas Lippen. Dann lachte sie fröhlich. Sie winkte ihnen nach, als sie wieder den Berg hinaufstiegen, und sie ging hinab und suchte Brennstoff.

Er war jenseits der Mauer aufgehäuft. Im Osten grasten Pferde, dunkle und helle, auf den schrägen, grünen Weiden, die sich am Abhang hinaufzogen. Hinter ihnen strömte eine Schafherde aus einem felsigen Trichter wie Quark aus einem Krug. Ihre vielen hundert kleinen Messingglocken erzeugten ein helles Klingeln. Unter ihr erstreckte sich ein buntes Muster von Gemüsegärten und braunen Feldern, gepflügt oder gehackt, bis hinauf an den dunklen Rand der Waldbäume. Aber die Baumgrenze beugte sich im Westen halbmondförmig. Der Westen — wo sich die Steilwand mit dem Seil hinter dem Vorhang dunkler Fichten erhob und der Fluß mit silbernen Farben im Zwielicht dahinfloß — bei Tag und bei Nacht.

Nina überlegte, daß es herrlich wäre, wieder einmal im Schutz dieser Bäume spazierenzugehen. Sie hob schnell einen Armvoll *Kisjak* und dünnes Brennholz auf und stieg den Hang wieder hinauf. Sie fühlte, wie ihr Rücken unter der Last stark und biegsam war. Irina würde sie begleiten, beschloß sie. Sie würden einen Nachmittag im Wald verbringen. Wer weiß — vielleicht fänden sie sogar Pilze.

* * *

Irina erklärte sich schnell einverstanden, sich ihr anzuschließen, aber Nina stellte bald fest, daß sie ihre eigenen Gründe dafür hatte. Ihre Unruhe in den letzten paar Tagen war nicht zu übersehen gewesen. Nina hatte Grigols Warnung vor heimlichen Treffen mit Noe weitergegeben, und Irina hatte zu ihrer Erleichterung auf sie gehört. Dabei hatte sie ihre festen Lippen bei der offensichtlichen inneren Erregung, die sie zu unterdrücken suchte, eng zusammengekniffen. *Wie hübsch ihr klassisches Gesicht in seiner geschmeidigen Umrahmung durch ihre kurzen Haare aussieht,* dachte Nina. Es war ein Gesicht, das aus einer einzigen Rundung bestand, die im Bogen ihrer Brauen, in der Form ihrer Nase, der Linie ihres Kinns und der Wellung ihrer dicken, dunklen Haare immer wieder auftauchte.

Sie brachen nach dem Mittagessen auf. In der kristallklaren Luft schienen sich die Gipfel über ihnen nach innen zu beugen und ihren Griff auf die Felder, den Wald und das Dorf nicht zu lockern. Irinas schwarze Augen funkelten, als sie sich umsah. *Für sie ist das eine Falle,* begriff Nina. Aber für Nina stellten die Berge eine freundliche Gegenwart dar. Sie fühlte sich inmitten der Berge geborgen.

„Hier entlang", drängte Irina. Und innerhalb weniger Meter blieben sie vor einem Waldschrein stehen — es war kein christlicher Schrein. Er war mit Knochen verschmutzt und von dunklen Flekken bespritzt. Nina zögerte.

„Du bist ein Alibi für mich, Schwester", erklärte ihr Irina. „Noe trifft sich hier mit mir — an unserem üblichen Treffpunkt." Die Linien ihres Gesichts waren stark und harmonisch. *Es hat keinen Sinn zu streiten,* beschloß Nina. Aber in Irinas dunklen Augen lag ein Anflug von Entschuldigung.

Nina kehrte auf den Hauptweg zurück. Wie anders er bei Tag aussah! Sie erinnerte sich an diese erste Nacht im Tal. Wie hatte sie gezittert, als sie diesem gelben Umhang gefolgt war, den Grigol anhatte. *Sollingen!* Welch ein Wunder. Er war jetzt ihr Freund. Ihre ungewöhnliche Stellung im Dorf hatte einen eigenen kleinen Strudel abseits vom Hauptstrom des Chewsurenlebens geschaffen. Sie hatten sich über alles mögliche unterhalten — am Feuer und in der Schmiede, mit Peter und Noe und über Lomas kleinen Kopf hinweg, der vor Neugier hin und her blickte. Ebenso wie seine jugendlichen Wanderungen schweiften Grigols Gedanken in die Ferne. Doch er verwirrte sie. Wie konnte jemand, der so offen war, ein solches Rätsel sein? Und wie konnte jemand, der so verletzlich war, so ... so stark sein? In ihm steckte ein großes, unbefriedigtes Bedürfnis, und es verlieh ihm eine Größe, die ungewöhnlich und bezwingend war. *Ein großes, unbefriedigtes Bedürfnis,* wiederholte Nina für sich selbst. Und es war nicht sein Wunsch nach einer Frau. Obwohl dieser natürlich auch vorhanden war.

Sie beschloß, zu der Furt im Fluß zu gehen; dann wollte sie wieder zum Dorf zurückkehren. Der Wald wirkte plötzlich einsam. Irgendein verschlafener Vogel sang in der warmen Nachmittagsluft – Lieder voll Sehnsucht nach etwas, das außerhalb seiner Reichweite war.

Nina sah, daß die Furt viel breiter und das Wasser aufgewirbelter war als vor einigen Wochen. Die reißende Strömung fing sich mit einem Schäumen und Strudel an den Felsen und kräuselte sich dann in seinem weiteren Verlauf. Nina spannte sich an und kniff die Augen zusammen, um sie an das helle Sonnenlicht auf dem Wasser zu gewöhnen. Ja, sie sah richtig. Eine dunkle Gestalt kämpfte sich ihren Weg durch den Fluß. Ein Mann. Er trug einen dunklen Anzug, wie sie es bei Stadtbewohnern kannte, aber er hatte keinen Hut auf dem Kopf, und die Stiefel, in denen er durch den knietiefen Fluß watete, bestanden aus steifem Leder. Einen Augenblick griff die Angst nach ihr, und sie wich vom Wasser zurück.

„Warten Sie!" rief er. Sie blieb in einem argwöhnischen Schweigen stehen.

„Sagen Sie mir", keuchte er, als er triefend ans Ufer stieg. „Ich suche jemanden. Noe Tscheidse. Noe Tscheidse. Verstehen Sie?" Er sprach die einzelnen Worte laut und betont. *Zweifellos glaubt er, ich sei ein Chewsurenmädchen,* dachte sie. Sie beschloß, ihn nicht aufzuklären. Immerhin war sie sicherer, wenn er glaubte, in den Bergen wimmle es von ihren blutdürstigen Verwandten. Sie drehte sich um und deutete gestikulierend in die Richtung des Dorfes. Ihr Herz war wie ein Stein. Welche Nachrichten würde dieser Fremde wohl bringen?

Der dunkel gekleidete Mann war jetzt so nah, daß er sie hätte berühren können. Sie trat zurück, um ihm auf dem Weg Platz zu machen, erschrak dann, als eine unansehnliche, gelbe Gestalt sie grob anstupste. Aber das war ja Lomas Hund, Rada! Als sie sich bückte, um ihn mit einem raschen Streicheln über dem Ohr zu belohnen, erschien Loma, gefolgt von seinem Vater. Besorgnis flackerte in den Augen des Fremden auf, als er Grigol mit seinem Gewehr und seinem Dolch erblickte. Aber der Fremde blieb standhaft.

„Noe Tscheidse", wiederholte er.

Grigol streckte den Arm aus und deutete zum Dorf, als könnte er den Eindringling mit dieser Geste wegfegen. „Dort ist unser Dorf an den Osthängen. Sie finden Noe im Dorf. Loma, du kannst ihm den Weg zeigen."

Grigols Augen waren zu einer Miene zusammengezogen, die verärgert wirkte. Ihr Besucher eilte schnell an ihnen vorbei und folgte dem Jungen. Dann, als er seinen neuesten Gast losgeworden war, richtete Grigol seine Aufmerksamkeit auf Nina. Sie bemerkte, daß sein Mund immer noch eine wilde Form aufwies.

„Was machst du hier?" fragte er abrupt.

„Spazierengehen", antwortete sie schwach. „Ich war mit Irina unterwegs", fügte sie schnell hinzu und war erleichtert, daß er dieser Information nicht weiter nachging.

Sie wechselte das Thema. „An was habt ihr euch um diese Tageszeit herangepirscht?"

„Hasen, Eichhörnchen – du wirst dich wundern. Aber sie waren alle zu schlau für uns."

„Armer Loma. Ihr kommt also mit leeren Händen nach Hause."

„Nicht mit leeren Händen", sagte er. „Ich habe eine Gefangene."

Sie lachte ihn an und fragte sich dann, ob er das ernst meinte. Er schaute ernst aus. Genau genommen sah er wütend aus.

Die Bäume wurden dünner, und die Nachmittagssonne strahlte ihre Wärme herab, wo sie durch den dichten Wald hindurchscheinen konnte.

„Die Wärme der Sonne ist um diese Jahreszeit so angenehm", bemerkte sie.

„Die Sonne ist mein Feind", erklärte Grigol. Sie hob die Augenbrauen und blickte ihn an. Warum war er so ärgerlich?

„Der Schnee rutscht von den Berghängen. Die Durchgänge werden bald offen sein. Wer weiß, welche Boten von draußen kommen? Dann bist du fort. Und das", sagte er, „das macht mich traurig."

Dann legte er die Arme um sie. Nina hielt verwundert den Atem an. Der weite Raum dieses Tales hatte sich in diese tröstenden Arme zusammengezogen, die sie bei Grigol fand. Sie atmete Frieden ein und atmete eine süße Sehnsucht aus. Sie hob die Hand und fuhr die Umrisse dieser weißen Narbe mit so sicherem Finger nach, als könne sie dadurch alles über ihn herausfinden. Sie hob den Kopf und blickte ihn an. Grigols Gesicht lag offen vor ihr; es verriet eine schmerzliche Sehnsucht und eine entschlossene Zurückhaltung. Er hob sanft die Hand und zog ihren Kopf zurück auf seine Brust – er wollte nicht, daß sie es sah. So blieb sie in seiner Umarmung stehen; aber sie hatte es gesehen, und sie war zufrieden.

* * *

Der Morgen kam mit einer unbeschwerten Erinnerung an die Freude des gestrigen Tages, und der Abend kam mit dem Gewicht der Entscheidung. Loma war kurz nach Mittag mit einem kleinen Lederpäckchen zu ihr gekommen. Als er fort war, öffnete sie es und hielt etwas Funkelndes, Silbernes in der Hand. Sie hielt es gegen das Licht. Es war eine kunstvoll gearbeitete Halskette. Polierte, eckige Silberteile, die wie zarte Sterne funkelten und das Licht auffingen und es ausdrucksvoll zurückwarfen. *Was wollten sie ausdrücken?* fragte sie sich. Was würde es bedeuten, wenn sie diese funkelnde Kette um ihren Hals legte und zu Grigol hinaustrat? Sie zögerte und überlegte.

Die Frage ließ sie den ganzen Tag nicht los. Abends holte sie die Kette wieder hervor und bewunderte die meisterhafte Kunst, die in den ineinandergreifenden, silbernen Sternen steckte. Sie hatte gesehen, wie diese Metallstückchen in Grigols geschickten Händen im Laufe der Wochen Gestalt angenommen hatten. Hatte er es damals schon gewußt? Unzusammenhängende Fragmente; sie hatten damals nichts bedeutet. Wie sie funkelten und glitzerten, als sie durch ihre Finger auf ihre Handfläche glitten! Nina hielt das glänzende Kunstwerk lange fest und wog es in ihrer Hand.

11. Die Wurzeln, die tragen

Peter mühte sich durch die „Rasswet", während Noe in der Steinhütte auf- und abschritt und in schnellen, leeren Gesten seine Hände bewegte — er brauchte dringend eine Zigarette. Peter war auch von einer Art blinder, tierischer Qual gefangen, die er nur schwer beschreiben konnte. Lag es daran, daß er von allem, das ihm vertraut war, abgeschnitten war? Oder lag es an seinem aufgewühlten Blut, sobald Nina mit dieser zuversichtlichen Freundlichkeit in ihren schönen Augen vorbeikam? Oder war es das unaufhörliche Beißen der zigtausend Läuse, die einen Großangriff auf seinen Körper unternahmen? Peter stöhnte vor sich hin und blätterte eine Seite um. Noe spitzte die Ohren.

„Fertig?"

„Ja, diese Seite kannst du haben." Peter riß die Seite heraus und reichte sie seinem Freund, der sie schnell zu einer Zigarette rollte. Die Chewsuren hatten viel Tabak, den sie selbst anpflanzten, aber im ganzen Dorf gab es kein Papier — außer der „Rasswet" und Peters russischer Bibel. So überwachte Noe Peters Indoktrination mit doppelter Ungeduld, und Peter behielt seine Bibel scharf im Auge. Gott bewahre, daß es dem impulsiven, jungen Georgier in den Sinn käme, die Heilige Schrift zu verrauchen!

„Was hältst du davon?" fragte Noe und nahm einen zufriedenen Zug aus seiner schlecht gedrehten Zigarette.

„Ich kann mit dir nicht darüber diskutieren, Noe. Ich bin kein gebildeter Mann. Aber ich kann dir eines sagen. Diese Worte sind trocken und tot. Sie liegen mir wie ein Aschehaufen im Kopf."

„Das liegt daran, daß du Angst hast, sie könnten wahr sein — und sie würden deine molokanischen Überlieferungen an den Wurzeln ausreißen."

„Nein. Das ist nicht meine Angst. Ich sage dir die Wahrheit. Ich sehe, was deine bolschewikischen Verfasser im Sinn haben. Schließlich kann sogar ein Bauer erkennen, daß christliche Abtrünnige und bolschewikische Atheisten seltsame Bettgefährten darstellen würden! Sie sehen unseren Wunsch nach Religionsfreiheit als Ritze — einen bequemen, kleinen Spalt, in den sie ihre Ketzereien hineinschaufeln können! Dann ‚erziehen' sie uns arme, unwissende Bauernjungen ‚um' - damit wir ihre eigenen Ideen übernehmen", sagte Peter. „Kannst du das leugnen?"

„Natürlich nicht", antwortete Noe ruhig. „Was ist falsch daran, wenn man denjenigen, die es wollen, zu einer wissenschaftlicheren, korrekteren Weltanschauung verhilft?"

„Aber sie ist nicht richtig! Ihr haltet euch für weise, aber ihr vergeßt Gott, der das Törichte benutzt, um die Weisen zu verwirren!" Peter erwachte plötzlich zu neuem Leben. Er fuhr sich mit den Fingern in einem tiefen, befriedigenden Kratzen über die Brust. Die Erziehung des alten Semjon begann, die Oberfläche seiner Verwirrung zu durchbrechen.

Noe zuckte mit den Schultern. „Worte. Du gibst ja selbst zu, daß sie töricht sind. Es läuft doch darauf hinaus: Du glaubst, daß Gott Licht ist; ich glaube, daß Wissen Licht ist – daß der Mensch, wenn er sich selbst und seine Welt begreift, Dinge ändern kann, ein besseres Leben aufbauen kann. Dann kann der Mensch seine eigene Geschichte schaffen!"

„Licht. Ja, das ist es. Aber du gibst zu, daß es eine Dunkelheit gibt. Du leugnest nicht, daß sie um uns herum herrscht. Von außen und von innen! Du siehst es in dem, was du Geschichte nennst. Ich sehe es auch darin. Und in dem, das ich Sünde nenne – Stidna. Aber Jesus Christus greift in die Geschichte ein, und Christus erschüttert die Dunkelheit. Er scheint, und die Dunkelheit kann ihn nicht verstehen!"

„Der eine sagt Christus, ein anderer Mohammed –"

„Mohammed ist tot. Christus lebt..." Verse aus der russischen Bibel kamen ihm in den Sinn. In seiner Erinnerung sah er Semjon mit seinen alten Händen, die wie Baumwurzeln in den schwarzweißen Text hineinragten. Noe brachte es zustande, zynisch mit den Schultern zu zucken und gleichzeitig den glimmenden Stumpen seiner Zigarette zu genießen. Peter zögerte. Wenn er in der Armee überhaupt etwas gelernt hatte, dann vorsichtig zu sein und seinen Glauben nicht dem Spott anderer preiszugeben. Aber selbst wenn seine Worte von Noe abprallten, linderten sie doch einen nagenden Schmerz in seinem eigenen Herzen.

„Wissen sagst du", meinte Peter herausfordernd. „Hör zu! ,Denn Gott, der sprach: Licht soll aus der Finsternis hervorleuchten, der hat einen hellen Schein in unsre Herzen gegeben, daß durch uns entstünde die Erleuchtung zur Erkenntnis der Herrlichkeit Gottes in dem Angesicht Jesu Christi.' Der Apostel sagt, das ist das einzige Licht, das die Finsternis vertreiben kann."

„Oho. Welch eine Indoktrination! Du hast das alles auswendig gelernt." Noe war am Ende seiner Zigarette angekommen und wollte das Thema wechseln.

„Nur ein bißchen. Einige Molokanen kennen das ganze Neue Testament auswendig."

„Vergib mir, aber ich will nicht alles hören." Noes Aufmerksamkeit war jetzt auf etwas anderes gerichtet; er nahm gedankenabwesend Peters Bibel in die Hand und begann, darin zu blättern. „Zefanja, Obadja — wer liest schon so etwas? Sie sind nicht Matthäus, Markus, Lukas und Johannes. Vielleicht würdest du eine oder zwei Seiten von irgendeinem obskuren Propheten überhaupt nicht vermissen ... " Aus seinen Augen leuchtete der Schalk, als Peter ein finsteres Gesicht machte. „Oder ein Geschlechtsregister? Wer liest schon Geschlechtsregister?"

Peter wollte in einer schnellen Bewegung das Buch schnappen, aber Noe wich ihm aus. Sein Kichern erstickte aber, und Peter wurde ganz steif, als sie die zwei Männer erblickten, die im Türrahmen standen. Einer von ihnen war Grigol; der andere war ein dunkel gekleideter Fremder.

Der Fremde war Zwiad Kostawa, ein unangenehmer Mensch mit unermüdlichen Gesichtszügen, die ständig in Bewegung waren und sich um seinen beunruhigenden, starren Blick drehten. Seine grauen Augen waren wie zwei Stahlnieten, die den Rest dieses sich schnell ändernden Gesichts zusammenhielten. Seine breite, flache Nase sah aus, als wäre sie durch das ständige Aufrollen seiner Oberlippe und das übertriebene Hochziehen seiner spärlichen Augenbrauen aus der Form gezogen worden. Er erfaßte Noes verblüffte Haltung und Peters erschrockene Miene mit einem einzigen schnellen Blick. Dann fiel sein Blick auf das zerrissene Flugblatt auf dem Boden und richtete sich dann auf Noe.

„Sind Sie Tscheidse?"

„Ja."

„Dann habe ich etwas für Sie. Die Papiere für Peter Gawrilowitsch Woloschin." Seine Augen richteten sich auf Peter, während seine Stirn sich in Falten legte und sein Mund sich ironisch verzog. Er überreichte ihm die Papiere mit einer leichten, ironischen Verbeugung, als Peter vor Überraschung errötete.

„Sie sollten wissen", sprach Zwiad weiter, „daß Ihre Situation sich seit dem 17. April geändert hat. Der Zar hat ein Toleranzedikt unterzeichnet. Eine Sache, die er darin versprochen hat, war, Menschen wie Sie zu tolerieren. Ihr habt die Freiheit — angeblich —

euren Glauben im Frieden zu praktizieren. Wenn ihr an den Frieden glaubt, den der Zar anzubieten hat."

Peter stürzte sich auf diese Möglichkeit. „Freiheit! Das kann nicht sein!" rief er aus. Zwiads Mundwinkel verzogen sich. *Es ist nicht ... es ist unmöglich ... Stidna ...* Peter stöhnte laut, als seine Gedanken auf das Hindernis aufliefen. Ein toter Kosake, der in seinem Blut lag. Er beherrschte sein Gesicht und tat, als lese er das Dokument.

„Ihre molokanischen Brüder in Baku haben einen triumphierenden Gottesdienst gehalten", erklärte Zwiad. „Sie schämen sich nicht, die blutige Hand des Autokraten zu schütteln, wenn es ihnen nützt! Und die Duchoborzen freuen sich noch mehr. Sie sprechen sogar davon, ihre ausgewanderten Brüder aus Amerika nach Rußland zurückzuholen. ‚Ein rettendes Manifest' nennen sie es. Sie erwarten, daß es die Revolution verhindert." Er nagelte Noe mit seinen durchdringenden Augen fest.

„Sie irren sich", brauste Noe auf. „Es soll die Liberalen beschwichtigen. Es kann den Menschewiken und anderen Sozialdemokraten den Wind aus den Segeln nehmen, aber Lenin und seine Anhänger geben sich nicht so leicht geschlagen. Sie werden die Autokraten auch weiterhin reizen. Das ist Kobas Philosophie. Reize sie so lange, bis sie mit so repressiven Maßnahmen reagieren, daß sich sogar die Schwächsten im Zorn erheben."

Zwiads Miene wütete um seine starren Augen. „Ja, das ist unsere Sicht. Unsere Arbeit ist noch nicht erledigt ... "

Peter hörte ihnen kaum zu. Er taumelte immer noch unter dem Schock seiner neuen Situation. *So nahe,* kam der quälende Gedanke. *Eine kleine Wende in der Geschichte, und ich könnte frei sein. Frei, nach Hause zu gehen, frei zu heiraten. Religiöse Toleranz — aber nicht für mich! Stidna — die Schranke zwischen mir und allem Schönen.* Er schluckte und erhob sich steif; Grigol beobachtete ihn besorgt. Die anderen zwei hatten ihn vergessen und unterhielten sich über Koba. Grigol richtete seine Aufmerksamkeit auf Noe.

„Eure Pläne führen zum Schaden und nicht zum Guten", verkündete er ernst. „Ihr fügt genau den Menschen Leid zu, denen ihr angeblich helfen wollt. Ihr könnt nicht Gutes hervorbringen, indem ihr andere zwingt, Böses zu tun. Das ist kein gerader Weg, eines freien Georgiers nicht würdig!"

„Unsere Pläne sind größer als ein einziges kleines Land", mischte sich Zwiad ein. „Georgien ist immer schon zu schwach gewesen, um ohne Rußland zu bestehen. Unsere Vision gilt einer Brüderlichkeit der Nationen — vereint unter einer sozialistischen Regierung. Wir Bolschewiken schrecken vor nichts zurück, das erforderlich ist, um diese Vision mit Leben zu erfüllen."

„Aha, aber ihr habt vor, das Blut von Freunden genauso zu vergießen wie das Blut von Feinden. Aus einem solchen Betrug kann nichts Gutes entstehen! Ihr wollt eure Revolution mit dem Blut der Unschuldigen erkaufen. Ihr erhebt euch gegen den Zaren, aber ihr setzt einen anderen an seiner Stelle ein, und Georgien wird auch weiterhin von Fremden unterdrückt werden. Was nützt eine solche Revolution?"

Zwiads Wangen blähten sich unter einem Seufzer auf und fielen wieder zusammen. Seine Augen fuhren zu Noe hinüber, der nur mit den Schultern zuckte.

Aber Peter hörte ihnen kaum zu. Das dunkle Innere der Hütte raubte ihm den Atem. Er ging langsam zur Tür. Die anderen zwei bemerkten es kaum, aber Grigol berührte tröstend seinen Arm, als Peter sich durch den niedrigen Türrahmen bückte. Diese kurze Berührung war für ihn das einzige Wirkliche im Raum. Dann schien die Sonne auf sein Gesicht. Er lehnte sich gegen die Steinmauer.

„Bist du ein Bolschewik?" hörte er Grigol in seiner direkten, herausfordernden Art fragen.

Noes Stimme antwortete: „Ich weiß nicht."

Peter schlug einen Weg am Wald entlang ein, über dem die weißen Spitzen der höchsten Gipfel wie Pfeile nach oben zeigten. Er fand die Stelle, an der sich das Tal zu einer Steinschlucht verengte. In die steilen Ufer waren von den zerklüfteten Rinnen, an denen die reißenden Frühlingsbäche sich ihren Weg in den Fluß gegraben hatten, tiefe Furchen eingeschnitten worden. Aber er fand eine flache, sandige Stelle in der Nähe des Wassers. Er entkleidete sich und stieg langsam in die Strömung hinab. Er ließ sich von dem eisigen Wasserstrom umspülen, bis seine Gliedmaßen taub wurden. Er blieb so lange im Wasser, bis er das Gefühl hatte, sein langsam schlagendes Herz sei der einzige Teil in ihm, der noch am Leben sei. Dann krabbelte er hinaus.

Der grobkörnige Sand strahlte eine metallene Wärme aus, und Peter drückte seinen Körper hart auf den Sand. Kleine Felsstückchen und Kieselsteine drückten auf seine Haut. Er fühlte eine scharfkantige Tonscherbe, die sich in seine Brust schnitt. *Mach weiter, schneide nur*, dachte er und drückte sich fester nach unten. Die Schlucht mit den Steilwänden verengte das Geräusch von Wind und Wasser zu einem tobenden Brausen, das auf der Erde zu spüren und in der Luft zu hören war.

Geschichte. Peters Verstand kämpfte mit diesem Gedanken. Eine böswillige Verstrickung von Ereignissen, und hier war er — auf einem heißen Felsen ausgestreckt und völlig nackt. War es die Geschichte, die ihn von seiner Familie und aus seinem Land fortgerissen hatte? Noe sagte es. „Du bist in der Hand der Geschichte", hatte er erklärt. „Sie wird dich wie Sand auf ihrem Weg vor sich her wehen!" Nun, er wurde geweht! Noe sagte, die Unterdrückten seien die Opfer, Sklaven der Geschichte — Peter sei auch einer von ihnen! — aber das Schicksal der Massen sei es, kollektiv die Geschichte in die Hand zu nehmen und die Gesellschaft zu erneuern. Aber, sagte sich Peter grimmig, der Tag würde kommen, an dem sogar Noe angesichts der Gesellschaft, die Männer wie Koba und Zwiad Kostawa schufen, zittern würde. Ja, es war, wie Grigol sagte — sie wollten ihre Revolution mit dem Blut von Freund und Feind erkaufen! Peter verschob seinen Oberkörper und fand Trost in der bestrafenden Beschaffenheit des warmen Bodens.

Aber sie hatten das Wichtigste vergessen. Jemand hatte in die Geschichte eingegriffen! Die klägliche Verteidigung der Philosophie oder des Gesetzes oder der gesellschaftlichen Ordnung hatte ihn immer wieder im Stich gelassen. Die kühnsten neuen Ordnungen waren irgendwie immer von dem Schlimmsten im Menschen angeregt — und jede hinterließ ihre Spur bei den gebrochenen Opfern. Dann kam er, der Gott und Mensch Jesus, und verzichtete auf alles Ansehen, um die Menschen vor der Geschichte zu retten — sowohl persönlich als auch kollektiv.

Eine Revolution? Das war die wirkliche Revolution. Und er hat mit seinem eigenen Blut dafür bezahlt. Eine Bezahlung, die der Heide Grigol bereitwilliger verstehen würde als der Materialist Noe. „Keine größere Liebe hat ein Mensch, als daß er sein Leben läßt für seine Freunde ... " Ja, Grigols Edelmut würde diese Idee aufgreifen — die Idee, die die Geschichte verändert hat.

Für Noe war die Geschichte alles — eine gestalterische Macht. Und Semjon? Was würde er sagen? Es ist nichts! Peter konnte sehen, wie der alte Mann diesen Gedanken mit seiner knöchrigen Hand wegwischte. Alle Qualen des Menschen — sie sind doch nur

Dung, Dreck, aus dem das Ewige erwächst! Peter grinste wider Willen. Nein, Semjon würde sich nicht scheuen, die ganze Geschichte auf den Misthaufen zu schaufeln... *Ach, aber Semjon, Dzedha – diese Qualen müssen trotzdem durchgestanden werden.* Vielleicht war die Geschichte nur der Hintergrund, ob hart oder liebevoll, vor dem ein Mensch sich für die Liebe oder den Haß entscheiden mußte.

Peter erhob sich auf die Knie und griff nach dem Wäschehaufen, den er abgelegt hatte. Seine Papiere steckten in seinem Hemd. Er schaute sie aufmerksam an. Alles in Ordnung; er hätte die Freiheit, nach Batumi zu fahren, sich eine Fahrkarte nach Marseilles zu kaufen und dann nach Amerika. Freiheit zu wenig anderem. „Mein Weg ist festgelegt", gestand er sich ein.

Er überflog die Ereignisse, die ihn so weit gebracht hatten. Ein Gesetz, das bestimmte, daß er für den Zaren kämpfen oder sterben müsse; Galinas Verrat, der ihn zu einem Deserteur machte, dem die Todesstrafe drohte; ein Straßenkampf, der ihn zwang, entweder zu töten oder selbst zu sterben; dann die Flucht, um der Gefangennahme und dem Tod zu entrinnen. Tod, immer wieder Tod! Und das schlimmste dabei war der Tod seines Feindes – das junge Gesicht dieses Kosaken, dem das Bewußtsein geraubt wurde. *Durch meine Hand, durch meine Hand!* klagten Peters Gedanken ihn an.

„Vergib mir, erneuere mich", hauchte er. „Herr, lösche diesen Teil meiner eigenen Geschichte, der mich wie ein Alptraum verfolgt! Du allein bist meine Rettung! In mir gibt es Dinge, die ein Wesen formen, von dem du dich abwenden müßtest. Reiße diese Dinge aus mir heraus! Lehre mich, das Leben zu wählen..."

Er beugte sich vor und lauschte. Das Wasser schlug gegen den ihm aufgezwungenen Kanal, und der Wind pfiff auf die unnachgiebigen Felsen. Frieden. Er drang langsam in seinen Kopf ein und nahm Gestalt an in Worten, die lindernd und tröstend waren. Ruhe ... *Ruhe für deine Seele. Nimm sie!* Die Worte waren eine ausgestreckte Hand. *Mein Joch ist leicht. Nimm es! Meine Last, sie ist leicht. Lerne von mir. Ich gebe deiner Seele Ruhe.*

Luft und Wasser – sie tobten immer noch, aber tief in Peters Seele legte sich ein Friede. *Nichts wird dich aus meiner Hand reißen. Nichts.* Peter stand auf, in dem heißen, sandigen Boden verwurzelt. Er lauschte. Die tosenden Geräusche um ihn herum schienen jetzt zu einem sanften Säuseln gebändigt worden zu sein.

Liebe. Wie sehr hatte er sich abgehärtet, um der Katastrophe seiner Zukunft ins Gesicht sehen zu können. Wie schnell schmolz der Stahl in der Wärme dieser überwältigenden Güte. Etwas in ihm schwoll auf und zerbrach. Heiße Tränen brannten ihm in den Augen, und er schüttelte sie weg und hob den Kopf, um zu dem blauen Himmelstreifen hinaufzuschauen, der wie ein zweiter Fluß schmal über ihm zu sehen war. Ein goldener Adler schwebte weit oben, fast regungslos, als wäre die Zeit stehengeblieben. Liebe. Sie stieg bis zu den rauhen Rändern der zerklüfteten und ausgewaschenen Felsen hoch. Er konnte in ihr untertauchen.

Peter ließ seinen Blick sinken und fühlte sich auf dem Boden dieser rauhen Spalte in den Bergen, durch die der Wind pfiff, fest verankert. Ein Ort für einen Anfang. Ein Lied der Molokanen kam ihm in den Sinn, und er sang es in einem kräftigen, ungehemmten Tenor hinaus, als wäre er von einem ganzen Haus Gleichgesinnter umgeben.

Jetzt brennt das Blut wie ein Feuer in meinem Herzen,
und meine Seele ist wie ein Stern, hoch oben und rein ...

Peter bückte sich und hob sein Hemd und seine Hose hoch, die von den vielen Wochen, die er sie ununterbrochen getragen hatte, ganz schmierig geworden waren. Sie waren von Läusen übersät. Er fand einen flachen Felsen und einen glatten, runden Stein und begann, darauf zu klopfen. Die Nissen hatten sich in ganzen Kompanien eingenistet, besonders in den Falten am Hals und an den Ärmeln. Er zermalmte den Stoff zwischen den Steinen und spülte ihn immer wieder in dem eisigen Wasser aus. Dabei sang er immer noch.

Es gibt nichts Lieberes für mich,
als daß die Liebe Gottes brennt;
mein Herz ist erwärmt,
und vereinigt meine Gedanken ...

Das Zwielicht lag schon über dem Dorf, als Peter zur Hütte zurückkam. Das eiserne Kohlebecken strahlte von der Mitte des Raumes ein schwaches Licht aus. Zwiad streifte ihn mit einem schnellen Blick, der ihm das Gefühl gab, er sei mit einem Gummisiegel versehen worden. Noes kurzer Blick huschte zu Peter herüber und dann zurück zu Zwiad. „ ... mehr als wir erträumten", sagte Zwiad gerade. „Ganz Georgien von Abchasien bis Kachethien — im Aufstand. Unsere georgischen Bauern sind aus härterem Holz als die Russen. Im ganzen März erhoben sie sich gegen die Gendarme und Landbesitzer und ermordeten sie oder trieben sie hinaus. Dieses Manifest jetzt", fuhr er fort und drehte sich um und schaute plötzlich Peter an. „Es wird uns nicht aufhalten. Zordania und seine Menschewiken benutzen es, um mit den Föderalisten und anderen bürgerlichen Liberalen Frieden zu schließen — sie verkaufen ihre Seele für ein freies Georgien. Aber ihre Träume sind nutzlos. Wir können damit rechnen, daß uns die Autokratie selbst hilft — wie auch schon in der Vergangenheit!"

Peter war verblüfft. „Der Zar? Sind Sie wahnsinnig?" platzte er heraus. Sogar Noe zog die Augenbrauen hoch.

„Genau das", bekräftigte Zwiad. „Eine Lektion für Sie, Peter Gawrilowitsch. Für Sie und die meisten Ihrer molokanischen Brüder. Ihr glaubt, ihr verändert euch nie, aber das liegt nur daran, daß ihr noch nicht genug Blut verloren habt. An dieser Stelle kommt der Zar ins Spiel. Die Gendarme und Kosaken waren sehr kooperativ und haben das Volk gegen sich aufgebracht. Das machen sie mit Blut, eurem Blut." Zwiad funkelte hart, und seine unsteten, beinahe komischen Gesichtszüge verzogen sich zu einer starren Maske.

Peter fiel es schwer, das Gespräch ernst zu nehmen. Seine innere Freude amüsierte sich über die wiedergekauten marxistischen Phrasen und wichtigtuerischen Mienen. Peter zwang sich zuzuhören, aber er wurde von der Beobachtung abgelenkt, daß Zwiads langsames Blinzeln jede Veränderung seiner Miene auslöste. Ja — ein Blinzeln; jetzt war sein Kinn oben, und er hatte den stolzen, beleidigten Blick eines mißverstandenen Menschen. Blinzeln. Ein fragender Blick. *Sag etwas, Gawrilowitsch ...*

„Ihr glaubt, ihr ändert die Molokanen — erzieht sie um, wie ihr sagt", sagte Peter mit einem entwaffnenden Lächeln. „Aber sie haben ihre eigene Sicht der Dinge. Sie glauben, sie erziehen euch um! Es wird euch überraschen, aber ein paar alte Molokanen glauben, daß die Revolution ein Erfolg wird, daß der Zar abgesetzt wird und daß dann ihr Marxisten euren falschen Weg einseht und Christen werdet! Dann haben wir den Himmel auf Erden – Marxisten wie Molokanen." Der Drang zu lachen war stärker als seine Vorsicht. Noe fing auch an zu kichern.

„Das glauben sie wirklich?" keuchte er. „Das ist zu viel! Der Löwe, der sich neben dem Lamm niederlegt!"

Aber Zwiad lachte nicht.

„Ich habe eine Geschichte für euch", sagte er beleidigt. „Sie zeigt genau, was ich meine. Dieses Toleranzedikt – eine Freude für euch Molokanen – hat auch die Hoffnungen der Georgisch-Orthodoxen Kirche entfacht. Sie haben sich erst diese Woche getroffen, um zu besprechen, ob sie um ihren eigenen Patriarchen bitten können – ein Amt, das sie tausend Jahre innehatten, bevor die Russen kamen. So dachten sie, sie könnten gemäß der neuen religiösen Toleranz darum bitten, einen Patriarchen wählen zu dürfen. Die Sache war perfekt – für uns. Die Kirche ging mit ihrer unglaublichen Naivität vor, und die Regierung sorgte für die nötige Brutalität. Truppen und Polizei stürmten die Versammlung, schlugen Köpfe ein und verprügelten den Klerus. Jetzt haben wir fromme Gläubige, die sich ungläubigen Revolutionären anschließen, um das Joch des Zaren abzuwerfen. Deshalb sage ich, die Behörden sind unser Verbündeter."

Er wandte Peter sein Gesicht zu. Seine Augen waren plötzlich sanft und freundlich, und das war das Beängstigende. „Ihr seht also, die Molokanen könnten auch belehrbar sein. Sie haben nur noch nicht genug Blut verloren." Er schwieg und schaute immer noch Peter an. „Sie brauchen einen Märtyrer." Dann fuhren seine Augen nach oben zu Grigol, der plötzlich mit verschränkten Armen und drohender Miene über ihm stand.

„Wie dem auch sei", mischte sich Noe ein. „Wir müssen darüber sprechen, wie wir aus diesem Tal hinauskommen. Sie sagen, wir können Ende Juni einen großen Streik in Tiflis erwarten, Zwiad. Das macht es schwer, Transportmittel zu bekommen. Danach herrscht hier vielleicht das Kriegsrecht wie in den westlichen Provinzen. Es ist also jetzt höchste Zeit, von hier fortzukommen."

Sie sprachen darüber, was sie auf dem Weg benötigten. Pferde, Vorräte. Grigol war grimmig und höflich. Peter bemerkte, daß seine Gedanken mit etwas anderem beschäftigt waren; rote Falten unter seinen Augen verrieten seine Müdigkeit. Als Irina und Nina hereinkamen, funkelte in seinen Augen etwas Wildes und Fernes; dann ließ er die Schultern hängen und starrte auf seine leeren Hände.

„Ein Packpferd – ja, ich kann euch eines besorgen."

Peter schaute Nina an. Sie trug den bekannten blauen Rock und die einfache weiße Bluse, die sie getragen hatte, als sie in dieses Tal kamen. Ihre Hand flog zu dem einfachen Kragen hinauf, als sie die Männer sah, und ihr Gesicht wirkte betroffen.

Aber Irina beugte sich eifrig vor. „Unsere Flucht!" flüsterte sie ihrer Begleiterin aufgeregt zu. „Ich dachte schon, dieser Tag käme nie!"

* * *

„Ich traue diesem Bolschewiken nicht", erklärte Grigol. Er und Peter hockten auf einem Felsvorsprung über dem weißen Wirrwarr der Dorfbehausungen. Sie hatten den Weg ausgekundschaftet, der in den Süden führte – über die Berge. Als sie mehrere Kilometer hineingegangen waren, konnten sie sehen, daß die niedrigeren Ränder der Eiskegel wie der gehobene Saum eines weißen Unterrocks über den Pässen zusammengeschrumpft waren. *Ein Weg hinaus*, dachte Peter aufgeregt.

„Er schreckt nicht davor zurück, dir Schaden zuzufügen, wenn es ihm gelegen kommt", sprach Grigol weiter.

„Was kann er schon tun?" fragte Peter. „Immerhin hat Zwiad mir meine Papiere gebracht – ohne sie wäre ich verloren. Was nützt es ihm, wenn mich ein Unglück trifft?"

„Du hast an seinem Stolz gekratzt, Peter. Und er ist ein Mann, den der Stolz so beherrscht, wie einen Hengst seine Triebe beherrschen. Außerdem hat er selbst gesagt, daß die Molokanen einen Märtyrer brauchen. Er malt sich aus, daß dein Tod durch die Hand der russischen Gendarme deine Glaubensbrüder veranlassen könnte, sich den Revolutionären anzuschließen."

„Märtyrer! Das hat er also gemeint! Ich habe nicht aufgepaßt!"

„Das ist allerdings wahr. Du warst gestern abend äußerlich naß bis auf die Haut, aber in dir hat ein inneres Feuer gebrannt. Ich konnte es dir ansehen. Aber das ist keine Entschuldigung dafür, bei Männern wie Noe und Zwiad jede Vorsicht über Bord zu werfen."

„Noe? Noe ist harmlos. Seine Gedanken sind vielleicht verwirrt, aber sein Herz ist gut."

„Wenn es nicht solche Menschen wie Noe gäbe, hätten Männer wie Zwiad und Koba Dschugaschwili keinen Erfolg. Das einzige Gute an Noe ist, daß er schwankt. Er kann sich nicht entscheiden, ob der Bolschewismus wirklich den Preis wert ist. Und seine tierische Warmherzigkeit macht den Preis für ihn besonders hoch."

„Was meinst du mit ‚tierischer Warmherzigkeit'? Dieser offene, großzügige Geist macht doch Noe menschlich, liebenswert."

„Ich will deinen Freund nicht beleidigen, Peter", sagte Grigol. „Aber er ist so unbeschwert, wie es die Tiere sind — er will kein Leiden sehen, weil es ihm weh tut, nicht weil sein Geist dagegen ist. Und das kann sich schnell ändern, wenn er sich der Herrschaft der Bolschewiken unterstellt. Für sie zu leiden ist die treibende Kraft, die ihnen Macht bringt."

„Ich verstehe, was du meinst ... " Peter wurde ruhig und nachdenklich. Der leichte Windhauch wehte in seinen Haaren, und die Wärme der Sonne strahlte vom Himmel und von den Felsen. Frieden. Er kam wieder in der klaren, dünnen Luft und in der massiven Macht der Berge.

„Was denkst du?" unterbrach Grigol seine Gedanken.

„Ich denke über das nach, was du gesagt hast. Ich habe daran gedacht, wie die Mächte der Welt kommen und gehen. Seit Tausenden von Jahren schicken die Zaren und Könige und Diktatoren andere hinaus, um für sie zu sterben — und lassen sie an ihrer Stelle leiden. Kein einziger von ihnen hat überlebt. Aber der eine König, der, statt andere auszuschicken, daß sie sterben, das Gegenteil wählte — sich dafür entschied, selbst für sie zu sterben; er lebt."

„Du sprichst von Christus, nicht wahr? Der Gott, der die Finsternis vertreibt. Ich habe gehört, was du Noe von ihm erzählt hast. Ich habe ihn gesehen."

Grigol lächelte über Peters überraschten Blick. Es war jedoch ein tristes, winterliches Lächeln. Grigol wirkte nachdenklich gestimmt, beinahe traurig. *So ist er schon seit Tagen,* bemerkte Peter.

„In der armenischen Kirche in Wladikawkas", erklärte Grigol. „Dort haben sie sein Bild in bunten Glasstücken dargestellt. Ein wunderbares Bild. Ein strenger Herr! In seinem Gesicht ist nicht die leiseste Spur von Freude!"

„Das ist nicht Christus. Das ist eine Ikone. Eine Ähnlichkeit, und nicht einmal eine gute. Wenn du das Gesicht Christi gesehen hättest, gäbe es keinen Zweifel. Du wüßtest, daß du das Gesicht von Gott selbst gesehen hast."

„Hast du ihn denn gesehen?"

Peter zögerte. Wie konnte er erklären, daß seine eigene innere Sicht von der strahlenden, hellen Gegenwart des Gottes- und Menschensohnens verwandelt worden war?

„Ein Mensch hat eine äußere Sicht. Augen, die die Welt mit ihren Menschen und Dingen sehen. Aber er hat auch eine innere Sicht. Es ist diese Sicht, die dir sagt, daß du Zwiad mißtrauen sollst, und sie sagt dir auch noch andere Dinge. Mit dieser inneren Sicht habe ich Christus gesehen; und diese Sicht hilft mir, ihn auch weiterhin zu sehen, damit ich ihm nachfolgen kann — einen anderen Weg einzuschlagen als all die anderen. Mich für die Liebe zu entscheiden."

Grigol dachte sorgfältig darüber nach, während der Wind um das Dorf strich. Er beobachtete, wie er Strohhalme und alte Blätter aufwirbelte und sie gegen die Wand wehte und dann das Geröll durchwühlte und einmal dieses Stück umdrehte, dann jenes, als suche er etwas. Auf dem höheren Hang nach Osten, wo der Tempel stand, war der Wind stärker, und das wilde Klingeln von Hunderten von Tempelglocken zerbrach die Luft in Scherben chaotischen Lärms. Grigol drehte seinen Kopf in die Richtung des Tempels.

„In Wladikawkas", erinnerte er sich, „läuten die Kirchenglocken mit einem tiefen Klang, und man sieht, daß dieser Klang den Menschen zu Herzen geht. Manchmal nehmen die Männer ihre Mützen ab. Und bei den Frauen ändert sich ihr Gesichtsausdruck. Sie beten. Unsere Glocken sind klein — und sie rufen zu kleinen Göttern — zu Wald-, Jagd- und Fruchtbarkeitsgöttern. Anliegen, die der Erde nahe sind — und den Menschen", fügte er hinzu und blickte auf. „Und ich kann dir sagen, auf sie kann man sich nicht verlassen. Sie sind so launisch wie Frauen. Aber genauso wie Frauen lächeln sie auch manchmal."

Peter zuckte mit den Schultern. „Und manchmal runzeln sie die Stirn. Tatsache ist, daß sie sich nicht um die Menschen kümmern. Aber du, Grigol, du weißt, daß in dir eine Sehnsucht nach etwas brennt, das nicht hast — etwas, das du nicht mit deinem äußeren Auge sehen kannst. Du leugnest es nicht. Aber du mußt wissen, daß sich Gott mit einer größeren Sehnsucht nach dir sehnt, als du es dir vorstellen kannst. Und deshalb hat er seinen Sohn gesandt, damit er für uns einen Weg zu ihm bereitet — um uns zu retten."

„Uns retten? Wie?"

„Dadurch, daß er als Kind auf die Erde kam und die Arbeit eines einfachen Zimmermannes annahm und seine Hand ausstreckte, um die Blinden, die Lahmen, die Armen zu berühren — und um dann an unserer Stelle zu leiden und an einem Kreuz zu sterben, um unsere Sünde von uns wegzunehmen, damit wir Gott lieben und andere lieben können."

Peter schwieg und war von dem Ansturm der Gedanken, die ihn erschütterten, atemlos. Er suchte in Grigols Gesicht nach Verständnis. Seine Worte kamen ihm schwach, dünn, ungenügend vor, um die Größe von Gottes Plan für die Menschen zu beschreiben. Wie konnte er es ausdrücken? Liebe. Sie kam zu ihm in dem Frieden, der in den Bergen herrschte. Liebe. *Der verzehrende Schreck über dieses seelentiefe Bedürfnis hatte Grigols Gesicht verhärtet*, dachte Peter mit einem schmerzlichen Mitgefühl.

„Ich spreche von Liebe, Grigol. Gott hat sich entschieden, uns nicht im Stich zu lassen und dem Leben zu überlassen, das sich uns aufzwingen will — du weißt, was ich meine." Peter schwieg wieder und zögerte, die Wunden zu berühren, die die Geschichte oder Kultur oder unbedachte Entscheidungen bei ihnen beiden hinterlassen hatten. „Gott ruft uns in der Person seines Sohnes. Und jeder von uns, der diese rettende Hand ergreift, wird nicht sterben, sondern hat ewiges Leben. Ich spreche von Liebe. Von der Liebe, die vorbehaltlos alles gibt."

Grigol blickte forschend und aufmerksam in Peters Gesicht, dann schüttelte er mit einer schnellen Kopfbewegung die aufflackernde Sehnsucht aus seinen Augen. Die Tempelglocken klimperten mit wilder Wut.

„Wenn der eine Gott die Welt retten wollte, hätte er keinen Zimmermann geschickt, sondern einen Krieger. Einen Gott wie Tetri Giorgi mit der leuchtenden Rüstung. Ich kann nicht an diesen toten Zimmermann und sein Holzkreuz glauben. Aber ich glaube, daß du wirklich gerettet werden mußt, Peter. Gerettet vor Zwiads bolschewikischen Plänen. Ich glaube, ich begleite euch, wenn ihr über die Berge geht."

* * *

Ein Gestank von toten Tieren hing am Vormittag in der Luft. Eine klebrige, unbeschreibliche Vorahnung zog Peter an den Rand des Weges mit dem Felsenüberhang. Unter ihm schlachteten die Chewsuren systematisch Dutzende von Schafen ab. Das Blut floß rot auf ihre Hände und schwarz auf die Erde. Die zum Tod verurteilten Schafe drängten sich im Schatten der steilen Felswände zusammen. Nina trat neben ihn und sah zu, wie sich die schmutzige Schafwolle der zusammengedrängten, blökenden Herde wie in einem siedenden Kochtopf bewegte.

„Was ist das?" fragte sie mit steifen Lippen.

„Opfer", antwortete Peter. „Sie glauben, damit besänftigen sie die Mächte der Erde und des Himmels ... "

Sie schwieg unter seinem forschenden Blick. Die Umrisse ihres Gesichts waren von violetten Linien, die eine große Anspannung verrieten, gekennzeichnet. Aber sie richtete ihre Augen aufmerksam und entschlossen auf das Feld unter sich.

Bis Mittag war der blaue Himmel hart und erbarmungslos, und die Luft roch faulig. Nina und Peter schauten immer noch dem Geschehen zu. Kurz nach Mittag sahen sie Grigol, der den Pfad zu ihnen heraufkam. Er blieb erstaunt stehen, als er Peter erblickte.

„Ich bin schmutzig, ich weiß", sagte er, und sein Grinsen zeigte eine weiße Lücke in seinem schweißgebadeten Gesicht. Aus irgendeinem Grund zitterte er. Er wischte sich mit dem Ärmel über die feuchte Stirn und hinterließ einen dunklen Schmierer auf seinem Gesicht. Er schaute Peter lange an und dann wieder auf das wilde, blutige Geschehen auf dem Feld unter ihnen hinab. Ninas Blick wich er aus und versuchte, ihre Gestalt aus seinem Blickfeld auszugrenzen. Aber sie starrte ihn bestürzt an.

„Du hast recht", sagte er zu Peter. „Diese Götter sind kleinliche Händler. Blut für die Hoffnung auf Glück. Aber es ist mein Blut. Ich bringe es aus meiner eigenen Schafherde." Er schwieg und litt unter einer inneren Qual. „Aber du sagst, es gebe einen Gott, der in großem Maße gibt – er gibt alles; du gibst als Gegenleistung auch alles. Aber die Bezahlung, die Sicherheit kommt von ihm – es ist sein Blut. Du sagst, er sehnt sich nach mir. Dieser Gedanke läßt mich nicht mehr los. Ein Gott, der sich nach mir sehnt."

Der Mann zitterte unter der Kraft seiner Sehnsucht. Peter konnte sehen, wie sich Nina mit einem Anflug von Freude, die unter ihrer durchsichtigen Haut flackerte, vorbeugte. *Das ist es*, kam Peter in den Sinn. Er konnte seinen Gedanken nicht zu Ende verfolgen, aber eine überwältigende Zielsicherheit erfüllte ihn. Er streckte die Hand aus und berührte den jungen Bergbewohner mit einem festen Griff. „Die Begegnung von zwei Personen, die sich nacheinander sehnen, ist das Schönste und Größte, das der Himmel oder die Erde zu bieten hat ... ", sagte er. Grigol blickte mit seinem bekannten, geradlinigen Blick zu ihm auf. „Komm, beten wir miteinander", sagte Peter. Grigol ließ sich im Staub der Straße auf die Knie fallen und war beinahe doppelt gebeugt.

Peter kniete sich neben ihn, aber er schloß nicht die Augen. Er beobachtete das Gesicht seines Freundes, als sich die sehnsüchtige Verwirrung in Erleichterung verwandelte und dann in Freude. Sein Geist nahm das Bild dieses sich verändernden Gesichts auf. Er ließ es tief in sein Gedächtnis sinken, wo er es auch in künftigen schweren Zeiten immer vor Augen haben würde. Grigols Gesicht, in dem sich der Ausdruck völliger Liebe widerspiegelte, war das Bild, an das er sich erinnern würde, wenn ihn seine Erinnerung quälte – und ihn Deserteur, Mörder, Flüchtling, lebenslanger Fremdling nennen würde. *Sie ist Wirklichkeit – diese Macht des lebendigen Christus, und nicht nur für die Molokanen.* Grigols Umwandlung war ein unerschütterlicher Beweis für seine eigene Veränderung. „Bruder", sagte er, als Grigol sich wieder erhob. „Bruder."

Sie unterhielten sich bis tief in die Nacht, während das orangefarbene Flackern der brennenden Asche im Kohlebecken nach und nach erlosch. Mit der Morgendämmerung kam der Regen. Grigol hob das Gesicht. „Regen", sagte er. „Ihr müßt noch hierbleiben."

Zwiad Kostawa war anderer Meinung. „Einen Tag Aufschub, mehr nicht", willigte er ein. „Der Regen läßt bei Sonnenuntergang nach; wir brechen morgen früh auf."

Grigol schüttelte den Kopf. „Die Pässe sind mit Schmelzwasser und Schlamm unpassierbar. Warum seid ihr so ungeduldig? Wartet noch ein paar Tage. Ich sorge für alles, was ihr braucht, und ihr könnt eure Reise so bequem wie möglich hinter euch bringen. Außerdem braucht ihr eine erfahrene Begleitung. Schota und ich gehen mit euch."

„Eine Begleitung! Auf keinen Fall!" weigerte sich Zwiad. „Wir haben unsere eigenen Pläne. Macht euch keine Sorgen, wir schikken euer Vieh zurück, aber erspart euch den Weg. Wir brauchen keine Hilfe."

Grigol entblößte in einem starrsinnigen Lächeln seine Zähne. „Ihr könnt nicht einfach an diesem Seil wieder hinauf auf die

Hauptstraße klettern!" beharrte er. „Euer Weg führt euch durch ein rauhes, wildes Land, in dem ihr auf Bergvölker und andere gefährliche Menschen stoßt. Wir kommen mit."

Zwiads flattrige Wangen zitterten unter seinen stillen Einwänden, aber er schwieg.

„Ja, ich glaube, wir kommen mit, Schota und ich", wiederholte Grigol mit einem langen Seitenblick auf Peter.

Noe kam mit seiner Schwester und Irina herein.

„Sie zwingen uns, noch zu warten", beklagte sich Zwiad.

Noe war gut gelaunt. „Was sind schon ein paar Tage?" fragte er. „Ich kann es genausowenig erwarten wie du, von hier fortzukommen, Genosse, aber lieber warten wir, bevor wir durch Pfade waten müssen, die mit Schmelzwasser überflutet sind. Es ist kalt hier drinnen; hat denn niemand daran gedacht, ein Feuer anzuzünden?" Grigol stand schnell auf und schämte sich, daß er es seinen Gästen nicht gemütlich gemacht hatte.

Nina trat vor, um ihm zu helfen. Peter sah, daß sie wieder ihr Chewsurenkleid trug. Der rote Rock war von Regentropfen durchnäßt, und ihre dunklen Haare waren von glitzernden Tropfen durchsetzt. Sie schüttelte sie ab, und er bemerkte ein silbernes Funkeln um ihren Hals. Eine herrliche Halskette glitzerte im dunklen Licht und warf feine Sternchen auf ihr Gesicht. *Woher hatte sie diese Kette?* fragte sich Peter. Sie sah aus, als sei sie vom Himmel gefallen.

Grigol starrte die Kette auch an. Seine gebogene Augenbraue und sein nach unten gezogener Mundwinkel verrieten keinerlei Gefühl, aber ein weißer Eifer brannte in der Narbe auf seiner Wange.

Nina machte sich mit dem Feuerholz zu schaffen. Ein fröhliches Lächeln spielte sich um ihr Gesicht, als sie kurz aufblickte. „Wir zünden ein Feuer um der Erinnerung willen an", murmelte sie Grigol zu. „Ich denke an diesen heiligen Landstreicher, von dem du mir erzählt hast, und erinnere mich daran, auf wessen Willen hin sich das Universum dreht." Sie schwieg und konzentrierte sich auf das glühende Feuer. „Immerhin wissen wir beide jetzt, daß der Mensch nicht der Mittelpunkt des Universums ist."

Grigol schaute an ihrem Profil vorbei zu Peter, Noe und Zwiad hinüber. „Nein", sagte er. „Das ist er nicht."

Der Schlaf wollte sich in dieser Nacht nicht auf Peter legen. *Hier geschehen geheimnisvolle Dinge*, sagte er zu sich. Die Hütte und ihre Einrichtung waren ihm vertraut geworden. Der Lärm, der hinter der Abtrennung zu hören war, wo die Tiere untergebracht waren, war ihm ebenfalls inzwischen vertraut. Das schwache Blöken eines Lammes, das Knurren eines träumenden Hundes, das Rascheln und Knistern von Stroh, wenn sich ein junges Tier näher an seine Mutter schmiegte. Er konnte alles mit Namen benennen! Aber doch gab es etwas, das er nicht erklären konnte.

Er versank in einen tiefen Schlummer. Semjon war plötzlich da – er sah ihn so deutlich! Sein Kopf war über irgendeine Arbeit gebeugt; eine Ahle und ein altes Pferdegeschirr quietschten in seinen knöchrigen, suchenden Fingern. Seine hauchdünnen Augenlider zitterten; seine zugespitzten Wimpern überdeckten seine dunklen Augen. Aber er schaute nicht auf die Ahle. Wie gut Peter diese Haltung kannte! Die Gedanken des alten Mannes bewegten jede Not, die seine Besorgnis oder sein Mitgefühl erregte. Bis zum Morgen würde das Geschirr aussehen, als sei es von einem Tier zerbissen worden. Aber der alte Mann vollbrachte seine größte Arbeit. Semjon Efimowitsch Fetisoff betete. Getröstet ließ sich Peter vom Schlaf in tiefe, angenehme Träume hinabführen.

Das Klappern von Pferdehufen weckte ihn. Pferde – mehr als eines – galoppierten durch das Dorf. Eisenbeschlagene Hufe klapperten auf der nassen Steinstraße. *Ziemlich nahe*, dachte er, *ziemlich nahe*. Waren das Stimmen, ein unterdrückter Schrei oder das Wiehern eines Pferdes? Das Prasseln des Regens vermischte sich mit dem Geräuschgewirr. Oder war es nur der Regen, der von den Steinmauern lief und die kurvigen Straßen hinunterströmte und das Blut auf dem Feld wegwusch? Peter seufzte und drehte sich um.

Beim ersten Tageslicht riß ihn eine grobe Hand unsanft aus seinen Träumen. Es war Noe. Er war halb bekleidet und kochte vor Wut.

„Sie ist fort!" tobte er, und seine Finger krallten sich in Peters Arm.

„Wer?" Peter blinzelte verwirrt.

„Nina! Sie ist fort. Er hat sie entführt – der verfluchte Teufel!"

12. Der Tag der Entrüstung

„Sie entführt? Wohin? Wer — Zwiad?" Peters Stimme versagte in der rauhen Morgenluft. Seine Rippen weiteten sich zu einem Gähnen und sprangen dann wie eiserne Bande nach innen und lähmten sein Herz, als Noes Nachricht in sein Bewußtsein drang und ihn endgültig aufweckte.

„Zwiad! Rede keinen Unsinn! Dieser grobschlächtige Gauner Grigol hat sie entführt. Er hat meine Schwester geschändet — dieses Ungeziefer. Ich bringe ihn um."

„Warte!" Peters Hand schoß vor und packte Noes Handgelenk. Seine Gedanken kämpften sich durch einen Nebel der Verwirrung und Bestürzung. Anzeichen. Er hatte sie gesehen — warum hatte er nicht darauf geachtet? „Warte. Vielleicht verstehen wir das falsch. Vielleicht wollte er sie heiraten — verstehst du? Das ergibt jetzt alles einen Sinn. Sag mir, hat Grigol dir etwas gegeben — irgendein Geschenk?"

Eine erstaunte Miene vermischte sich mit der Wut in Noes Gesicht. Er zog einen schön gearbeiteten silbernen Dolch heraus.

„Diesen Dolch", sagte er. „Und ein Pferd. Es ist ein ziemlich gutes Pferd ... "

„Dann ist das ein Vertrag. Nach den Bräuchen der Chewsuren glaubt er, er habe Nina geheiratet."

„Das ist keine Heirat! Nina ist orthodox — sie braucht einen Priester, eine Kirche ... Ich kenne meine Schwester. Sie ist sehr religiös."

„Ich weiß nicht, was sie denkt —"

„Was sie denkt? Welche Rolle spielt das schon? Er hat sie ruiniert!" rief Noe und wirbelte den Kopf herum, als eine andere Stimme von der Tür erklang.

„Ich dachte, es gefällt dir, wenn Frauen ruiniert werden." Es war Irina. Ihr Gesicht war glatt, aber die verzerrte Miene um ihren Mund zeichnete zwei schwarze Punkte in ihre Mundwinkel. Andere Punkte — ihre schrägen Pupillen und ihre aufgeblähte Nase — hingen unter der geraden, dunklen Linie ihrer Brauen, so daß ihr starres Gesicht wie eine Maske aussah, die Schlitze hatte, damit der Schauspieler sehen und atmen konnte. *Aber etwas zu sehen und zu atmen wäre eine anstrengende Arbeit hinter dieser Maske*, überlegte Peter.

„Gefahr", fauchte sie. „erhöht nur die Freude. Erinnerst du dich?"

„Laß mich doch damit in Ruhe", warnte Noe sie. „Ninas Umstände sind völlig anders."

„Warum? Weil sie deine Schwester ist? Natürlich muß ihre Reinheit beschützt werden. Aber ich. Was bin ich? Eine Hure?"

„Du bist das, wofür du dich entschieden hast."

„Ich habe mich für dich entschieden. Unsere Liebe. Bevor ich wußte, daß alles nur Heuchelei war!" brauste sie auf.

„Du nennst mich einen Heuchler? Ich liebe dich! Wir sind frei von diesen kulturellen Bindungen. Aber Nina nicht! Ich will nicht mitansehen, wie ihr Leben von diesem Barbaren kaputt gemacht wird."

„Wer ist hier der Barbar? Er ist eine Verpflichtung ihr gegenüber eingegangen. Du bist der Barbar!" warf sie ihm an den Kopf. Dann erlosch die Wut in ihrem Gesicht, und sie nahm eine aschfahle Haltung an. „Und ich", fügte sie leise hinzu. „Ich bin ein Idiot." Sie hob in einer schnellen Geste die Arme und war fort.

Noes Blick suchte Peters Augen. „Sie wird darüber hinwegkommen." Er zuckte mit den Schultern. „Aber Nina nicht. Und ich schwöre dir, er wird dafür zahlen, bevor wir von hier fortgehen. Ich schwöre es."

„Handle nicht überstürzt, Noe", bat Peter und schluckte seine eigene Angst hinunter. „Laß mich mit ihnen sprechen. Es steckt vielleicht noch mehr dahinter, als wir begreifen."

„Ich begreife genug. Er wollte meine Schwester, und deshalb hat er sie entführt. Aber er bezahlt dafür, glaube mir, er bezahlt dafür."

Als Peter in sein unerbittliches Gesicht blickte, war er zwischen seiner Angst um Nina und seiner Angst um Grigol hin- und hergerissen. *Arme Nina – was wird nun aus ihr? Heute braucht sie mehr denn je einen Freund.* Peter seufzte und erhob sich von seinem Strohbett, streckte sich und gähnte. Er warf Noe einen schiefen Blick zu, den dieser als fromme Fügung deutete. Deshalb war er nicht auf das vorbereitet, was nun folgte. Wenige Augenblicke später krümmte sich Noe mit purpurrotem Gesicht in den Fesseln aus zerlumpten Stoffetzen. Peter schritt in den kalten Morgen hinaus, um Nina zu suchen.

* * *

Wie schön die Berge im klaren Licht, das vom Regen der Nacht gereinigt war, über ihnen thronten! Peter blieb stehen und überlegte, während die Sonnenstrahlen von Osten nach Westen sprangen und sich beschleunigten und an Kraft und Farbe zunahmen. Seine Gedanken purzelten wild durcheinander. *Nina!* Er konnte nur an sie denken. Grigols Handeln machte ihm mit einem Schreck bewußt, was sie ihm selbst bedeutete.

Vor einem oder zwei Monaten hatte sie ihn mit einem unbestimmten, kaum wahrgenommenen Sehnen erfüllt. Jetzt erkannte er, was hinter dieser Sehnsucht steckte. Nicht nur Grigol wollte sie für sich haben! Dann war außerdem die Mauer seiner molokanischen Kultur durchbrochen, Stein für Stein war abgetragen worden – und hatte ihm nur noch den Grundstein übriggelassen – Christus.

Er hatte erkannt, daß er diesen Grundstein mit Grigol auf viel tiefere Weise teilte als mit jedem anderen Menschen, den er kannte. Ja, Grigol hatte ihn zum Wesentlichen gezwungen! Der junge Chewsure war bereit gewesen, riesige Brocken seiner eigenen Erziehung wegzuwerfen, um sich frei zu machen und dieses eine Große zu ergreifen. Peter, der diesen großartigen Mut achtete, hatte auch angefangen, sich von tief verwurzelten Glaubenssätzen und schwerfälligen Traditionen zu befreien, die ihn unter seinen neuen Lebensumständen nur auf seinem Pilgerweg behinderten.

Und Nina, die Georgierin und Armenierin – sie hatte diesen Glauben auch. Es wäre ihm, das wußte er jetzt, problemlos möglich, sie zu heiraten. Eine stürmische Freude übermannte ihn, wich aber schnell einem verwirrten Unbehagen. War es zu spät? Was war mit dieser Entführung oder Hochzeit? Grigol war ihm dieses Mal zuvorgekommen! Er hatte eine gute Wahl getroffen, eine hübsche Frau und eine Christin. Aber hat sie sich auch für ihn entschieden? Der Gedanke versetzte Peter einen tiefen Stich. *Wenn er sie gezwungen hat* ... Peter ballte die Fäuste. *Wenn er sie gezwungen hat!*

Er betrachtete die Felsklüfte über ihm, durch die die blasse Farbe des Morgenhimmels ihre pastellfarbenen Töne in die triste Bergwelt eindringen ließ. Eine halb beschämte Angst zehrte an seiner Entschlossenheit, Nina zu finden und die Wahrheit von ihr zu erfahren. Was würde er finden, wenn er in Grigols Hütte platzte? Eine leidende Gefangene oder eine glückliche Braut?

Aber plötzlich stand sie vor ihm. Nur wenige Schritte von Schotas Hütte entfernt. Nina stolperte auf ihn zu, ihr Gesicht war von Tränen verzerrt. Er packte sie fest an den Schultern.

„Hat er dir weh getan? Antworte mir!" Sie sank zusammen, als wollten ihre Füße sie nicht mehr tragen, und klammerte sich an Peters Hände. „Hör auf, Nina. Hat er dir weh getan?"

„Grigol? Nein! Ich bin verheiratet. Ich bin es wirklich! Ich bin verheiratet — glaubst du mir das?"

Peter stöhnte. „Nina — sag mir die Wahrheit. Ich tue alles für dich. Wir können heiraten — nach Amerika gehen. Du brauchst dich nicht in einer Falle fangen lassen. Sag mir die Wahrheit", wiederholte er und schüttelte sie kräftig, weil er selbst zitterte.

„Was sagst du da? Ich bin mit Grigol verheiratet. Ich war nur nicht darauf vorbereitet. Ich hatte keine Ahnung ... aber es ist geschehen. Aber Noe ... Schota ist gekommen — er und Grigol sprechen noch miteinander. Noe hat Rachepläne. Ich muß ihn irgendwie aufhalten!"

Peter stellte sich breitbeinig vor sie und zog sie an seine Brust. „Hör zu, Nina. Es muß nicht so sein. Du mußt dich nicht opfern ... wir können ein neues Leben anfangen."

„Opfern? Ich liebe Grigol. Er ist der Mann meines Herzens — und mein Mann nach den Bräuchen."

„Nicht nach deinen Bräuchen. Das ist mit ein Grund, der Noe wütend macht. Er glaubt, daß du dir eine christliche Hochzeit wünschen würdest — in einer Kirche."

„Ich habe eine christliche Hochzeit. Grigol glaubt fest an Gott, und wir sind in Christus verbunden — und in den Augen seines Volkes. Peter, hilf mir — diese Sache reißt mich noch in Stücke! Ein Teil von mir glaubt — nun, was haben Priester und die Kirche mir zu bieten? Ich sage dir, was sie mir angeboten haben — Mourad Muschegan und die Freude, für den Rest meiner Tage seine halbdumme Sklavenfrau zu werden.

Aber ein anderer Teil in mir hat Angst. Ich denke an meine Mutter — was würde sie sagen? An Sirakan. Ich habe Grigols Gesicht angeschaut — als er heute morgen noch schlief — und er sah vollkommen fremd aus, wie jemand aus einer anderen Welt. Doch ich liebe ihn so sehr ... es erschreckt mich", sprach sie fast flüsternd weiter, „daß ich keine Gewissensbisse habe. Keinen Wunsch zurückzugehen. Ich bin mir selbst völlig im unklaren, weil diese Hochzeit so ganz anders ist als alles, was ich mir je vorgestellt hatte. Aber wenn ich auf mein Herz höre, durchströmt mich ein tiefer

Friede. Alles — die Form der Hütten auf den Bergen, die Furchen auf dem Feld — alles sieht so vollkommen aus ..."

Peter stand stocksteif und ließ seine eigene Hoffnung leise verstreichen. Er fühlte, wie seine Arme um sie starr wurden, und er kämpfte gegen eine Flut der Beschämung an. Jede Faser seines Körpers schrie danach zu fliehen — allein zu sein. Was sagte sie da? Und warum hatte er das alles gesagt — über eine Ehe? *Ich habe meine Seele offengelegt.* Er zuckte vor Verlegenheit zusammen.

„Noe stellt im Augenblick keine große Gefahr dar — weder für Grigol noch für sonst jemanden. Ich habe ihn da drinnen wie eine Weihnachtsgans zusammengebunden", erklärte er ihr und nickte dabei zu Schotas Hütte hinüber. Er blickte forschend durch den Dunst der Traurigkeit, der ihr Gesicht umhüllte, und war erleichtert, einen Anflug von Humor in ihren rot umrandeten Augen zu sehen.

„Sehr weitsichtig von dir", stimmte sie zu. „Aber wir haben zwei wütende Männer. Als ich Grigols Hütte verließ, berichtete Schota ihm, daß Noe seine Ehre in den Schmutz gezogen habe. Du weißt, was das für einen Bergbewohner bedeutet. Die Ehre bedeutet ihm alles, aber Noe hat ihn eines unerhörten Verbrechens angeklagt. Noe ist mit den Worten, die er wählt, überhaupt nicht vorsichtig. Wie können wir jetzt ein Blutvergießen verhindern?"

„Laß mich mit Grigol sprechen." Peter ließ sie allein auf dem Weg stehen und war froh, sein glühendes Gesicht abwenden und einen Augenblick den kühlen, dunklen Schatten, den die Hütten warfen, suchen zu können.

Peter war über das rege Treiben in Grigols Hütte überrascht. Zwei alte Frauen falteten in der Ecke ein Leinentuch zusammen und kicherten und plapperten. Loma rannte die Treppen hinauf und hinunter, und Schota und Grigol unterhielten sich so ruhig, als besprächen sie nur, was sie dieses Jahr bauen wollten.

Als Peter näher kam, hob Grigol, ohne zu zögern, seine goldenen Augen: „Du siehst also, was passiert ist", sagte er. „Bist du für mich oder gegen mich?"

„Was hast du getan?" fragte Peter.

„Das weißt du. Ich habe geheiratet. Wie jeder andere Mann auch!" antwortete Grigol.

„Geheiratet in deinen Augen — und wie sieht sie es?"

„Genauso. Ich hatte ihre Einwilligung. Erzähl mir nichts von deinen molokanischen Bräuchen. Sie gelten für uns nicht. Außerdem ist es zu spät..." Er nickte zu den alten Frauen hinüber, die, als sie den Fremden sahen, sich keck verbeugten und ein grauweißes Bettlaken in gespielter Feierlichkeit hochhielten. Peter erblickte einen rotverschmierten Fleck, bevor das Laken so zerknittert wurde wie die zwei alten Gesichter, die sich darüber beugten. Sein Herz pochte laut, und er fühlte, wie in ihm ein heißer Blutschwall aufflutete. Er konnte einen langen Augenblick nichts sagen, während Grigol sich auf einen der dreibeinigen Stühle lümmelte und mit seinen Beinen schaukelte und dabei Peter beobachtete.

„So", brachte Peter endlich hervor und achtete darauf, seine Stimme zu beherrschen. „Ist sie glücklich?"

Der Blick wilder Freude, der über Grigols Gesicht entflammte, verging schnell, aber ein sanftes, beständiges Licht blieb in seinen Augen, so daß er sich abwandte und aus dem Fenster schaute.

„Es geht ihr sehr gut", sagte er ruhig. „Aber noch bevor der Abend hereinbricht, habe ich das Blut ihres Bruders an meinen Händen."

„Verstehe. Du liebst sie so sehr, daß du dein Leben mit ihr damit beginnen willst, daß du sie traurig machst. Ich hatte eine bessere Meinung von dir, Grigol."

„Ich habe keine andere Wahl. Ich wollte die Frau in Ehren heiraten. Ehrbar nach *jedem* Maßstab! Dann belohnt ihr Bruder, den ich gut behandelt habe – genau genommen sogar sehr großzügig – mir meinen guten Glauben mit Beleidigungen. Ich habe keine andere Möglichkeit, als diese Herausforderung anzunehmen."

„Es gibt eine andere Möglichkeit."

„Nein, Peter." Grigol sprach langsam und ernst. „Es ist nicht mehr aufzuhalten. Er hat meine Frau beleidigt, meine Ehre beleidigt – und hat es so getan, daß es das ganze Dorf weiß. Er kann keinen Rückzieher mehr machen, und ich auch nicht."

„Es gibt eine andere Möglichkeit."

„Hör doch zu. Was kann ich denn tun?" Grigol war immer noch ruhig, als erkläre er einem Kind etwas. „Ein Mann kann in den Bergen nicht leben, ohne seine Ehre zu verteidigen. Mit dem Dolch. Ich habe das nicht gewollt, aber ich stehe Noe zur Verfügung, wenn er kommt, um seine Schwester zu rächen."

Peter lächelte ruhig, als Grigols Groll wuchs. „Ich glaube nicht, daß er so schnell kommt", erklärte Peter. „Ich habe ihn in Schotas Hütte festgebunden. Er geht heute morgen nirgendwohin..."

„Du beleidigst ihn! Ihn und mich!" Grigol fauchte die Worte heraus, und Peter trat einen Schritt zurück und war über seine Wut entsetzt. „Es ist nicht deine Sache, ihn aufzuhalten. Soll er doch kommen! Klären wir die Angelegenheit! Ich habe nichts Unrechtes getan, und ich bin bereit, meine Ehre vor meinem Volk zu verteidigen."

„Warte eine Minute, Grigol. Dein ganzer Lebensweg hat sich geändert. Das weißt du. Es gibt eine andere Möglichkeit. Denk doch einmal nach. Erinnere dich, wie es deine Seele gequält hat, als du das letzte Mal nach den Sitten deines Volkes gehandelt hast. Oh ja, du hast deine Ehre verteidigt! Aber erinnere dich, wie es dir deinen Seelenfrieden geraubt hat. Erinnere dich an Tetrua."

Grigols Kopf flog mit wilder Gewalt zurück, und die Venen und Sehnen auf seinem starken, dicken Hals traten hervor.

„Du kommst mir damit?" knurrte er ihn an. Peter blinzelte in Grigols Gesicht, in dem der Zorn immer größer wurde. Aber er ließ sich nicht erschüttern.

„Ich komme dir damit, weil dir der Schmerz darüber abgenommen wurde, wie du sehr wohl weißt. Wenn du Christus nachfolgen willst, mußt du ihm mit deinem ganzen Herzen nachfolgen. Du verläßt deinen Vater, deine Mutter, dein Volk und seine Bräuche und tust seinen Willen — keinen anderen. Und sein Wille in dieser Angelegenheit ist, daß du Noe vergibst, seinen Ärger besänftigst."

„Besänftigen?" Grigols Tonfall war vor unterdrückter Wut leise und angeschwollen — oder war es aus Ehrfurcht? „Ehre ist das Lebensblut meines Stammes. Du erwartest von mir, daß ich sie aufgebe, um jemanden zu besänftigen, der etwas Falsches getan hat?"

„Ja", antwortete Peter ruhig. „Wurde nicht genau das für dich getan?"

Grigol ging mühsam ans Fenster hinüber, lehnte sich hinaus und atmete die Luft über der vom Morgen gekühlten Straße tief und schwer ein. Als er sich umdrehte, war sein Gesicht friedlich und entschlossen. Er bewegte die Daumen und Finger seiner großen, geschickten Hände, als lechze er danach, etwas zu tun. Aber seine Augen waren klar und fest.

„Sag mir, Peter. Sag mir, was er verlangt. Ich werde es tun."

„Hier liegt keine Schuld vor, Grigol. Nur ein Problem. Für dich und Nina ist dieses Problem Noes Ärger. Wenn du sie vielleicht in einer kirchlichen Zeremonie heiraten würdest —"

„Ein Brauch. Kämpfen wir nicht genau dagegen an? Du verwirrst mich!"

„Warte doch. Du hast eine orthodoxe Frau geheiratet und dabei die Bräuche deines Volkes eingehalten — damit sie verstehen, daß ihr vor Gott eins seid. Aber du hast sie nicht so geheiratet, daß ihr Volk das verstehen kann. Wenn du das tust, kann das nur das Band zwischen euch verstärken und das Hin- und Hergerissensein in Ninas Herz lindern. Außerdem würde Noes Ärger damit der Boden entzogen. Aber wenn du das tun willst, mußt du Blutfehde- und Rachegedanken den Rücken kehren."

„Ah ja. Und in den ganzen Bergen als Feigling gebrandmarkt werden!"

„Vielleicht. Frage dich selbst — was der Liebe Christi am besten dient — und der Liebe — deiner Frau!"

Grigol schwieg einen Augenblick und brütete nach. Dann wischte ein schnelles Hochziehen seiner Augenbrauen die ganze schmerzliche Spannung aus seinem Gesicht. „Binde Noe am besten los", riet er. „Es wäre für ihn eine Schande, wenn er so, wie er jetzt ist, mit mir sprechen müßte."

Schota begleitete sie zurück zur Hütte. Er hatte einen argwöhnischen Gang und schwang seine Arme in einer Verteidigungshaltung. Sein mürrischer Gesichtsausdruck verriet, daß es ihm nicht gefiel, wie die Dinge liefen. Grigol dagegen wirkte fröhlich — als wäre er von einem großen Druck befreit. Peter erkannte, daß er ein moralisch unbekanntes Gebiet betrat, das genauso spannend war wie das Unbekannte verlorener Täler oder verborgener Städte. Erniedrigung vor einem Feind oder jeder andere Kompromiß in einer Ehrensache waren die tiefste Verletzung des Ehrenkodexes der Chewsuren. Doch Grigols ganzes Sein ließ sich vorbehaltlos auf diese neue Vorstellung von Vergebung ein, und sein Gesicht strahlte mit einer kämpferischen Bereitwilligkeit.

Als sie die Hütte erreichten, stellten sie fest, daß Noe bereits losgebunden war und vor der Hütte in ein ernstes Gespräch mit Nina verwickelt war. Sie redete mit schnellen, abgehakten Gesten auf ihn ein. Als er Grigol erblickte, spannten sich Noes Muskeln an, und er griff nach seinem Dolch. Er sprang zurück in Richtung der niedrigen Mauer des Viehschuppens. Nina zuckte gewaltsam zurück und macht einen Satz auf ihn zu. Dann erstarrte sie. Das weiß funkelnde Metall in der Hand ihres Bruders zog ihren Blick wie ein Magnet an. Peter konnte fühlen, wie sie erschauderte, als er sie an der Schulter packte und wegzog. Das Mädchen, Mzia, das plötzlich aus dem Nichts auftauchte, fing an, an ihrem Rock zu zerren.

„Leg den Dolch weg, Noe", bat Peter. „Wir sind hier, um über eine Lösung zu sprechen."

„Ein wenig spät für Lösungen", fauchte Noe.

Er tat einen Satz nach vorne; in einer schnellen, bedrohlichen Bewegung war ein silbernes Funkeln zu sehen, aber der Stoß wurde von Nina aufgefangen. Sie schnappte nach Luft, und ein weiter Schnitt an ihrem Ärmel entblößte die weiße, rundliche Form ihres Armes. Grigol trat schlagartig in Aktion und führte seine Waffe mit maschinenartiger Genauigkeit. Ein schnelles Stampfen von Füßen, und die zwei Männer standen einander gegenüber und umkreisten sich wie Wölfe. Ihre Schenkel waren in den Knien gebeugt, und die starken Sehnen spannten sich so kräftig an, daß sie unter dem Stoff ihrer Hosen sichtbar wurden.

Sie hatten kein Geräusch von sich gegeben, aber plötzlich säumte eine Menschenmenge den Platz vor Schotas Hütte. Peter war erstaunt. Es war, als seien die Zuschauer aus den klaffenden Spalten in der schlecht isolierten Steinmauer gekrochen. Männer, Frauen, Kinder scharten sich in ihrer Festtagskleidung um sie. Die Männer drängten sich in die vorderen Reihen des Gewühls vor, und ihre Panzerungen glänzten rötlich, als die Sonne über die Berge stieg. Die Frauen trugen auch ihre besten Kleider – farbenfrohe Schleier, vornehme Stickereien, Silbermünzen tanzten auf jeder Seite ihres Gesichts. *Festtagskleidung*, dachte Peter. Dann begriff er mit einem leichten Schrecken, daß es ein Fest war – Grigols Hochzeitstag.

Peter wandte sich wieder den zwei Kämpfern zu. Noe hielt seinen Dolch in einer aggressiven schrägen Stellung und war bereit, ihn Grigol mitten in den gebeugten Körper zu rammen. Aber der ganze Winkel in der Haltung des Chewsuren war auf die Hand und den Arm seines Feindes ausgerichtet, und nicht auf irgendeine lebenswichtige Körperstelle. *Er entblößt sich selbst*, dachte Peter nervös. *Das ist sinnlos.* Ein Scheinangriff, ein Stoß — kein Blut — noch nicht. Die Menschenmenge murmelte. Peter schaute sich eilig um. Ein Stück Holz — irgendetwas, das man zwischen diese zwei Verrückten schieben könnte! Aber alles, was er sah, war die drängende Ansammlung von Chewsuren — funkelnde Rüstungen, leuchtende Farben, Gesichter, in denen sich eine freudige Erwartung widerspiegelte. Einige Frauen breiteten schwarzrote Teppiche auf dem Boden aus. Über das Gesicht einer alten Frau zog sich ein breites Lächeln. Sie stieß einen jugendlichen, pfeifenden Ton aus, als Noe mit einem raschen Sprung zur Seite Grigols kräftigem Stoß auswich. Dann zerriß in einem hohen, durchdringenden Schrei die Luft.

Man sah das Schimmern eines blauen Seidentuchs. Und plötzlich war die junge Mzia da und kniete zwischen den zwei Männern. Ihr entblößter Kopf war gebeugt, und ihre langen, eng geflochtenen schwarzen Zöpfe fegten durch den Staub. Beide Männer starrten auf den blauen Schleier, als habe sich vor ihren Füßen eine Spalte in der Erde aufgetan.

Erschrocken schaute Peter Grigol an.

„Es ist ein heiliges Gesetz", erklärte der Chewsure. „Wenn eine Jungfrau sich entblößt, indem sie ihren Schleier herunterreißt und sich zwischen die Feinde wirft, können sie nicht mehr weiterkämpfen. Aber es ist eine Schande für sie, sich zu entblößen."

Peter konnte sehen, daß das stimmte. Mzias junges Gesicht hatte ein leuchtendes Rot angenommen, und sie zitterte am ganzen Leib. Nina stieß einen leisen Ton der Besorgnis aus, hob schnell den Schleier hoch und deckte ihn über die glänzenden Zöpfe des Mädchens. Dann trat sie auf Noe zu und hielt sich ihren aufgeschlitzten Ärmel zusammen.

„Schau, was du getan hast. Gehen wir jetzt hinein", bat Nina mit einem schnellen Blick auf die Neugier in den Gesichtern um sie herum. „Wir legen die Dolche auf den Tisch und sprechen wie vernünftige Menschen miteinander." Zu Peters Überraschung gab Noe mit einem beschämten Blick seine Waffe ab. Grigol schritt mit funkelnden Augen zum Tisch hinüber und begrub mit einem lauten Schlag, bei dem Nina erschrocken hochsprang, seinen Dolch in dem weichen Holz. Peter folgte ihnen. Sie wirkten plötzlich alle schlaff, als die Anspannung der Angst und Wut von ihnen wich.

„Wir haben einen Plan", verkündete Peter zuversichtlich. Er schwieg. Einen Plan? Sein Verstand lief auf Hochtouren, während er immer noch mit sicherer Miene dem Blick der anderen standhielt. *Herr, hilf mir*, betete er. *Was um alles in der Welt soll ich nur sagen?*

„Grigol hat sich großzügig bereit erklärt, uns über die Berge zu begleiten. Natürlich kommt Nina auch mit. Wir kommen auf unserem Weg durch Ananuri — dort gibt es bestimmt einen Priester. Vielleicht, ich hoffe, ... das heißt, ich nehme an, daß er Grigol und Nina trauen wird." Peter warf einen warnenden Blick auf den Chewsuren. „Und wir können alle das Gefühl haben, daß unsere Wünsche berücksichtigt wurden." *Außer meinen*, dachte er mit einem schnellen Blick in Ninas strahlendes Gesicht. „Immerhin, Noe, hat Grigol einen Brautpreis bezahlt. Und wenn sie in der Kirche heiraten — was willst du noch mehr? Stellt dich das zufrieden, daß wieder Frieden unter uns allen einkehren kann?"

Peter zögerte, als er in die Runde blickte. Grigols Miene war in wilder Entschlossenheit unbeweglich; Noe wankte und wurde sanfter; Nina sah absurd glücklich aus; und die kleine Mzia war immer noch eine leuchtende Fackel vor Scham. Peter sah, daß er gewonnen hatte. Sie würden die Berge im Frieden verlassen, Grigol und Nina würden heiraten, und er würde seines Weges gehen — und das Eisen mit sich tragen, das in seine Seele eingedrungen war. Sein Blick streifte Mzias gebeugten Kopf — deren Gesicht unter dem blauen Schleier ganz rot war. Er würde sich daran erinnern — würde sich an den Preis, den die Schande kostete, erinnern.

* * *

Ihre Pläne sahen vor, das Tal Anfang nächster Woche zu verlassen. Bevor der Tag verstrichen war, änderten sich diese Pläne aber. Bis zum Abend war klar, daß Irina und Zwiad nirgends im Dorf zu finden waren. Ein Bauer teilte ihnen mit, daß der Mann in dem dunklen Anzug sein Maultier gekauft hatte, um darauf Vorräte zu transportieren. Er nahm an, daß er noch an diesem Tag seinen Marsch über die Berge angetreten hatte. Ja, an diesem Tag. Nein, er hatte keine Frau bei sich.

Sie durchsuchten das Dorf und den Wald und die felsigen Ausläufer, die über den weiß gewaschenen, armseligen Hütten thronten. Keine Irina. Nach Sonnenuntergang trafen sie sich bei der Schmiede — sie waren müde und wütend, und sie wichen Noes Blick aus.

„Ich fürchte", sagte Grigol, „daß wir verraten wurden. Wenn das so ist, lauern auf der Straße nach Tiflis vielleicht Wachposten. Wir müssen die Heerstraße meiden und die verborgenen Pfade in den Bergen benutzen. Wir brechen bei Tagesanbruch auf."

13. Die teure Rettung

Der Pfad schnitt sich in den Berg, ohne auf Winkel oder Erhöhungen Rücksicht zu nehmen. Der schnellste Weg, sagte Grigol — und nach Osten, nicht nach Süden, wo man sie erwarten würde. Peter paßte seine weit ausholenden Schritte dem Trott des schönen Braunen, Ninas Brautpreis, an. Außer dem sturen, kleinen Maultier war es das einzige Tier, das sie bei sich hatten. Ihre Hoffnung hatten sie nicht auf Geschwindigkeit gesetzt, sondern darauf, unbemerkt zu bleiben und sich klug die wenig bekannten Wege auszusuchen. Zwiad und Irina hatten bereits einen ganzen Tag Vorsprung vor ihnen.

Sie brachen in der Morgendämmerung auf, während sich der rote Rand der Sonne hinter den rostfarbenen Kanten hervorstahl und eine helle, feurige Linie zwischen den Berggipfeln und dem immer noch dunklen Himmel bildete. Sie stiegen hintereinander hinauf — Grigol zuerst, hinter ihm Nina und Loma, danach Noe, der das Pferd führte, und Peter bildete den Schluß. Wo der Weg eben genug war, setzten sie den Jungen auf das Pferd und beschleunigten ihren Schritt.

Grigols Plan war, weit nach Osten abzuweichen und dann einen Bogen zurückzuschlagen und auf den schmalen Ziegenpfaden, die sich an den Bergen hinabschlängelten, unbemerkt nach Ananuri zu kommen. Ihr Weg führte sie immer tiefer ins Innere des Gebirges, wo sich Kämme, Steilwände und gezackte Felsketten, kleine Dörfer und tiefe Schluchten abwechselten.

Am Abend machten sie am Rand eines Steilhangs Rast. Sie zitterten im eisig kalten Wind, der von den Schneefeldern herunterwehte und aus jeder Spalte und jeder Lücke in den Bäumen oder Felsen einen Jammergesang anstimmte. Nina und Loma zogen sich hinter einen Vorsprung zurück, als Peter näherkam. Ihre Wangen waren von dem peitschenden Wind ganz rot. Weit unter ihnen grub sich ein langes Tal in die Berge, das nach Süden hin breiter wurde. Smaragdgrüne Weiden flankierten einen Fluß, der weiter unten zwischen blühenden Kirschbäumen dahinfloß. Die untergehende Sonne färbte die Blüten rosa, als hätte sich eine leuchtende Wolke auf dem Talgrund niedergelassen. Aber grauweiße Rauchschwaden zeigten, daß unter dieser Luftmasse Menschen lebten. Peter konnte sehen, wie Grigol vor Vorsicht ganz angespannt war.

„Da unten ist ein Dorf", sagte Grigol leise. „Wir gehen weiter Richtung Norden." Er nickte zu den in die Höhe ragenden Stellen des am Abhang gelegenen Dorfes hinüber und führte sie auf dornigen, waghalsigen Steigen hinab. Ein Kieselhagel ergoß sich über sie, als ein paar Bergziegen über ihnen aufstiegen. Dann hörten sie den Fluß, der breit und seicht über ein gesprenkeltes Felsbett plätscherte. Auf der anderen Seite, die genauso felsig war, befand sich eine Schäferhütte. Die schiefe Übereinstimmung der Hütte mit dem Land, die Beugung ihres Grasdachs und ihre gerundeten Steinwände erweckten den Eindruck, als sei sie wie ein Pilz von selbst neben dem Fluß aus dem Boden gewachsen.

„Hier bleiben wir über Nacht", erklärte Grigol. „Hier kann man unser Feuer vom Dorf aus nicht sehen."

Das Feuer war allen sehr willkommen. Die Gletscherspalte an der Spitze des dreieckigen Tales war lange, bevor die Kirschbäume unter ihnen ihren rosigen Glanz verloren, dunkel und kalt. Nach dem langen Tag in den unwegsamen Bergen kam ihnen die tröstende Gegenwart der Wände, die sich um sie schlossen, das Knistern der Holzscheite, die nach Tannen dufteten, und die zarte Berührung der vom Feuer erwärmten Luft als unglaublicher Luxus und Segen vor.

Peter war todmüde, aber die Unruhe ließ ihn nicht einschlafen, und er starrte noch lange, nachdem sich Loma in seiner Ecke zusammengerollt hatte, in die Glut. Draußen begann ein Vogel in den Büschen hinter der Hütte zu singen – in seinem Lied steckte viel Schmerz und Freude und der Glanz der Sterne. Peter ging zur Tür und lauschte auf das Anschwellen und Abklingen der Melodie über dem Plätschern des Flusses. Ein Mond mit einem ikonenähnlichen Gesicht ließ seine ganze Fülle in die dunkle Schlucht sinken und beleuchtete mit seinem Glanz den Fluß. Dabei entfachte er in der Wolke aus Kirschblüten unter ihnen ein blasses Licht.

Nina und Grigol gingen am Fluß entlang spazieren und unterhielten sich ruhig. Seine Augen folgten ihnen, bis sie stehenblieben. Grigol legte seinen Arm um sie, und sie wandte ihm den Kopf zu. Ein weißer Anflug von Eifer erhellte ihr Gesicht, und Peter zog sich aufgewühlt in die dunkle, nach Lehm riechende Schäferhütte zurück.

* * *

Am nächsten Tag war der Weg leichter, da der Boden flacher und breiter wurde und genug Raum für Schafherden und Dörfer bot. Die Festung Ananuri lag über zwei Tälern. Ihre alten Zinnen boten einen Blick über eine weite, wellige Hügellandschaft, die sich hinter ihr erstreckte.

Die Reisenden umschritten gegen Mittag die mit Zinnen versehenen Mauern und betraten die Stadt in der Nähe der Kirche Mariä Himmelfahrt. Diese Kirche aus dem siebzehnten Jahrhundert war aus goldgelben Steinen gebaut und funkelte herrlich unter der hochstehenden Sonne. Ihr kegelförmiger Turm ragte in das Grün der Berge, ihre Fassade war mit einem Reliefkreuz aus verzweigten Weinstämmen verziert, die von zwei angeketteten Löwen getragen wurden. „St. Ninos Kreuz", erklärte Noe ihnen. Tollende Dämonen hockten über den zwei Bogenfenstern und warteten darauf, nach den reifen Früchten zu schnappen.

Sie stiegen den Hügel hinter der Kirche bergauf. Alles an der Stadt und ihrer Lage zeugte von zwei Welten — die Spuren von Menschenhand und Meißel auf Stein und die Spuren des Windes auf dem Berg; das neue Wachstum auf den Hügeln und die abgetretenen Steine auf den Straßen; ein runder, flacher Laib *Lawasch* in einer Kinderhand und das tief eingeschnittene Relief einer Scheibe, über der ein Kreuz stand.

Die Straße war von ehemaligen Badehäusern gesäumt, aber eines war in ein Teehaus mit einem kühlen Schatten hinter dem Haus, wo Speisen und Getränke serviert wurden, umgewandelt worden. Sie traten durch den grünen Torbogen. Ihr lebhafter, kahlköpfiger Gastwirt war ein gesprächiger Mann, ließ aber in seinem bereitwilligen Wortfluß genügend Pausen, nur für den Fall, daß sie geneigt wären, die Neugier seiner haselnußbraunen Augen zu befriedigen. Nein, in den letzten Tagen seien keine anderen Fremden in der Stadt gewesen, berichtete er. Ein Priester? Ja, es gebe einen Priester in der Kirche Mariä Himmelfahrt. Seine braunen Augen betrachteten sie der Reihe nach fragend. Dann verschwand er in dem dunklen Eingang seines winzigen Restaurants und erschien wieder mit zwei Flaschen Rotwein.

„Ein Priester", sagte er lächelnd, „bedeutet entweder ein freudiges oder ein trauriges Ereignis. In beiden Fällen braucht ihr etwas, das euch stärkt." Grigol verbeugte sich dankbar, und sie teilten Weingläser aus, während ihr Wirt einen herzhaften Lammeintopf, Reispilaw und *Lawasch*scheiben auftrug. „Um euch für eure religiösen Pflichten zu stärken", bemerkte er, wobei die ungestillte Neugier immer noch in seinen Augen funkelte. Er zuckte mit den Schultern, als ihre einzige Antwort ein herzlicher Dank war.

Während Peter und Nina später ein Glas starken schwarzen Tee nach dem anderen tranken, begaben sich Grigol und Noe auf die Suche nach dem Priester. Als sie eine Stunde später zurückkehrten, war Grigols Blick finster, und Noes Brauen waren zu einem Runzeln zusammengezogen. Nina senkte sofort den Blick auf die dunkle Flüssigkeit in ihrem Glas.

„Es ist nicht leicht, bei diesen Christen zu heiraten", bemerkte Grigol. *Er muß sehr müde sein*, überlegte Peter voller Mitgefühl. *Er macht sich nicht einmal die Mühe, seine Gefühle zu verstecken.* Seine nach unten gezogenen Lippen, die hängenden breiten Schultern, seine verkrampften Hände, sein ganzer Körper zeugte von bitterer Enttäuschung.

„Es ist nicht unmöglich", erklärte Noe. „Aber es gibt Hindernisse. Wenn es klappt, dauert es Wochen." Peter war erleichtert, als er sah, daß Noe ruhig an die Sache heranging. *Er sieht ein, wie weit Grigol für ihn von seinem vorgegebenen Weg abgewichen ist*, bemerkte Peter.

„Vielleicht", sprach Noe weiter, „wäre es am besten, wenn wir zuerst nach Tiflis gehen, damit Peter seines Weges ziehen kann. Damit schließen wir eine Gefahr aus. Danach können wir zurückkehren und uns um die Hochzeit kümmern."

„Was ist, wenn sie uns nicht trauen?" fragte Grigol trostlos.

Niemand antwortete.

* * *

Sie beschlossen, sofort aufzubrechen, und hofften, bis nach Mtscheta zu kommen. Grigol war jedoch entschlossen, nicht in der Stadt zu bleiben. „Wir verbringen auch die nächste Nacht im Freien, wo wir von fremden Augen und Ohren unbeobachtet bleiben."

„Zwiad ist kein Verräter", protestierte Noe. „Warum sollte er Peter seine Papiere geben, um ihn dann hereinzulegen? Aber wir tun, was du sagst. Lieber zu viel Vorsicht als zu wenig."

Als sie Ananuri wieder verlassen wollten, war Peter erstaunt, als er eine schwarze Gestalt sah, die sich aus dem Schatten der Burg löste und auf sie zuhuschte. Es war eine Frau in einem moslemischen Purdah. Schlagartig riß sie den Schleier weg, und die volle Kraft der Nachmittagssonne fiel auf ihr Gesicht. Aber Peter brauchte einen Augenblick, bis er dieses Gesicht wiedererkannte. Irina! Es waren erst zwei Tage vergangen, seit er sie zum letzten Mal gesehen hatte, aber er wollte seinen Augen nicht trauen, so verändert sah sie aus. Rauchige Ringe überschatteten ihre Augen, und das Fleisch ihres Gesichts hatte abgenommen, wie wenn ein heißer, innerer Gärstoff die Haut unter ihren Backenknochen nach innen gesaugt hätte.

„Ich bin gekommen, um euch zu warnen", sagte sie an Grigol gewandt. „Die Gendarme in Mtscheta sind vorgewarnt. Kosaken werden Flüchtlinge auf der Straße suchen."

„Zwiad!" murmelte Peter. „Du hattest also recht, Grigol! Einen Märtyrer, hat er gesagt ... "

Grigol schwieg und ließ die Frau, die vor ihm stand, nicht aus den Augen. Sie senkte den Blick und huschte an ihm vorbei in das Zwielicht des engen Durchgangs. Sie schien zu schwanken und wich Noes unverwandtem Blick und seinen leicht verzogenen Lippen aus. „Geh mit uns", lud er sie mit einer höflichen Geste ein. Sie schloß sich ihrem Tempo an, hielt aber ihre Gedanken genauso wie ihren in den Purdah gekleideten Körper vor ihnen verhüllt.

Sie marschierten an Wiesen und Weideland vorbei und hielten sich immer im Schatten der Berge. Dichtes, grünes Gras bedeckte sogar die felsigen Stellen, und das Silber der Bäche und Quellen durchzog das Land. Nachts stießen sie auf einen idyllischen Lagerplatz, der zwischen einem plätschernden Bach und Büschen, die einen Halbkreis bildeten, lag. Über ihnen raschelten leicht die Pappeln, und die Luft war warm und angenehm. Trotzdem waren sie unruhig und in ihren Gesprächen zurückhaltend und vorsichtig darauf bedacht, das Feuer ausgehen zu lassen, damit sie schlafen könnten. Irina blieb für sich. *Will sie damit Noe bestrafen oder sich selbst?* fragte sich Peter. Ihre starre Haltung und ihre Blicke, mit denen sie sich immer wieder umsah, versetzten alle in Alarmbereitschaft.

Während des Tages vergaßen sie aber die Ängste der Nacht und marschierten leichten Schrittes weiter und legten am Vormittag mehrere *Werst* zurück. Als sie auf eine Hauptstraße stießen, hielt Grigol an und überlegte.

„Wir müssen allmählich wieder den Bogen zurück nach Westen schlagen, wenn wir irgendwo in der Nähe von Tiflis herauskommen wollen", erklärte er. „Aber ich zögere, so offen am Tag zu reisen."

„Wir sind immer noch weit von der Stadt entfernt — und von Mtscheta. Sparen wir uns unsere Sorgen bis dahin", erwiderte Noe. „Unsere Gefahr, wenn es überhaupt eine Gefahr gibt, kommt aus dem Süden und dem Osten, wir sind also in der Lage, alle etwaigen Reiter zu sehen und zu reagieren."

Grigol betrachtete ihn ernst. „Das hängt alles davon ab, wo wir erwarten können, daß sie uns suchen — und das hängt davon ab, wieviel sie wissen. Was macht dich so sicher, daß sie aus dem Süden kommen?"

„Denk doch einmal nach. Mtscheta liegt unterhalb von uns. Zu Fuß kommt Zwiad vielleicht gerade erst dort an. Außerdem kann er nicht mehr wissen, als daß wir uns irgendwo zwischen Chewsuretien und Tiflis befinden. Ich habe diesen Weg schon tausendmal zurückgelegt. Je früher wir in die Stadt kommen, um so besser."

„Trotzdem halte ich es für besser, wenn wir uns erst einmal umsehen", erklärte Grigol. „Die Frauen können mit Loma und den Tieren hier bei der Wiese bleiben. Wir peilen schnell die Lage und entscheiden dann. Es widerstrebt mir, mich auf einer Straße erwischen zu lassen, die von Pferden benutzt werden kann, von vielen Pferden sogar." Er drehte sich schnell um und marschierte mit seinem Jägerschritt davon, der kaum den Staub auf der Straße berührte. Er blieb abrupt stehen, drehte sich dann um und stürmte an Peter und Noe, die ihm gerade folgen wollten, vorbei. Er legte die Hand auf Ninas Arm. „Meine Frau", sagte er sanft, als wolle er sie unterweisen. „Meine rechtmäßige Ehefrau."

Die Straße lief eng an den sich überlappenden Hügeln entlang, die sich vor ihnen ausbreiteten, aber in der Ferne konnten sie sehen, wie sie auf eine Erhebung hinaufführte, die ihnen einen Blick über viele *Wersts* erlauben würde. Als sie dort ankamen, stellten sie fest, daß zwei Schäfer desselben Weges zogen — einer von ihnen war ein alter Mann mit einer großen *Astrachan*mütze, der andere war noch ein Junge. Die Messingglocken am Hals ihrer Schafe klingelten bei der rollenden, ruckartigen Bewegung, als die Herde die drei Männer mit einer wollenen Flut umringten.

Die Flut legte sich, und gleichzeitig bemerkte Peter ein anderes Geräusch — das Donnern von Hufen, das sich ihnen von hinten näherte. Sie wirbelten herum und suchten irgendwo Deckung, aber es war zu spät. Mehrere berittene Kosaken, die ihre Gewehre angelegt hatten, umringten sie. Die Körper der Pferde bildeten eine Mauer, die so nah war, daß Peter winzige Schweiß- und Speicheltropfen fühlen konnte, die der Wind zu ihm herübertrug. Er mußte sich fast den Hals ausrenken, um den Mann zu sehen, der in einem befehlenden Baß laut „Halt" rief. Er war überrascht, einen kräftigen, rundlichen, kleinen Mann zu sehen, der mehr wie ein Bürokrat aussah als wie ein Soldat. Peters Hand tastete nach den Papieren in seiner Brusttasche — würden sie ihm helfen oder ihn verurteilen? „Das hat mit euch nichts zu tun", erklärte er Grigol und Noe mit ernster Miene. „Ihr könnt nichts mehr für mich tun."

Der rundliche Befehlshaber berührte seinen Schnurrbart, der so scharfkantig wie eine Eisspitze war, und betrachtete jeden von ihnen mit einem langen Blick. Grigols Gesicht war beherrscht und unbewegt, und Peter fühlte, wie seine eigenen Gesichtszüge steif wurden. Aber die hellblauen Augen gingen an ihm vorbei und blieben an Noe hängen.

„Ich habe hier einen Befehl", knurrte der Kosake. „Ich soll den Terroristen und Subversiven Noe Tscheidse verhaften."

* * *

Nina hielt sich die Hand als Schild vor der im Osten stehenden Sonne an die Stirn und strengte ihre Augen an, um das verschwommene Treiben, das auf der Wiese herrschte, auszumachen. Reiter, viele Reiter. Sie kauerte hinter den Büschen am Rand der Wiese und zog Loma nahe an sich heran. Sie warf einen Blick zurück auf Irina, die ebenfalls die Szene beobachtete — aufmerksam, so aufmerksam. Nina sah, wie ihr Gesicht weiß wurde. Warum brachte der Verrat an Peter diesen toten Blick in Irinas Augen, und warum kamen die Kosaken aus dem Norden und nicht, wie Irina gesagt hatte, aus Mtscheta?

Irina, deren Hand am Zaumzeug des Pferdes lag, ging ein paar Schritte auf die Reiter zu und stand wie eine schwarze Säule am Rand der Wiese. *Sie hat keine Angst!* dachte Nina, als sie die großen, geschmeidigen Formen von Irinas Körper sah. Dann schluckte sie ihre eigene Angst hinunter, als eine Gruppe von zwanzig Reitern die schlanke Gestalt umringten. Ein kleiner Mann sprach mit ihr, ein kleiner Mann mit einer Stimme wie ein Stier und einem Schnurrbart, der wie ein gebogener Draht nach oben stand. Er befragte sie, und Irina schüttelte vehement den Kopf. Der dünne Schnurrbart wand sich in einem höhnischen Lächeln nach oben; dann gab der Anführer der Kosaken mehreren seiner Männer ein Zeichen, bog auf die Straße ein und folgte Grigol, Peter und Noe und ließ die übrigen auf der Wiese warten.

„Feiglinge!" schrie Irina.

„Feiglinge!" kam das Echo aus Lomas Mund, als er nach vorne stürmte und nur an die Gefahr dachte, in der sein Vater sich befand.

„Nein!" schrie Nina und packte den Jungen am Hemd. Irina sprang auf das Pferd, und der Braune galoppierte zwischen Nina und Loma hindurch. Nina holte scharf Luft, als sie einen Blick auf Irinas bleiches Gesicht warf. Es war verzerrt, als hätte eine Hand die dunklen Linien ihrer Gesichtszüge mit einer grausamen Berührung verschmiert. *Ein solcher Schmerz und eine solche Trauer!* Jetzt wußte Nina warum.

„Feiglinge!" kreischte Loma, wild vor Angst um seinen Vater. Nina sprang mit einem Satz auf ihn zu und griff verzweifelt nach seinen Kleidern. Ein Fetzen seines Hemdes blieb in ihrer Hand zurück, als ein grinsender Kosake den Jungen schnappte und sein Pferd zu einem wahnsinnigen Galopp anpeitschte. Nina streckte schreiend die Arme aus und lief unbeholfen über den unebenen Boden. Mit schrillen Rufen schlossen sich die übrigen Reiter in einem wirbelnden, donnernden Kreis, der einen erstickenden Staub aufwühlte, ihrem Kameraden an.

Nina drehte sich verwirrt um, und ihre Augen wollten ihr aus den Höhlen treten, als sie sich bemühte, den Jungen nicht aus dem Blick zu verlieren. Der erste Reiter hatte Loma aus seiner Umarmung auf den Sattel des Pferdes eines zweiten Kosaken geschleudert. Loma sah verwirrt aus, und seine flinken, kleinen Hände versuchten verzweifelt, sich irgendwo festzuhalten. Nina stieß wieder einen Schrei in die stauberfüllte Luft aus. Sie konnte die Staubkörner zwischen ihren Zähnen knirschen fühlen. Ihre Augen wurden weit — wo war er? *Gott hilf uns*, betete sie. Er baumelte an seinem abgewinkelten Knie, und sein Kopf schlug gegen den Stiefel des Reiters! *Gott beschütze ihn!* Der Junge schrie jetzt, und sein Gesicht war rot. In seinen heraustretenden Augen schimmerten die Tränen.

„Lassen Sie ihn los!" rief sie. „Barbaren!" Aber nur ein Reiter hörte sie. Er riß sein Pferd mit einem so abrupten Ruck herum, daß die Hinterbeine des Tieres bei der Drehung Staub aufwirbelten. Er ritt sie um Haaresbreite über den Haufen und griff ihr mit einem böswilligen Lachen an die Brust. Ihr Zwerchfell zog sich mit einem neuen Entsetzen zusammen, aber sie wand sich frei — und suchte immer noch Loma in dem wilden Durcheinander. Ein dritter Reiter hielt ihn jetzt an der Taille. Die Arme des Kindes hingen schlaff nach unten, und sein Kopf wackelte wie der einer kaputten Puppe.

Mit tränennassen Augen stolperte Nina vorwärts in das verheerende Durcheinander um sie herum. Etwas hatte sich verändert. Neue Reiter stürmten jetzt in den Kreis. Nina blieb regungslos stehen. Das waren keine Kosaken. Diese Männer waren Georgier. Wie klug sie manövrierten und hinein- und hinausstürmten und mit den Handgelenken und Knien ihre kleinen, flinken Pferde antrieben. Nina sah, wie einer von ihnen einem stämmigen Kosaken Lomas schlaffen Körper entriß, während ein anderer ein Damaszenergewehr im Anschlag hielt. Ein wilder, tumultartiger Aufstand trieb das wirbelnde Gemenge aus Männern und Pferden auf sie zu. Ein Steigbügel traf sie unter dem Kinn und schlug sie zu Boden.

Benommen drückte sie ihre Wange in das staubige Gras und den Schmutz. *Ich muß etwas sehen*, rief sie sich ins Gedächtnis und drehte unter Schmerzen ihren Körper der Sonne zu. Ihre unermüdlichen Strahlen ließen sie nur verschwimmende, unklare Farben und Formen wahrnehmen. Dann traf der schwarze Schatten eines vorüberfliegenden Pferdehufes ihr Gesicht, und sie fiel in Ohnmacht.

* * *

In einer dämmrigen Bewußtlosigkeit gefangen, glaubte Nina, die Arme, die sie festhielten, seien bekannte, liebevolle Arme; daß das Klappern der Pferdehufe, das ihren Körper durchrüttelte, die Nachricht einer bevorstehenden Freude hinaustrommle. *Grigol!* dachte sie mit tiefer Freude. *Meine Frau, meine rechtmäßige Ehefrau.* Seine Hand auf ihrem Arm hatte alle Freuden, die sie in ihrer kurzen gemeinsamen Zeit miteinander erlebt hatten — jeden Blick, jede zärtliche Berührung –, glühend ineinander verschmelzen lassen.

Nina bewegte vorsichtig ihren Körper. Ein durchdringender Schmerz schoß ihr durch die Schulter und den Nacken und zwang sie, die Augenlider zu öffnen. Ihr Gesicht war in ein schwarzes Hemd gedrückt – ein Hemd, das sie nicht kannte. Ein Gürtel, der mit silbernen Patronen gefüllt war, rieb gegen ihre Wange. Ihr Körper wurde stocksteif und schaukelte unbeholfen im Griff eines Fremden hin und her.

„Aufgewacht, wie ich sehe", erklang eine melodiöse Stimme über ihr. Sie zwang ihren Blick geradeaus und weigerte sich, dieser Stimme ein Gesicht zuzuordnen.

„Der Junge ist am Leben. Schauen Sie dort hinüber. Akaki hat ihn. Er hat ihn den Russen aus der Hand gerissen", sprach die Stimme weiter.

Nina drehte den Kopf zu dem schwarzen Pferd, das neben ihnen hergaloppierte. Sein Reiter war ein kleiner Mann mit vollkommenen Körperproportionen, der in einer ausgezeichneten Haltung auf seinem Pferd saß. In seinen Armen hielt er Loma, dessen blasses Gesicht im Schlaf schräg lag. „Er lebt", murmelte Nina und warf dem Mann über ihr einen dankbaren Blick zu.

Es war ein starkes, schönes Gesicht. Die wie von einem Bildhauer gemeißelten Locken seines grauen Haares umrahmten die tief gebräunten Gesichtszüge unter einer schwarzen Pelzmütze. Graue Augen, die mit dem Leben zufrieden waren, erwiderten unter den schwarzen Augenbrauen ihren Blick. Zwei lange Furchen zogen sich auf beiden Seiten des vollen Mundes durch seine Haut. Die eine zeugte von vielem Lachen und den Freuden der Welt; die andere war ein Grübchen, das das Alter in eine dauerhafte Furche vertieft hatte. Nina drehte ihre Schulter seiner Brust zu und überlegte, wie gefährlich er wohl sei.

Das Land um sie herum hatte sich in freundliche Dörfer und Obstgärten verwandelt. Ebenes Weideland war von den Schatten der hoch oben schwebenden Wolken, die vom Norden heruntergen, wie mit einer Schablone überzeichnet – die Wolken hatten einen feurigen orangeroten Rand und ausgeprägte gelockte Schwänze wie Sagenvögel. Beinahe Sonnenuntergang. Wie lange waren sie schon geritten? Wie sollte Grigol sie je finden?

Die Reiter bogen wieder nach Osten ab und schlugen einen engen Weg ein, der quer durch eine parkähnliche Wiese verlief, auf der wilde Blumen blühten und die von Wald umgeben war. Am Ende der Straße stand ein Steinhaus. Es lag tief am Boden und war von Rosenbüschen und streng geschnittenen Hecken abgeschirmt. Ein geschnitztes Gitter aus weißen Holzbalkonen zierte das zweite Stockwerk wie ein Spitzenbesatz. *So ... zivilisiert,* dachte sie, *ein Herrenhaus, das eines hohen Herrn würdig ist ... Eines hohen Herrn! Es paßt alles zusammen — die berittenen Knechte, die auffällige Silberverzierung an der Kleidung des Mannes, der teure Pelz an Hut und Mantel. Dieser Mann ist ein Adeliger, ein georgischer Eristaw!*

Ihr Begleiter schritt zu Akaki hinüber und nahm ihm vorsichtig das bewußtlose Kind aus dem Arm. Nina taumelte zu ihm und wollte unbedingt sehen, daß Loma noch atmete. Aber in ihrem Kopf drehte sich alles, und sie stolperte über ihre eigenen Füße. Ihre Finger klammerten sich in der Mähne des Pferdes fest. Akaki war schnell zur Stelle und stützte sie und half ihr ins Haus; sein Herr folgte mit Loma.

Nina betrat ein schönes Empfangszimmer, das mit Licht aus zwei Bogenfenstern erhellt wurde. Auf einem gepolsterten Stuhl saß eine Frau. Nina sah auf den ersten Blick, daß sie adelig war. Sie trug eine cremefarbene, seidene Kopfbedeckung und ein entsprechendes Kleid, das mit zwei Einsätzen, die rosarot und schwarz bestickt waren, verziert war. Die Handarbeit, mit der sie sich beschäftigte, erstarrte auf ihrem Schoß, als Nina eintrat. Sie öffnete ihre großen, schwarzen Augen weit, hob sie zur Decke hoch und ließ sie dann bewußt auf ihren Gast sinken.

Nina schätzte, daß die Frau ungefähr vierzig war, obwohl sie auch älter sein konnte. Die Mitte ihres Gesichts, von der schmalen Stirn zu dem eckigen Kinn war adlerförmig. Stark auffallende schwarze Augenbrauen, eine gebogene Nase, die lange Oberlippe und der kleine Mund waren klar geschnitten und jugendlich. Aber eine Schlaffheit um den Rand ihres Gesichts verdunkelte die Linie von Unterkiefer und Kinn. Wenn sie ihr Kinn einzog, wie sie es jetzt tat, trat diese Schlaffheit noch auffälliger hervor — wie die Rüschen am Kleid einer Königin. Ihre schönen Hände tasteten in einer vogelähnlichen Bewegung nach ihrem Rock und ihrer Handarbeit und den Süßigkeiten auf dem Tisch.

Plötzlich wurde sich Nina ihres eigenen mit Blutergüssen überzogenen Gesichts und der Staub- und Schmutzspuren von Kopf bis Fuß sowie ihres schändlich unbedeckten Kopfes bewußt.

„Loma", flüsterte sie mit ausgetrockneten, aufgesprungenen Lippen, als könnte ihre Gastgeberin dann alles verstehen. „Loma", wiederholte sie, und ihre Augen drangen durch den Nebel um sie herum zu den Augen vor ihr durch.

„Keke", sprach der Eristaw sie an, und die Augen der Frau schnellten zu dem staubigen Bündel in seinen Armen hinüber. Mehr war von Loma nicht zu sehen. Keke hörte auf, mit den Händen herumzuspielen, ihre schwarzen Augen erwachten zum Leben, und sie legte ihre Stickerei beiseite. Ihr Gesicht war plötzlich in sich eins, als die starken Gesichtszüge die Schlaffheit aus dem Gesichtsrand herauszogen. Sie rief einer Magd Anweisungen zu, ebenso auch ihrem Mann und Nina. Innerhalb weniger Augenblicke war Loma sauber, trug ein frisches Hemd und lag in einem Bett aus gestärktem Leinen. Die Magd strich die Laken auf einem zweiten Bett glatt. Keke schüttelte den Kopf und schlug ein Kreuzzeichen über dem Jungen.

Nina wandte die Augen nicht von dem zerschundenen kleinen Gesicht und den schnellen, flachen Bewegungen der kleinen Brust. Er bewegte sich und blinzelte. Dann wollte er mit wilder Miene wissen: „Wo ist Vater?"

Etwas geschah in Nina. Sie kniete neben seinem Bett nieder, legte ihre Arme um den Jungen und drückte ihr Gesicht in die steife Bettwäsche. „Bald", murmelte sie. „Er kommt bald."

Kekes Hände zogen sie fort. „Sie brauchen auch Ruhe – morgen ist auch noch ein Tag zum Sprechen ... " Sie schwieg kurz. „Ihr Sohn?"

„Ja", erwiderte Nina. „Mein Sohn."

Später, nachdem der Schmutz der Straße von ihrem Körper abgewaschen war und sie und Loma wie Kinder in einem Kinderzimmer Suppe und Brot serviert bekommen hatten, lag Nina wach und horchte. Im Bett neben ihr atmete Loma in einem ruhigen Rhythmus. Draußen hörte sie die Pappeln rascheln, und weiter entfernt erklang die ruhige Musik eines verborgenen Wassers. Ihr war, als schmerze ihr ganzer Körper unter der Anstrengung, etwas zu hören, bis sie diese Stimme wieder vernahm. *Meine Frau, meine rechtmäßige Frau.*

Sie trat leise ans Fenster und drückte ihre Stirn gegen die kühle Glasscheibe. Der Rasen und die Blumen waren dunkel, aber am ganzen Himmel zogen Wolken vorbei und leuchteten wie angelaufenes Silber und wurden von hinten von einem unsichtbaren Mond beschienen. *Ein starker, tobender Regen braut sich über uns zusammen,* dachte Nina. Die ersten Tropfen lösten sich aus den Wolken und prasselten gegen die Scheibe. Dann gingen sie mit unsanfter Beharrlichkeit nieder.

„Nina", krächzte eine Stimme, und eine kleine, mit Schrammen übersäte Hand zog an ihrem Hemd. „Wie soll er uns nur finden? Die Spuren werden weggewaschen ... sind wir verloren?"

Nina nahm den angespannten kleinen Körper in die Arme, hielt ihn fest und schaukelte ihn im Rhythmus der Regentropfen.

„Nein. Wir sind nicht verloren. Gott weiß, wo wir sind! Und er hat uns zu netten Menschen gebracht, die uns helfen werden. Dein Vater findet uns schon. Das weiß ich." Sie streichelte seine Haare, und er wandte ihr seine blauen Augen zu. Sie waren trocken und tapfer und betroffen.

„Ist mein Vater tot?"

Mit einem Seufzer des Mitgefühls hob ihn Nina auf ihre Arme und trug ihn zurück zu seinem Bett. Sie legte ihre zwei Hände auf beide Seiten seines Gesichts. „Nein", sagte sie bestimmt. „Er ist nicht tot. Und er wird kommen und uns holen. Wir müssen nur warten." Sie sagte sich diese Worte noch einmal selbst in Gedanken vor, als ihre Hände die Decke um das zitternde Kind legten.

„Was ist, wenn es der Regen auch einem sehr guten Jäger schwer macht, uns zu finden?"

„Hör zu. Dein Vater ist ein sehr tapferer und guter Mann, und er hat dich sehr lieb. Gott ist bei ihm. Er wird einen Weg finden. Schlaf jetzt, kleiner Loma. Wir zwei sind hier sicher." Sie fand eine Stelle auf seiner Stirn, die nicht rot und blau war und küßte ihn sanft. Dann schlug sie das Kreuzzeichen über ihm, genauso wie es ihre Mutter immer getan hatte.

„Nina?"

„Ja, ich bin da."

„Ich habe dich lieb."

„Ich habe dich auch lieb, kleiner Sohn", antwortete sie und übte das neue Wort. „Ich habe dich sehr, sehr lieb."

* * *

Der düstere Raum auf der Polizeiwache in Mtscheta wurde noch trüber, als laute Regenschauer schräg über das schwarze Fenster zogen. Grigol hielt in seinem Auf- und Abgehen inne und stöhnte. Peter, der sich auf eine Bank hatte fallen lassen, richtete sich auf und warf seinem Freund einen besorgten Blick zu.

„Was ist?" fragte er.

„Regen. Wie soll ich sie da finden? Ich habe keinen Anhaltspunkt, wo ich suchen muß."

Peter seufzte. „Vielleicht weiß Irina mehr. Wenn wir sie finden können."

„Irina", knurrte Grigol. Sie schauten beide auf ihre Füße und versuchten den Blick in Noes Gesicht zu vergessen, als er begriff, daß nicht Peter verraten worden war und nicht Zwiad der Verräter war. Inzwischen war Noe wahrscheinlich schon auf halbem Weg nach Tiflis – mit einer berittenen Bewachung zum Gericht und zur Verurteilung unterwegs. Peter schloß die Augen und erinnerte sich an diesen sonnigen, unbeschwerten Tag mit Noe in Tiflis. Es kam ihm vor, als gehe sein Gedächtnis die Länge von Jahren und nicht von Monaten zurück, um ein Bild von der Kura und der bedrohlich aussehenden Meteschkifestung, die über der Stadt thronte, zu erstellen. „Meine künftige Adresse ...", hatte Noe mit einem Blick auf das alte Gefängnis im Spaß gesagt. Keine unzutreffende Prophezeiung, wie sich jetzt herausstellte.

Er und Grigol hatten den Umständen entsprechend Glück. Drei Kosaken und einige schwere Schläge waren nötig gewesen, um Grigol zu zähmen, als er herausfand, daß Nina und Loma fort waren. Aber wenigstens war er noch am Leben, und wenigstens hatte er niemanden getötet, sinnierte Peter. Zwar waren ihre Papiere konfisziert. Vielleicht würden sie bemerken, daß Peters Paß gefälscht war, vielleicht auch nicht. Momentan war ihm das fast gleichgültig. Aber Nina. Die Kosaken hatten ihrem Befehlshaber gemeldet, daß sie und der Junge von ein paar Georgiern verschleppt worden seien, wobei sie seinem Blick ausgewichen waren. Grigols Fragen waren nutzlos gewesen. Das sei alles, was sie wüßten, behaupteten sie, aber sowohl Peter als auch Grigol mißtrauten ihren Beteuerungen. Von unbekannten Reitern entführt – Peters Gedanken quälten sich damit, sich auszumalen, was das bedeuten könnte, und er lenkte sie in eine andere Richtung.

In den Stunden des Wartens war alles zwischen ihnen entschieden worden. Wenn, falls, sie ihre Papiere zurückbekämen, würde Peter in Richtung Südwesten nach Gori gehen und den Zug nehmen, der ihn über das Suramigebirge nach Batumi brächte. Von dort aus würde er ein Schiff finden, das nach Odessa fuhr. Grigol würde auf die Wiese, auf der sie gefangengenommen wurden, zurückkehren und versuchen, seine Frau und seinen Sohn zu finden — wenn er irgendeinen Anhaltspunkt über ihren Aufenthaltsort ausfindig machen konnte. Ein Krampf in Peters Nacken verriet ihm, daß er die ganze Zeit auf das Fenster gestarrt hatte, das unter dem Sturm wackelte. Der Regen fiel jetzt wie aus Eimern. Er zuckte zurück und kämpfte gegen den Gedanken an, was Nina wohl zugestoßen sein könnte. Und Grigol? Wie würde dieser zerbrechliche, neu geborene Glaube eine Katastrophe überleben? Peter warf seinem Gefährten einen vorsichtigen Blick zu.

Grigol saß sehr still da, seine Hände waren zwischen seinen Knien zusammengedrückt, und eine große Ruhe und Stärke legten sich um seine Schultern und seinen bewegungslosen Kopf. *Bei ihm gibt es kein Wanken*, dachte Peter verwundert. *Es ist, als habe er sich unter die Macht eines großen, edlen Zieles gebeugt.* Peter wandte den Blick nicht von seinem Freund, und Grigol, der seine Augen auf sich ruhen fühlte, schaute auf und erwiderte seinen Blick.

Grigol zog die Schultern zurück, als beuge er sein ganzes Sein. „Ich finde sie", sagte er. „Ich habe meine Seele jetzt in diesen vielen Stunden im Gebet gebeugt, und ich weiß jetzt, daß sie am Leben sind. Was auch passiert ist ... " Er schwieg, bis seine zusammengezogenen Brauen eine Festigkeit in seine Stimme zwangen. „Was auch passiert ist, ich finde sie, und mit Gottes Hilfe beginnen wir zusammen ein neues Leben."

Peter bewegte in einer hilflosen Geste seine Hand. „Ich werde es nicht einmal erfahren", sagte er mit steifen Lippen. „Ich habe keine Möglichkeit, es je zu erfahren ... Nina, Loma ... "

„Mach dir keine Sorgen. Sei gewiß, daß ich sie finden werde."

„Gott helfe dir dabei", sagte Peter. Seine Stimme blieb gleichmäßig und verriet kein Anzeichen einer Pause. „Ich muß dir danken, mein Freund, für meine Befreiung, aber ich fürchte, meine Rettung kostet dich einen sehr teuren Preis. Du weißt, daß es einen Preis gibt, den ich nie freiwillig für meine eigene Sicherheit bezahlen würde."

„Das weiß ich. Es lag nicht in deiner Hand. Vielleicht war es meine Dummheit ... aber Gott weiß es." Grigol schwieg einen Augenblick und warf Peter dann einen Blick zu, den er nie vergessen würde. „Vergiß nicht. Ich bin auch gerettet und befreit worden. Und zu keinem geringen Preis."

* * *

Das Schwarze Meer war nicht schwarz, sondern glatt, und es leuchtete in klaren, wogenden Pastelltönen. Die Farben des Sonnenuntergangs strahlten aus einer melonenförmigen Scheibe heraus, die durch den messerscharfen Rand des westlichen Horizonts entzweigeschnitten wurde. Aber Peter erschien es, als ob die blutrote, zitternde Farbe aus ihm selbst heraussickerte und seine Beine taub und seine Handgelenke schwach machte, als er die klebrige Reling eines Schiffes umklammerte, das nach Odessa unterwegs war. Er wandte seine Augen von der Sonne und suchte den Osten ab.

Ein Gewirr von Masten, dürren Palmen und Eukalyptusbäumen überragte Batumis Hafenpromenade wie Zeichen in einem achtlos eingeritzten Kerbholz. Hinter dieser rauhen Fassade kroch die hübsche, ungleiche Stadt den Hügel hinauf und war bezaubernd und widersprüchlich — rankende Weinreben und abweisende Mauern, leuchtende Blätter und verborgene Gärten, der Gestank von toten Fischen und der Duft der Bäume. Colchis hatten die alten Griechen es genannt — Land der Sonne — und seltsame Legenden über Argonauten und das goldene Vlies um es gewoben. *Reisende, die das Unmögliche suchen,* dachte Peter. *Wie ich.*

Das Deck unter ihm verbreitete ein aufwühlendes Zittern, das mit dem Puls seines eigenen Körpers erbebte. Plötzlich drangen Stimmen von unten herauf. Eine leichte Panik ergriff ihn, und ein Gewirr von Erinnerungen stürmte auf ihn ein.

Pohod! Er hatte für ihn begonnen. Die heldenhafte Flucht der Molokanen zu einem Zufluchtsort. Fünfzig Jahre lang waren die Molokanen als Zeichen für den kommenden Tag in einem Zug durch die transkaukasischen Dörfer marschiert — als Zeichen für den Tag des *Pohod.* Jetzt, da dieser Tag gekommen war, erschien er ihm weniger wirklich als der gespielte Pilgerzug, der auf einer Dorfstraße aufgeführt wurde.

Pohod! Die Propheten hatten angekündigt, daß eine Zeit großer Bedrohung die gesamte Erde erschüttern würde. Die Flucht zu einem Zufluchtsort würde auf dem Höhepunkt dieser großen Wirren kommen. Plötzlich sah Peter keinen dürren Wald aus Masten und Bäumen, sondern eine Prozession — eine bunte Ansammlung von Menschen, sein Volk, das mit festem Schritt von einem Ende des Dorfes zum anderen zog. Die alten Männer gingen voraus, ihre langen Bärte waren fliegende Lappen im Wind. Hinter ihnen drängten Bauern, Handwerker, heilige Frauen, Hausfrauen, Kinder eifrig auf diese unbekannte Zukunft zu. Der alte Semjon war dabei und hielt seine Bibel in der Hand hoch. Die schnelle Tapferkeit dieser Geste war ein Ausstrecken zum Himmel. Die Menschen hinter ihm drängten sich um ihn, als wollten sie ihn hochheben. Und da sie Molokanen waren, sangen sie, während sie gingen.

Pohod. Das ist der wahre *Pohod* — nicht diese einsame, fluchtartige Abreise. Aber seine Gedanken wanderten zu einer anderen Erinnerung. Zu ihm selbst. Nackt und bloß — und allein — in einer ausgewaschenen Spalte im Felsen, von Liebe und einem neuen Sinn durchströmt. Und zu Grigol. Peters Erinnerung blieb an dem Augenblick hängen, in dem das tote Gewicht der Verwirrung von seinem Freund gefallen war. Und er erinnerte sich an den Mut, mit dem sich der Chewsure gestählt hatte, um dem gegenüberzutreten, was von seiner Zukunft übriggeblieben war. „Ich werde sie finden. Wir beginnen ein neues Leben — mit Gottes Hilfe ... " Grigols Gesicht hatte geleuchtet bei diesem vertrauten Lächeln, bei dem seine beiden Zahnreihen weiß strahlten.

In Mtscheta hatte ihnen der Befehlshaber der Kosaken mit einem schlaff gewordenen Schnurrbart, der wie zwei Mäuseschwänze in seinem Gesicht baumelte, ihre Papiere zurückgegeben, als diese lange, angsterfüllte Nacht zu Ende ging. Grigol öffnete die Tür, und der Geruch von kaltem Rauch, Tinte und vergilbtem Papier wehte in dem frischen Duft des Morgens, der von der vom Regen saubergewaschenen Steinstraße aufstieg. Trotz allem brachte er ein Lächeln zustande, nur ein einziges. Dann war er fort, allein.

Pohod. Peters Gedanken kehrten zu diesem Rätsel zurück, und ein Leben mit fest vorgegebenen Formen verschwand. *Die Reise jedes Menschen,* sinnierte er, *muß er allein gehen, wie auch Christus den Weg nach Golgatha allein ging.*

Peter richtete seine Augen wieder auf die Stadt. Im Norden und Süden erstreckten sich Vorgebirge wie ausgebreitete Arme in den Hafen von Batumi hinein. Das Licht lag über den sanften Kuppen und machte die Umrisse der Häuser der moslemischen Adscharen weicher. Dahinter stiegen rauhere, steilere Hügel und Teeplantagen auf und dann die hohen Berge, wie er von seiner Fahrt durch das Suramigebirge wußte — die alle mit derselben Erde mit Tiflis, seinem Heimatdorf, dann Chewsuretien und über das Kaukasusgebirge mit der Tambowprovinz und dem Wolgagebiet, wo seine Vorfahren begraben waren, verbunden waren. Und mit diesem Land untrennbar verbunden waren auch seine Menschen. Er konnte sie sehen. Sie drängten sich in seinen Gedanken und sperrten die fremde Stadt aus: Semjon, der mit einer Geste, die Alter und Tod trotzte, Gott anrief. Galina, die ihren Sohn mit dem ganzen Schmerz, den eine Frau bei einer Geburt erlebt, zu Gott hinschob. Gawril, der die ganzen Ersparnisse seines Lebens seinem Sohn in die Hand zählte. Andrei und seine schöne Natascha, und diese seltsame kleine Fenja, die ihn hinter ihrem Kopftuch mit ihren blauen Augen beobachtete. Noe mit seinem Spielerverstand und seinem großzügigen Herzen. Sirakan, der über jede Gefahr stöhnte, aber sie trotzdem auf sich nahm, wenn er dadurch helfen konnte. Die hübsche Nina, die vor dem Betrüger davonlief und den richtigen Mann fand. Und Grigol. Er würde Grigol nie vergessen.

Das Licht wurde schwächer, und das Schiff fing an, durch das Wasser zu stampfen. Die zwei Arme des Hafens ließen sie los. Aber Peter empfand es, als hätte das Stapfen der Maschine das Schiff fest verankert und das Land gleite davon, gebe ihn auf und ziehe sich in eine geheimnisvolle Zukunft zurück, an der er keinen Anteil haben würde.

Peter schaute zu, bis er von einer pechschwarzen Dunkelheit umringt war, die unten nur durch das Flackern des Lichts von den Schiffslaternen und oben von dem ungezähmten Funkeln tausender Sterne durchbrochen wurde. *Eine weitere Kerbe*, dachte Peter, als die Masten, Spieren und Bäume verschwanden. *Diese Pilgerreise, die ich antrete, hat sie alle viel gekostet. Kostet sie schmerzlich viel.* Er kämpfte in einem verwirrenden Aufsteigen von Gefühlen. *Entscheide dich*, wies er sich selbst an, als er sich durch das Chaos in seinem Inneren wühlte. *Entweder trägst du die Schuld, oder du demütigst dich und nimmst das Geschenk an.* Er wollte mit ihnen trauern, mit seinen Verwandten und Freunden, und irgendwie hatte er den Eindruck, daß er seine Verantwortung für alles, was geschehen war, alles, was sie getan hatten, schmälern würde, wenn er seine Schuld losließe. Aber das Liebesopfer konnte sein Ziel nicht erreichen, wenn er sich an sein altes Leben klammerte, statt sich nach dem neuen auszustrecken.

„Ich bin auch befreit worden", murmelte er leise dem immer breiter werdenden Schlund des dunklen Wassers unter sich zu. „Und zu keinem geringen Preis." Er hob sein Gesicht und fühlte sich plötzlich mit den Sternen eng verbunden.

14. Die Stimme des Bräutigams

Je mehr Nina über die Frau des Eristaw erfuhr, um so mehr bewunderte sie sie. Keke kam jeden Morgen und sah nach Nina und dem Jungen. Aber auf ihrem charakterstarken Gesicht lag ein verwirrter Blick. Nina war weder Tochter noch Dienerin noch gesellschaftlich ebenbürtig, und Keke schwankte einen Augenblick, wie sie sie behandeln sollte. Aber der Anblick eines Verbandes, eines Blutergusses oder der dunklen Ringe unter Ninas schlaflosen Augen weckte in ihr das Mitleid.

Außer einem gebrochenen Arm waren Lomas Gliedmaßen erstaunlich heil geblieben. Die häßlichen Blutergüsse und blauen Flecken, die einen großen Teil seines Körpers überzogen, würden viele Tage lang in allen Farben leuchten, aber die blutenden Schnittwunden an seinem Kopf verheilten bereits — dank Kekes liebevoller Pflege. Bei dieser freundlichen Behandlung würden Lomas junge Knochen bald wieder zusammenwachsen, und dann könnten sie gehen. Aber wohin?

„Ihm geht es schon so viel besser", erzählte Nina Keke dankbar. „Er hat die ganze letzte Nacht geschlafen — schauen Sie nur, wie gesund und rosig er aussieht."

„Aber Sie haben nicht so gut geschlafen", bemerkte Keke. „Jeden Tag ist Ihr Gesicht ein bißchen blasser. Wenn Ihr Mann kein Unrecht getan hat, wird ihm auch kein Unrecht geschehen. Sie zermartern sich mit Sorgen das Herz — Ihr ganzes reizendes Aussehen verkümmert noch."

„Ich weiß, daß er kein Unrecht getan hat", erwiderte Nina. „Aber meine Gedanken drehen sich im Kreis und überlegen, wie ich ihn wissen lassen kann, wo wir sind. Es würde mir schwerfallen, mit Loma meinen Weg zurück ins Dorf zu finden, besonders in seinem Zustand. Und wie sollte ich ihn finden, wenn er nach Mtscheta oder Tiflis gebracht wurde? Gleichzeitig könnten wir ewig hier bleiben, und er würde uns nie finden."

„Ihr könntet bleiben und seid willkommen", bot Keke an. „Aber überlegen Sie doch: Was wird er als erstes tun, sobald er wieder frei ist? Er wird an die Stelle zurückkehren, an der er Sie verloren hat, und wird nach irgendwelchen Anhaltspunkten suchen. Ich weiß nicht, welche Zeichen er finden wird, aber als nächstes wird er sich erkundigen, ob die Schäfer ihm etwas sagen können. Und ich habe dafür gesorgt, daß sie ihm viel erzählen. Ich habe Akaki an dem Tag nach eurer Ankunft losgeschickt, um zu verbreiten, daß Sie und der Junge hier sind. Ihr Grigol kann jeden Tag hier sein."

„Jeden Tag!" Ninas Herz klammerte sich an dieses Wort. Grigol mit seinen geschickten Händen und seinem bestimmten Mund und seinen breiten, beschützenden Schultern. *Mein Mann, mein Geliebter,* dachte sie. Die Hoffnung schärfte ihre Ohren – sie lauschte, wenn eine Tür geöffnet wurde oder plötzliche Schritte auf der Veranda zu hören waren oder eine Männerstimme in der Ferne erklang.

„Kommen Sie, Sie und der Junge. Wir trinken Tee, und ich erzähle euch einige Geschichten, bei denen ihr eure Sorgen vergeßt", schlug Keke vor. Nina und Loma folgten ihr an einen schön gedeckten Tisch mit Leinentischdecke neben einem Fenster, von dem aus sie einen Blick auf einen hübsch angelegten Garten genossen. Aber Kekes Geschichten von Heldentaten und wilden Gemetzeln waren alles andere als tröstlich.

„Die Leichen der Toten in Ananuri waren so hoch aufgehäuft, wie die alten Mauern sind", betonte sie mit Genugtuung. „Und das Haupt des Prinzen Bardsig zierte den Burgfried, genau den Burgfried, den ihr letzte Woche gesehen habt. Sie sehen, was bei diesen Entführungen herauskommen kann, Nina." Sie verzog ihr Kinn in Falten und warf Loma einen vielsagenden Blick zu. Sein Mund stand offen, und seine Augen bettelten um mehr. Keke lächelte ihn und danach Nina an und war sich ihrer Ausstrahlungskraft bewußt.

„Es geschah alles wegen rosafarbenen Pantalons", sprach sie weiter. „Prinz Bardsig, der Eristaw von Aragwi, saß mit seinen Verwandten und Freunden bei einem Fest zusammen, als er zufällig aus dem Fenster schaute und eine edle Dame erblickte, die mit ihrem Kaplan, ihren zwei Falkenieren und anderen Dienern durch das Tal ritt. Nun, einer der Freunde des Prinzen sah, daß die Dame die Frau von Prinz Tschantsche, dem Eristaw von Ksani – und Bardsigs erbitterter Feind – war.

Als sie näher kam, konnte der Prinz sehen, daß die Dame jung und schön war. Er und seine Kumpane hatten gut gespeist und waren in einer ausgelassenen Stimmung und bedurften keiner weiteren Aufforderung. Sie bestiegen ihre Pferde, riefen ihre Waffenträger und stürmten in die kleine Reisegesellschaft hinein, vertrieben den Kaplan, die Falkner und die Diener und schleppten die

Prinzessin davon. Eine Stunde später wehten ihre rosafarbenen Pantalons wie eine Standarte über dem Burgfried.

Als die Prinzessin nach Hause kam, war ihr Mann, Prinz Tschantsche natürlich wütend. Er legte einen großen Eid ab, daß er die gesamte verfluchte Brut des Eristaws der Aragwi auslöschen würde — jeden einzelnen von ihnen.

Aber das war keine einfache Angelegenheit, denn Aragwi war ein mächtiger Fürst. So verbündete sich Tschantsche, obwohl er Christ war, mit den mohammedanischen Lesgiern und eroberte die Festung Chamtschistsiche. Dann zog er gegen Ananuri, wo der Anblick der rosa Pantalons seiner Frau, die über dem Burgfried wehten, ihn noch wütender machte. Er schwor einen weiteren großen Eid — er wollte dieses Symbol der Schande gegen den Kopf des Eristaws von Aragwi austauschen.

Es folgte eine lange und blutige Belagerung. Aber am Ende wurde die Garnison in Ananuri in einem Blutbad niedergemetzelt; die Pantalons wurden heruntergeholt, und an ihre Stelle kam der Kopf des armen Bardsig. Aber die rosa Pantalons sind durch die Generationen hindurch in der Familie des Eristaws von Ksani aufbewahrt worden — als Zeichen für Heldentum und Rache!"

„Mein ist die Rache, ich werde vergelten, spricht der Herr..." Eine heisere, seltsam atemlose Stimme erklang hinter Nina, und sie drehte sich schnell um. „Sie sehen also, wozu es führt, wenn ein Mensch Gottes Rache selbst in die Hand nimmt."

Keke war aufgestanden und streckte einem dünnen jungen Mann mit dem Gesicht eines Tuberkulosekranken und dem Rock eines georgisch-orthodoxen Priesters die Hände entgegen. Der Saum des Rockes war vom Schlamm bespritzt und mit dem Staub vieler Straßen bedeckt.

„Vater Panteley! Er ist unser Gewissen hier, Nina. Ich lasse das eine oder andere vom Stapel — Gott weiß was — und er sorgt dafür, daß es mit Gottes Willen übereinstimmt. Wenigstens, so wie er es sieht!"

„Ich bin Ihr Kaplan, gnädige Frau, das ist also meine Aufgabe", erwiderte Panteley mit einer scherzhaften Verbeugung, bei der er das Ende seines braunen Bartes in seine schmale Brust drückte. „Und nach den Geschichten, die Sie erzählen, zu urteilen, ist das eine gefährliche Aufgabe!"

Mit einer ruckartigen Bewegung seines Kopfes warf er Nina ein freundliches Lächeln zu. Dann richtete sich seine Aufmerksamkeit auf Loma. „Wer ist denn dieser gefallene Krieger? Er sieht aus, als wäre er von wilden Pferden durch das Dorf geschleift worden!"

„Genau das ist mit ihm passiert", erklärte Keke. „Christus sei ihm gnädig! Es hat mich viele Tage gekostet, ihn wieder auf die Beine zu bekommen — wie Sie sehen, hat er Verbände und ist zusammengeflickt wie ein Kriegsheld. Er sollte auch jetzt wieder ins Bett gehen."

Keke ließ mehr Tee bringen und erzählte Vater Panteley die ganze Geschichte. Ninas forschende Blicke sahen einen Mann, der immer noch ziemlich jung war und dessen ganzes äußeres Wesen ruhelos, beinahe aufgeregt wirkte — und seine Zeit nutzte. Wenn er aufgeregt war, zuckten die Winkel seines dünnen Körpers seltsam, und sein Sprechen wurde immer wieder unterbrochen, wenn er plötzlich und beunruhigend durch die Zähne nach Luft schnappte. Aber wenn er ruhig war, war seine Entspannung so groß, daß ihn nichts berühren konnte. Jetzt konzentrierte sich sein Blick ganz auf Keke, aber sein Verhalten verriet einen Anflug von Besorgnis — als ob das innere Leben hinter seinen klaren, braunen Augen genauso viel Aufmerksamkeit erforderte wie das äußere — als ob er zwischen den beiden ein ausgezeichnetes geistiges Gleichgewicht aufrecht hielt.

Vater Panteleys Augen saßen wie klare Teiche, die von felsigen Klüften umgeben waren, zwischen tiefen, dunkel aussehenden Höhlen an seinen Schläfen und sehr hohen Backenknochen. Sein ganzes Gesicht war so — knöcherige Vorsprünge und graue Höhlen. Und doch lag eine Sanftheit und Weisheit in den schönen Augen, und Humor spielte sich um seine Mundwinkel. Als der Priester Ninas Blick erwiderte, verriet sein ganzes Wesen ein schnelles Verständnis. Ein tröstlicher Hauch durchzog Ninas Gedanken. Sie ließ sich wieder in Kekes Beschreibung zurückholen — und war erstaunt über das, was sie hörte.

„So steht es um sie, lieber Vater; sie ist weder Fisch noch Fleisch." Keke schüttelte mitleidvoll den Kopf. „Wie Sie sehen, müssen wir Vorbereitungen für die Hochzeit treffen. Sie können die Trauung vollziehen. Aber zuerst müssen wir den Bräutigam finden", sagte sie nachdenklich.

Vater Panteley zog ein langes Gesicht und erwiderte mit einem trockenen Tonfall: „Natürlich, wir müssen den Bräutigam finden ..." Aber ein lustiges Licht funkelte in seinen Augen, und Keke konnte sich nicht mehr halten, fing an zu lachen und schob die Teesachen mit flinken Fingern von sich.

Ein Damm, der ihre Gefühle in Schranken gehalten hatte, brach in Nina, und sie mußte auch lachen. „Wir müssen den Bräutigam finden", sagte sie und wischte sich die Augen. „Den Bräutigam finden ... "

Aber in ihrer Heiterkeit steckte ein Stück Hysterie, und als Loma sie anstieß und den Witz hören wollte, über den sie lachte, konnte sie ihm nichts sagen.

Keke und Vater Panteley setzten ihr Gespräch fort und nippten dabei den starken schwarzen Tee aus Sotschi, während sich ihre Unterhaltung über das ganze Tal, die fünf Dörfer, bis hinter die Türen der Bauernhütten und in das Leben der bedürftigen Menschen erstreckte. Namen von Bauern und Arbeitern, Kranken oder Behinderten oder Verwitweten fielen — sie kannten sie alle. Vater Panteleys schwache Gesundheit hielt ihn nicht davon ab, seine Herde zu besuchen, und was Keke betraf, hatte Nina bereits bemerkt, daß ihr Mitleid sie zu großen Liebesdiensten trieb. *Dafür leben die beiden,* dachte Nina. *Ihre Ohren sind voll mit dem Schrei von bedürftigen Menschenherzen. Alles andere ist nur ein schwaches Summen, mit dem sie eben leben müssen. Und es hat sie zu engen Verbündeten gemacht — zu Freunden.*

Später kam der gut aussehende Eristaw, Dschumber, mit Akaki herein, und das Gespräch wurde auf Aufstände und Unruhen gelenkt. In ganz Georgien wurden Fürsten und Priester, Landbesitzer und Polizisten bei blutigen Aufständen niedergemetzelt.

„Fürst Nakaschidze ist ermordet worden", berichtete Dschumber. „Und die Dinge stehen inzwischen so schlimm, daß kein einziger Totengräber zu finden war, der sein Grab ausgeschaufelt hätte."

„Die Sozialdemokraten hatten ihn unter einen Boykott gestellt", warf Akaki ein.

„Stellt euch vor", sprach Dschumber weiter. „Stellt euch nur einmal vor — kein Kutscher war zu finden, der die trauernden Verwandten des Fürsten zur Beerdigung gebracht hätte! Drei Priester wurden bestellt, aber nur einer erschien, und dieser hatte so große Angst vor den Revolutionären, daß er die Trauerfeierlichkeiten nicht durchführte. Im ganzen Land brodelt es vor Verrat — aber letzten Endes richtet er sich gegen sie wie damals, 1858.

Zur Zeit meines Vaters gab es auch Aufstände. Die Landbesitzer und Fürsten und zaristischen Generäle lehrten sie eine Lektion, die sie nie vergessen sollten. Die aufständischen Dörfer wurden verwüstet und niedergebrannt; Obst- und Weingärten wurden bis zu den Wurzeln abgeschnitten. Als Strafe wurden sie zu Bettlern gemacht."

„Anscheinend haben sie diese Lektion vergessen", murmelte Vater Panteley sanft. „In nur einer einzigen Generation."

„Ja, Sie haben recht", stimmte Dschumber schnell zu. „Gott sei Dank, war mein Vater so weise, daß er sein eigenes Volk – und seine eigenen Ländereien – von dieser Narbe befreite. Außerdem geben wir unseren Leuten viele Freiheiten und versuchen, sie so gut wie möglich vor Rußlands korruptem Beamtentum zu schützen. Deshalb ist es hier auch ruhiger", folgerte er, als seine Augen unruhig von dem Priester zu Akaki hinüberwanderten. Aber Akakis Gedanken waren noch ganz mit der roten Glut von Georgiens Feuerprobe beschäftigt.

„Der Edelmann Uruschadze – ermordet", sagte er, beinahe gedankenabwesend. „Und in Aserbaidschan ist der Gouverneur von Baku – auch ein georgischer Fürst – von Armeniern ermordet worden. Dort hat es Massenmorde an Armeniern gegeben. Es kommt ... es kommt auch zu uns."

„Nicht hierher, nicht hierher", stritt der Eristaw ab. Er streckte die Hand aus und legte sie beschwichtigend auf die seiner Frau, die mit dem Geschirr klapperte. „Kein Grund, Keke oder unseren schönen Gast zu verängstigen."

Kekes schneller Blick nach oben war verblüfft und ein bißchen gelangweilt, und Nina bemerkte, daß sie überhaupt nicht zugehört hatte. Aber Nina hatte zugehört, und sie hatte Angst. Jeder Beamte hatte es mit Fragen nicht eilig, war aber schnell mit Repressalien bei der Hand. Eine eisige Vorahnung durchfuhr sie, als sie überlegte, was wohl Grigol und Noe und Peter zugestoßen war. Außerdem hatten Akakis Worte alte Ängste in ihr aufgewühlt. Waren sich Dschumber und Akaki bewußt, daß sie mit der Tochter eines armenischen Ladenbesitzers Tee tranken?

Keke, die es wußte, wirkte unbeeindruckt. *Sie reagiert mit einer solchen unwandelbaren Einfachheit*, bemerkte Nina. *Sie sieht Menschen nie als Teil von Gruppen oder Bewegungen, sondern nur als Individuen – mit Körper und Seele, die mit einem bestimmten Ziel miteinander verknüpft sind, dem sie instinktiv hilft und das sie nicht behindert.*

Später winkte Vater Panteley Nina zur Seite. „Ich kenne sie", sagte er und deutete mit einem Nicken auf Keke. „Sie hat Ihr Leben für Sie bestimmt schon ganz genau geplant – eine Taufe am Mittwoch, Kommunion am Donnerstag und am Samstag die heilige Eheschließung!

Sie müßte ein Dutzend Kinder haben, die sie mit ihrer Liebe überschütten könnte. Aber leider hat sie keine – aber die Menschen profitieren davon. Ihr Mann wäre entsetzt, wenn er erführe, daß die Dorfbewohner sich wegen ihrer Wohltaten und nicht aufgrund der politischen Manöver, auf die er so stolz ist, zurückhalten.

Aber genug davon. Kommen Sie mit mir auf die Veranda hinaus, damit wir uns unterhalten können. Was Ihre Heirat betrifft, gehorche ich Gott und nicht Keke, und ich muß wissen, wie es in Ihrem Herzen aussieht. Und im Herzen dieses Mannes, den Sie heiraten wollen."

Nina folgte ihm zu einer einladenden Stelle auf der überschatteten Veranda. Sie betrachtete die ersten Rosen in Kekes Garten, die sich unter dem Gewicht ihrer Blüten beugen wollten, und erzählte ihm ihre Geschichte – und Grigols Geschichte. Wenn ihre Stimme versagen wollte, wandte sie ihre Augen wieder ihm zu, und sein Blick – der inmitten dieses toten Stoffes so hell und so lebendig war – gab ihr die Kraft, weiterzusprechen. Sie erzählte ihm alles und brach dann abrupt ab und schaute auf ihre Hände, die sie auf ihrem Schoß verkrampfte.

Vater Panteley schwieg. Schließlich ergriff er das Wort. „Das ist wie etwas, das vor vielen hundert Jahren passierte, als das Evangelium Christi so neu war – und die Grenzen finsterer Kulturen überwand und Männer mit einem wilden Heldenmut wie Ihren Grigol rettete. Und diese Männer werden die Säulen, auf denen Christus seine Kirche baut." Nina sah, daß er von ihrer und Grigols Geschichte tief berührt war. Er stand in plötzlicher Erregung auf und schritt auf der Veranda auf und ab. Das hohle Echo seiner Schritte und sein keuchender, von Tuberkulose gekennzeichneter Atem füllten ihre Ohren.

„Es ist nicht leicht für einen Mann, sich von allem loszureißen, das er gelernt hat", sagte er. „Daß er seine Hand von der Rache zurückzog und bereit war, Schande auf sich zu nehmen, ist etwas Großes – etwas Großes. Aber Sie – wozu wären Sie bereit? Würden Sie Grigol aufgeben, wenn Gott es von Ihnen verlangt?" Ein angespanntes Schweigen lag zwischen ihnen und wurde immer stärker, bis die ganze Wärme und Farbe aus Ninas Gesicht wich. Benommen und betroffen richtete sie ihre Augen auf ihn, ohne ihre Gefühle zu verbergen.

„Nein, nein, vergeben Sie mir." Vater Panteley winkte die Frage ab. „Das verlangt er nicht von Ihnen — warum sollte ich es verlangen? Ich bin nur so erstaunt über Ihren Bergbewohner, diesen Heiden. Er hat so schnell begriffen, daß er seine ganze Kultur für Christus über Bord werfen mußte — und für Sie, seine Frau."

„Seine Frau?" fragte Nina.

„Seine Frau. Bald. Das Wort Gottes fordert einen Mann auf, sich für seine Frau hinzugeben, wie Christus sich für die Kirche hingegeben hat. Grigol hat diese Liebe deutlicher unter Beweis gestellt als viele Paare, die ich zum Altar geführt habe. Prüfen Sie Ihr Gewissen und bereiten Sie Ihr Herz vor, Nina. Und wir beten darum, daß Ihr Grigol sicher zurückkehrt. Es würden mir bestimmt nicht alle recht geben, aber ich für meinen Teil bin bereit, euch zu trauen. Gott bewahre, daß wir Keke um ihre Hochzeit bringen! Es ist nicht zu übersehen, daß sie wild dazu entschlossen ist!"

Nina lächelte warm. Am Garten entlang murmelten und raschelten die Bäume und warfen ihr einen hellen, metallenen Schimmer von ihren Blättern in die Augen. Dahinter konnte sie die steinigen, kahlen Flanken der fernen Berge sehen, und dahinter noch mehr Berge, die in einen schwachen lavendelfarbenen Schein gehüllt waren und sich in der dunstigen Luft des frühen Abends auflösten. Die weiter entfernten Gipfel hatten ein unwirkliches, geheimnisvolles Aussehen an sich, wie etwas, nach dem man sich sehnt, das aber doch unerreichbar ist. Aber Nina wußte, daß sie Wirklichkeit waren. *Mein Zuhause*, dachte sie und schaute gebannt auf die sich überlappenden Dreiecke, die bis zum Himmel ragten. *Wir gehen nach Norden, Grigol und ich und der Junge, und wir fangen ein neues Leben an.*

Der Priester ging ruhig und in Gedanken versunken über die Veranda und wieder ins Haus. Nina wanderte um die Ecke auf die Westseite des Hauses und betrachtete die ausgebleichte Straße, die sich durch die Wiese schnitt. Sie hielt ihre Augen auf die Straße gerichtet, bis die Sonne hinter den sägezahnförmigen Gipfeln untertauchte und die dunklen Formen der Bäume mit den Schatten der Berge verschmolzen. Während sie das alles betrachtete, strengte sie ihre Ohren an.

* * *

In dieser Nacht wiegte Nina Loma in einen friedlichen Schlaf. Sie faltete ihre Kleider sorgfältig zusammen, öffnete ihre Haare und bürstete sie kräftig über ihrem weißen Nachthemd aus. Aber ihr Herz tanzte mit einer wilden Ruhelosigkeit. Der Raum war außer der roten Lampe vor der Ikone, der gelben Kerzenflamme auf dem Tisch und ihrem flackernden Spiegelbild im Fenster ganz dunkel. Ihre Augen flogen von einem Lichtschein zum anderen und wieder zurück, als ein tiefes, sehnsüchtiges Gefühl sich in ihrem Inneren aufbaute – ein Gefühl, das nur in dem starken, mutigen Geist seine Erfüllung finden konnte, den sie in einem vergessenen Dorf in den unwegsamen Bergen, in einer versteckten Felsenschlucht gefunden hatte. „Grigol!" flüsterte sie.

Überprüfen Sie Ihr Herz, rief sie sich ins Gedächtnis und erinnerte sich an die Worte des Priesters. Heirat. Nach Vater Panteley war das viel mehr als eine überkommene Tradition oder zynische, praktische Sparsamkeit oder das Sehnen des Körpers. Es war ein Bild, genaugenommen, das einzige irdische Abbild einer übermenschlichen Liebe – der Liebe Christi zu den Menschen, die er erwählt hat. Ein heiliges und leidenschaftliches Bild – denn war nicht Christi Leidenschaft der Preis für die Befreiung der Liebe? Ein Bild, das in Worte geformt wird, nahm in ihr Gestalt an – wo hatte sie es gehört? Von Peter? „Daß ein Mann von ihnen sein wird wie eine Zuflucht vor dem Wind und wie ein Schutz vor dem Platzregen, wie Wasserbäche am dürren Ort, wie der Schatten eines großen Felsens im trockenen Lande."

Diese Prophetie sprach von Jesus. Aber zum ersten Mal verstand sie, was das Wort *Ehemann* bedeutete. Frieden legte sich wie eine Umarmung um sie, und sie fiel in einen ruhigen Schlummer.

* * *

Ein durchdringender Schrei aus Lomas Mund riß sie aus ihrem ersten Tiefschlaf seit Tagen. Die frühe Morgenluft war kalt und klar und schneidend wie dunkles Glas. Der Junge warf sich auf seinem Bett hin und her, und sie legte ihm eilig beschwichtigende Hände auf die Stirn und streichelte seine Wange und zog an seiner Hand, um ihn aus seinem Alptraum zu reißen. Er riß seine blauen Augen auf.

„Ich stand auf dem Kopf!" erzählte er mit zitternder Stimme. „Der Boden und der Himmel hatten einfach den Platz getauscht – und ich stand auf dem Kopf!"

„Du hast auf den Pferden verkehrt herum gehängt, aber Gott hat dich beschützt. Wir haben dich gefunden, und du stehst wieder auf den Beinen und nicht auf dem Kopf. Genauso wie es sein soll. Erinnerst du dich? Akaki ist neben dir hergeritten und hat dich diesen bösen Männern aus den Händen gerissen. Und jetzt sind wir in Sicherheit."

„In Sicherheit", wiederholte er. „Ist Vater auch in Sicherheit?"

„Ich glaube schon. Ich glaube, wir werden ihn bald sehen. Macht dich das glücklich?"

Loma lächelte schief unter den blauen Flecken und Blutergüssen auf seinem Gesicht. Nina streichelte seine Haare und erzählte ihm eine Geschichte. Ihr junger Löwe hatte seinen Geschmack an blutrünstigen Geschichten von Kriegern und den alten, launigen Göttern verloren, und so erzählte sie ihm von einem kleinen verirrten Lamm, das in der unwegsamen Welt einer dunklen Schlucht herumstolperte, und von dem guten Hirten, der kam, um es zu retten, der immer kam – was auch geschah –, gefunden wurde.

„Hatte das Lamm eine Glocke um den Hals?"

„Ja. Alle Schafe in der Herde hatten Messingglocken um den Hals gebunden."

„Deshalb hat er es also gefunden. Er konnte die Glocke klingeln hören."

„Vielleicht. Aber auch ohne die Glocke hätte er es gefunden. Aufgrund seiner Liebe."

„Und deshalb wird uns Vater auch finden, nicht wahr?" fragte Loma. Seine Stimme wurde schon schläfrig und schwer.

„Genau. Deshalb findet er uns."

Nina kniete neben dem Bett, bis Lomas Atem tief und regelmäßig wurde. Die Haut über seinen Augenbrauen war immer noch besorgt gerunzelt, und sie sehnte sich danach, sie mit ihren Fingern glatt zu streicheln, aber sie wagte es nicht, ihn aufzuwecken. Das Schweigen des Hauses und des ganzen Landes um sie her legte sich auf sie. *Bis zur Morgendämmerung dauert es noch lange*, dachte sie und stellte sich die Morgendämmerung als etwas vor, das im Raum und nicht so sehr in der Zeit wanderte. Aber unter ihrer Haut rebellierten ihre Gliedmaßen mit einer Sehnsucht, sich zu bewegen, zu handeln, zu hören.

Sie zog ihre mitgenommenen gelbbraunen Stiefel an, schlüpfte in ihren Wollrock über ihrem Hemd und ging hinaus. Das lange Wiesengras war naß und grau, und die Bäume waren unter dem feuchten Gewicht der Nachtluft träge. Die Morgendämmerung ließ sich Zeit und verweilte auf der anderen Seite der bizarren, zerklüfteten Berge Dagestans. Aber der Morgenstern leuchtete mit durchdringender Macht, und der Mond warf einen Schatten an den Fuß jedes Steines auf der Straße.

Nina trat vorsichtig auf die Straße hinaus, da sie das Gefühl hatte, der Klang ihrer Schritte sei ein Eindringling in die Stille. Sie blieb stehen und ließ die Nachtluft in ihre Poren eindringen. Ein angenehmer Grasgeruch lag um sie her. Sie ging an den Wiesen vorbei und erreichte gerade ein Wäldchen, als die Sonne über den Bergen durchbrach. Eine alte Holzfällerhütte stand im Dunkel der Bäume. Ihr Dach war schon lange eingebrochen, und der Haufen von abgesägten Zweigen, alten Schindeln und aufgehäuftem Reisig machte es schwer, es von dem Dickicht dahinter zu unterscheiden. Neben der Hütte stand ein dunkelbraunes Maultier, kaute ruhig sein Stroh und beobachtete sie mit klugen, nicht überraschten Augen. Und neben dem Maultier, auf dem Reisighaufen lag Grigol – und schlief den Schlaf völliger Erschöpfung.

Nina hielt den Atem an und ließ sich neben ihm auf die Knie fallen. Sein Gesicht war unter der Qual ihrer Trennung dünner und eingefallener geworden. Der goldbraune Rand seiner Haare legte sich wie ein Fächer über den Haufen aus Zweigen und Büscheln unter ihm. Sie streckte eine Hand aus und streichelte die tiefen Sorgenfalten aus seiner Stirn hinaus, und seine Augen gingen mit einem Schlag auf.

Er zog sie mit seinen starken Armen, die sie beinahe erdrückten, zu sich, und sein Mund suchte mit einer süßen Beharrlichkeit den ihren. Er sagte nichts, aber das Heben seines Atems, die Hitze seines Körpers und die Stärke seiner Sehnsucht waren ein Schwur und eine Erklärung. Dann zog er sie sanft zurück und fing an, ihr Gesicht, ihre Haare, ihre Arme zu berühren, als müsse er sich vergewissern, daß sie wirklich da war.

„Meine Frau", murmelte er.

Nina sah ihn nur an, ihr Herz war zu voll, um antworten zu können.

„Der Junge?" fragte er.

„Ihm geht es gut. Blutergüsse, ein gebrochener Arm, aber es heilt", flüsterte sie.

„Und du? Du bist nicht verletzt worden?" Seine Augen betrachteten forschend ihr Gesicht, und seine Finger streichelten zart über den häßlichen Bluterguß an ihrem Kinn.

„Nein, nein."

Er sank auf den knisternden Haufen zurück und erzeugte ein Rascheln, als er Rindenstücke und Zweige unter sich zerdrückte. Er zog in einer schmerzlichen Konzentration seine Brauen zusammen und schaute von ihr fort.

„Ich habe nachgedacht — über etwas, das Peter sagte — schon vor Wochen, als ich dich gerade erst kennenlernte. Er war ... er war schockiert ... " Er warf ihr einen kurzen Blick zu, als er weitersprach: „Er war schockiert über unsere Art, wie wir uns für eine Braut entscheiden. ,Ihr raubt und schändet sie einfach,' sagte er. Seine Vorstellungen kamen mir damals fremd und seltsam vor. Ich habe es nicht verstanden! Und meine eigenen Gefühle waren so stark. Ich hatte keine Zweifel. Aber jetzt."

„Jetzt?" wollte sie wissen.

„Jetzt schon. Ich frage mich, ob ich etwas Falsches getan habe. Und ich mache mir Gedanken über dich. Über deine ... Gefühle. Was ich wissen will — hattest du eine Wahl?" Er drehte sich abrupt um und beobachtete, wie der erste Lichtstrahl die harten Schatten der Berge im Norden erhellte. Nina betrachtete sein abgewandtes Gesicht. *Ich habe selten gesehen, daß er Angst hat,* bemerkte sie. *Aber jetzt hat er Angst. Angst, mich zu fragen, ob ich ihn liebe!*

„Nein", erwiderte sie fest. „Ich hatte keine Wahl." Sie ergriff seine Hand, als sein Gesicht sich verhärtete. „Seit ich ein kleines Mädchen war, hatte ich das Gefühl, in einer zerbrochenen Welt zu leben. Ich war zerrissen — halb Georgierin, halb Armenierin. Und meine Jugend war auch zerrissen. Meine Eltern hielten sich an die Bräuche, aber dahinter gähnte eine Leere — die alten Formen waren erhalten, aber die Bedeutung war verschwunden. Ich war im Wirrwarr dieser leeren Formen gefangen, ein seltsam geformtes kleines Stück, das nicht paßte — und das erdrückte mich.

Ich habe mich nach etwas gesehnt, nach jemandem, der stark genug ist, das zu durchbrechen und etwas Neues daraus zu machen. So habe ich mein Risiko auf mich genommen — und Gott hat dich zu mir geschickt. Schau mich an, Grigol! Du bist der

Mann, den ich liebe. Ich hatte keine andere Wahl, als dich zu lieben. Das war in mir seit dem Tag, an dem ich geboren wurde!" Er streckte schweigend die Hände nach ihr aus und umspannte sie mit seinen Armen, daß ihre Stimme gedämpft klang, als sie weitersprach.

„Gott hat dich zu mir geschickt, Grigol." Ihre leisen Worte vermischten sich mit dem Rascheln knackender Zweige und rutschender Steine, als sie sich enger an ihn schmiegte, „um mir zu zeigen, was Liebe ist!"

„Meine Frau ...", sagte er so leise, daß sie es kaum hörte, und seine Küsse waren jetzt sanft und warm und verführerisch.

Später erzählte er ihr von Noes Verhaftung, Peters Abreise und von seiner eigenen langen Suche. Nina beobachtete, wie die Farbe des Tages auf den Weinbergen und Obstgärten im Süden kräftiger wurde, und hörte ihm aufmerksam zu. *Mein Bruder!* dachte sie traurig, als Grigol ihren Zusammenstoß mit den Kosaken beschrieb. *Was wird aus Noe werden? Und Irina. Wie hatte sich diese mächtige Leidenschaft gegen sie gewandt! Der Fehler darin hatte das Gute verbrannt. Und Peter. Ein treuer Freund — wir werden ihn nie wiedersehen.* Grigols ruhige Stimme glich die Verluste aus, einen nach dem anderen, und sie saugte sie schweigend und mit trockenen, aufmerksamen Augen in sich auf. Aber die ganze Zeit trank ihre Seele eine seltsame Zufriedenheit, als sie dem Auf und Ab von Grigols Stimme lauschte.

Dann erzählte sie ihm von Lomas Rettung, Kekes Freundlichkeit und Vater Panteley. „Er will uns trauen. Er ist bereit dazu", berichtete sie. Grigol zog sie näher zu sich, und sie schmiedeten ihre Pläne.

„Wir sind so weit im Süden", überlegte Grigol ruhig. „Es besteht eigentlich kein Grund, warum wir nicht noch eine Tagesreise weiter nach Süden gehen sollten, damit du deine Mutter und deinen älteren Bruder sehen kannst. Dann gehen wir über die Berge nach Wladikawkas und schauen, ob wir in einem der Dörfer im Nordkaukasus einen Platz für uns finden. Dort gibt es viele Dörfer, die vielleicht einen Schmied brauchen können."

Nina folgte seinem zusammengekniffenen Blick. Die großen Gipfel im Norden hatten sich vom dunstigen Himmel gelöst. Die Edelsteinkrone aus Schnee auf dem Sarkineh und Zedazeni funkelte in der Sonne, und der bis zum Himmel hinaufreichende Kasbek leuchtete wie die Ewigkeit. Jede Licht- und Farbschattierung spielte sich um die felsigen Steilhänge und bewaldeten Hänge und beschrieb Majestät, Schutz und eine Wohnstätte. Ein Lied reiner Freude sang in ihr, und sie drückte sich näher in die Geborgenheit von Grigols Armen und Schultern.

„Warum wartest du hier?" fiel ihr plötzlich ein. „Warum bist du nicht zum Haus gekommen?"

„Es war zu früh. Ich wollte den Eristaw nicht überfallen, solange es noch Nacht war", flüsterte er.

„Warum flüstern wir eigentlich?" Sie lachte leise. „Es ist niemand hier."

„Darum. Dieser Augenblick. Er ist heilig", erwiderte er ernst und verdrängte mit einem weiteren Kuß das Lächeln aus ihrem Gesicht.

„Und wird von Minute zu Minute profaner", neckte sie. „Komm — im Haus wartet jemand auf dich. Loma wird überglücklich sein."

Sie gingen zum Haus zurück, betraten es durch eine Hintertür und schlüpften leise ins Kinderzimmer. Hand in Hand saßen sie ruhig auf Ninas Bett und warteten, bis Loma erwachte.

* * *

Vater Panteleys Voraussage erwies sich als richtig. Grigol verbrachte einen großen Teil der nächsten zwei Tage in tiefgehenden Gesprächen mit dem Priester, während Keke außer Rand und Band war, für Samstag eine Hochzeit vorzubereiten. Nina und Loma waren zu aufgedreht, um sich auf irgend etwas zu konzentrieren — was für den Jungen gut war, aber Nina wurde mehr als einmal von Keke getadelt.

„Schau dir das an. Es ist wie für dich gemacht", jubelte Keke und hielt ein Seidenkleid in einer kräftigen rosa Farbe hoch. „Schau dir nur die Farbe an! Was ist los mit dir? Schau nicht zum Fenster; schau mich an." Nina lenkte gewaltsam ihre Aufmerksamkeit auf das Kleid und zwang ihr Gesicht, zu lächeln und Interesse zu zeigen, während ihre Augen zum Garten wanderten, wo Grigol und der Priester spazierengingen. Ihre Ohren bemühten sich, ihre Stimmen zu hören.

Aber als sie sich am Samstagmorgen für ihre Hochzeit ankleidete, war sie mehr als dankbar, daß Keke sich um alle Einzelheiten gekümmert hatte. Die ältere Frau half ihr, als sie in das rosafarbene

Seidenkleid schlüpfte, das so schwer war, daß es beinahe von selbst stehenblieb. Das Kleid war im georgischen Stil mit einem leicht ausgestellten Rock, engen Ärmeln und einer schmalen Taille genäht. Das ärmellose Übergewand mit seinem geteilten, dreiviertellangen Rock war aus einem hellen Rosa. Es war von einer zarten, silbernen Stickerei umrandet, die in den Filigransaum überging und sich dann in glitzernde, fliegende dünne Fäden auflöste, die so dünn und durchsichtig wie ein Spinnennetz waren. Das Mieder, das Ninas schlanke Taille umspannte, war mit einer silbernen Kordel zusammengebunden, und Grigols Halskette funkelte an ihrem Hals. Sie flochten ihre dunklen Haare in zwei dicke Zöpfe, die bis auf ihre Hüfte fielen, und bedeckten dann ihren Kopf mit einem dünnen, rosa schimmernden Schleier, der um sie wehte wie eine Blütenwolke.

Nina fühlte sich leicht und so zart wie ihr Kleid, als sie in die runde Kapelle des Eristaws zogen. Sie war alt — viel älter als das übrige Haus und innen dunkel. Schwache Lichtstrahlen leuchteten von den kleinen, schmalen Fenstern hinunter auf einige Dorfbewohner, die sich darin versammelt hatten. Der Kerzenring, der die gebogene Steinmauer zierte, unterstützte das Sonnenlicht, so daß sie Grigols ernste Miene ausmachen konnte, als er sie im Türrahmen erblickte. Sie trat aus dem Morgenlicht in die Kapelle, und ihre Schritte lösten um sie herum ein Raunen und Flüstern aus. Aber Grigols Augen bewegten sich nicht. Ein Räuspern — dann sang Vater Panteleys heisere Stimme mit ihren typischen Pausen und dem bekannten Keuchen die alte Hochzeitsliturgie. Grigol antwortete mit ruhiger und sicherer Stimme; dann erklang ihre eigene Stimme, klar und ohne Zweifel.

Sie senkte den Blick, und das Funkeln der Stickerei war wie Mondlicht auf einem See. Sie hob die Augen wieder, und das Kerzenlicht spiegelte sich gelb in Grigols Augen. Er antwortete, wie er angewiesen worden war, und ihre Ohren waren erfüllt von dem Klang seines Eheversprechens.

15. Schatten ziehen auf

Die Felder sahen unter der Sonne wie goldene Stoppeln aus, die unter der Sense geformt und abrasiert worden waren. Die heiße, trockene Luft, die nach Buchweizen und Roggen duftete, war so regungslos, daß sich die Spreu wie der Staub in einem geschlossenen Raum auf jedes Geländer und jeden Vorsprung setzte. Sogar die Vögel, die herumhüpften und sich bückten und auf dem Stoppelfeld ihren Schatten suchten, sahen staubig aus.

Fenja zog ihren Ärmel über ihr schweißgebadetes Gesicht und blinzelte über das einzige Grün in ihrem Blickfeld — ihre sauberen Baumwollreihen. In einer entfernten Ecke des eingezäunten Feldes hackte Wassilji die Erde auf. Fenja öffnete das Tor und trieb eine Herde grauer und weißer Gänse hinein. Sie waren wertvolle Helfer beim Baumwollanbau, denn sie pickten das harte Steppengras weg, das in das Feld hineinragte, schenkten der Baumwolle aber keinerlei Beachtung. Unbeeindruckt von der Hitze gackerten und schnatterten sie und rupften eifrig das Unkraut, während Fenja daran ging, mit ihrer Hacke den von der Sonne gehärteten Boden aufzubrechen.

Sie und Wassilji waren die einzigen, die auf den Feldern arbeiteten. Die heißen Tage waren eine kurze Erholungspause zwischen der Getreideernte und der Weinernte; die meisten Dorfbewohner beschäftigten sich in dieser Zeit mit weniger anstrengenden Arbeiten. In der kleinen, windschiefen Hütte trafen die übrigen aus der Kostrikinfamilie die letzten Vorbereitungen für Nataschas Hochzeit am folgenden Tag. Oben in dem großen Haus an der Mühle beherbergte Michail Woloschin die Bogdanoffs und andere Gäste aus Delizan.

Fenja bearbeitete einige Reihen und kniff dann die Augen gegen das grelle Licht zusammen und betrachtete ihr Werk. Die Pflanzen stachen in einem saftigen Grün groß und schön von dem trockenen Lehmboden ab — zu groß und zu schön. Ihre ganze Kraft war in die Blätter und in den Stamm gegangen, und die Samenkapseln waren klein und nicht viele an der Zahl. Es würde eine magere Ernte für ihre ganze schwere Arbeit geben. Fenja ließ ihre Augen einen Augenblick auf den frischen, grünen Farben ruhen, die ihnen eine große Ernte vorgegaukelt hatten; dann suchte sie den gebeugten

Rücken ihres Vaters auf dem Feld. Er richtete sich auf und erwiderte ihren Blick.

„Geh zur Schleuse hinauf", rief er ihr zu. „Wir gießen diese Reihen."

Sie ging durch das quietschende Tor hinaus und zu dem schlammigen Kanal im Osten und war dankbar für die kühlere Erde unter ihren Füßen. Das braune Wasser sprudelte mit einem blauweißen Schwall über die Holzlatte, und sie bückte sich, um ihre von der Arbeit rauhen und harten Hände zu kühlen. Aber als sie die funkelnden Tropfen von ihren Fingern schüttelte, wollte ihr schier das Herz stehenbleiben.

Ein Hund bellte – ein Hund, der die hilflosen Gänse, die keine Möglichkeit zur Flucht hatten, jagte! Sie stürmte zu dem offenen Tor und erblickte einen Köter, der voll Freude auf die verschreckten Gänse zustürmte; seine lange, rosafarbene Zunge hing fast so weit auf den Boden, daß er an der Erde lecken konnte. Die Gänse stoben auseinander und schlugen wie wild mit ihren gestutzten Flügeln, während ihre Schwimmfüße unbeholfen über die aufgewühlte Erde liefen. Fenja wußte, sie würden laufen, bis sie vor Erschöpfung umfielen. Sie hörte Wassilji rufen und ihre eigene Stimme brüllen, als sie kopfüber auf den Eindringling zustürmte. Der Hund machte Freudensprünge auf eine junge Gans zu. Ihr langer Hals streckte sich nach vorne, und der Vogel breitete in einem mitleiderregenden Flugversuch die Flügel aus. Die Gans brach zusammen, als Fenja bei ihr ankam, und der Hund, der über ein so schnelles Ende seiner Jagd verwirrt war, schnüffelte an seinem Opfer und hechelte sie mit einem Gesichtsausdruck an, der besagte: „Was ist denn jetzt?" Fenja versetzte ihm einen Tritt mit dem Knie, und Wassilji packte ihn am Genick und hievte ihn über den Zaun.

Fenja kniete neben der Gans. Ihr Hals lag schlaff über dem Boden, aber die schönen, ausgebreiteten Flügel zuckten schwach. In den Knopfaugen war immer noch Leben, und sie sahen sie an, dann erstarben sie und wurden in der Hitze, die der Boden abstrahlte, schnell glasig. Sie drehte den Vogel um und berührte die weichen Daunenfedern an seiner Brust. Dann nahm sie ihn in die Arme und setzte sich auf den harten, klumpigen Boden und weinte.

Wassilji stand neben ihr, zuckte mit den Schultern und murmelte etwas. „Mach dir keine Sorgen", sagte er und streichelte unbeholfen ihren hängenden Kopf. „Wir rupfen sie und verwenden die Daunen." Er sagte es nicht, aber kein Molokane konnte ein Tier essen, das auf dem Feld gefallen war. Die Gans würde verderben. „Pscht, Mädchen. Es ist nicht so schlimm." Aber Fenja wurde von tiefen Schluchzern geschüttelt. „Hör jetzt auf! Genug!" ermahnte er sie. Über ihre kindliche Trauer erschreckt und verwirrt, ging er zum Zaun hinüber und stützte sich mit den Händen darauf, als müsse er sich daran festhalten, und starrte dabei die Straße entlang zum Dorf. „Genug", seufzte er und schaute zum unbarmherzigen, blauen Himmel hinauf. Er ging zu ihr zurück und nahm sanft den toten Vogel von ihrem Schoß. „Es ist nicht nötig —", begann er, zuckte aber zurück, als sie das Gesicht hob.

Er ging mit der Gans unter dem Arm zum Tor, und mit einem kurzen Blick zurück auf die zusammengekauerte Gestalt seiner Tochter trottete er die Straße zum Dorf hinauf. Plötzlich still geworden, beobachtete Fenja seinen langsamen Gang, während der Hals der toten Gans unter seinem Arm hin- und herschaukelte. Er schlug nicht den Weg zu ihrer Hütte ein, sondern ging weiter, hinauf zur Mühle, hinauf zu dem Haus mit dem blauen Ziegeldach, in dem die Woloschins die Hochzeit ihres Sohnes vorbereiteten.

Fenja zog sich an ihrer Hacke hoch und sah ihm einen langen Augenblick nach. *Jetzt ist er auch noch verärgert*, tadelte sie sich selbst. *Hör auf!* Aber sie konnte nicht aufhören. Sie fühlte, wie die Tränen über ihr schmutziges Gesicht liefen, während das Gießwasser langsam durch die Furchen floß und den ausgebleichten Boden in ein dunkles Braun verwandelte. Das langsam dahinfließende Wasser funkelte mit einem weißen Glitzern, bevor es in der durstigen Erde verschwand.

* * *

Sie konnte ihre Stimmen durch die dünne Trennwand vernehmen — Wassilji und Anna — sie wurden in einer erhitzten Meinungsverschiedenheit lauter oder verstummten, wenn sie ihre Trauer bitter hinunterschluckten. Das rauhe Holz zwischen dem Wohnzimmer und der Küche war nicht so dick, daß es ein grimmiges Ringen hätte verbergen können — ob dieses Ringen gegeneinander oder gegen etwas von außen gerichtet war, konnte Fenja nicht sagen.

Was hatte ihnen die Freude über Nataschas Hochzeit geraubt? Wie ein Fuchs in den Weinbergen schnappten Sorgen nach ihrem Glück! Und raubten ihnen den Schlaf – gerade jetzt, da sie ihn am nötigsten brauchten.

Sie drehte müde ihren Körper um und war für die Kühle des Küchenbodens dankbar. Dabei achtete sie vorsichtig darauf, Luba, die neben ihr schlief, nicht aufzuwecken. Ein blauer Lichtschimmer – ein Stück des Nachthimmels, der durch das Fenster drang – fiel auf Nataschas schönes Profil und Tanjas breiten Rücken. Wanjas weiße Haut auf seinem Bein, das ausnahmsweise einmal sauber war, hing über der Seite des Ofens. Hinter ihm vernahm sie das gleichmäßige, leichte Pfeifen in Mischas Atem. Fenjas Blick ruhte auf den zwei Mädchen – eines war morgen eine Braut. Die andere hatte einen Verehrer, der schon um ihre Hand angehalten hatte, aber sie hatte keine Mitgift. War das das Problem? Die hübsche, stämmige Tanja war beinahe ein Jahr jünger als Fenja, aber das vergaßen alle. *Ich habe in diesem Sommer zu schwer gearbeitet,* sagte sich Fenja. Die Arbeit hatte ihren Körper zäh und dünn gemacht. Die zarten weiblichen Formen, die sich im Frühling gezeigt hatten, waren in den heißen, mühsamen Sommertagen wieder verschwunden.

Jetzt weinte Anna trotz Wassiljis tröstenden Murmelns. Ihre Trauer war schmerzlich und unverkennbar. Es lag eine schreckliche Gewißheit darin. Ein ganz konkretes Leid hatte sie getroffen. Dann hörte sie es. „Du hast unsere Tochter verkauft..." Das traurige Schluchzen schwoll an und machte sich Luft. „Sie verkauft... sie verkauft..."

※ ※ ※

Sie zogen in einer fröhlichen Prozession den Hügel hinauf, eine Schar junger Männer in langen, bestickten *Kosoworotkas*, die mit silbernen Schärpen umgürtet waren, und jeder von ihnen trug einen Laib Brot unter dem Arm. Ihre hohen Stiefel glänzten unter dem Stiefelwachs, daß es an ihren Beinen bei jedem Schritt wie ein unbedecktes Schwert funkelte. Runde Schatten zogen hinter ihnen her und veränderten mit ihren Bewegungen und mit der Beschaffenheit der Straße ihre Form. Dahinter kamen die Mädchen –

Fenja, Tanja und Nadja Woloschin in hellen Röcken und langärmligen Blusen, dann Natascha in ihrem Hochzeitskleid und dem Schleier.

Die Morgensonne, die kurz vor dem Mittag stand, ringelte die Ränder der Blumenblüten und brachte ein Strahlen auf die jungen Gesichter. Aber auf dem Hof der Woloschins hatte das Steinhaus eine feuchte Kühle gespeichert, die sie an die Hochzeitsgäste abstrahlte. Fenja gesellte sich zu der Gruppe im Inneren und warf einen Blick zurück auf Natascha, die an der Türschwelle stand und von einem hellen Licht mit einem verschwommenen Schimmer umgeben wurde. *Wie hübsch und himmlisch sie aussieht*, beobachtete Fenja. Freude spielte sich unter ihren feinen Gesichtszügen wie das heimlich sprudelnde Wasser unter einer Eisschicht, kurz bevor es im Frühling zerbricht.

Im Inneren des Hauses fiel Andrei auf die Knie und beugte sich unter den Gebeten der Ältesten. Michail legte seine rechte Hand auf das glänzende, glatte, schwarze Haar. Marfas Hand lag über der ihres Mannes, und darüber zitterte die Hand ihrer alten Bunja, Marfas Mutter, Agafja Bogdanoff. Semjons alte Stimme schwoll unter der Stärke und Kraft seines Gebetes an, und die zerbrechliche Hand mit den heraustretenden Venen der alten Frau zitterte unter dem Strom seiner Gedanken. Andrei beugte den Kopf noch weiter, und seine schwarzen Haare fielen ihm in die Stirn, aber Natascha stand aufrecht wie eine Königin.

Die versammelten Gäste verließen fröhlich und lautstark wieder den Hof und brachen zu der Trauungszeremonie und dem Festessen in die Kirche auf. Fenja blieb kurz im Wohnzimmer stehen, nachdem alle hinausgeströmt waren. An der Wand neben der Tür hing ein Rechteck, das mit einem weißen Tuch bedeckt war. Es war, wie sie wußte, ein Spiegel in einem tatarischen Holzrahmen, der zugedeckt war, um den strengeren Molokanen kein Anstoß zu sein. „Ein Werkzeug des Teufels", sagten einige der Brüder. „Ein Bild, obwohl Gott gebietet, kein Bild zu machen." In früheren Zeiten hatten Bauern Spiegel zur Wahrsagerei benutzt, hatte Fenja gehört, da sie glaubten, die Zukunft eines Mädchens sei aus dem langen Korridor von wiederholten Bildern abzulesen, der sich eröffnete, wenn man zwei Spiegel einander gegenüber aufstellte. Ein beängstigender Gedanke! Aber Marfa Andrejwna Woloschin benutzte, weltlich und reich wie sie war, den Spiegel nur, um ihre Haare glattzubürsten und sich ihr Kopftuch zu binden. Schüchtern hob Fenja das Tuch an einer Ecke hoch und warf einen schnellen Blick hinein.

Ein blasses, ovales Gesicht sprang ihr aus einer Oberfläche, die gleichzeitig trüb und glänzend war, entgegen. Fenja schob ihr Kopftuch zurück und legte ihre weiße, rundliche Stirn frei. Sogar hier in dem schwachen Licht strahlten ihre Augen mit einem starken blauen Leuchten – und vor Neugier. Unter den Augen war ihr Gesicht viel dunkler, von der harten Arbeit ausgemergelt und von der Sonne abgehärtet. Ihre Nase, die am Sattel leicht nach unten ging, hatte eine leicht angedeutete quadratische Spitze, die in der Form ihrer vollen Unterlippe und in ihrem festen Kinn wiederholt wurde. Fenja zog sich zurück und atmete tief ein. *Ich bin entzwei geschnitten,* dachte sie. *Oben weiß und unten braun.* Sie rückte ihr Kopftuch zurecht, als sie hinauslief, um die anderen einzuholen, und zog es sich weiter in die Stirn, um einen Schatten auf ihre Augen zu werfen und ihre Gedanken zu verbergen.

Fenja mischte sich in die lebhafte Menge von hell gekleideten Molokanen. Eifersüchtige Sonnenstrahlen fielen üppig auf die Seiden- und Satinstoffe und weckten ein Funkeln in den vielfarbigen Stickereien auf Saum, Mieder und Kragen. Aber die staubbedeckten Bäume und die leeren Hütten, die Planken und das Dach standen still und kreidebleich und vergilbt wie alte, verschwommene Erinnerungen. Ein Anflug von Fernweh kroch in Fenjas Blut. *Es ist alles so trocken, zu trocken für mich,* sinnierte sie.

Dann waren sie in der Kirche, und Semjons sichere Stimme ergoß sich über das junge Paar. Als er geendet hatte, sagte Andrei die vorgeschriebenen Worte: „Alle Knechte des Herrn, im Vorhof des Hauses unseres Herrn, sollen nun ihre Hände in Heiligkeit heben und den Herrn preisen; der Herr, der Himmel und Erde geschaffen hat, segne euch von Zion ... " Er beugte sich wieder vor seinem Vater und seiner Mutter und bat um ihren Segen.

Michail warf den Kopf zurück und verkündete: „Sei gesegnet, unser Kind, von dem höchsten Gott, und der Herr segne dich von Zion herab, und mögest du das heilige Jerusalem in den Tagen deines Lebens sehen und die Söhne deiner Söhne, Frieden in Israel, und möge der Friede immer über deinem Haupt sein. Amen."

Fenja erspähte einen Blick auf Axinia Bogdanoffs freundliches, rotmundiges Lächeln. *Wird sie sich an mich erinnern?* fragte sich Fenja. An einer anderen Stelle, die von der Schulter einer Frau und einem weiteren Kopftuch ausgefüllt wurde, erblickte sie einen Teil von Galina Antonowna Woloschins Gesicht. Ihre Augen waren feucht, ihr Kinn war unbeweglich. Fenja fragte sich, ob sie wohl Peters Gesicht unter Andreis Haaren sähe. *Sie wird nie die Hochzeit ihres Sohnes sehen,* wurde Fenja bewußt. Sie richtete ihren Blick wieder auf Andreis Gesicht und sog die Ähnlichkeit der beiden Vettern auf. *Wird sich Peter erinnern?* fragte sie sich. *Hat er in seinen Erinnerungen auch einen Platz für mich?*

Es entstand eine Bewegung; die Menschen rückten zur Seite, um Platz zu schaffen, damit sich Andrei und Natascha unter dem weißen Tuch in die Augen sehen konnten. In der Menge hörte man ein Raunen, ein Flüstern, die Stimme einer alten Frau: „Ah!"

Nataschas graue Augen unter dem weißen Rand ihres Schleiers strahlten Licht und Verheißung aus, als ihre Stimme in die ihres Bräutigams einfiel und sie gemeinsam ihr Eheversprechen ablegten; Andrei warf seine Haare zurück und sagte die Worte mit steifen Lippen auf. Dabei starrte er in ihr Gesicht, als wären die Worte darin aufgeschrieben.

„Wir, die hier genannten Diener des lebendigen Gottes, schwören vor dem allmächtigen Gott und vor seinen heiligen Evangelien und vor seiner heiligen Kirche, daß wir gemäß der Ordnung des Gesetzes Gottes in einer rechtmäßigen Ehe leben wollen, mit dem Segen und dem Einverständnis unserer Eltern und aus unserem eigenen Willen, daß wir die Gebote des Herrn nicht brechen und in Treue und Bescheidenheit leben wollen ... "

Andrei streckte die Hand aus, berührte aber nicht das Mädchen, das ihm gegenüberstand. „Ich werde keine andere Frau haben als die Frau, vor der ich jetzt meinen Eid ablege", sagte er laut und ließ seine Hand sinken.

Ihre Stimmen vereinigten sich wieder. „Wir schließen unser Versprechen damit, daß wir uns für immer Treue und Wahrheit schwören."

Aus jeder Ecke bezeugten die Stimmen der Molokanen dreimal: „Hört, Männer ... " Dann trat Wassilji vor. Er nahm Nataschas Hand, führte sie die wenigen Schritte zu ihrem Bräutigam und legte ihre Hand in Andreis Hand.

„Ich gebe dir meine Tochter zur Frau; bringe sie nach Gottes Gesetz zu deinem Vater."

Die Gemeinde strömte fröhlich in den Hof, während Tische für das Hochzeitsessen aufgestellt wurden. Wassilji und Anna standen neben dem jungen Paar und nahmen die Glückwünsche entgegen.

Aber Fenja fiel auf, daß Wassiljis Blick mit beschämter Nervosität zu ihr herüberwanderte.

Die Gäste wirbelten in einem runden Kreis herum, der Fenja aus der Gruppe hinausdrängte. Hinter ihr beugten sich die Zweige der Bäume am Fluß entlang und neigten sich unter dem sommerlichen Gewicht ihrer Blätter. Die Blätter selbst waren so trocken und unansehnlich wie mumifizierte Hände; sie waren nach innen gerollt, als wollten sie die Düsterkeit, die die Baumstämme ausstrahlten, festhalten. Aber die Dunkelheit wurde von gelegentlich aufblitzenden Lichtpunkten erhellt, die vom Wasser herüberfunkelten.

Axinia gesellte sich zu Fenja. Sie schüttelte schon den Kopf, noch bevor sie in Hörweite kam; dann hob sie ihre dicken Finger und berührte die gegerbte Haut auf Fenjas Wange.

„Du hast ja schwer geschuftet und wirst noch ein ausgetrockneter Stock, Liebes", tadelte sie Fenja voll Mitgefühl. „Das muß doch nicht sein."

Fenja rieb sich verlegen die Haut, aber sie war froh, daß Axinia sich an sie erinnerte, und fühlte sich in der überfließenden Freundlichkeit dieser Frau wohl.

„Marmelade und Pfannkuchen und viel Butter — das brauchst du", entschied die junge Ehefrau. „Gott sei Dank, haben wir zwei Wochen Zeit, bevor wir von Delizan aufbrechen. Wir füttern dich schon heraus! Es ist nicht gut, wenn du eine Seereise ohne ein paar Reserven auf den Knochen antrittst."

Fenja sah sie erstaunt an. „Delizan!" Sie verschluckte das Wort beinahe. „Wie sollte ich nach Delizan kommen?"

Axinias rötliche Wangen wurden dunkler, als ihre Hand an ihren Mund fuhr. „Bin ich ein Idiot! So dumm drauflos zu plappern! Ich habe gesprochen, ohne zu denken ... ich nehme an, dein Vater wollte bis nach der Hochzeit damit warten, es dir zu sagen."

Langsam, wie eine Welle, die auf sie zurollte, begriff Fenja. „*Pohod*, flüsterte ihr Herz — aber ihr fehlte der Mut, es auszusprechen.

„Sagen Sie es mir!" Sie zwang sich die Worte über die Lippen.

„*Pohod!* Was sonst. Gott hat an dich gedacht. Und auch an mich, sollte ich wohl sagen. Du kommst mit uns nach Amerika! Es hat sich alles zum Guten gewendet."

„*Pohod*", murmelte Fenja. Erstaunen, Angst und eine große Aufregung zehrten an ihr. „Wie sollte das möglich sein?"

„Ich weiß nicht, was seine Meinung geändert hat, aber dein Vater kam gestern zu uns. Es war eine seltsame Begegnung! Er zitterte am ganzen Leib, als er die Sache mit uns besprach – und wiegte dabei die ganze Zeit eine tote Gans, als wenn sie ein liebes, kleines Kind wäre! Aber anscheinend hat er beschlossen, daß es das beste für dich ist. Außerdem ist er wahrscheinlich gerade jetzt knapp dran – eine Tochter frisch verheiratet und eine zweite, die bald heiraten wird."

Fenja öffnete den Mund, um etwas zu sagen, aber Axinia platzte mit ihren Neuigkeiten heraus.

„Mach dir keine Sorgen", unterbrach sie Fenja mit einem Lächeln. „Es ist für alles gesorgt. Wir bezahlen deine Überfahrt; du hilfst mir bei den Zwillingen. Wenn dann die Zeit kommt, daß du heiratest, kannst du uns das Geld aus deiner *Kladka* zurückzahlen. Ich habe gehört, daß die molokanischen Burschen in Amerika gut für eine Braut bezahlen – es gibt dort einfach nicht genug Mädchen."

Pohod! Gott hat an mich gedacht... Fenja schwankte unter einer plötzlichen, seltsamen Freude. Die Woloschins hatten keine Unkosten für das Hochzeitsessen gescheut, aber die dampfenden Schüsseln mit *Lapscha* und die aufgehäuften Platten mit *Kascha*, dazu Fleisch und Weintrauben, waren für Fenja uninteressant. Sie war in Gedanken nur mit einer unbekannten, strahlenden Zukunft beschäftigt und sich des plötzlichen stechenden Schmerzes in Wassiljis Blick und des Schmerzes in Annas steifem Lächeln und in ihren traurigen Augen bewußt.

* * *

„Wir haben zusammen gelebt und miteinander Brot gegessen, und Gott hat uns gesegnet, meine Lieben." Großmutter Bogdanoffs schrille, zitternde Stimme wanderte zu ihrer eigenen Hochzeit vor über fünfzig Jahren zurück. „Möge er euch das auch schenken! Möge der Friede über euren Köpfen sein!" Sie legte mit einer braunen, fleckigen Hand den Segen auf die Neuvermählten und hielt sich mit der anderen am Wagen fest. Da es der Wagen war, in dem das junge Paar aufbrechen würde, löste Fenja sanft ihre Hand vom Wagen und legte sie statt dessen auf Axinias kräftigen Ellbogen.

Es war früh am Abend, und die Hochzeitsgesellschaft löste sich auf, außer den Gästen, die zum letzten Teil der Feier eingeladen waren — die Braut und den Bräutigam im Haus seiner Eltern zu Bett zu bringen. Michail und Marfa waren schon vorausgegangen, um alles für ihre Gäste vorzubereiten. Andrei und Natascha wurden in den mit Blumen bedeckten Wagen gesetzt, um den herum die Brautjungfern und jungen Männer und die engsten Angehörigen des jungen Paares zu Fuß gingen.

Fenja gesellte sich zu der Schar der anderen Brautjungfern hinter dem Wagen und ging in Gedanken die Hochzeitsbräuche durch. Wenn sie im Haus des Bräutigams ankämen, würden die Mädchen Nataschas Zopf auskämmen und ihn zu zwei Zöpfen flechten, als Zeichen dafür, daß sie jetzt Teil eines Ehepaares war. Die anderen würden den Bräutigam vorbereiten; dann würde Marfa, die Mutter des Bräutigams, das Paar zur Scheune hinausbringen und sie mit den entsprechenden Anweisungen einschließen. Fenja schaute ihre Schwester neugierig an und war von der großen Bedeutung dieser Nacht überwältigt.

Trofim, der *Druschko*, fuhr die Kutsche. Er peitschte das Gespann an, und die schönen Duchoborzenpferde fielen in einen kräftigen Trab. Er lenkte sie auf den Marktplatz, um vornehm zu wenden, dabei beugte er seine Schultern und gebrauchte spielerisch seine Peitsche. Da sah Fenja, wie sein breiter Rücken steif wurde. Er zügelte vorsichtig die Pferde, drehte sich dann halb um und sagte etwas zu Andrei. Andrei wirbelte mit dem Kopf herum, und Fenja folgte seinem Blick.

Eine Gruppe georgischer Jugendlicher versperrte vor ihnen die Straße. Vier, vielleicht fünf — sie lachten und fluchten — sie waren betrunken. Beim Anblick der drei kräftigen Pferde, von denen jedes mit Sommerblumen geschmückt war, brachen sie in ungezügelte Heiterkeit aus. Einer riß eine verwelkende Dahlie aus dem Geschirr, tat so, als küsse er sie überschwenglich, und verstreute dann ihre zerrissenen Blütenblätter.

„Einen Kuß von der Braut", verlangte er, und die anderen stimmten schnell ein. „Ein Kuß, ein Kuß ... " „Richtig, warum sollte der reiche Mann alles haben?" „Die Armen lieben genauso gut wie die Reichen — besser sogar!" Witzelnd und lachend fingen sie an, den Blumenschmuck von den Pferden und vom Wagen zu reißen.

„Hört auf, Brüder", ermahnte sie Trofim. „Laßt uns in Frieden —

und Christus sei mit euch." Aber seine Worte gingen in den wild verstreuten, zerrissenen Blumen und dem Gelächter unter.

Dann wurden die jungen Männer plötzlich still und ihre Augen ernst und verächtlich. Fenja bekam Angst. „Schaut euch die Schönheit an, die sein reicher Vater ihm gekauft hat!" sagte einer bitter.

Andrei warf seinen Körper vor Natascha und hob abwehrend die Arme. Sie fingen an, ihn mit den Blumen zu bewerfen, dann mit Dreck von der Straße. Die Brautjungfern wichen vom Wagen zurück. Trofim sprang herunter. Fenja erwartete, daß seine Körpergröße sie einschüchtern würde, aber der Anführer hatte sich in eine selbstgerechte Verachtung hineingesteigert.

„*Kulak!*" Sein Schrei riß jeden vorgegaukelten Frieden von ihnen fort. „Ihr schwelgt in eurem Reichtum, während wir uns abmühen, um zu überleben. Macht nur weiter — nehmt alles — nimm es für deine Braut! Du hast uns ausgeblutet, du Aas!" Fenjas Kopfhaut zog sich erschreckt zusammen, als sie sah, wie der Haß das gutaussehende, junge Gesicht verzerrte. *Er glaubt es wirklich*, dachte sie. *Er glaubt, daß Michail Woloschins Haus und Vieh und Mühle und seine stattlichen Pferde ihm etwas geraubt hätten. Und seine Seele ist von der ganzen brodelnden Wut eines ungerecht behandelten Menschen erfüllt.*

„*Kulak! Kulak!*" Die Gefährten des Mannes stimmten in den Schrei ein. Andrei sprang vom Wagen herab, und Fenja stieg hinein, um ihre Schwester abzuschirmen, während die zwei Brüder die betrunkenen Männer abwehrten. Andere junge Männer aus der Hochzeitsgesellschaft traten vor und bildeten eine Mauer zwischen dem Wagen und den Georgiern. Fenja sah, wie ein Jugendlicher mit dichten, schwarzen Brauen und funkelnden weißen Zähnen seine erhobene Faust ballte. Sie konnte ihre Augen nicht von dem Schmerz in seinem Gesicht abwenden. Die Macht seines Hasses war so gewaltig und so persönlich wie ein Schlag ins Gesicht. *Sie hassen mich*, dachte sie erstaunt. *Und sie hassen Natascha, die ihr ganzes Leben in Armut verbracht hat.*

Einer der Georgier riß Andrei die Brille von der Nase. „Du hast eine schöne Frau", sagte er mit einer jovialen Verbeugung. „Wir wollen doch nicht, daß du zu viel von ihr siehst." Er ließ die Brille aus der Hand fallen und zertrat sie dann unter seinem Absatz. Trofims kräftige Gestalt versperrte Fenja den Blick; es gab einen Schlag und ein Fluchen, und der Wortführer lag auf der Straße. Ohne ein Wort zu sagen, und mit methodischer Leichtigkeit wehrte der riesige Molokane eine zweite Belästigung ab. Die anderen wichen zurück, und er und Andrei stiegen wieder auf den Wagen.

Andreis Augen sahen ohne seine Brille seltsam und benommen aus, aber sie weiteten und verhärteten sich, als er Nataschas angespanntes Gesicht und ihre zitternden Hände sah. Er vergaß alle anderen um sie herum und zog sie eng an sich und beschützte ihre Augen mit seiner Hand. Seine schwere, schwarze Locke versteckte sein Gesicht, als er sich zu ihr beugte.

Ohne ein weiteres Wort zu verlieren, stellten sich die Molokanen um die Kutsche herum auf, und jeder hielt sich mit einer Hand am Wagen oder am Geschirr fest. *„Kulak!"* Ein wütender Schrei durchbrach die Luft. Sie achteten nicht darauf und zogen den Hügel hinauf zu den Woloschins. *„Kulak!"* Das Wort schlug wie der Schlag einer Peitsche hinter ihnen her. Die Molokanen gingen weiter. Dann stimmte eine zögernde Stimme ein Lied an. Die anderen Molokanen stimmten mit ein, einer nach dem anderen, und der Psalm nahm zu an Stärke und Schönheit, während sie zum Haus des Bräutigams hinaufzogen.

* * *

Fenja warf einen letzten Blick auf das Dorf. Die Hütte der Kostrikins verschwand in seiner Senke; der plätschernde Fluß funkelte einen letzten Gruß im frühen Morgenlicht zu ihr herüber; die drei Tannen auf dem Marktplatz türmten sich bedrohlich auf und neigten sich dann zurück. Der windschiefe Holzstoß und die Akazien am Dorfrand, die vertrauten Felder und Weingärten — alles verschwand nacheinander, als der Wagen der Bogdanoffs zur alten Poststraße polterte, die sie nach Delizan bringen würde.

Fenja behielt jede Kleinigkeit in ihrem Herzen. Ihre Finger streckten sich aus und umklammerten das plumpe, in Stoff gewickelte Bündel, das ihren ganzen Besitz enthielt — mehr Sachen, als sie geglaubt hatte zu besitzen. Sie zu berühren, erfüllte sie mit Freude und Schmerz.

Letzte Nacht hatte Anna *Blintzi* mit Marmelade und gestockter Sahne zum Abendessen gekocht — Fenjas Lieblingsspeise. Es war nur ein paar Tage nach der Hochzeit, aber trotzdem war Natascha zu ihnen herübergelaufen, um mit ihnen zu essen, und brachte Fenja eine neu genähte Jacke als Geschenk. Anna, die entschlossen war, ihre Tochter nicht mit Tränen zu belasten, hatte auch ein Geschenk für sie.

„Ich konnte es nicht verkaufen", erklärte sie und reichte Fenja ein in Stoff gewickeltes Päckchen. „Nicht, nachdem ich es an dir gesehen habe."

Das Päckchen enthielt das schöne Merinokleid mit seiner leuchtenden Sonnenblumenstickerei. Fenjas Hals war wie zugeschnürt. Sie nickte stumm, als sie den weichen Stoff streichelte. Wassilji stand hinter ihr, und sie bemerkte, daß er ihr ein glattes Stück Holz zusteckte. Sie nahm es. Es war ein geschnitztes Kästchen. Nicht sehr groß, vielleicht die Größe einer Schmuckschatulle, aber in den Deckel war ein Rand aus komplizierten geometrischen Formen geschnitzt — eine genaue Nachbildung der geschnitzten Verzierungen an den Pfosten und Läden und Vorsprüngen der Kostrikinhütte. „Hier, damit kannst du ein Stück deines Zuhauses mitnehmen — mit nach Amerika ... " Er biß sich die Worte mit einem Büschel seines Schnurrbarts ab und fing an, darauf zu kauen.

Ein Stück Zuhause, sinnierte Fenja. Das Dorf war hinter den Feldern immer noch zu sehen. Dann wurde es von einer Welle des Landes verschluckt. *Altes ist vergangen,* dachte sie. Sie hatten die Felder, auf denen sie immer gearbeitet hatte, hinter sich gelassen, und jetzt waren ihr nur noch die Suramiberge am Horizont vertraut. Sie betrachtete sie mit sehnsüchtiger Aufmerksamkeit. „Altes ist vergangen ... " Vom Hals bis zur Taille fühlte sie sich so bearbeitet und porös und aufnahmebereit wie Ackerland.

Der Wagen knarrte und ächzte, als sie sich der Abbiegung zu der weniger holprigen Poststraße näherten. Fenjas Augen glitten über die Weinstockreihen, die die Straße nach Süden säumten, und konzentrierten sich wieder auf die sich immer weiter zurückziehende blaue Linie der Berge. Gäbe es in Kalifornien auch Weinstöcke — und Berge?

„Ihr Satanssöhne, ihr braucht nicht jedes Schlagloch in der Straße finden!" brummte Iwan den Pferden zu. Fenja blickte zurück. Axinias selbstzufriedenes Gesicht und ihr voller Körper lehnten sich in einer entspannten Schieflage an einen Stoß Kleidungsbündel zurück. *Sie quält sich nicht mit Fragen und vielem Nachdenken,* dachte Fenja. *Sie nimmt es einfach, wie es kommt.* Die ruckelnde Bewegung berührte ihren gut gepolsterten Körper kaum, aber

Großmutter Bogdanoff sprang wie von der Tarantel gestochen bei jedem Schlagloch in die Höhe. Sie nickte mit einer befriedigten Miene und lächelte Fenja an, als wollte sie sagen: „Das ist richtig so! Wir werden herumgestoßen – genau so muß es sein!" Ihr knöchriger Körper schien in alle Richtungen zu fliegen, und Fenja nahm an, ihr Gesicht würde das auch tun, wenn sie nicht ihr Kopftuch so fest umgebunden hätte, daß die tiefen Furchen an ihrer Nase entlang, über ihre Stirn und unter ihrem Mund noch tiefer eingedrückt wurden. Ihr Gesicht sieht aus, wie wenn es auseinandergenommen und wieder zusammengesetzt worden wäre, dachte Fenja. Und nur dieses alte Kopftuch hindert es daran, auseinanderzufallen. Aber ihr leichtes Lächeln war zufrieden, und ihre Augen, die vom grauen Star ganz milchig waren, waren so hell wie eine Wolke, die von hinten von der Sonne beschienen wird.

Die kleine Walentina kauerte auf dem Schoß ihrer Mutter. Sie packte eine Handvoll von Axinias Rock und fing an, mit einem besorgten Runzeln ihres Gesichts darauf zu kauen. Gelegentlich nahm sie den Rock aus dem Mund und betrachtete ihn mit enttäuschter Miene. Nikolinka, der kleine Junge, zahnte auch. Er zog sich in die Höhe und hielt sich dabei mit beiden Händen am Geländer fest. Er schaute mit weit aufgerissenem Mund und Erstaunen in seinen leuchtenden, blaubraunen Augen hinaus. Ein plötzlicher Ruck schlug seinen Mund zu. Er stürzte auf Axinia und brüllte seine Entrüstung hinaus. Fenja nahm schnell das kleine Mädchen, während Axinia ihren Sohn in den Arm nahm und streichelte. Iwan verschob seine Mütze, drehte sich um und warf ihnen allen mit einem Auge einen schlecht gelaunten Blick zu.

„Du siehst, wie es wird", sagte Axinia zu Fenja. „Immer ist irgend etwas mit diesen beiden! Kannst du dir vorstellen, wie das auf einem Schiff werden wird? Hilf mir, diese Reise heil zu überstehen, Liebes, und ich kaufe dir *Likirownii Tooflii* – richtige Lederschuhe – wenn wir nach Los Angeles kommen."

„Los Angeles?" wiederholte Fenja laut. Axinia erstaunte sie wie immer. *Likirownii Tooflii!* Wer sonst käme je auf solche Ideen?

„Aber ja. Los Angeles. Dort werden wir leben, wenn wir in Kalifornien sind."

„Kalifornien!" mischte sich die alte Bunja Bogdanoff ein. „Meine Seele und mein Körper werden so sein", sie hielt zwei eng verkreuzte Finger hoch, „bis wir nach Kalifornien kommen. Mein Herz ist entschlossen und bereit für den *Pohod*!" Ein zitterndes, schnelles, leichtes Nicken schüttelte ihren eingepackten Kopf, und sie lächelte ihr süßes Lächeln, so unschuldig wie die Babies.

„Wissen Sie denn, wie dieses Los Angeles aussieht?" fragte Fenja.

„Nein. Nein, Kleines. Gott weiß es, und er zeigt uns den Weg. Ich folge nur."

Fenja erwiderte das Lächeln der alten Bunja. Eine große Anspannung löste sich, und sie hatte den Eindruck, daß etwas sehr Neues, etwas, das sie nicht verstand, in ihrer Seele geschah. *Ich bin wie ein müder Schwimmer, ganz geschafft davon, um mich zu schlagen — und plötzlich werde ich von einer starken und sanften Strömung erfaßt,* sinnierte sie. Dieser Gedanke gab ihr Auftrieb, und sie fing an, sich genauso eifrig wie der neugierige Nikolinka in der unbekannten Landschaft umzusehen.

Walentina fing an, sich in ihren Armen zu drehen und zu winden. Sie hatte genug von dem Stoffgeschmack und wollte etwas Gehaltvolleres. Axinia fing an, ihre Bluse aufzuknöpfen, und sie tauschten die Kinder.

„Siehst du?" beharrte Axinia, aber ihr Gesicht wurde sanft vor Zärtlichkeit, als das Baby die Brust in den Mund nahm.

Fenja schaukelte Nikolinka auf ihrem Knie, und der Wagen bog in die alte Poststraße ein. Sie warf einen letzten Blick auf die Berge und richtete dann ihre ganze Aufmerksamkeit auf den energiegeladenen, abenteuerlustigen kleinen Jungen.

Likirownii Tooflii, überlegte sie erstaunt. „Und was dann?"

16. Der Zufluchtsort

Es war Mitte August, als die Südpazifik-Eisenbahn Peter in Los Angeles ablud, das inmitten der Berge, die die Stadt umgaben, unter der Hitze glühte. Er blinzelte gegen die helle Sonne, als er aus dem Zug ausstieg, und fühlte sich schwach und zittrig. Nachdem er in San Francisco von Bord gegangen war, hatte er sich ausschließlich von Süßigkeiten ernährt. Da er kein Englisch beherrschte, war es schwer für ihn, sich Essen zu beschaffen, aber in den Bahnhöfen gab es jede Menge Süßigkeitenverkäufer.

Als nächstes muß ich die Molokanen finden. Aber wie? Er kämpfte gegen die rebellierende Bewegung in seinem Magen an. Natürlich würde ihn niemand erwarten – und wenn, dann hatten sie bereits vor Monaten mit ihm gerechnet. Nun, dann wartete eine Überraschung auf sie!

Peter bemühte sich, sich in dem Durcheinander um sich herum zurechtzufinden. Pfiffe ertönten, Metalltüren schlugen zu, und Anweisungen wurden in der seltsamen, abgehackten Sprache Amerikas über den Bahnsteig gerufen. Uniformierte Gepäckträger, Männer in braunen Geschäftsanzügen und Frauen in taillenlangen Blusen, fliegenden Röcken und bunten Hüten wirbelten um ihn herum. Eine Frau mit einem Pferdegesicht drängte sich vor ihn und winkte jemandem, der aus dem Zug stieg, mit einem Taschentuch zu. Ihr wehendes Kleid hatte riesige Ärmel, die an den Handgelenken eng, aber an den Schultern so weit und aufgebläht waren, daß ihre winkenden Arme wie die schlagenden Flügel eines Vogels aussahen, der jeden Augenblick abheben wollte. Sie drängte sich an ihm vorbei.

Dann sah er ihn – einen kräftigen, alten Molokanen in einem hochgeschlossenen Hemd, kniehohen Stiefeln, weiten Bauernhosen und mit einem üppig wehenden Bart – der von dem hellen, südlichen Sonnenlicht zum Leben erweckt wurde. Erleichterung durchströmte Peters Körper. Sechs Monate! Er staunte. Es waren sechs Monate vergangen, seit er einen von seinen eigenen Leuten gesehen hatte.

Das Gesicht des alten Mannes verzog sich zu einem freundlichen Lächeln, das ihn willkommen hieß, und er zwinkerte, als Peter die Stufen herunterstieg. Sein flaumiger Schnurrbart bewegte sich; aber was er auch sagte, es ging in dem Lärm der Ankömmlinge und

Abreisenden unter. Doch er packte Peter fest am Arm, warf sich eines seiner Bündel über die Schulter, und sie gingen die First Street hinauf in Richtung der molokanischen Siedlung. Peter stolperte dahin und nahm die Ansammlung von ein- und zweistöckigen Gebäuden und Läden in sich auf – die alle mit einer verrückten Mischung aus rätselhaften Zeichen bepflastert waren. Buchstaben, Wörter, Werbesprüche an den Wänden, auf Plakaten, an Fenstern, sie waren sogar hier und da an Holzpfosten angebracht. Geschäfte, Cafès, Spielhallen – jedes Haus verkündete den Passanten seine Botschaft, aber für Peter lag keine Bedeutung darin. Hier und da erspähte er hinter einer dunklen, verstaubten Fensterscheibe ein abgewandtes Gesicht. *Da sind sie,* dachte er. *Menschen, die ihr verborgenes Leben führen* ...

„Ich bin Ilja Waloff", stellte sich sein Begleiter vor. „Du gewöhnst dich schon noch daran. Es wird dir leichter fallen, wenn du bei deinen eigenen Leuten bist." Sein kindlich freundliches Lächeln zog die gebräunten Wangen nach oben und verengte die aufmerksamen, blauen Augen.

„Du bist also über Kap Horn gekommen!" sprach er weiter. „Die meisten kommen zur Zeit über Bremen – es ist kürzer, den Atlantik zu überqueren." Der Tag dämmerte um Peter. Nein, er würde seinem neuen Bekannten nicht erzählen, daß die lange Zugfahrt über Land durch Rußland und Polen nach Deutschland für einen Deserteur – und einen Mörder – viel zu gefährlich gewesen wäre.

„Über Kap Horn ... ", wiederholte Peter. „Ja, ich bin im Zickzackkurs über die halbe Welt gereist."

„Hauptsache, du bist jetzt hier. Hier bei deinen eigenen Leuten. Du hast es geschafft!"

Ilja führte ihn die First Street hinauf und berührte ihn hin und wieder, als wolle er ihm damit das Gefühl der Sicherheit vermitteln. „Im Osten – dort. Die Berge." Peter kniff die Augen zusammen und erspähte eine blasse, buckelige Linie am Horizont. „Hier, wenn du dort hinaufgehst, kommst du in die Innenstadt, in das Geschäftsviertel in der Springstreet.

Schau – siehst du das?" Ilja deutete mit dem Finger auf ein Gewirr von Ölquellen, die offenbar mitten in einer Wohngegend in die Höhe schossen. „Ein Mann namens Doheny hat da draußen Öl gefunden, und die Amerikaner haben ihre Vorgärten umgegraben, sogar ihre Wohnzimmer, um das Zeug darunter zu finden. Es plätschert mitten in der Stadt!" Peter warf einen weiteren erstaunten Blick auf den Ring von Bohrtürmen.

„Sie sind ein seltsames, unberechenbares Volk, diese Amerikaner", vertraute ihm Ilja an. „Am ersten Tag des Jahres kommen Tausende von ihnen hier nach Pasadena heraus, und was glaubst du wohl? Sie halten Wagenrennen ab! Direkt auf der Straße."

„Wagenrennen?" Peters Kopf begann zu schmerzen, und ihm kam der Gedanke, daß hinter Iljas Plauderei ein tieferer Grund steckte. *Er verheimlicht mir etwas, eine schlechte Nachricht*, dachte Peter. Ein wachsendes, ungutes Gefühl ergriff ihn, als er den kräftigen Schritten des alten Mannes folgte.

„Wagenrennen — mit Pferden. Nur zum Spaß! Sie sind wie bei uns die Adeligen. Ein unberechenbares Volk! Aber wir haben unsere alten Lebensweisen nicht vergessen. Wir schaffen uns hier eine Heimat — du wirst schon sehen."

Iljas freie Hand ruhte keine Sekunde, als er versuchte zu beschreiben, wie die ersten Wellen der molokanischen Einwanderer über die Straßen von Los Angeles strömten. Der gewaltige *Pohod*ansturm hatte sich in einen kleinen Abschnitt des achten Bezirks gleich westlich des Flusses Los Angeles in der Nähe der Eisenbahnschienen niedergelassen. Die Russen wohnten zwischen der östlichen First Street und der Alisostreet und Alameda zusammen, dazwischen waren die Mexikaner in der Oliverastreet und die Japaner in Klein-Tokio.

„Zu Hause befinden wir uns im Krieg gegen sie. Hier sind sie unsere Nachbarn! Gott versucht, uns etwas zu sagen, was?" bemerkte Ilja. „Aber wir schaffen uns selbst einen Raum zum Leben — du wirst schon sehen! Die meisten von uns mieten diese Holzhäuser mit drei Zimmern. Sie haben fließendes Wasser, einige haben sogar Strom. Aber es ist trotzdem schwer, schwer für die Frauen, schwer für jeden."

Sie bogen zu einem Schindelhaus ab, das in zwei Schattierungen aus sanftem Gold gestrichen war, und stiegen eine Treppe hinauf, die aus einem Gewirr von verwahrlostem Bermudagras herauslugte. Dann leuchtete ihnen ein schwaches und verzerrtes, aber unverkennbares Stück altes Rußland aus dem heißen Augustnachmittag entgegen. Das erste Zimmer des Hauses war mit einem Messingbett ausgestattet, das mit seinen Knaufen und Schlaufen aus glänzendem Metall sehr fremd aussah, aber es war mit den Daunenbetten und bestickten Tagesdecken überzogen, die der

Stolz jeder russischen Hausfrau sind. Gerüche von Kohl und Rindfleisch und gutem russischen Brot drangen aus der Küche. Durch die enge Tür erspähte Peter einen Samowar, der auf einem Picknicktisch stand. Iljas quirlige Frau erschien, und Grübchen und Fältchen durchzogen den Teil ihres Gesichts, der von ihrem Kopftuch nicht bedeckt war.

Sie setzten ihm ein gutes Essen vor und reichten ihm dann den Brief von Gawril. Sie mußten die schlechten Nachrichten darin geahnt haben. Die alte Frau machte sich am Herd zu schaffen, und Ilja ging ins Wohnzimmer hinüber, um ihn allein zu lassen.

Semjon war tot! Natürlich würde er eines Tages sterben; immerhin war der alte Mann weit über neunzig. Peter beugte wieder den Kopf, um die gestochen scharfen Buchstaben in Gawrils Worten noch einmal zu lesen. Cholera. Eine Epidemie. Es gab auch noch andere Probleme. Gawril deutete sie nur vage an. Politische Schwierigkeiten.

... Bleibe am besten, wo du bist. Du findest bei Maxim Merlukow eine gute Arbeit. Bleibe dort. Wir beten. Uns anderen geht es gut.

Peter konnte Gawrils ruhige Stimme fast hören, aber er fand keine Beruhigung in den Worten. Er faltete den Brief sorgfältig und spürte eine beängstigende Vorahnung. *Was noch?* dachte er. *Was werde ich noch verlieren?* Ilja erschien wieder — zurückhaltend, ohne ihn anzusehen.

„Maxim Fersitsch Merlukow kommt morgen früh und holt dich auf seinen Hof hinaus. Er hat es da draußen in Montebello zu etwas gebracht. Gehört er zur Familie?"

Peter nickte. „Der Vetter meiner Mutter, aber ich habe ihn noch nie gesehen. Sie kommen aus der Delizan-Gubernia; unser Dorf liegt näher bei Tiflis. Aber meine Mutter hat mir von ihm erzählt."

„Sie gehören zu denen, die Glück gehabt haben! Wir anderen haben kein Land. Wir können es uns nicht einmal leisten, uns ein Haus zu kaufen, geschweige denn Ackerland. Aber dein Vetter muß sehr reich gewesen sein."

„Wo liegt sein Hof?"

„Nicht weit, nicht weit von hier. Ein paar *Wersts* über den Fluß.

Gutes Land — wenn man genug Wasser dafür findet. Sie bauen Walnüsse und Lima-Bohnen an."

„Walnüsse und Lima-Bohnen. Das ist etwas Neues für mich." Peter unternahm einen Versuch zu lächeln, und der alte Mann sah erleichtert aus.

„Ja. Das ist richtig. Eine völlig neue Welt für dich! Walnüsse und Lima-Bohnen!" Seine Augen zwinkerten schlau, als gäbe er ihm einen weisen Rat.

Am nächsten Morgen brach Peter in einem hölzernen Bauernwagen nach Montebello auf. Er saß neben einem blondbärtigen, schweigsamen Mann, den er noch nie zuvor gesehen hatte.

„Komm uns bald besuchen", rief ihm Ilja von der Verandatreppe aus zu. „Komm an einem Samstag, dann fahren wir hinaus nach Santa Monica — an den Strand. Wir nehmen die Straßenbahn — den großen roten Wagen. So machen wir es hier!"

Peter bedankte sich bei ihm.

„Laß dich von ihm nicht zu sehr schinden", scherzte der alte Mann, und Peter drehte den Kopf und warf ihm zum Abschied ein Grinsen zu. Aber Maxim Merlukow lächelte nicht.

* * *

„Die Erde ruft mich . . . ", seufzten die alten Leute normalerweise, wenn sie spürten, daß ihre Tage zu Ende gingen. Der alte Semjon hatte das nie gesagt — sein Ruf kam von einer anderen Stelle. Aber er war trotzdem tot. Peter drückte sein ganzes Gewicht in die Griffe einer McCormick-Egge und beobachtete, wie die Stahlspitzen den blassen Lehmboden durchzogen und Alfalfa an den Wurzeln ausrissen. Sein Geruch stieg stark und süßlich auf, aber nicht stark genug, um den alten, kräftigen Geruch nach aufgewühlter Erde zu überdecken. *Die Erde bekommt ihren Teil*, dachte Peter.

Er blieb stehen und hielt das Gespann ruckartig an. Semjon tot! „Dzedha", murmelte er. Als er endlich überhaupt etwas davon erfahren hatte, lag der alte Mann schon seit Wochen in seinem Grab.

„Pete, Pete." Eine hohe, näselnde Stimme drang zu ihm herüber. Peter achtete nicht darauf und hielt seine Augen auf die Egge und den gescheckten Rücken des Pferdes vor sich gerichtet. Ein

Schwarm aus fünf Fliegen schwirrte auf und ließ sich wieder auf dem schwitzenden Rumpf nieder. Er wollte an Semjon denken, wollte verarbeiten, was es bedeutete, daß der alte Mann nicht mehr über die Erde schritt.

„Pete, warte doch, *Amigo. Despacio, por favor*... Hey, der Boß will, daß wir den Schlauch unter den Bäumen verlegen."

Peter blieb in seiner Spur stehen. Er drehte sich um und schaute in ein kupferfarbenes Gesicht, auf das der Schatten eines Cowboyhutes fiel. Der junge Mexikaner lächelte unbefangen. *Eduardo Rodrigues lächelt immer,* dachte Peter verärgert. Er wischte sich mit seinem rauhen Ärmel über das Gesicht und schaute an seinem Gefährten vorbei zu den Füßen der San-Gabriel-Berge.

Hinter dem aufgeeggten Alfalfafeld verliefen kerzengerade Lima-Bohnenreihen in grünen Linien bis zu dem staubigen Walnußgarten im Osten; dahinter konnte er die blauen, dunstigen Umrisse der Berge sehen; sie waren weit entfernt und in ihrer Farbe und Form fremdartig. Niedrig, unbeeindruckend, im Laufe der Zeit abgetragen — diese kalifornischen Berge hatten nicht die geringste Ähnlichkeit mit der gemeißelten Erhabenheit des Kaukasus. Der höchste von ihnen, den die Amerikaner „Old Baldy" nannten, war nur ungefähr 3300 Meter hoch, ein bißchen mehr als die Hälfte des majestätischen Elburs. Es war keine Spur von Schnee zu sehen.

Eine Gestalt in Stiefeln, einem Bauernanzug und einer Schildmütze erschien und begann, mit einer Hacke die Erde zu bearbeiten, als wolle er ihr Schmerz zufügen. Maxim Merlukow — der Boß. *Und Maxim mit seiner bekannten Kleidung und seinem blonden Bart ist noch fremdartiger als alles andere in dieser fremden Gegend!* dachte Peter.

„*Alcánzame, Amigo.* Du mußt das Ventil öffnen. Ich lege die Schläuche aus." Eduardo arbeitete mit beiden Händen und seinem Mund, um sich Peter verständlich zu machen. „Er schaut schon; wir müssen uns beeilen." Peter kniff die Augen zusammen und wühlte in seinem Gedächtnis nach den wenigen Brocken Englisch, mit denen er und Eddie sich unterhielten.

„Wasser?" fragte er, obwohl er genau wußte, was Eduardo meinte. Selbst wenn ihm die Worte fremd waren, ließen die Gesten des jungen Mexikaners keinen Raum für Zweifel.

„*Si!* Ja! Wasser!" Eddie strahlte und nickte ermutigend und warf dann einen besorgten Blick zurück auf Maxim.

Peter seufzte. Inzwischen war er am Ende einer Reihe angekommen. Er lenkte also das Pferd herum und band es an einen Pfosten, ohne das Gerät abzuschirren. Wenn er in den letzten Wochen etwas gelernt hatte, dann daß Maxim Verzögerungen haßte. Er war auf das unerbittliche Ausholen mit seiner Hacke konzentriert und würdigte sie keines Blickes, als sie an ihm vorbeiliefen.

Der Schatten der Walnußbäume fiel mit einer angenehmen Kühle auf sie. Verstreute Alfalfastückchen lagen wie kleine Teppiche zwischen den Bäumen. Peter und Eduardo Rodriguez legten die Bewässerungsschläuche mit der ruhigen Kameradschaft, die zwischen ihnen gewachsen war, aus.

„Mittagessen, hm?" Eddie deutete zu dem flachen, grünen Bungalow am Rand einer ausgebleichten, von Wagenrädern zerfurchten, schmutzigen Straße. „Es ist Zeit."

„Natürlich", sagte Peter.

„Du klingst schon wie ein Amerikaner", lobte ihn Eddie und zeigte seine funkelnden, vollkommenen, weißen Zähne unter einem bleistiftdünnen Schnurrbart. Peter verbarg seine Verwirrung hinter einem halbherzigen Grinsen. Er wußte, warum Eddie so hilfsbereit war, warum er ständig aufmunternd strahlte, warum er, sooft er konnte, die schwereren Arbeiten übernahm. Eduardo Rodriguez hatte Mitleid mit ihm.

※ ※ ※

Maxim Fersitsch Merlukow war Galina Antonownas entfernter Vetter. Er hatte einen breiten, flachen Körperbau und große, sehnige Hände. Seine glatten, strohfarbenen Haare waren über seiner Stirn zu einem Pony geschnitten, wie bei einem Ukrainer, und ein besenähnlicher Schnurrbart und Backenbart versteckten den unteren Teil seines Gesichts. Maxim hatte den verschlossenen Blick und die sparsamen Gesten eines instinktiv geheimnistuerischen Menschen.

Seine Frau, Lukeria, galt als eine der größten Schönheiten unter den Molokanen in Delizan, hatte Galina gesagt. *Aber das,* dachte Peter, *muß schon sehr lange her sein.* Bevor Maxim und Amerika ihr diese regelmäßigen, ausgeglichenen Züge genommen und sie in eine starre Bitterkeit umgeformt haben. Als Peter zum ersten Mal einen Blick auf die berühmte Lukeria warf, fiel ihm zuerst die

Unzufriedenheit und Desillusionierung in ihrem Gesicht auf, bevor er die gerade, vollkommene Nase und die großen Augen mit den schwarzen Wimpern bemerkte.

Mittlerweile ignorierte sie ihn meistens, aber in den ersten Tagen hatte sie noch das eine oder andere zu ihm gesagt. „Kalifornien? Das Leben ist überall ein Kampf. Aber hier." Sie schwieg, und ihre trotzigen, grauen Augen unter den gebogenen Brauen bohrten sich in ihn, aber ohne ihn zu sehen. „Schau dich um! Keine Menschenseele. Kein Dorf. Nichts als Felder. Kleine Bohnenpflanzen, die mitten in der Wüste nach Leben ringen! Und diese mitleiderregenden Walnußbäume! Oh, er macht bestimmt Geld daraus, er macht schon Geld daraus", murmelte sie.

Peter fiel auf, daß sie Maxim nie bei seinem Namen nannte. Es war nicht zu übersehen, daß „er" die Ursache für ihr ganzes Elend war. Maxim hatte sie aus ihrem königlichen Leben in einem großen transkaukasischen Dorf entführt und sie in einen Bungalow, von dem die Farbe abblätterte, auf einem Bohnenfeld in Montebello verfrachtet. Sie stritt nie offen mit ihm, aber sie zeigte ihre Verachtung in tausenderlei kleinen Dingen. Das Haus erstickte darunter und wurde beengend.

Peter und Eddie wuschen sich draußen, während Lukeria mechanisch gebratenes Fleisch, Kohl und Schwarzbrot für ihre Mittagsmahlzeit hinausstellte. Das Brot war im wahrsten Sinne des Wortes schwarz. Lukeria hatte darauf bestanden, daß Maxim ihr einen traditionellen russischen Ofen an der Seite des Hauses im Freien baute. Zu ihrer Wut benutzte er dazu ungebrannte Lehmziegel. Dieser Ofen würde nie richtig backen, beharrte sie und sorgte dafür, daß sie recht behielt. Das Brot war an der Unterseite immer verkohlt, wenn es herauskam.

„*Soschoni opjats!* Wieder verbrannt!" murmelte sie mit grimmiger Befriedigung, wenn sie mit einem verbrannten Teigklumpen am Ende ihrer Brotschaufel von der Öffnung wegging. Bei diesem Ritual krampfte sich Peter immer der Magen zusammen. Aber er aß das Brot. Die Arbeit war endlos, und er hatte immer Hunger. Er hatte auch jetzt Hunger, als er und Eduardo sich dem Haus näherten und ihre Schritte verlangsamten, genauso wie der Wolf langsamer wird, wenn er den Schutz des Waldes verläßt.

Sie wuschen sich in dem Faß neben der Veranda. Peter ging hinein und füllte seinen Teller mit dem Brot und Käse und Fleisch, das auf dem Tisch übriggeblieben war. Lukeria beobachtete ihn mit diesem bekannten Blick, der ihm das Gefühl gab, er sei unbeholfen und schwerfällig, wenn er sich sein Essen nahm. Er ging wieder hinaus und setzte sich mit Eduardo auf die Stufe und überließ Maxim und Lukeria ihrem häuslichen Glück. Es war Lukerias Angewohnheit, Eduardos Essen auf einem Blechteller auf die Veranda zu stellen. Sie wollte nicht, daß er ihre Sachen berührte.

Eine träge Fliege summte vorbei, und Peters Augen folgten ihr in die düstere Küche, wo er Lukeria mit gebeugtem Kopf und vor Abneigung schlaffen Wangen sitzen sah. Maxim kaute mit seiner typischen, unerbittlichen Gleichgültigkeit auf seinem Essen herum, und die Haut an seinen Schläfen bewegte sich wie der Hals eines Frosches mechanisch nach innen und außen. Lukeria zog die Augenbrauen hoch und betrachtete ihn mit benommener Verwunderung. *Wie kannst du nur ein solches Tier sein,* sagte ihr verzogener Mund. Zum Glück blickte er nie auf.

Peter zuckte mit den Schultern und schaute seinen Gefährten an. Eduardo behandelte sie beide mit übertriebenem Respekt. *Ich wüßte gern, was er wirklich denkt?* fragte sich Peter. Der junge Mexikaner balancierte seinen Blechteller zwischen seinen Knien – der Teller hatte eine Delle, die ihn dafür besonders geeignet machte – und verschlang mit einer sorglosen Miene sein Mittagessen, wobei er Peter die ganze Zeit anlächelte. Dann rollte er den weichen Teil des Brotes zu Kugeln und aß diese langsam. Die letzte davon warf er den Hühnern im Hof zu. Eine vorwitzige junge Henne kam herüber, warf der Kugel einen flüchtigen Blick zu und schritt dann unbeeindruckt davon. Aus irgendeinem Grund entzückte das Eduardo, und er kicherte. Plötzlich seufzte er, blickte sich um, als suche er etwas, und sprang dann energisch auf.

„Komm mit, Pete, wir holen uns ein paar Tortillas!"
Peter grinste. *Tortillas* verstand er.
Sie gingen an den Bohnenfeldern vorbei und überquerten die Straße zu der baufälligen Hütte, in der die Rodriguez wohnten. Die Hütte wackelte vor Aufregung. Überall waren Kinder, bliesen auf Blechhörnern oder fuchtelten mit bunten Papierfächern herum. Esperanza Rodriguez lächelte wohlwollend über ihre Kinderschar – kein Grund zur Besorgnis! Heute war Samstag, und am Samstag gab es genug! Ihr Wohlwollen wurde noch verstärkt, als sie die zwei jungen Männer erspähte.

„*Ven, ven! Acompánanos!*" begrüßte sie die beiden und verschränkte ihre Hände über der weißen Schürze, die hoch über ihren vorstehenden Bauch hinaufging.

Die zwölfjährige Lupe lief ihnen entgegen, und ihre streng geflochtenen Zöpfe ließen ihre schwarzen Augen schräg aussehen. Die Schleifen an ihren schaukelnden Zöpfen waren so rosa und frisch wie die Farbe, die ihre Wangen und ihre Lippen berührte.

„Versucht das einmal", sagte sie und bot ihnen eine braune Flasche an. Peter nahm einen vorsichtigen Schluck und hustete dann, als ihm die schäumende Flüssigkeit in die Nase stieg. Sie lachte entzückt.

„Limonade!" erklärte sie.

Esperanza reichte warme Tortillas herum, und die Kinder rollten sie zusammen und bissen, plötzlich still geworden, gierig hinein. Am Freitag war immer alles knapp, aber am Samstag kam Carlos Rodriguez mittags mit seinem Wochenlohn nach Hause und verteilte ein paar Cents an die Kinder. Sie vergeudeten keine Minute, um sie für Süßigkeiten und billiges Spielzeug auszugeben. Später am Abend kam Eddie nach Hause und steuerte seinen Beitrag bei. Er ging dann in die Stadt und traf sich mit seinen Freunden.

Es kam nicht oft vor, daß er sich mittags sehen ließ, und so hatten die Kinder noch etwas Zusätzliches, das sie feiern mußten – und sie feierten mit einem Lärm und einer Energie, die Peter erstaunte. „*Cállate! Cállate!*" schrie Esperanza. Aber sie bliesen nur noch lauter auf ihren Blechpfeifen und grinsten sie an. Und sie grinste kopfschüttelnd zurück.

„*Pobrecitos*", sagte sie gut gelaunt. „*Qué les pasarán?*"

Nicht einmal die plötzliche Ruhe, die einkehrte, als Maxim auftauchte, hielt lange an. Ein junger, zerlumpter Bursche, der lauteste Pfeifer von allen, blickte neugierig auf. Esperanza wischte sich die Hände an ihrer Schürze ab, als wolle sie etwas tun – aber sie wußte nicht, was. Eddie stand würdevoll auf. „Wir sind fertig", sagte er beiläufig zu Peter. Er schlug sich die Hände auf die Hose, und die Wärme seines Lächelns wollte selbst vor dem eisigen Blick in Maxims Augen nicht weichen. Peter sprang unbeholfen auf, als ihm das immer noch angeschirrte Pferdegespann einfiel.

„Du kannst das Alfalfafeld noch vor Einbruch der Dunkelheit fertiggeggen", sagte Maxim kalt zu Peter. „Die Pferde sind noch angeschirrt – du kannst genausogut noch mit ihnen arbeiten, bevor der Tag vorbei ist." Seine Augen überflogen das Gewirr von Kindern und Spielzeug und Abfall auf dem Hof. Er wandte sich an

Eddie. „Du gehst und kehrst die Scheune aus. Schnell." Eddie strahlte, als habe er nur darauf gewartet, das zu hören. Er versetzte dem Rand seines Strohhuts einen leichten Stoß und machte sich auf den Weg. „*Chacal!*" sagte Eduardo höflich, und Maxim warf ihm einen schnellen, scharfen Blick zu.

Der fünfjährige Carlos, dessen riesigen braunen Augen nicht die geringste Kleinigkeit entging, sprang plötzlich vor, direkt auf Maxim Fersitsch zu und blies mit einem ohrenbetäubenden Lärm in sein Blechhorn. Sein verschmitztes Grinsen verschwand, als er sah, daß der Russe keineswegs beeindruckt war, sondern wie eine Statue stillstand. Peter unterdrückte ein Lachen und versuchte, ernst zu schauen, während er und Maxim davonschritten.

„Heute Pfeifen und Lakritz und Ramsch, und bis Freitag betteln sie wieder um ein Essen." Maxim war wirklich aufgebracht. „Es ist eine Schande. Sie ziehen sich selbst in den Dreck hinunter..." *Das ist nichts für uns.* Er sagte es nicht, aber Peter hörte es trotzdem.

Lukeria pflückte grüne Thompsonweintrauben von dem Weinstock, der über die vordere Veranda hing, als Peter und Maxim näherkamen. Ihre Bewegungen waren schnell und aufgeregt, und sie schaute immer wieder zu ihnen herüber, um zu sehen, wann sie endlich in Hörweite wären. „Schau", sagte sie und deutete mit der Hand. Die Straße herauf kamen zwei Molokanen. Peter strengte seine Augen an, um sie besser zu sehen. Einer war ein bartloser junger Mann mit lockigen blonden Haaren; der andere war ein stämmiger Mann mittleren Alters, auf dessen kahlem Kopf die Sonne funkelte. Ihre Kleidung und Haltung und die Art, wie sie über die staubige Straße, die von flachen Feldern gesäumt war, schritten, wirkte so vertraut, so russisch, daß Peter von einer seltsamen Aufregung erfüllt wurde. *Sie könnten beliebige Bauern in Rußland sein, die über die Steppe in ihr Dorf gehen*, dachte er.

Eduardo stand mit einem fragenden Blick etwas abseits. Maxim verzog das Gesicht und deutete schweigend und bestimmt zur Scheune, während seine Frau ihre Lippen spitzte und jedem der beiden jungen Männer einen verstehenden Blick zuwarf. Eddie zuckte mit den Schultern und verschwand in der Scheune. Dabei murmelte er leise etwas vor sich hin, das Peter für spanische Verfluchungen hielt.

„Geh und mach deine Arbeit fertig", sagte Maxim zu Peter. „Du kannst hineinkommen, wenn du fertig bist." Peter warf überrascht den Kopf zurück. In jeder anderen Familie waren Gäste Grund genug, alle Arbeit hinzuwerfen und mit den Besuchern Gemeinschaft zu pflegen – außer es wäre mitten in der Erntezeit. Die zwei Männer waren jetzt nähergekommen, und Peter konnte sehen, daß der jüngere ein sanftes, gut gelauntes Gesicht hatte. Er sah aus, als könne man gut mit ihm reden. Peter zögerte, aber zu viel hing von seiner Arbeit bei Maxim ab. Er schämte sich plötzlich für seinen Eifer. Er senkte den Blick und trottete davon, um die Alfalfa fertig auszureißen.

Als er in der Abenddämmerung zurückkam, verriet ihm die Stille in der Küche, daß die Besucher fort waren. Es gab kein Anzeichen eines Abendessens, so ging er hinaus in die Scheune und suchte Eduardo.

Eddie lächelte nicht. Statt dessen spiegelte sein Gesicht den düsteren Blick wider, den Peter ihm zuwarf. Er zuckte vielsagend mit den Schultern und sagte dann etwas auf Englisch, das Peter nicht verstand. Aber sein Tonfall war mitfühlend, und seine Augen funkelten höhnisch, als er zum Haus hinübernickte.

Plötzlich nahm sein Gesicht eine ernste Miene an. Er zog das rote Tuch, das er um den Hals gebunden hatte, herab und band es wie eine Bauersfrau um seinen Kopf, während Peter ihm verwirrt zuschaute. Eddie schlich sich zu der Mistgabel, nahm eine Ladung voll Heu von einem Strohhaufen und kroch zurück. *„Soschoni opjats!"* murmelte er in einer hohen Fistelstimme und runzelte die Augenbrauen. Die Ähnlichkeit war nicht zu übersehen, und Peter fühlte, wie die ganze unverständliche Härte des Tages in einem schallenden Gelächter von ihm abfiel. Eddie warf das Stroh in die Luft und winkte mit dem Halstuch vor seinem Gesicht. Er fiel rücklings auf das Heu, während Peter so stark lachte, daß ihm die Seite weh tat und er sich setzen mußte.

Nach einer Weile beruhigten sie sich wieder und schauten sich nur gelegentlich mit einem befriedigten Kichern an. Als Eddie wieder seine Augenbrauen hochzog und *„Soschoni opjats!"* sagte, brachen sie erneut in schallendes Gelächter aus.

Nach diesem Tag erhellte Eddie viele Tage harter Knochenarbeit, indem er einfach seine Augenbrauen verzog und *„Soschoni opjats!"* murmelte.

* * *

Welche Nachrichten die zwei Molokanen auch überbracht hatten, es mußten gute Nachrichten gewesen sein. Lukeria hatte plötzlich mehr Leben, als Peter je zuvor an ihr gesehen hatte, und sogar Maxim wirkte menschlicher. *Ich frage sie nicht*, sagte er zu sich selbst, da er immer noch unter ihrer früheren Grobheit litt. Er setzte eine kühle, gleichgültige Miene auf, die keinem von beiden auffiel und die schnell verflog, als Lukeria ihm die Neuigkeit mitteilte. Die Molokanen von Los Angeles würden am 3. September ihre erste Versammlung aller Pilger abhalten — eine *Sobranija*, sagte sie, wie man sie seit den ersten Tagen des Exils nicht mehr gesehen hatte!

Während ihrer ersten Monate in Kalifornien hatten sich die Molokanen in ihren Häusern getroffen und sich normalerweise aufgrund ihrer früheren Dorfzugehörigkeit zu Gruppen zusammengefunden. Aber sie hatten keinen zentralen Versammlungsort. Ein methodistischer Pfarrer, Reverend Dana Bartlett, hatte versucht, dem farbenfroh gekleideten Volk zu helfen, das bei seiner Ansiedlung in einem neuen Land in den achten Bezirk drängte. Er hatte ihnen die Mitbenutzung seines Gemeindesaales angeboten, aber die Ältesten der Molokanen hatten vehement abgelehnt. Der Saal war mit Sitzen ausgestattet, die von vorne bis hinten in Reihen angeordnet waren.

„Eine fremde, ungöttliche Anordnung", stimmte Maxim zu. „*Stidna!*"

„Die Amerikaner haben keine Angst, daß einige Gemeindeglieder anderen vorgezogen werden, obwohl der Apostel das verbietet", fügte Lukeria mit gespitzten Lippen hinzu.

Peter warf ihr einen seltsamen Blick zu und mußte daran denken, wie sie Eduardo behandelte — und auch ihn selbst. Lukeria war in seinen Augen eigentlich eine arme Frau, so wie sie die zerrissenen Stückchen ihres verlorenen Lebens um sich zusammenraffte.

Reverend Bartlett ließ sich von der Absage nicht erschüttern und bewunderte diese Haltung sogar. Er richtete seine unablässige Hilfsbereitschaft auf die Aufgabe, eine flexiblere Räumlichkeit zu finden. „Lieber ein guter Molokane als ein schlechter Methodist", sagte er und schaffte es, den neuen Amerikanern die Benutzung der Stimson-Lafayette-Schule zu ermöglichen.

Peter begrüßte diese Neuigkeit mit ganzer Seele. Eine Hoffnung sprang in ihm auf und brach die tote Kruste der Einsamkeit, die sich in den langen Tagen isolierter Arbeit gebildet hatte, auf. Er beschloß, am Abend vor der *Sobranija* nach Los Angeles zu gehen und bei Ilja Waloff zu übernachten. Dann könnten seine Augen sich an den Seelen derer sattsehen, die sich an diesem Zufluchtsort versammelten.

* * *

Am Samstag marschierte Peter die neun *Wersts* vom Hof der Merlukows zu Ilja Waloff. Es war ein warmer, schwüler Abend, und auf den Straßen waren viele Menschen unterwegs. Eine Gruppe mexikanischer Jugendlicher schlenderte vorbei, drehte sich um und lachte über seine Bauernhose und sein *Kosoworotka*. Der Eismann, der mit einem weißen Anzug bekleidet war und einen großen Eimer auf dem Kopf trug, warf Peter einen fragenden Blick aus seinen schwarzen indischen Augen zu. Ein Polizist in blauer Uniform lenkte sein Fahrrad über die Straßenbahnschienen und hielt an, um sich ein Eis zu kaufen. Ein chinesischer Gemüseverkäufer, der seinen beinahe leeren Karren zog, eilte mit gesenktem Kopf vorbei, so daß Peter nur sein glänzendes schwarzes Haar sehen konnte.

Peter überquerte die Straße und bog in die Vignesstreet ein, wo ihm die Veränderungen im achten Bezirk auffielen. Dort hatten sich die Russen ein neues Leben geschaffen. Juden, Japaner und Mexikaner hatten mit offenem oder verstecktem Erstaunen zugesehen, wie Männer in hohen Stiefeln und mit wehendem Bart und Frauen mit Kopftüchern und bunten Bauerngewändern daran gingen, die neue Gemeinde umzugestalten. Hausfrauen hatten grimmig ihre kleinen, ausgetrockneten Vorgärten, in denen der Löwenzahn wucherte, bewacht. Sie hängten bestickte Vorhänge auf, um das zu helle Licht und den Lärm der Stadt auszusperren. „Der Zufluchtsort!" verkündeten zähe alte Männer mit einem ungetrübten Blick, während sie auf Verandastufen saßen und ihr Blick in die Ferne auf die Berge schweifte, auf denen jeder Schnee fehlte, oder wenn sie an einem Fluß entlangspazierten, in dem kein Wasser floß. Gott ist bei ihnen! „Seine Wege sind nicht unsere Wege. Ihre Wege sind nicht unsere Wege!" „Pust khusche, da nascha!" „Es möge noch schlimmer kommen, aber es soll unser Weg sein."

Junge Männer schleppten Lasten in der Holzfabrik und auf den

Bahnhöfen. „Es ist nicht Rußland!" sagten sie immer. Sie schüttelten den Kopf und sahen einander mit verwirrten Augen an. Matronen bauten im alten Stil ihre Öfen im Freien und stritten mit den Schulbehörden, um ihre Töchter zu Hause behalten zu können, damit sie ihnen bei den kleineren Kindern, den endlosen Wäschebergen und der beschwerlichen Aufgabe, für die erschöpften Männer Mahlzeiten auf den Tisch zu bekommen, helfen sollten. Und die jungen Mädchen – nun, es gab einfach zu wenige.

Die wenigen, die es sich leisten konnten, Häuser zu bauen, bauten herkömmliche *Banjas* in ihren Hinterhof. Die Molokanen konnten den Schmutz der Stadt hinausschwitzen und ihre von der Arbeit abgehärteten Körper mit Eukalyptuszweigen schlagen. Peter lächelte, als er die Stuckwände der kalifornischen Bungalows sah, neben denen schwerfällige, mit Lehm bedeckte Öfen wie in der alten Welt in die Höhe schossen, soweit es die ungebrannten Ziegel und der Feuerschutzbeamte in Los Angeles gestatteten.

Der einladende Klang seiner Muttersprache schallte zu ihm heraus, als er den Gehweg zu Iljas Haus hinaufging. In der Küche der Waloffs drängten sich Frauen in Schürzen und mit Kopftüchern und bereiteten besondere Speisen für die erste *Sobranija* vor. Namen von Familien und Dörfern strömten mit den Kochgerüchen durch die Luft. Tichonow, Kobzeff, Samarin ... Worontsowka, Golowinowka, Tschinari ... Peter hörte ihnen zu, fand es aber schwer, auch nur einen einzigen vernünftigen Satz zusammenzustückeln. Der einzige Zweck des Gesprächs dieser Frauen bestand darin, Verbindungen ausfindig zu machen, irgendeinen Faden, der sowohl zum alten als auch zum neuen Leben gehörte. Und wenn etwas Bekanntes gefunden wurde, umwehte Freude, Beruhigung, ja sogar Erleichterung die geschäftigen Frauen wie ein heißer Windhauch.

„Denisow? Nein, nicht aus Malaja Tiukma – nein, nein, Ardahan. Sie sind aus Ardahan."

„Ardahan! Wir kannten eine Familie aus Ardahan ... "

„Wolkoff? Wer weiß? Es gibt so viele Wolkoffs. Nikolai Iwanowitsch? Noch nie von ihm gehört ... "

Die knappe alte Stimme wurde mürrisch, aber eine jüngere mischte sich ein. „Nikolai! Der Neffe von der Schwägerin meines Vaters! Das muß er sein!" Eine hübsche junge Hausfrau wurde knallrot, so daß ein Mehlfleck wie Gesichtspuder aus ihrer Wange hervorstach. „Ein Wunder. Ich kann es kaum glauben!" sagte sie und wurde vor Aufregung beinahe ohnmächtig. „Natürlich habe ich ihn nie kennengelernt — aber ich habe mein ganzes Leben lang von ihm gehört. Hier, nimm das ..." Sie drückte Peter begeistert eine ofenfrische *Piroschka* in die Hand, als müsse sie jemanden für die gute Nachricht belohnen.

Er nahm sie grinsend und aß sie demonstrativ lachend vor den zufriedenen Frauen. Iljas Frau, Jelena, kam vom Ofen im Hof herein und lächelte ihn über einem Armvoll schöner goldener Brotlaibe an. „Peter Gawrilowitsch!" begrüßte sie ihn. „Geh hinaus zu Ilja — er hat gehofft, daß du früher kommen würdest."

Er fand Ilja auf der Veranda, wo er den Familiensamowar polierte.

„Da drinnen ist ganz schön was los — hör dir diese Frauen nur an!" rief er aus, und ein Lächeln breitete sich unter seinem flaumigen Schnurrbart aus. „Sie schnattern wie Gänse."

„Es wird ein großer Tag für sie, für uns alle", bemerkte Peter.

„Groß? Es wird schon noch größer werden. Jede Woche kommen mehr an. Unser Hinterzimmer sieht aus wie — wie nennen die Amerikaner so etwas? Eine Absteige! Kein Zentimeter Platz auf dem Boden, und dann die ganzen Schlafpritschen. Eine Absteige!" wiederholte Ilja und freute sich über das Wort.

Peter lachte. „Das habe ich gehört. Du wartest bei jedem Zug und bringst alle heimatlosen Russen nach Hause — wie du es auch mit mir getan hast. Gott sei dafür gelobt."

Ilja schüttelte den Kopf. „Was kann ich sonst tun? Ich kann dir sagen, meine ersten Tage in dieser Stadt waren düster. Ein Zufluchtsort, dachte ich — keine Arbeit, kein Land, von dem man leben kann, kein Dorf — wie sollen wir hier nur überleben? Und meine Jelena, sie hat mich einfach wie ein verstörtes Tier angesehen ... Ach ja, wir haben in diesen Tagen viel durchgemacht."

Peter antwortete nicht, sondern beobachtete einen blassen Lichtschimmer, der sich in dem spitzen Blattwerk des Pfefferbaumes im Vorgarten bewegte.

„Wir machen immer noch viel durch." Eine Stimme unterbrach Peters Gedanken. Ein junger Molokane mit einem stämmigen Körperbau und dem Hals und den Schultern eines Stiers kam zu ihnen heraus. Seufzend setzte er sich auf die Treppe und schaute zuerst Ilja an und nahm dann Peter genauer unter die Lupe.

„Schaut", begann er und blickte mit grübelnden Augen in die dunstige Abendluft. „In Rußland wäre die Luft um diese Jahreszeit kristallklar, und Rauhreif würde sich bilden – ah! Erinnert euch nur, wie die ersten Tage mit Rauhreif waren? Ich werde sie nie vergessen – die Sonne, die am Morgen hell herauskommt und alles mit Diamanten übersät – wegen des Frostes ..."

Sie schweigen alle.

„Der Winter war unsere Erholungspause", sprach der junge Mann weiter. „Wir haben bei der Ernte von Sonnenaufgang bis zum Sonnenuntergang geschuftet. Aber sobald der Schnee kam, waren wir wie Nomaden – wir brachten mit einem Gespann und dem Schlitten Waren aus der Stadt ins Dorf. Es war ein freies Leben für uns! Hier ist nichts als Arbeit – und was für eine Arbeit! Sie treiben uns an wie Tiere ..."

Iljas Augen leuchteten bei der Erinnerung auf. „Wir waren wie Zigeuner damals! Wir haben keine Waren herumgefahren, sondern für uns war der Winter die Zeit, Freunde und Verwandte zu besuchen. Bei schlechtem Wetter reparierten wir Pflüge, Geschirr, Haushaltsgeräte. Und die Frauen, sie haben den ganzen Winter gesponnen – bis ein guter Tag war, um alles auf den Schlitten zu laden. Dann sind wir losgefahren!"

„Ich erinnere mich", sagte Peter leise. „Bei uns war es auch so ..."

Der Neuankömmling, Gerassim, schaute auf seine Knie herab, und sein Gesicht wurde dunkel. Seine Miene wurde immer düsterer, als Ilja in seiner fröhlichen, sanften Art weiter über die alten Tage sprach.

„Hier gibt es keine Ruhepause", unterbrach ihn Gerassim, und seine Stimme war vor aufgestauter Trauer ganz rauh. „Sie treiben uns an, sie treiben uns an ... Seht ihr das?" Er zog sein Hemd aus und schaute von Peter zu Ilja. Über das Fleisch auf seinen starken Schultern zogen sich tiefe Furchen; das Gewirr von alten, weißen Narben, leuchtend rotem Fleisch und frischen Aufschürfungen stach so hervor, daß sein Körper entstellt aussah. Peter zuckte zusammen und blickte weg.

„Seht ihr, wie sie uns ausnutzen. Aber es gibt keine andere Arbeit. Es heißt entweder Holzfabrik oder Verhungern. Der Chef dort – wie hat er sich hämisch gefreut, als er mich sah! ‚Das ist ein starker Bursche,' hat er zu sich gesagt. ‚Er kann mehr schleppen als die normale Quote.' Und das tue ich! Ich schleppe es, weil ich überleben will. Und am Ende des Tages, wenn er mir zunickt, lächle ich, obwohl ich dieses Nicken hasse, sein glänzendes, zurückgekämmtes Haar hasse und den schmierigen Backenbart, der aussieht, wie wenn ihm etwas Unsauberes aus dem Ohr hängen würde. Er schert sich keinen Pfifferling darum, was aus mir oder meinem Körper wird, solange er seine Quoten einhält. Aber ich lächle ihn an, und ich schäme mich ..."

Ilja schüttelte den Kopf. „Nein, nein, Bruder. Laß dir nicht vom Haß die Seele auffressen. Leide einen Tag, lebe ein Leben lang. Beruhige dich! Jelena macht dir Verbände für deine Schultern. Wir päppeln dich wieder auf, daß du nichts mehr spürst."

Gerassim ließ seine rauhen, häßlichen Schultern hängen und zog sein Hemd um sich, als sei er plötzlich verlegen geworden.

„Hier gibt es keinen Trost. Ein Mann kann nicht einmal eine Frau finden, die ihn tröstet. Es gibt so wenige Mädchen, und woher soll ich mir eine Braut nehmen? Das Haus meines Vaters? Es steht auf der anderen Seite der Erde! Wenn ich könnte, würde ich nach Rußland zurückgehen."

„Versündige dich nicht", sagte Ilja streng. „Gott hat den ganzen Tumult ausgelöst, der uns hierher brachte — hierher zu unserer Zufluchtsstätte. Der Herr des Himmels spielt nicht so mit den Menschenherzen. Das ist nicht seine Art. Du mußt nur warten. Das ist deine Aufgabe. Warten und es ertragen."

Gerassim beugte seinen Kopf zurück und ließ seine dunklen, wütenden Augen unter ihren dicken Lidern in die Ferne schweifen. „Zuflucht", murmelte er bitter. „Hier gibt es so viel Zuflucht wie Wasser im Los-Angeles-Fluß."

* * *

Auf der freien Fläche hinter dem Stimson-Lafayette-Gebäude stand eine strahlende Reihe von Samowars aus Messing und Kupfer. Peters Herz schlug ihm bis zum Hals, und es fiel ihm schwer, sich zu konzentrieren, als er hungrig die Männer und Frauen und Kinder betrachtete, die allmählich den Hof außerhalb des Saales füllten. Amerikaner in ihrem Sonntagsgewand verlangsamten ihren Schritt und beäugten neugierig diese neuen Stadtbewohner. *Kein Wunder, daß sie schauen,* dachte Peter.

Die Amerikaner waren geschmackvoll in maßgeschneiderten Sommeranzügen gekleidet; ihre Frauen und Töchter trugen knisternd gestärkte Kleider oder Röcke und Mieder in Weiß und Blau oder zarten Pastellfarben. Ihre Augen wurden unter ihren modisch schräg sitzenden Hüten vor Erstaunen ganz groß, als sie die exotische Ansammlung russischer Bauern erblickten. Die molokanischen Männer stachen in ihren langen *Kosoworotkas*, die sie außen über ihren Hosen trugen und wie Kittel gürteten, heraus. Einige trugen weite Bauernhosen, die in hohen Stiefeln steckten. Bärte, lange und kurze, graue, weiße, blonde, dunkle und braune, hingen über ihre Hemden und wackelten, als die Männer einander an den Schultern packten und sich emphatisch küßten. Die Bauernröcke der Frauen waren von ihren Hüften an weit ausgestellt und funkelten in lebhaften Rot- und Blau- und Grünschattierungen und waren mit einer gelben oder blauen Borte eingesäumt. Ihre langärmligen Blusen waren grün oder purpurrot oder butterblumengelb. Schwarze und rote Stickereien oder weiße Spitzen verzierten die steifen Kopftücher, die ihre langen Zöpfe verbargen.

Peter blickte suchend in die Menge und hoffte, ein bekanntes Gesicht zu finden — jemanden von Zuhause, aus seinem Dorf oder einen Familienangehörigen. Maxim und seine hübsche Frau erschienen; Lukerias grüngelb bedruckter Rock war steif gestärkt, und sie trug ihren Kopf mit dem teuren Spitzenkopftuch stolz erhoben. Peter wandte den Blick ab und ging in den Saal.

Als der Gottesdienst begann, legten sich der Lärm und die Verwirrung, die draußen geherrscht hatten. Aber Peters innere Verwirrung und Anspannung wuchsen. Er betrachtete die „Sprecher"-Gruppe vor sich; Ilja und Gerassim waren die einzigen zwei, die er kannte. Seine Augen schossen zu den hinteren Reihen. Niemand. Peters Blick betrachtete die Wände. Dann schloß er die Augen. *Wir schauen alle,* dachte er. *Lechzen nach etwas Bekanntem. Aber was sind wir? Ein Haufen Fremder mit suchenden Blicken, die von vier Wänden in einem fremden Land eingeschlossen werden.*

Ein lähmendes Gefühl der Isolation legte sich auf ihn, als der Älteste nach vorne trat und die Gruppe begrüßte. Der spärliche Bart des Mannes war immer noch von braunen Spuren durchzogen. Peters Hals war wie zugeschnürt; alles wirkte falsch! Was war es nur? Semjon! In seinen einundzwanzig Jahren hatte Peter nie einen molokanischen Gottesdienst ohne den vertrauten Anblick seines Urgroßvaters besucht, der nach vorne schritt und seiner Gemeinde mit einer offenen Bibel in seinen sehnigen Händen gegenübertrat. *Das war es,* erkannte er. *Semjons Leben ist von der Erde abgeschlagen, und dieser andere steht an seinem Platz.* Über seine eigene Distanziertheit erstaunt, beobachtete Peter, wie der Usurpator anfing zu lesen. *Ich bin wie ein Fremder,* sinnierte er. *Vielleicht war Semjon mein Verbindungsglied zu diesen Menschen ... und Semjon ist fort. Aber es gibt noch andere Verbindungsglieder,* rief er sich schnell ins Gedächtnis — *meine Familie, mein Volk.*

Die Molokanen begannen zu singen. Ungleich, verhalten, dann gewannen sie an Kraft, und die Melodie übernahm den starken, an einen Hammerschlag erinnernden Rhythmus eines alten russischen Arbeitsliedes. Jeder Schlag hatte seine eigene Kraft an Gedanken und Harmonie, Trauer, Befreiung und Trost. Wort und Note trafen die Fremdheit und die Angst und die Verwirrung. Und die Musik schweißte sie zusammen. Sie waren eins, stellte Peter erstaunt fest — ein Stück Rußland, das in dieses fremde Land versetzt worden war. Mit der klaren Objektivität eines Außenseiters beobachtete er, wie sich Iljas Freundlichkeit in Freude verwandelte, Gerassims Bitterkeit zu einer gesünderen Traurigkeit schmolz, Lukerias Unzufriedenheit sich in Sehnsucht verwandelte. *Sie sind eins,* sinnierte er, fühlte sich selbst aber immer noch allein.

Später, als die Tische zum Essen aufgestellt wurden, gesellte er sich zu einer Gruppe Molokanen, die sich um einen Jugendlichen drängten, der in einen dunklen Anzug gekleidet war und eine amerikanische Zeitung hochhielt.

„Nachrichten von Zuhause", sagte er und blätterte aufgeregt in den Seiten. „Ich verfolge sie seit Wochen. Erstaunlich, wieviel in der *Los Angeles Times* über Rußland zu lesen ist! Hört zu. Graf Witte ist hier! In Portsmouth im Bundesstaat New Hampshire. Er trifft sich mit dem amerikanischen Zaren, Teddy Roosevelt, um über einen Vertrag mit den Japanern zu sprechen."

Peter drängte sich näher heran. Also war der Krieg, dem er zu entfliehen gesucht hatte, beendet worden — und ausgerechnet hier!

„Und hier — im August." Papier raschelte unter den eifrigen Fingern des Übersetzers. „Hört euch das an. ‚Wenn der Bouliganplan angenommen wird, beginnt für Rußland eine verheerende Zeit, im Vergleich zu der die früheren Zwischenfälle und Revolutionen im 19. Jahrhundert ein Kinderspiel waren ... ' Das ist Graf Ignatieff. Verheerend, sagte er. Genauso wie der Prophet gewarnt hat. Klubniken wußte, wovon er sprach. Und hier ... " Die sichere, überschwengliche Stimme versagte ein bißchen und sprach dann langsamer weiter. „Ein entsetzliches Massaker in der Stadthalle von Tiflis — Kosaken töten friedliche Demonstranten. Man erwartet, daß dadurch mehr Aufstände ausgelöst werden." Der Molokane räusperte sich. „Und hier – Cholera- und Pockenepidemien werden aus dem Kaukasus berichtet..." Er spähte über den Rand der Zeitung, als er sie zusammenfaltete. Seine Zuhörer schwiegen. Peter ging weg. *Semjon,* dachte er. *Und wer sonst noch?*

Er ging an einem Wirrwarr von überwuchertem Oleander vorbei, der mit rosafarbenen und weißen Blüten gesprenkelt war. Diese Versammlung war nicht das gewesen, was er erwartet hatte. *Man kann nicht einfach etwas einpfropfen, das abgeschnitten ist,* dachte er. Molokanische Traditionen und Bräuche hatten die Kraft, sein Herz zu berühren, aber nicht diese tiefe Einheit, die in einer Gebirgsschlucht in Chewsuretien geschmiedet worden war. *Du bist es, dem ich nachfolge, du allein,* betete er. *Aber wozu die harte Knochenarbeit, die schmerzliche Einsamkeit, das Exil. Warum?*

Als der Ruf zum Essen erklang, ging er widerwilligen Schrittes in den Saal zurück. Er saß bei Gerassim und einem blonden jungen Mann, dessen Vater ein molokanischer Metzger war. Gerassim gab ihnen unmißverständlich zu verstehen, daß seiner Meinung nach seine beiden Gefährten mehr Glück hatten als er, da sie eine „leichte Arbeit" hatten, wie er es nannte. Der andere junge Mann, Matwei Iljitsch, war in Gedanken mit den wenigen unverheirateten Mädchen, die bei ihren Familien auf der anderen Seite des Ältestentisches saßen, beschäftigt.

Peter zwang sich, zu lächeln und zuzuhören, aber er war innerlich völlig aufgewühlt. Erinnerungen – an Rußland – an die letzten paar Monate – wirbelten in ihm herum. Semjon – das Mondlicht weckte jede silberne Strähne dieses üppigen Bartes zum Leben, und seine dunklen, unablässigen Augen bohrten sich in Peter. Was war wohl in seinem Kopf vorgegangen, als er zusah, wie sein Urenkel in Sirakans Wagen davonholperte? Das Bild verblaßte. *Ich hätte nie gedacht, daß es für immer sein würde,* dachte Peter bitter, lächelte dann, als er den beleidigten Blick auf Gerassims Gesicht sah. Was hatte er gesagt? *Was es auch war, ich habe nicht richtig reagiert... Und Mädchen, ja, Matwei – die Mädchen sind hübsch, aber wo gibt es eine Frau wie Nina Abadscharian?*

Plötzlich stand ein Ältester am obersten Tisch auf und sagte etwas, das Peters Bedrücktheit und Isolation einen neuen Sinn gab. Die Molokanen von Los Angeles waren trotz ihrer Schwierigkeiten und ihrer Armut von Gottes Heiligem Geist geführt, Geld zu sammeln, um hundert Menschen aus Rußland zur Flucht zu verhelfen! Peter hatte keine Ahnung, wer diese glücklichen Pilger sein sollten, aber er sah Galina mit Dauscha, die an ihrem Schal zog, und Nadja, deren Rock sich im Meereswind aufblähte, und Gawril, der vorsichtig und aufmerksam über seinen Lieben wachte. Eine feste Entschlossenheit wuchs in Peter. *Ich tue es!* schwor er sich. Ich gebe alles, damit ich genug verdiene, um sie hierherzubringen.

Obwohl er sich nicht ganz dazugehörig fühlte, fing Peter an, jeden Sonntag die Versammlung der Molokanen zu besuchen. Jede Woche kamen neue Familien an, und jede Woche versammelten sich die Molokanen vor dem Schulsaal, und die Namen der Neuankömmlinge stiegen wie Weihrauch auf. Tolmatscheffs aus Worontsowka, Bogdanoffs aus Delizan — ja, sie waren sechs an der Zahl, ein Mann und eine Frau und zwei Kinder mit ihrer Großmutter. Die sechste, oh ja, ein hübsches junges Mädchen. Blond wie der bleiche Weizen. Peter trat ein und stand im Sängerbereich. Tolmatscheff, Bogdanoff — niemand für ihn. Aber eines Tages, schwor er, würde er zu diesen eifrigen, fröhlichen Menschen gehören, die an der Tür mit ihrer Familie wieder vereinigt würden.

Nach dem Gottesdienst kam Maxim auf ihn zu und packte ihn am Ärmel. „Hör zu", murmelte er und schaute sich flüchtig um. „Es ist heiß. Beinahe schon Oktober, aber es ist heiß. Die frisch angepflanzten Bäume werden in ihren Reihen verbrennen, wenn du nicht hinausgehst und sie gießt. Du mußt gehen." Seine Augen wanderten zu Lukeria hinüber, die sie unter ihren schwarzen Augenbrauen heraus anschaute. „Geh. Du hast noch genug Zeit, bevor die sengende Hitze unerträglich wird." Er wandte sich ab, bevor Peter eine Gelegenheit zu einer Antwort blieb.

Peter zuckte mit den Schultern. Soviel zu einem guten russischen Essen! Als er sich von der aufgeregten Menschenmenge abwandte, warf er einen kurzen Blick auf die Neuankömmlinge. Die junge Mutter war plump und strahlend und erdrückte in ihren auffälligen, leuchtenden Röcken ihren dünnen Mann fast. Neben ihnen stand eine zerbrechliche alte Frau, die sich breitbeinig bewegte, offenbar, um ein besseres Gleichgewicht zu haben, obwohl sie in dem Gedränge, das um sie herum herrschte, gefährlich schwankte. Aber das hinderte sie nicht, in einem kindlich fröhlichen Lächeln zu strahlen. Das Lächeln vertiefte die Falten in ihrem Gesicht und stieß an den Rand ihres eng gebundenen Kopftuchs. Ein junges Mädchen — ja, der lange Zopf hatte die Farbe von bleichem Weizen — drehte sich um, um die alte Frau zu stützen, aber sie stand selbst nicht allzu sicher auf den Beinen. Sie schaukelte leicht auf schwarzen, glänzenden, spitzen Schuhen, die unter einem bedruckten Baumwollrock hervorlugten. Eine plötzliche Bewegung der Umstehenden verdeckte ihr Gesicht vor ihm.

Peter fühlte sich betrogen und irgendwie verwundbar. Er wandte sich ab und trat seinen Rückmarsch nach Montebello an. Die inzwischen vertraute blaue Linie der San-Gabriel-Berge sah aus, als leide sie auch unter der Hitze. Tückische, nasse Luftspiegelungen lagen auf der gepflasterten Straße. „Ein trockenes und durstiges Land, in dem es kein Wasser gibt..." Die Worte tauchten mit den Luftspiegelungen und dem heißen Dunst auf, der von der Straße aufstieg.

Er dampfte vor Schweiß und war hungrig wie ein Bär, als er auf dem Hof ankam, aber er wässerte die Reihen und suchte sich dann ein paar Weintrauben, trockenes Brot und warme Milch. Das Wetter erstaunte und erschreckte ihn. *Aber, rief er sich ins Gedächtnis, dieses Klima hilft mir, mir meinen eigenen Anteil am Glück zu kaufen.* Im frostlosen Kalifornien konnten alle paar Monate Lima-Bohnen angepflanzt und geerntet werden. Je mehr Ernten, um so näher käme er seinem Ziel, die Woloschins nach Amerika zu holen.

Die Merlukows kamen spät aus der Kirche zurück; Peter nahm an, daß sie Molokanen in der Stadt besucht hatten. Als er hörte, wie der Wagen näherrollte, zog er sich in sein Zimmer zurück und stellte sich schlafend. Ein heißer Wind blies aus der Mojavewüste herein und prasselte Blätter und Steinchen auf den kleinen Bungalow. Die Nacht war erfüllt von einem seltsamen Klopfen und Stöhnen und dem entfernten Jaulen eines Hundes.

Peter fuhr plötzlich aus dem Schlaf hoch und griff nach den flüchtigen Resten eines Traumes. Es war Semjon; Semjon war hier gewesen. In seinem Traum lag der alte Mann oben auf dem Ofen und zitterte unter der Härte eines stechenden, immer wiederkehrenden Schmerzes. Jedes Haar in dem schneeweißen Gewirr seines Bartes glühte. Ein barfüßiges Mädchen kam hinauf und deckte ihn sanft mit einer Decke bis zum Kinn zu. Das schien ihn zu beruhigen, und er schloß kurz die Augen; dann riß er sie wieder auf, und Semjon schaute sich mit diesem bekannten wilden Blick um. Die schönen, dunklen Augen funkelten und leuchteten weiter, als er sie auf etwas richtete, das hinter dem Mädchen, das neben ihm stand, war, etwas in weiter Ferne. Dann verdeckten die zarten Augenlider die Flamme, und der alte Mann legte sich unter der Decke zurück.

Das Mädchen drehte sich zur Tür, und Peter sah, daß sie ein Baby auf einem Arm wiegte. Als sie ihre Hand ausstreckte, hörte er sich rufen: „Nein, nein, mach nicht auf... Laß es nicht geschehen..." Aber sie öffnete die Tür, und der Raum war schlagartig von einem tobenden Lärm erfüllt. Der Wind riß ihr weißes Kopftuch fort und wehte Stroh und Steine durch den Raum. Aber der alte Semjon lag still wie eine Statue auf dem Ofen. Kein Haar seines prächtigen Bartes regte sich.

* * *

In der nächsten Woche waren seine Gedanken fast ständig mit seinen Plänen für die Woloschins beschäftigt, während er Maxims Felder mit neuer Entschlossenheit pflügte. Eine wachsende Unruhe nagte an ihm, wenn er an seine Familie dachte, aber in anderen Augenblicken richtete sich seine Seele in einer Art auf, die nicht schmerzte, sondern frei war und ihn ganz erfüllte.

Dieses Gefühl der Freiheit und Ganzheit wurde an diesem Sonntag erschüttert. Als er gelassen den Blick über die Kopftücher auf der Frauenseite schweifen ließ, blieben seine Augen an einem gebeugten, ernsten Gesicht hängen. Das Mädchen hob den Kopf, und ihre tiefblauen Augen schauten und schauten, und aus ihnen strahlte jede Niederlage und jeder Triumph und jeder anstrengende Tag mit seiner Arbeit und Traurigkeit, die die Zeit zwischen ihnen geprägt hatte. Fenja Wassilejna Kostrikin! Er war verblüfft. Er wandte gewaltsam und abrupt den Blick ab. Der Anflug eines ungebetenen, unerwarteten Verantwortungsgefühls legte sich auf seine Pläne, aber gleichzeitig sehnte er sich danach, in diese Augen zu schauen und ihr ohne Umschweife die Wahrheit über alles, was er erlebt hatte, zu erzählen.

17. Die Balsamberge

Fenja konnte sehen, daß alles Knabenhafte aus Peters Gesicht verschwunden war. Die Kraft der breiten, schönen Backenknochen wappnete sich unübersehbar gegen den Ansturm seiner Gefühle, als er sie erblickte. Welche wunderbaren Dinge waren mit ihm geschehen? Er war ihr gleichzeitig fremd und doch viel deutlicher der Mensch, der er gewesen war. Das Spiel zwischen Licht und Schatten in seinen Augen erinnerte sie mehr denn je an den alten Semjon.

Als er auf Fenja zukam, wartete sie nicht, bis er sie fragte, sondern fing an, ihm alles zu erzählen, was sie über seine Familie und sein Heimatdorf wußte. Sie redete wie nie zuvor und malte ihm ein Bild vom Haus der Woloschins, von Semjons letzten Tagen und von Andreis und Nataschas Hochzeit vor Augen. Sie war nie besonders gesprächig gewesen, aber etwas in seinem Gesicht rührte ihr Herz an, und sie rief sich Einzelheiten in Erinnerung.

Sie schmückte ihre Beschreibung damit aus und legte sie ihm wie eine Decke um. *Deck dich zu, deck dich zu,* dachte sie voll Mitleid, als sie den Blick in seinem Gesicht sah. Seine Augen wichen nicht von ihrem Gesicht, aber sie wußte, daß er nicht sie sah, sondern seine Lieben – aber das störte sie nicht. Sie wollte, daß er sie sähe und darin Trost fände.

„Semjon Efimowitsch – du weißt ja, wie er war." Die Worte sprudelten aus ihr heraus. „Er hat die Gebete für Andrei gesprochen und dabei seine gekrümmten, alten Hände über den Kopf des Bräutigams ausgestreckt, und das ganze Licht im Haus zitterte in seinem Bart."

Fenjas eigene Gedanken an die Hochzeit ihrer Schwester, die sie in all diesen Monaten sorgsam und schweigend für sich behalten hatte, kamen herausgesprudelt. Sie fingen an, spazierenzugehen und kamen an Büschen vorbei, an denen lange, spitze Blätter raschelten und rosenähnliche Blüten leuchteten.

„Du erinnerst dich doch daran, wie er betete", sagte sie und beobachtete Peter dabei. „Nun, er betete für Andrei und Natascha, und es war, als würden Bande aus Stahl gehämmert, die sie eng zusammenhalten sollten. Es war, als könnte nichts diese Bande zerreißen ... "

Sie erzählte ihm von dem Zwischenfall mit den jungen Georgiern nach dem Hochzeitsfest und sah, wie er zusammenzuckte und wegblickte. „Nie habe ich an einem einzigen Tag gleichzeitig soviel Liebe und soviel Haß gesehen", berichtete sie ihm. Sie pflückte eine rosafarbene Blume und drehte sie in ihrer Hand hin und her.

„Haß — das ist es", erwiderte er. „In Rußland baut sich viel Haß auf, und ich habe Angst um unsere Familien — ich habe Angst um sie. Paß auf, rühre diese Blume nicht; sie ist giftig." Er nahm ihr die Blume sanft aus der Hand und warf sie auf den Boden.

Als das Essen vorbei war, bemerkte Fenja, daß Iwan in ein lebhaftes Gespräch mit einem angenehm aussehenden jungen Mann in schönen Lederstiefeln verwickelt war. Von Peter sah sie keine Spur. Axinia nahm sie am Arm und führte sie zu den zwei Männern. „Ein neuer Bekannter", erklärte sie lächelnd. Der junge Molokane verbeugte seinen gelockten Kopf vor Fenja. „Matwei Iljitsch Kalpakoff", verkündete Axinia. Die attraktiven, offenen Züge des jungen Mannes verzogen sich zu einem Lächeln, und Fenja warf ihm einen forschenden Blick zu, bevor ihre Augen zu der Stelle hinüberwanderten, wo sie Peter erblickte, der sich in eine Gruppe aufmerksam lauschender Männer drängte.

Ein Molokane in einer dunklen Jacke im europäischen Stil las aus einer Zeitung etwas vor. Sie strengte ihre Ohren an, um die Worte zu verstehen, aber er hatte ihr den Rücken zugewandt; ihre Augen flogen zu Peters angespanntem Gesicht hinüber, und sie drückte sich ein bißchen näher an die Gruppe heran — und an Matwei, dessen grünliche Augen vor Freude zwinkerten. Jetzt konnte sie etwas verstehen — gerade noch.

„Baku steht in Flammen ..." Sie sah, wie sich Peters Lippen bewegten und die Worte wiederholten. „Die Stadt gilt als unsicher ... Kämpfe zwischen Tataren und Armeniern in Bibiebat und Feuer in den Sabunto- und Nomaniraffinerien ... Unruhen ... der Vizeregent des Kaukasus hat Truppen aus Tiflis geschickt, aber sie sind nicht genug ... "

Baku steht in Flammen. Etwas flackerte über Peters Gesicht, als würden die pechschwarzen Schatten dieser vom Öl genährten Flammen den strahlenden Sonnenschein über diesem kalifornischen Schulhof auslöschen. Das Knistern der gefalteten Zeitung wurde in Peters Augen zum Knistern feuerroter Zerstörung. Fenja schaute weg.

„Ich erzähle Ihrem Onkel hier gerade von dem guten Markt in Los Angeles ... " erklang eine gutgelaunte Stimme an ihrem Ellbogen. Matwei. Was hatte er gesagt? „So viele Bauernhöfe — überhaupt nicht weit von der Stadt entfernt. Jeder mit einem Wagen und einem Gespann kann Obst und Gemüse nach Los Angeles verfrachten und es dort verkaufen. Wie die Chinesen — nur größer aufgezogen ... " Fenja nickte ihm gedankenabwesend zu. Obst, Gemüse — das klang alles so selbstverständlich, so praktisch. *Matweis hilfsbereite, bodenständige Stimme ist tröstlich, angenehm,* dachte Fenja. Ihre Augen wanderten wieder zu Peters Gesicht hinüber. Als sie seine Miene sah, drehte sie sich wieder um und beugte sich ängstlich zu dem Sprecher in dem dunklen Anzug vor.

„In anderen Teilen des Kaukasus haben sich Bauernbanden gegen die Adeligen organisiert, dringen in ihre Gebiete ein und beschlagnahmen alle Bauernhöfe ... " Der selbsternannte Herold schwieg vielsagend. „Eine Katastrophe — wie Rußland sie noch nie erlebt hat. Das Blut fließt. Gott sei Dank, sind wir hier und nicht dort ... " Fenja blickte immer noch Peter an, und in Gedanken widersprach sie dieser letzten Bemerkung. *Nein*, sagte sie zu sich selbst. Er ist dort und nicht hier. *Laß es, Peter,* rief sie ihm innerlich zu. *Laß es.*

„Ja, so hat man es mir gesagt. Ein Lebensmittelgeschäft für Molokanen", sagte Matwei gerade. „Fleisch, das nach molokanischer Weise geschlachtet ist, gutes Schwarzbrot. Sie brauchen Waren. Es ist eine gute Gelegenheit für den richtigen Mann."

Fenja sah, daß Iwan mit gebannter Aufmerksamkeit lauschte. Er griff aufgeregt immer wieder nach Axinias Arm oder Rock. „Hör dir das an!" sagte sein ganzes Verhalten, während Axinias strahlender Blick fröhlich über die Versammlung wanderte. Iwan versuchte, hin und wieder mit einem schnellen, scharfen Blick ihre Aufmerksamkeit auf das Gespräch zurückzulenken, aber sie floß vor Freude über und konnte ihre ruhelosen Augen nicht bändigen. Es gelang ihr, wie Fenja auffiel, sich ein bißchen zu konzentrieren, als sie hörte, daß ihr Mann den gesprächigen Matwei zum Tee einlud. Fenja warf einen letzten Blick auf Peter, der immer noch in dem Männergewirr im Hof stand. Zum ersten Mal fühlte sie sich wie eine Bedienstete. Sie hatte kein Zuhause, kein Recht, Peter Gawrilowitsch am Arm zu packen und ihn zum Tee mitzunehmen.

Sie sammelten Bunja und die Kinder ein und marschierten zurück in die Vignesstreet. Matwei blieb zurück und ging neben Fenja her. Er deutete dabei auf die einzigartigen Bäume, die einige

Straßen säumten. Jakarandabäume — rauchige, fliederfarbene Blüten, die sich um einen silbergrauen Stamm rankten; Myrten — staubige, rosafarbene Blumen, die wie ein Blumenstrauß auf einem schlanken Stamm gehalten wurden. Und Palmen, einige waren groß mit federähnlichen Zweigen, die wie das Gefieder eines exotischen Vogels aussahen; andere hatten steife, fächerähnliche Blätter.

Axinia stellte den Samowar und einen kräftigen dunklen Tee aus Sotschi zusammen mit Butterkeksen, die mit Puderzucker bestreut waren, auf den Tisch. „Bei uns herrscht noch ein großes Durcheinander", entschuldigte sie sich. „Alles ist noch unordentlich wie in einem Zigeunerlager ..."

„Alles unordentlich", wiederholte Bunja und nickte entzückt. „Kein Ofen, auf dem man liegen kann, aber wir haben einen Tisch, an dem wir sitzen, und Essen, das wir miteinander teilen können, Gott sei gelobt."

Matwei und Iwan setzten ihr Gespräch fort. „Bald werden die Bauern hier wesentlich mehr anbauen", erklärte Matwei. „Das ganze Gebiet im Norden — das San-Fernandow-Tal nennen sie es — nun, es ist jetzt ein Gebiet, in dem Getreide angebaut wird, abhängig von den Niederschlägen. Aber jetzt haben sie dieses Projekt mit dem Fluß Owens begonnen. Kluge Leute, diese Amerikaner! Sie leiten einen ganzen Fluß um, um die Stadt und das Ackerland mit Wasser zu versorgen. Das San-Fernando-Tal wird ein Obst- und Gemüsegarten — alle Arten —, Ihr wißt ja, wie hier die Jahreszeiten sind."

Sie schwiegen ein paar Minuten. Fenja wußte, daß sie nachdachten — wie es Molokanen nun einmal tun — sie dachten an das Land, reich und ertragreich und nicht erreichbar.

Axinia seufzte. Nur wenige Russen konnten es sich leisten, hier Ackerland zu kaufen. „Zu Hause hatten wir über sechzig *Desiatiny*; hier können wir uns nicht einmal einen ausgetrockneten Rasenstreifen kaufen, auf den wir ein Haus stellen könnten."

„Wenn ich in Rußland geblieben wäre, hätte ich das nie gesehen!" sagte Bunja und deutete mit einem zittrigen Finger auf die Glühbirne über ihrem Kopf.

Iwan achtete nicht auf sie. „Das Problem ist Englisch", sagte er an Matwei gewandt. „Fast alle Bauern sind Amerikaner. Wie soll ich über Preise und so etwas verhandeln — man könnte mich über's Ohr hauen. Es gibt so viele unehrliche Menschen."

„Oh, du müßtest Englisch lernen", sagte Matwei. „Das mußt du ohnehin. Mein Vater befindet sich in derselben Situation – er muß Vieh kaufen, um es für die Molokanen zu schlachten und zu verarbeiten. Aber darum kümmere ich mich. Ich lerne abends Englisch. Der Unterricht findet hier in der Stadt in der Mittelschule statt. Melde dich doch einfach an und fange an, Englisch zu lernen!"

Iwans Brauen fuhren in die Höhe, dann zog er sie mißtrauisch zusammen. „Englisch lernen? Wer sitzt denn in diesem Schulzimmer?"

„Hauptsächlich Russen. Sie haben einen besonderen Abendkurs für uns eingerichtet."

Iwan schüttelte schon den Kopf. „Das ist nichts für mich", brummte er und schlürfte seinen Tee. „Ich muß eine andere Möglichkeit finden."

„Hör zu!" Matwei warf einen schnellen Blick auf Fenja und beugte sich aufgeregt vor: „Warum schickst du nicht Fenja? Das hat mein Vater auch getan; er wollte nicht gehen und hat deshalb mich geschickt. Sie lernt Englisch und hilft dir!"

Iwan verschluckte sich fast. „Ein Mädchen? Aber sie kann doch kaum Russisch! Sie kann nicht einmal lesen. Englisch ist eine Sprache, bei der man sich die Zunge abbricht – keine Frau könnte das lernen. Nein, nein – der Platz einer Frau ist im Haus. Hier bei Axinia und den Kleinen hat sie mehr als genug Arbeit."

Axinia schüttelte den Kopf. „Die Idee ist nicht so schlecht, Schatz. Die Kinder werden älter. Ich kann schon eine oder zwei Stunden auf sie verzichten." Fenja bemerkte, daß Axinia ruhiger war als gewöhnlich, aber sie beobachtete Matwei aufmerksam. Offenbar gefiel ihr, was sie sah.

Matwei zuckte mit den Schultern. „Hier geht es um's Überleben, Iwan. Manchmal muß man sich verändern, wenn man an einem neuen Ort zurechtkommen will."

„Verändern? Ich habe mich, weiß Gott, schon genug verändert", brummte Iwan. „Ich bin nicht bereit zuzulassen, daß Frauen sich etwas einbilden und anfangen, in Büchern zu lernen und solche Sachen."

Axinia seufzte stürmisch. „Ach ja. Es gibt genug Arbeit in der Holzfabrik. Nicht nötig, daß wir unser gutes Geld für einen Wagen vergeuden. Wir brauchen es wahrscheinlich, um Essen zu kaufen. Ich habe gehört, daß sie in der Fabrik nicht so gut bezahlen."

Iwan warf ihr einen trostlosen Blick zu. „Meine Mutter hat mich nicht geboren, damit ich meinen Rücken unter einer Ladung Holz krümme. Du verstehst überhaupt nichts! Einen Wagen und ein Gespann zu kaufen, das würde jeden Rubel kosten, den wir noch haben. Was wird aus uns, wenn es nicht gut läuft? Wir müssen vorsichtig vorgehen. Schritt für Schritt."

„Vielleicht ist es an der Zeit, ein bißchen schneller zu gehen, Schatz. Wir müssen endlich Ruhe finden", beharrte Axinia. „Du marschierst jetzt schon seit zwei Wochen in der Gegend herum, und wir wissen immer noch nicht, was wir anfangen sollen. Ich habe Angst, etwas auszupacken — oder irgendetwas anzufangen, um ein Zuhause einzurichten. Wir schlafen auf dem Boden; die Kinder schlafen in Orangenkisten. Das einzige, das wir von unserem neuen Leben haben, sind zwei Paar Lederschuhe."

„*Likirownii tooflii!*" rief Bunja verwundert aus.

„Schon neue amerikanische Schuhe?" lächelte Matwei. „Ihr habt aber nicht viel Zeit vergeudet."

„Wir haben sie in der Springstreet gekauft", berichtete Axinia. „Achtundneunzig Cents. Aber das tue ich nie wieder." Die rötliche Farbe auf ihrem runden Gesicht wurde tiefer. „Ich kam mir vor wie eine Zirkusattraktion", erzählte sie Matwei. „Iwan und ich hätten es aufgegeben und wären ohne Schuhe nach Hause gekommen, wenn ich Fenja die Schuhe nicht versprochen hätte. Sie ist so ein gutes Mädchen. Weiß Gott, ohne dich wäre ich nie hierher gekommen, Liebes." Sie lächelte Fenja an. „Aber sei froh, daß du das ganze Kichern und Gackern nicht gehört hast, das ich an diesem Tag über mich ergehen lassen mußte! Und dieser dämliche Holzklotz von einem Verkäufer zwängte meinen nackten Fuß in so einen Metallschraubstock! Das war der Gipfel!" Wieder lief ihr ganzes Gesicht rot an, vom Hals bis zum Haaransatz. Axinia schüttelte den Kopf. „In Zukunft bleibe ich bei meinen eigenen Leuten."

„Genau das sage ich doch!" platzte Iwan heraus. „Gott hat uns in dieses Land gebracht — aber nicht zu diesen Menschen. Wir sind ein abgesondertes Volk. Warum sollte ich mich ihren Lehrern ausliefern? Wir haben unsere eigenen Lehrer. Englischunterricht? Nicht für mich! Ich lerne das bißchen, das ich brauche, um zurechtzukommen. Aber", fügte er hinzu und fuhr mit seinen langen, nervösen Fingern durch seinen spärlichen, sandfarbenen Bart. „Ich kaufe uns einen Wagen und ein Gespann."

* * *

Trotz Iwans Entschluß wich das Gefühl der Unsicherheit nicht vom Haus der Bogdanoffs. Axinias Unruhe drückte sich in einer übertriebenen Freundlichkeit aus. Iwan trommelte mit den Fingern auf den Tisch, runzelte die Stirn und murmelte Zahlen vor sich hin – Rubel und Dollars und Cents.

Fenja hatte den Eindruck, daß Iwans lähmende Vorsicht, Axinias Lethargie, ihre eigene Unsicherheit und die Vielschichtigkeit des Lebens außerhalb der Familie ihnen die Fähigkeit zu handeln raubte. *Es ist wie in den ersten Tagen in Bremen,* erinnerte sich Fenja. *Wie schnell verwandelte sich unsere Aufregung in Angst, als die Schiffsärzte uns in diese Drahtkäfige steckten, um zu sehen, ob wir gesund genug wären, um zu emigrieren!* Es waren Tage der Angst für Axinia. Normalerweise wurden die ganz Jungen oder die ganz Alten abgelehnt und gezwungen, nach Hause zurückzukehren – entweder mit ihrer Familie oder ohne sie. Sie hatten durch diese Drahtmaschen einige tragische Abschiedsszenen mitangesehen! Es war ein Wunder, daß Agafja die Erlaubnis zur Ausreise bekam – ein Wunder, für das Fenja Gott täglich dankte. Das Leben wäre ohne die alte zittrige Gelassenheit der Bunja wirklich trostlos!

Agafja war die einzige, die sich von der Unsicherheit ihres Sohnes nicht beeindrucken ließ. Die alte Bunja freute sich wie ein Kind über das elektrische Licht und die Küchenspüle aus Porzellan mit dem Wasserhahn darüber. Sie war außerdem entzückt über die Toilette mit der modernen Wasserspülung. Der unermüdliche Nikolinka teilte begierig dieses Interesse, aber Walentina schrie jedes Mal entsetzt auf, wenn die Wasserspülung das kleine Haus erschütterte. Fenja lernte, darauf zu achten, wenn jemand auf die Toilette ging, damit sie dem kleinen Mädchen mit den Händen die Ohren zuhalten konnte.

Mehrmals am Tag ging Agafja wackelig in den Vorgarten hinaus und stand unter dem Jakarandabaum in der Kurve. Fenja sah, daß sie jetzt auch draußen war und unter dem überhängenden, spitzen Blattwerk eine grünliche Farbe annahm. Agafja legte ihre Hand an den Stamm und blickte mit einer Aufmerksamkeit, die nicht auf ihr schwindendes Sehvermögen zurückzuführen war, die Straße hinauf und hinunter.

„Der Zufluchtsort!" murmelte sie. Als sie das sagte, wurde ihr normalerweise unklarer Gesichtsausdruck so konzentriert, daß es für Fenja aussah, als ob eine Lebenskraft von den Wurzeln des Baumes in die kleine Hand mit ihrer pilzähnlichen Haut aufstieg. Dann kam sie ins Haus zurück.

„Wir bleiben", verkündete sie mit überraschender Lautstärke. Iwan wurde aus seiner Rechnung gerissen, und er ließ vor Verblüffung den Kinnladen fallen.

„Bleiben", wiederholte Fenja für sich selbst, und sie erinnerte sich an Wassiljis Geschenk für Natascha — nicht so sehr an die kostbar geschnitzte Hochzeitstruhe, sondern an die Worte, die er dazu gesagt hatte: „Bleibt in mir, und ich in euch." Der Gedanke war so klar und strahlend wie das helle Sonnenlicht, das durch das Fenster hereinströmte. „Wie die Rebe keine Frucht bringen kann aus sich selbst, wenn sie nicht am Weinstock bleibt, so auch ihr nicht, wenn ihr nicht in mir bleibt ... "

Und Freude. Fenja erinnerte sich an die Stelle über die Freude. „ ... damit meine Freude in euch bleibe und eure Freude vollkommen werde ..."

Sie weiß es, dachte sie, als sie der alten Frau nachschaute, wie sie in die Küche ging. *Sie weiß nicht, was sie so sehr glaubt, aber sie weiß, an wen sie glaubt ...*

Fenja folgte der Bunja, als Agafja auf ihren Sohn zuging. „Wir bleiben", versicherte sie ihm. „Kaufe du den Wagen. Gottes Hand wird für uns sorgen. Kaufe du den Wagen."

Am nächsten Tag ging Iwan mit Matwei in die Innenstadt und kehrte mit einem Gespann robuster, grauer Pferde und einem gebrauchten Weberwagen zurück — ein wunderbarer Wagen, der grün mit roten, schwarzen und gelben Streifen gestrichen war. Im Inneren des Wagens befand sich eine metallene Bettstatt aus weißem Email — eine eiserne Vergewisserung, daß die Einrichtung eines Haushalts endlich für sie begonnen hatte! Axinia wurde aus ihrer Apathie gerissen und rannte hinaus, um ihre Begeisterung über die Neuanschaffungen zu verkünden; dann machte sie sich im Haus zu schaffen und verschob die Kisten aus dem vorderen Raum, um Platz für das Bett zu schaffen.

Danach konnten sie sich nicht schnell genug bewegen — Waschen, Bügeln, Vorhänge aufhängen. Bald lag auf dem Bett eine schneeweiße Daunendecke, die mit einer roten Stickerei verziert war und um deren Rand herum in einer regelmäßigen Reihenfolge Eicheln, Birkenblätter und exotische Vögel mit einem breiten

Schwanz wie Biber im Kreuzstich zogen. Fenja hängte rote und weiße Leinentücher vor die Fenster im Wohnzimmer. Und Axinia gab ihr lange Baumwollstreifen, die mit pastellfarbenen Blumen bestickt waren, die sie vor das Schlafzimmerfenster hängen sollte. Fenja stapelte Orangenkisten unter das Fenster, bedeckte sie mit einem weißen Tuch und stellte die Holzschatulle, die Wassilji ihr geschenkt hatte, darauf.

„Ein Stück Zuhause", murmelte sie, und ihre Augen freuten sich an den feinen Mustern auf dem Birkenholz in der strahlenden Morgensonne Kaliforniens. Später verkündete Iwan, daß Matwei ihn überredet habe, Fenja die Abendkurse für Englisch an der Schule besuchen zu lassen.

„Bilde dir nur nichts Verrücktes darauf ein", warnte er sie. „Lerne nur das, was du brauchst."

Für Fenja wurde der Tag, an dem Iwan mit dem Wagen nach Hause kam, und der Tag, an dem sie mit dem Englischunterricht begann, zum Anfang ihres „richtigen" Lebens in ihrem neuen Zuhause.

* * *

Eine Schar Spottdrosseln weckte Fenja. Lange, schrille Pfiffe, heisere Rufe und ein melodiöses Trällern drangen durch das halb offene Schlafzimmerfenster. Heute beginnt unser neues Leben! dachte sie. Sie schaute sich in dem überfüllten Raum um. Die Kinder lagen noch ruhig in ihrem Bett, und Bunja schnarchte leise auf ihrer Matratze in der Ecke.

Vorsichtig breitete Fenja das schöne blaugelbe Baumwollkleid, das sie an Nataschas Hochzeitstag getragen hatte, auf ihrer Matratze aus. Die kostbaren Lederschuhe stellte sie daneben. Heute abend würde sie ihr bestes Kleid anziehen und zur Schule gehen; ihre ganze Seele verkrampfte sich vor Freude und Angst, wenn sie daran dachte. Schule! Für ein Bauernmädchen, das nicht einmal lesen und schreiben konnte. Sie zog ihren alten Flickenrock an und huschte hinaus in den Vorhof.

Ein Freudentag! Ein leichter Nieselregen vom Meer her hatte den rauchigen Dunst, der immer über Los Angeles hing, weggewaschen. Eine frische Brise zerrte an den wenigen übriggebliebenen

Wolken. In den Pfützen auf der Straße und den Gehwegen spiegelten sich das Blau und die Wolkenumrisse. Die Bäume warfen große Schatten auf den Boden, die an den Rändern so leuchteten und starr waren, daß man beinahe meinte, man könnte sie mit den Fingern aufheben und zum Trocknen auf eine Leine hängen! Fenja hielt sich die Hand an die Stirn und schaute nach Osten, wo die überlappenden Bergkämme in blaßblauen, salbeigrünen und pfirsichfarbenen Schattierungen wie zerrissene Stoffstreifen hervorstachen.

Von dem Vogelgezwitscher, das vom Aprikosenbaum herunterdrang, angezogen, ging Fenja um das Haus herum und schaute sich im Hinterhof den neuen Ziegelofen an. Die Ziegel waren aufgeschichtet, und der Mörtel war fest. Wahrscheinlich wird Iwan ihn heute mit Lehm bedecken, denn das Wetter ist gut, dachte sie. Eine vorwitzige Spottdrossel pluderte in der gebogenen Öffnung ihre grauweißen Schwanzfedern auf, bis ein durchdringender Lärm sie aufschreckte. Fenja drehte sich um und sah Bunja hinter sich auf den Hof schlurfen. Ihr süßes Lächeln rollte ihre rosa Zungenspitze auf. Sie hatte nicht mehr genug Zähne, um ihre Zunge am Herausrutschen zu hindern. Aber die alte Frau zitterte vor Freude. Es war, als hätte sie vergessen, daß es hier Bäume und Vögel und einen Himmel gab, und als wären alle diese Dinge eine glänzende, neue Offenbarung für sie. Ihre vernebelten Augen leuchteten mit der hellen Aufmerksamkeit eines Kindes.

Sie atmete die scharfe, klare Luft ein und deutete mit ihrer braunen, gefleckten Hand zu den gesprenkelten Gipfeln der San-Gabriels-Berge. *Kann sie sie sehen?* fragte sich Fenja.

„Zuflucht!" verkündete sie mit prophetischer Gewißheit. „Gewürzberge." Sie hüpfte leicht, als sie das sagte, als würde sie mit den Molokanen in einem Gottesdienst tanzen. Fenja schaute in ihr Gesicht, das so zerfurcht und kantig war wie die Berge selbst und das wie die Berge von einem goldenen Licht erhellt war, das vom Morgenhimmel ausgegossen wurde.

„Gewürzberge", wiederholte Fenja und lächelte in Agafjas Gesicht. Aber andere Worte sangen in ihrem Kopf, und sie erinnerte sich an die Stimme eines kleinen Jungen in einem fernen Land:

*Bis der Tag kühl wird
und die Schatten schwinden,
wende dich her
gleich einer Gazelle, mein Freund,
oder gleich einem jungen Hirsch
auf den Balsambergen.*

Sie dachte an Peters Gesicht, wie sie es am Sonntag gesehen hatte, und sie begann, inbrünstig für ihn zu beten. Aber der helle Glanz des Morgens und die Schönheit des Geistes der alten Frau verschmolzen und verschärften sich zu einem hellen Hoffnungsstrahl. *Alles wird gut werden mit uns.* Fenja hielt sich an dieser Zuversicht fest. Sie bewegte die Finger in einem brennenden Wunsch, etwas zu tun. Sie wollte Vorhänge aufhängen und Töpfe aufstellen und ein Zuhause schaffen!

Ein ernstes Plappern drang aus dem Schlafzimmerfenster. Bunja legte den Kopf schief und hob einen Finger. „Aha, sie sprechen miteinander", erklärte sie.

Sie hatte recht; Nikolinka und Walentina waren in ihr Morgengespräch vertieft. Die beiden sprachen ein und dieselbe Silbe immer wieder vorwärts und rückwärts, wobei ein kluges Mienenspiel auf ihrem Gesicht zu sehen war. Es war beinahe unmöglich zu glauben, daß ihre Worte keine Bedeutung hatten. Fenja und Agafja warfen sich einen vielsagenden Blick zu, bevor sie hineingingen, um die Kinder zu holen.

„Du brauchst nicht alles erzählen", wies Fenja scherzhaft den gesprächigen Nikolinka zurecht. „Spar dir ein bißchen für später!" Sie und Bunja nahmen die zwei mit in die Küche und setzten sie vor ihren Morgenbrei. Axinia war eifrig am Ofen beschäftigt, um ihre Kleinen zu verwöhnen, und sogar Iwan lächelte über die rosigen, pausbackigen Gesichter.

„Du bist aber sehr gesprächig", tadelte Bunja den Jungen. „Sei ein bißchen still, damit du wenigstens einen Bissen essen kannst." Sie winkte dem plappernden kleinen Jungen mit einem Holzlöffel zu.

„Dsrukorf gaaa bom", verkündete er mit ernster Miene und warf Walentina einen fragenden Blick zu.

„Mmmurf", erwiderte sie bestimmt und wandte ihre Augen mit einer kühlen, spitzen Miene ab.

„Seht ihr?" beharrte Agafja. „Sie sprechen schon. Das ist die amerikanische Sprache — zweifellos."

Axinia und Fenja brachen in Gelächter aus, aber Iwan warf seiner Mutter einen beleidigten Blick zu.

„Amerikanisch? Ich werde nicht dulden, daß sie in diesem Haus die Sprache dieser Fremden sprechen."

Agafja hob eigenwillig das Kinn. „Es ist nicht Russisch, was sie sprechen", beharrte sie mit einem weisen Nicken. „Die Worte kommen mit dem Land. Es ist nur natürlich, daß Kinder die Sprache des Landes sprechen, in dem sie leben."

„Sag nicht so einen Unsinn", brummte Iwan. „Sie sprechen schon Russisch ... "

Fenja und Axinia warfen einander verzweifelte Blicke aus vor Lachen feuchten Augen zu und schüttelten sich vor Belustigung.

„Gott helfe uns." Axinias Seufzer kam mit einem lauten Kichern. „Welch eine Familie! Du kannst ja anfangen, deinem Sohn und deiner Tochter Russisch beizubringen", sagte sie zu Iwan. „Auf Fenja und mich wartet viel Arbeit."

„Das tue ich auch", entgegnete Iwan. Er widmete den jungen Schülern seine Aufmerksamkeit. „Tisch", polterte er und schlug auf die Fichtenholzplatte. Nikolinka grinste verstehend und hämmerte auch auf den Tisch. Er ließ einen langen Schwall von Silben auf seine Schwester los, die wissend ihre Augenbrauen hochzog und auch anfing, mit ihrer rosigen kleinen Faust auf den Tisch zu schlagen.

Fenja und Axinia brachen in erneutes Gelächter aus und gingen im Wohnzimmer an die Arbeit. Bis zum Mittag hatten sie alle Kisten ausgeräumt, und das Haus war sauber und ordentlich.

„Es sieht allmählich wie ein Zuhause aus." Axinia strahlte. Sie packten die Kleinen zusammen, während Bunja ein Nickerchen machte, und spazierten die Ameliastreet hinab. Sie kamen unter dem Schatten eines riesigen Ahornbaumes vorbei, blieben dann entzückt über die schrille Musik von fröhlichem Kinderlachen, das aus einem Schulhof klang, stehen. Der Hof war voll von molokanischen Kindern, die ausgelassen jede mögliche Verwendung der Spielgeräte erforschten. Die Jungen kletterten wie Eichhörnchen auf Eisenstäbe, und die Mädchen segelten auf den drei Schaukeln in hohem Bogen durch die Lüfte. Begeistert flogen die Mädchen immer höher hinauf und ließen ihre weiten Röcke schamlos nach oben fliegen. Sie zeigten ihre stämmigen kleinen Schenkel, die in der Sonne weiß leuchteten.

Fenja bemerkte zwei amerikanische Mädchen in blauen Kleidern, die mit großen, erstaunten Augen dem Treiben zuschauten. Die Älteste war ungefähr acht, schätzte sie, und die Jüngere nicht viel älter als ein Krabbelkind. Fenja fiel auf, daß das ältere Mädchen über etwas empört war. Sie nahm ihre Schwester bei der Hand, trat auf die molokanischen Kinder zu und sagte etwas mit bestimmter Stimme. Die Molokanen verstummten und starrten die Eindringlinge an. Das Mädchen verlangte sehr ernst und sehr laut etwas. Die russischen Kinder waren offenbar verwirrt und begannen, zurückzuweichen. Sie schüttelte vehement den Kopf; dann schob sie mit verzweifelter Miene ihre kleine Schwester vor, zog ihr den Rock hoch und deutete auf die spitzenbesetzte Unterhose, die diese trug.

Das war es also! Fenja schüttelte sich vor Lachen und griff Axinia am Arm. Auch sie konnte sich vor Belustigung nicht mehr halten.

„Wer hätte das gedacht", kicherte sie. „Die Amerikaner tragen kleine Hosen, um in solchen Fällen ihre Nacktheit zu verstecken. Meine Güte, hat sie sich deshalb jetzt aufgeregt!"

„Sie ist wirklich beleidigt", lachte Fenja.

Es stimmte. Die feinen Brauen des amerikanischen Mädchens waren vor Konzentration zusammengezogen, aber schließlich zuckte sie mit den Schultern und schritt mit ihrer Schwester an der Hand davon. Die Augen der molokanischen Kinder klebten an den Herausforderern, die sich auf dem Rückzug befanden, und sie legten vorsichtig eine Hand oder einen Fuß auf eine Stange oder eine Schaukelkette. Eine Minute später hatten sie jedoch den Zwischenfall vergessen und stürzten sich mit aller Energie in ihr ausgelassenes Spiel. Ein kleines Mädchen mit einem rotblonden Zopf erspähte die Frauen, die ihnen zuschauten; ihre kleinen Hände flogen eilig an ihren Kopf, und sie zog schnell ihr rosafarbenes Kopftuch über ihren entblößten Kopf und band es wieder fest zu. *Gott bewahre,* kicherte Fenja, *daß ihr Kopf vor den Augen anderer schamlos entblößt wird!*

„Was soll man nur über die Sitten dieser Fremden sagen", seufzte Axinia.

Fenja schüttelte den Kopf. „Nichts", stimmte sie zu, aber eine kleine Wolke hatte diesen Tag verdunkelt. Dieser Vorfall weckte Zweifel in ihr. Sie fragte sich, welche Fehler sie wohl begehen würde, wenn sie in diese amerikanische Schule ginge, und ob sie auch zur Zielscheibe von Witzen würde oder andere beleidigen würde.

* * *

Die Mittelschule war das eindrucksvollste Gebäude, das Fenja je betreten hatte. Sie winkte Iwan nach, als er sie an den Stufen des vierstöckigen Ziegelgebäudes absetzte. Dann tauchte sie im Inneren der Bogentür unter. Der Glanz neu gewachster Fußböden und der Geruch von Möbelpolitur wirkten einladend, aber Fenja zog sich auf die Stufen zurück und schaute hinaus auf die Stadt. Sie war zu früh, und von den anderen Schülern war noch nichts zu sehen. Matwei hatte versprochen, sich mit ihr zu treffen und der Lehrerin, Miss Annie Green, ihre Situation zu erklären, aber er würde erst kommen, wenn das Geschäft seines Vaters abends geschlossen wurde.

Die Schule stand auf einer niedrigen Anhöhe. Fenja konnte von hier aus das leuchtende Orange und glühende Fuchsrot eines kalifornischen Sonnenuntergangs hinter den zusammengewürfelten vier- und fünfstöckigen Gebäuden verschwinden sehen. Die Gebäude vermengten sich und wurden dunkel, als die Farbenpracht nachließ und sich in die freigelassenen Lücken senkte, in denen die Straßen und Gassen verliefen. Die aufziehende Dunkelheit legte sich einen Augenblick über sie. Dann begann ein verschwommenes, geheimnisvolles Licht, zwischen den Gebäuden aufzuleuchten, als die elektrische Beleuchtung in der Springstreet, der First und der Broadwaystreet aufflackerte.

Fenja beobachtete eine Straßenbahn, die von mehreren gelben Lichtern erhellt war und den Hügel heraufkroch. *Sie fährt nach Hause,* dachte sie. Die fernen Lichter, die den Amerikanern den Abend erhellten, regten in ihr eine schmerzliche Isolation — als wäre sie von irgendeiner Fahrt ausgeschlossen, als würde ihr der freundliche Beistand ihrer Gruppe verwehrt. *Es stimmt; ich bin abgesondert. Das ist* Pohod *— meine Pilgerreise.*

Sie setzte sich auf die kalte Betonstufe und wickelte ihre gefütterte Jacke um sich. Sie fuhr hoch, als eine Schaffellmütze neben ihr auf die Treppe geworfen wurde, der ein Paar früher einmal schwarzer Lederstiefel folgten, die von rostfarbenen Kratzern so durchzogen und so ausgetreten waren, daß sie wie eine Baumrinde aussahen. Peter Gawrilowitschs schlanker Körper setzte sich neben sie. Sie lächelte.

„Das sind Gawrils Stiefel, nicht wahr?" fragte sie.

„Ja", sagte Peter gemütlich. „Und lange waren sie das Wertvollste, das ich besaß. Meine Mutter hatte jeden Rubel, den ich besaß, in das Futter genäht. Es ist lustig, daß du sie erkannt hast."

Er betrachtete ihr Gesicht, das ihm jetzt zugewandt war. „Es ist schön, wenn jemand meine alten Stiefel erkennt. Normalerweise bin ich so anonym."

„Nun ja", tastete sie sich vorsichtig vor. „Ich hätte sie fast nicht mehr erkannt... Sie sehen aus, als hätten sie einige schwere Zeiten durchgemacht."

„Schwere Zeiten ... ja", wiederholte er leise.

„Schau", sagte er und nickte zu der weiterruckelnden Straßenbahn hinab. „Die Menschen kommen von der Arbeit nach Hause."

Der glitzernde Lichterbogen unter ihnen, die schweigende Masse des Ziegelgebäudes hinter ihnen, das entfernte Summen des Feierabendverkehrs umhüllte sie mit einer stillen Vertrautheit. Fenja genoß schweigend diese Augenblicke und schaute mit Peter zu und sah, wie er sah.

Die Lichter im Klassenzimmer hinter ihnen gingen an, und ihre Schatten warfen ein Zickzackmuster auf die Stufen unter ihnen. Fenja wandte sich ihm zu und sah, wie sich seine Muskeln anspannten, als er den Augenblick des Friedens von sich wegschob. Die Höhlen in seinem Gesicht waren jetzt unübersehbar. Sie betrachtete die tiefen Linien, die sich um seinen festen Mund legten.

„Was ist mit dir geschehen?" fragte sie sanft.

„Ich erzähle es dir. Irgendwann einmal. Jetzt noch nicht", antwortete er. Er streckte die Hand aus und streichelte ihren Oberarm, als wolle er damit ein Versprechen besiegeln. Dann drehte er sich um, und sie folgte ihm in das helle, einladende Schulzimmer.

Matwei war da, wie er versprochen hatte, und sprach mit einer freundlichen Frau in einer weißen Bluse und einem braunen Rock. Miss Annie Green begrüßte Fenja mit einem warmen Lächeln und deutete der Klasse an, sich zu setzen. Sie stellte Fenja dem kleinen Kreis von Schülern vor und nahm dann eine glänzende, blaue Kugel in die Hand, die in einer Messinghalterung steckte. Die Kugel war mit bunten Flecken bedeckt — rosa, gelb, grün und pfirsichfarben — die ineinander verschwammen, als die Lehrerin sie drehte. Sie hielt die Kugel mit einer entschiedenen Bewegung ihrer Hand an und deutete auf einen gelben Fleck. „Kalifornien", erklärte sie. Fenja konzentrierte jede Faser ihrer Aufmerksamkeit auf die leuchtende Kugel. Was sagte sie da? Die Lehrerin drehte die blaue Kugel halb herum und deutete auf einen großen rosa Fleck und sagte genauso ernst: „Rußland!" Wollte sie damit sagen, Rußland sei in der Kugel? Sie mußte einen Witz machen! Die aufgestaute Anspannung, die sich in Fenja den ganzen Tag angesammelt hatte, brach in einem nicht aufzuhaltenden Gekicher aus ihr heraus.

Miss Green zog die Augenbrauen hoch. Niemand sonst lachte; mehrere Schüler drehten sich erstaunt zu ihr um. Eine Hitze stieg in Fenja hoch, und sie fühlte an der Stelle, an der ihr Kopftuch zusammengebunden war, wie ihr Puls laut hämmerte. Sie lockerte es und atmete tief ein. *Ich sollte lieber auf der Hut sein,* sagte sie zu sich selbst. *Ich muß meinen ganzen Verstand zusammennehmen, um herauszufinden, was hier vor sich geht!*

Sie sah keine Spur von Peter, als der Unterricht zu Ende war. Matwei wartete, um sie nach Hause zu bringen. „Wie hättest du das denn wissen sollen?" tröstete er sie. „Du hast doch noch nie in deinem Leben eine Landkarte oder einen Globus gesehen!" Als sie unter dem Ahornbaum dahingingen, schaute sich Fenja um und sah Peters Umrisse in dem beleuchteten Türrahmen stehen; seine Schaffellmütze zeichnete sich unverkennbar unter dem gebogenen Eingang ab.

* * *

Nach diesem Tag verlief Fenjas Leben routinemäßig. Es war für sie aber trotz seiner Vorhersehbarkeit reich, ausgefüllt und exotisch. Morgens begleitete sie immer Iwan, wenn er zu den Bauern außerhalb der Stadt fuhr, und half ihm, um ihre Erzeugnisse zu handeln. Nachmittags war sie zu Hause und half Axinia bei der Hausarbeit und der Vorbereitung der Mahlzeiten. Sonntags traf sie sich mit den anderen Russen zum Gottesdienst und zum traditionellen Mittagessen, besuchte andere molokanische Familien und kehrte zum Abendgottesdienst in den Saal zurück. Einmal in der Woche ging Fenja früh am Abend zur Schule, um Peter auf der Treppe zu treffen, und gemeinsam sahen sie zu, wie die Sonne unterging und die Lichter in der Stadt angedreht wurden. Nach dem Unterricht begleitete Matwei sie nach Hause und kam mit ins Haus und trank mit Axinia und Iwan Tee.

Jeden Tag wußte sie genau, was sie tun würde, aber trotzdem ließen ihr bestimmte Fragen keine Ruhe, als die farbenfrohen Herbsttage kürzer wurden und in den milden kalifornischen Winter übergingen. Iwan versank immer mehr in einer Depression, die so schwer wurde, daß ihr Gewicht sich sogar allmählich auf Axinias fröhliches Gemüt legte. Die Fremdartigkeit des Landes, seine Hilflosigkeit sogar in den kleinsten Angelegenheiten und das Knausern Woche für Woche, um sein Auskommen zu haben, zehrten an ihm.

Er hat Angst um seine Familie, begriff Fenja, *und er kann im Augenblick nicht mehr für sie tun.* In Rußland waren die Bogdanoffs nach bäuerlichen Maßstäben reich gewesen, hier aber waren sie gezwungen, sich in einem oft ungleich aussehenden Kampf abzumühen. Die knappe Kasse und das „Knausern, um auszukommen", das für Fenja Kostrikin schon immer ein untrennbarer Teil ihres Lebens war, war für jemanden wie Axinia eine unnatürliche, schwere Last.

Sogar Großmutter Bogdanoff war etwas niedergeschlagen; Iwan hatte außer in der Küche alle Glühbirnen aus den Fassungen geschraubt. Die alte Frau saß oft am Tisch und teilte mit den Kindern eine Schüssel Brei. Ihr einziger großer Trost war, daß die Zwillinge anfingen, russisch zu sprechen. Davon ermutigt, sang sie ihnen stundenlang Psalmen und alte Kosakenlieder vor, und die Kleinen plapperten die Worte nach und ahmten dabei ihre zittrige, lispelnde alte Stimme nach.

Matwei war in dieser Zeit der einzige Lichtblick. Er kam häufig vorbei, manchmal brachte er ein Stück Fleisch als Geschenk aus der Metzgerei seines Vaters mit. Der junge Molokane steckte voll praktischer Vorschläge für Iwans Route. „Laß dir keine Angst einjagen", ermutigte er ihn. „Im ersten Jahr geht es allen so ... wir haben alle überlebt, so oder so." Seine grünen Augen glitten zu Fenja hinüber, während er das sagte, und mit einer aufgewühlten Mischung aus Angst und Aufregung senkte sie den Blick. Als sie die Augen wieder hob, wühlte Axinias bittender Blick Mitleid, Angst und Fragen in ihr auf. *Was kann ich nur tun?* fragte sich Fenja.

Es gab viel, über das sie nachdenken mußte. Sie hatte den Eindruck, als sei Matwei mit seinem schnellen, strahlenden Lächeln und seinem gesunden Menschenverstand und seiner aufrichtigen Anteilnahme für ihre Not immer zur Stelle. Aber die Lebensformen des alten Landes wandelten sich und hatten sich noch nicht an die neuen angepaßt. Die Bräuche, eine Braut im Spiel herauszufinden und im Dorf spazierenzugehen und Ehevermittler einzusetzen, waren verloren gegangen, und nur der Himmel wußte, was an ihre Stelle treten würde! Was bedeutete es, wenn ein junger Mann ein Mädchen von der Schule nach Hause begleitete, oder deutlich machte, daß er ihre Adoptivfamilie auf jede nur denkbare Weise unterstützte? Oder war es nur Freundlichkeit, wie er sie auch jedem anderen entgegenbringen würde?

Fenja wußte, daß Iwan und Axinia über eine solche Verbindung überglücklich wären. Die Metzgerei der Kalpakoffs bot ein regelmäßiges, sicheres Einkommen. Immerhin waren sie die einzigen Metzger, die das Vieh nach molokanischen Vorschriften schlachteten, so daß jeder, der sich Fleisch leisten konnte, es von Matweis Vater kaufte. Außerdem konnte Fenja nicht leugnen, daß der junge Mann attraktiv und nett war. Wenn er um ihre Hand anhielte, hätte sie keinen guten Grund, seinen Antrag abzulehnen, und sie wußte, daß die Bezahlung der *Kladka* für ihren Brautpreis eine große Erleichterung für die um ihr Auskommen ringenden Bogdanoffs wäre. Wie könnte sie ihnen das verwehren? Sie waren so freundlich gewesen ... aber wie konnte sie Matwei heiraten, wenn ihr Herz an Peter Gawrilowitsch hing? Und welchen Grund konnte sie nennen, wenn sie auf dieser Heirat bestanden, wie es ihr gutes Recht war, da sie die Elternstatt für sie übernommen hatten?

Und Peter? Der Gedanke an ihn weckte in ihr immer dieses alte, nagende Bedürfnis. Er hatte die Bogdanoffs auch besucht, aber er war schweigsam und ernst gewesen.

Sie zeigte ihm Wassiljis geschnitzte Schatulle, und Peter erkannte schnell die Handarbeit ihres Vaters. Er fuhr die feinen Muster langsam mit dem Finger nach. „Das ist eure *Izba*! Ich erinnere mich daran – die Schnitzerei an den Türpfosten ... " Er war einen Augenblick aufgeregt und erfreut, aber als er sie verließ, wirkte er traurig, und Fenja fragte sich, was für ein Zuhause Lukeria Merlukow ihm wohl bereitete.

Danach blieb sie lange sitzen und drückte ihre Finger in Wassiljis kunstvolle Schnitzerei. Sie fand in jedem Schnitt und jeder Erhebung Eindrücke von ihrer Familie und ihrem Zuhause. Sie öffnete sie und nahm einen Seidenschal mit einem kräftigen burgundfarbenen Hintergrund heraus. Ein Abschiedsgeschenk von ihren Eltern. Es war der Verlobungsschal, den sie eines Tages ihrem künftigen

Ehemann geben würde. Sie betrachtete die leuchtenden kupfergoldenen und silberblauen Linien, die sich in einer wilden türkischen Symmetrie formten. *Wer würde ihn wohl tragen?* fragte sie sich.

✻ ✻ ✻

Wie der erste Tag, so kam auch der letzte. Ende Februar beschloß Iwan, daß Fenja genug Englisch gelernt hatte. Sie kamen gerade mit einer Wagenladung Zitronen und Orangen aus Pasadena zurück und hatten vor einer Eisenwarenhandlung angehalten, in der sie ein Sieb für Axinia kaufen wollten. Iwans Augen verengten sich zu schmalen Schlitzen, als er zusah, wie Fenja schüchtern auf den jungen Mann an der Ladentheke zuging. Sie hatte keine Ahnung, wie das englische Wort für Sieb hieß, und so deutete sie auf eine Ansammlung von Töpfen, die an der Wand hingen, und der geschniegelte Verkäufer mit seinen glatten, glänzenden Haaren holte schnell einen für sie herunter.

Sie schüttelte den Kopf und sagte: „Nein, mit Löchern darin." Und sie pickte mit ihrem Finger andeutungsweise Löcher in den Boden des Aluminiumtopfes.

Der aufmerksame Verkäufer zog verblüfft an seinen Hosenträgern.

„Ein Sieb?" fragte er.

Sie zuckte vielsagend mit den Schultern; dann erklärte sie mit einem strahlenden Lächeln der Eingebung: „Wasser geht, Nudeln bleiben!"

Sein sommersprossiges Gesicht verzog sich zu einem Grinsen, und siegessicher holte er ein irdenes Sieb hervor.

„Genau richtig!" Sie dankte ihm und bot ihm zwanzig Cents für die Ware, die mit fünfundzwanzig ausgezeichnet war. Er nahm sie mit einem amüsierten Lächeln.

Fenja warf Iwan einen triumphierenden Blick zu, aber ihre Klugheit wurde ihr bald zum Verhängnis. Iwan war von dieser Leistung so beeindruckt, daß er beschloß, Fenja beherrsche genug Englisch, um mit jeder ähnlichen Situation für die Bogdanoffs fertigzuwerden.

Und so, sagte sie zu sich und zwängte ihre Füße in die spitzen Lederschuhe, *ist heute mein letzter Unterricht und die letzte Begegnung mit Peter Gawrilowitsch.*

Fenja konnte Peters Schatten auf der Treppe sehen, als sie mit Iwan vorfuhr. Etwas an der Haltung seines Körpers verriet ihr, daß er schon lange wartete. Sie setzte sich neben ihn und schaute ihn erwartungsvoll an. Peter saß mit angezogenen Beinen da, und seine Handgelenke ruhten auf seinen Knien, seine langen Hände baumelten nach unten. Aus der Art, wie er seine Hände hängen ließ, schloß sie, daß er schlechte Nachrichten hatte. Er warf ihr einen kurzen Blick zu und richtete seine Augen dann wieder auf die Stadt. Die Lichter, ob feststehend oder beweglich, sahen aus, als hingen sie in einer ruhelosen Flüssigkeit, die alles verlangsamte und verzerrte.

„Er hat mich bezahlt", begann Peter. Sie wußte, daß er Maxim meinte. Der molokanische Bauer hatte es hinausgezögert, Peter zu bezahlen, bis er wußte, wie hoch die Einnahmen und Steuern für dieses Jahr ausfallen würden.

„Weniger." Er schluckte. „Viel weniger, als ich erwartet hatte."

Fenjas Augen folgten den unverständlichen Bewegungen der Lichterfunken in der seltsam beleuchteten Stadt.

„Ich verstehe es nicht!" sprach er weiter. „Ich habe so schwer gearbeitet. Du weißt nicht, wie ich geschuftet habe. Als hinge mein Leben davon ab. Und so ist es eigentlich auch! Alles, was ich in diesen sechs Monaten verdient habe, reicht gerade aus, um die Überfahrt einer Person zu bezahlen. Meine Familie. Wie kann ich ihnen helfen?"

Fenja schaute ihn an und zeigte ihm alles, was sie an Liebe und Trost und Hoffnung aufbrachte. Sie wußte, daß er es sah. Er hob die Hände, senkte den Kopf und legte ihn in seine Hände.

„Ich habe Angst um sie, Fenja. Es sind Monate, Monate, seit ich etwas gehört habe. Der letzte Brief meines Vaters kam im November. August. Er war im August datiert. Weißt du, was seitdem in Rußland passiert ist? Das schlimmste ist, ich kann nichts tun. Nichts! Hier bin ich; sicher in Kalifornien. Zufluchtsort nennen sie dieses Land!"

„Nein. Du kannst nichts tun." Fenja fühlte ein anschwellendes Pochen der Gewißheit in ihrer Stimme. „Nichts außer bleiben."

„Bleiben?" Er riß den Kopf mit der betrübten Kampfbereitschaft zurück, die kommt, wenn der Schmerz keine logische Antwort mehr weiß.

„Bleiben", wiederholte Fenja. Sie zog an seiner Hand. Sie war naß.

„Hör zu. In Rußland habe ich mich aufgearbeitet – bis ich schon fast kein Mensch mehr war – weil ich gehofft hatte ... daß *Pohod* für mich Wirklichkeit würde. Du weißt, wie es bei uns war. Aber mein ganzes Bemühen war nichts; nur Gottes Freundlichkeit hat mich hierher gebracht. An diesen Zufluchtsort." Er schob ihre Hand fort und wehrte sich innerlich gegen ihre Worte.

„Trotzdem habe ich es nicht begriffen", sprach sie weiter. „In Christus bleiben wir. Er ist unsere Zuflucht – nicht Kalifornien oder irgendein anderes Land – obwohl ich hierher kommen mußte, um das zu verstehen. Ich mußte abgesondert sein – allein – um ihn so zu sehen ... "

Das schien ihn zu beruhigen, und als sie ihre Hand wieder in seine steckte, ließ er sie dort. Als er sich ihr zuwandte, lag eine verwunderte Miene auf seinem Gesicht.

„Allein, sagst du. Genau das ist es! Ich fühle mich auch allein. Nicht bei den Molokanen – so ist es bei mir nicht gewesen."

Sie schüttelte den Kopf. „Nein. So nicht ... " Und sie sah eine große Aufregung unter seinen Augenlidern aufflackern.

„Ich muß es dir erzählen ... Eines Tages erzähle ich es dir", begann er. Dann kamen Worte über seine Lippen – die stärker waren als die Erde – und älter, viel älter.

„Daß ein jeder von ihnen sein wird wie eine Zuflucht vor dem Wind
und wie ein Schutz vor dem Platzregen,
wie Wasserbäche am dürren Ort,
wie der Schatten eines großen Felsen im trockenen Lande."

Sie blickte ihm ins Gesicht und verstand alles. Dann wurde der glitzernde Schein von Los Angeles von einem viel größeren Schein in den Schatten gestellt, als Peter sie in seine Arme zog. Sie klammerte sich an ihn und vergrub ihr Gesicht in dem rauhen, sauer riechenden Bauernmantel. Er beugte den Kopf und küßte sie.

„*Duschok*, Liebling." Es war ein leiser Hauch von einem Wort – hatte sie richtig gehört? Ein Zittern durchfuhr sie, und sie vergrub ihre zitternden Finger in seinem Arm.

„Was hast du gesagt?" Sie mußte es wissen, und ihr Ton ließ daran keinen Zweifel.

Peter schüttelte den Kopf. „Ich kann es nicht sagen! Verlang es nicht von mir!" Aber das wilde Trommeln seines Herzens unter ihrer Wange und die Bewegung seines Halses, als er schluckte, verriet ihr eine andere Wahrheit. Ein plötzlicher Lichtschein aus einem Schulzimmer fiel auf sie. Aber es dauerte eine Weile, bis sie die Kraft aufbrachten, sich zu rühren. Schließlich entzog sich Peter ihr und stand auf. Er schaute gleichzeitig mit Härte und Sehnsucht auf sie herunter. Fenja erkannte sowohl die Entschlossenheit als auch die Sehnsucht. *Komm zurück. Geliebter,* schrie sie innerlich.

Ein anderes Licht ging an und zeichnete ihre zwei Schatten klar und getrennt auf den Stufen, als wären sie nie eins gewesen. Sie gingen ins Schulzimmer.

18. Der Ostwind

„Warum läßt du dir das gefallen?" Die Wut in Eddies Stimme steigerte sich zu heiseren hohen Tönen. „Er behandelt dich genauso wie uns Mexikaner. Nur haben wir keine andere Wahl. Wir werden von allen so behandelt. Aber du ... "

Peter schaute ihn nicht an. Er stemmte sich in den Pflug und grub ihn durch den harten Lehm der neuen eineinhalb Hektar Ackerland, die Maxim gekauft hatte. Welche andere Wahl blieb ihm? Er sagte es nicht, aber sein ganzes Gesicht wurde hart, und seine Schultern waren wie der Querbalken eines Kreuzes, der an seiner Wirbelsäule befestigt war. Er richtete seine Aufmerksamkeit auf die Erde. Das Land war noch nie zuvor bearbeitet worden. Es war so grau wie Asche und so hart wie ein Fels und am Rand von den verzweigten Ablegern von Steppenläufern umgeben, die nur darauf warteten, sich weiter ausbreiten zu können.

„Er hat dir nicht mehr bezahlt als mir – das ist Betrug!" sprach der entrüstete Eduardo weiter.

„Ich habe mein Zimmer, mein Essen ... ", murmelte Peter als Antwort.

„Natürlich! Ich weiß, welch ein gemütliches Zuhause dieser weibliche Dämon dir bereitet. Darauf bist du nicht angewiesen. Schau ... " Eduardo stieß mit seiner Sandale hart auf das Streichbrett. Peter hielt den Pflug an und schaute ihn eigensinnig an. Aber Eddie packte ihn am Arm, bevor er sich losreißen konnte, und zog ihm unsanft den Ärmel nach oben.

„Schau", beharrte er und deutete auf Peters nackten Arm über der Linie, wo er von der Sonne gebräunt war. „Du bist so weiß wie Schnee! Du sprichst genauso gut Englisch wie ich! Du kannst ein Amerikaner sein! Weißt du, was ich damit sage?"

Peter zog seinen Ärmel wieder nach unten und grinste ihn freundlich an. „Ja, mein Englisch ist genauso wie deines. Aber du bist der einzige weit und breit, mit dem ich spreche. Miss Green ist über meine Fortschritte erstaunt, aber sie kann sich keinen Reim aus meinem Akzent machen. ‚Sie denken wie ein Russe, sprechen aber wie ein Mexikaner', sagt sie zu mir."

„Mein Denken hilft dir hier heraus", brummte Eddie. „Und mein Denken sagt mir, daß es dir besser ginge, wenn du nicht hier auf dem Hof wärst. Warum tust du es?"

„Für meine Familie. Wofür sonst?"

„Aber du kannst auch anderswo Arbeit finden. Ich habe ihn gesehen. Er wirft dir ein paar Dollar hin – seine Augen weichen dir aus, weil er dir nicht ins Gesicht sehen kann – und er zuckt mit den Schultern. Tut mir leid, sagt er, das sei alles, was er entbehren könne. Dann geht er zum Landverkäufer hinunter und kauft sich eineinhalb Hektar Land. Das stinkt zum Himmel."

„Was soll ich denn tun? In der Holzfabrik arbeiten? Ich müßte mir einen Platz zum Wohnen suchen, etwas zu essen kaufen. Das Leben ist teuer. Mein Geld würde wie Wasser durch ein Sieb davonlaufen." Peter kniff die Augen zusammen und betrachtete trübsinnig das brach liegende Feld.

„Meine Arbeit ist hier, auf dem Land", fügte er grimmig hinzu. Er trieb das Gespann vorwärts und legte die Stärke seines Körpers in den Winkel der Pfluggriffe und die Stellung des Streichbretts.

„Ihr Bauern", stöhnte Eddie. „Mit der Erde verbunden ... Mach nur so weiter. Arbeite! Mache den alten Maxim reich!"

Peter wandte seine Augen nicht von den monotonen Aufhäufungen der Erde ab. Harte Klumpen kamen auf jeder Seite heraus und zeigten einen dunkleren Lehm unter der ausgebleichten Oberfläche. Die Bewegung hypnotisierte ihn und lähmte seine Gedanken. Sie zwang ihm ein trübes, fremdes Erdulden ab. Er wandte gewaltsam seine Augen ab. Die Luft war unangenehm, und die Steppenläufer wucherten auf den leerstehenden Feldern. Maxim war weiter weg von ihnen und bearbeitete die Erde mit irgendeinem Gerät. Peter richtete seine Augen auf die inzwischen vertraute Gebirgskette. Er hatte das Gefühl, als lauere etwas am Rand seiner Welt, irgendeine Kraft, die versuchte, ihn zu vernichten, aber je mehr er diesen Eindruck hatte, um so mehr wuchs eine unabhängige Lebenskraft in seiner Seele.

Bleibe, erinnerte er sich, als er an Fenja und ihren bewundernswerten Mut und ihre Ausdauer dachte. „Herr, du bist unsere Zuflucht für und für. Ehe denn die Berge wurden und die Erde und die Welt geschaffen wurden, bist du Gott ... "

Aber Eddies Rat hatte einen Keil in sein Denken getrieben. Peter war von einer Aufregung erfüllt, die an Panik grenzte, sooft er an die Woloschins in Rußland dachte. Aber ein anderer Gedanke schlich sich ein, je mehr sein Gefühl der Entfremdung wuchs – die Vorstellung, daß er wie ein gewöhnlicher Amerikaner lebte, Jeanshosen trug und irgendeiner leichten Arbeit in der Stadt nachging.

Aber jedes Mal, wenn seine Hin- und Hergerissenheit ihn ins Gebet zog, gewann ein drittes Bild Gestalt in ihm. Ein blondes Mädchen mit aufmerksamen Augen und einem sanften Gesicht, das in seiner Umarmung dahinschmolz und seine Küsse erwiderte, wie kein Mädchen einen Mann küßt, außer es will ihn heiraten. Dieser letzte Gedanke versetzte ihm einen Schmerz und weckte eine Sehnsucht, die er mit aller Kraft bekämpfte. Überhaupt zu heiraten, wäre schwierig. Aber zu heiraten und seine Familie aus den Wirren in Rußland zu retten, wäre unmöglich.

* * *

Am Sonntag tauchte ein neues Gesicht in der Gemeinde auf — ein dunkelhaariger Mann mit einem schnellen Blick und einem fliehenden Kinn, das blasser war als sein übriges Gesicht. Wahrscheinlich war er Mitte dreißig und damit viel zu alt, um ohne Bart zu sein. Die Molokanen ließen sich aus einem Grundsatz heraus einen Bart wachsen, sobald sie heirateten. Peter wühlte in seinem Gedächtnis. In diesen flinken Augen steckte etwas Bekanntes ...

Von seinem Blick angezogen, schaute der Neuankömmling zu Peter herüber. Sein Gesicht erhellte sich, als er ihn erkannte. Im selben Augenblick wußte auch Peter, wer er war — Alexei Dawidowitsch! Aus seinem eigenen Dorf! Der prächtige, keilförmige Bart, der Alexeis auffälligstes Erkennungszeichen gewesen war, war verschwunden — wer hätte unter diesem wallenden, schwarzen Bart ein so kleines Kinn vermutet! Sobald der Gottesdienst vorbei war, drängten sich beide durch die versammelten Menschen und trafen sich. Sie setzten einander einen kräftigen Kuß auf die Wange.

„Du hast es also geschafft, dem Zaren durch die Finger zu schlüpfen", begann Alexei. „Ich erinnere mich noch an den Tag, an dem wir uns am Fluß getroffen haben. ‚Er wird gehen', habe ich damals zu mir gesagt. ‚Das ist wieder einer, der für den *Pohod* bestimmt ist!' Als ich dann von deinem angeblichen Tod hörte, sagte ich: Oh ja, er ist tot — und die Wiederauferstehung findet in Kalifornien statt!"

Peter lachte aufgeregt. „Ich erinnere mich! Vielleicht hast du es gewußt — aber ich nicht. Aber du — du hast ganz und gar nicht so sicher geklungen, als wolltest du auswandern."

„Nun, das war ich auch nicht. Aber die Umstände haben mir die Sicherheit gegeben." Er senkte mit einem vertrauten Hochziehen seiner Lippen die Stimme. „Das, was in Rußland zur Zeit passiert — es läßt dir das Blut gefrieren. Wir mußten gehen — es stand so schlecht für uns."

Peter stand stocksteif und ließ die drängenden Gottesdienstbesucher an sich vorbeiströmen. „Erzähl es mir", drängte er.

Alexeis unruhige Augen wurden still und hart. „Der Kaukasus ist zu einem Schlachtfeld geworden", sagte er. „Aufstände, Morde, Kämpfe — besonders zwischen den Tataren und Armeniern. Aber es hat auch einige aus unserem Volk getroffen."

„Meine Familie?" wollte Peter wissen.

„Ich weiß es nicht. Es ging ihnen gut, als ich abreiste, obwohl dein Onkel Michail die Woloschins alles andere als beliebt gemacht hat. Als ich sah, welche Richtung die Dinge einschlugen, nahm ich meine Frau und meine Söhne und bin geflohen. Wir haben Monate gewartet, bis wir ein Schiff bekamen. Es gab viele Epidemien, und sie stellen jeden aus Südrußland unter Quarantäne. Es kostete mich jede Kopeke, die ich besaß, aber wir sind noch rechtzeitig herausgekommen. Ich habe deinem Onkel gesagt, er solle am besten auch fortgehen, aber du weißt ja, wie er ist. Zu viel zu verlieren — das ist sein Problem."

„Sie sind also immer noch dort ... Wie steht es wohl um sie?"

„Nicht gut, Bruder. Baku ist eine rauchende Ruine; Tiflis wie eine Stadt im Belagerungszustand. Du hast von dem Massaker in der Stadthalle gehört? Kosaken stürmten in eine friedliche Versammlung und töteten wahllos die Menschen — Männer, Frauen. Hast du das gewußt?"

Peter merkte, wie sein Atem schneller wurde, als Alexeis Bericht Erinnerungen wachrüttelte. Oh, er wußte es, er wußte es! Er erinnerte sich an den brutalen Aufstand in Baku, den Kampf um Gerechtigkeit, der in Tiflis zu einem Klassenkampf führte, die große Macht des Hasses in dem Georgier — Koba, das beiläufige Spielen mit Mord in den kirgisischen Augen eines jungen Kosaken. Er hatte mit seiner Hand einen Menschen getötet. Die häßlichen, unmenschlichen Bilder weckten eine Angst um seine Lieben und eine Angst um sich selbst in ihm. *Diese Häßlichkeit ist in dir*, stichelte eine innere, anklagende Stimme. *Und sie schneidet dich ab von deinem Volk und von der Hilfe Gottes für die Menschen, die du liebst ...* Aber die Antwort kam auf der Stelle, und ein Bild von

Grigols verwandeltem Gesicht löschte diesen Gedanken aus. Peter seufzte und richtete seine Aufmerksamkeit wieder auf Alexei.

„... und Massaker an den Armeniern. Hast du davon gehört? Jeder Armenier im Dorf Chankend wurde getötet, ermordet ... Sirakan aus unserem Dorf, du erinnerst dich doch an Sirakan, er ist geflohen. Mit seinen Eltern —"

„Seine Schwester", zwang sich Peter über die Lippen. „Er hatte eine Schwester. Was ist aus ihr geworden?"

Alexei zuckte mit den Schultern. „Sie wollten sie mit einem reichen Armenier verheiraten, aber das Mädchen wollte nichts davon wissen und ist davongelaufen. Die jungen Leute sind heutzutage eigensinnig. Das letzte, was ich über sie hörte, war, daß sie irgendeinen Bergbewohner geheiratet hat."

Verheiratet, dachte Peter, *mit Grigol.* Ein Gefühl der Gerechtigkeit und des Trostes erfüllte ihn.

„Aber es tut gut, ein Gesicht aus meinem Dorf zu sehen", sprach Alexei weiter.

„Ich hätte deines kaum erkannt", bemerkte Peter.

Alexeis Hand fuhr nach oben und bedeckte sein beschämtes Grinsen.

„Oh ja. Mein Stolz und meine Freude. Von einem amerikanischen Barbier wegrasiert — kein Russe war dazu bereit. Du hast keine Ahnung, wie nackt ein Mann sich ohne Bart fühlt, aber das ist der Preis für das Überleben. Die Molkerei hat mir eine gute Stelle angeboten. Ich habe ihnen gesagt, daß ich gute französische Butter herstellen könne, und sie haben gesehen, daß ich mein Handwerk verstehe. ‚Wir bezahlen Sie gut,' haben sie gesagt. ‚Aber herunter mit dem Bart!' ‚Das geht nicht,' habe ich ihnen geantwortet. Dann bin ich nach Hause gegangen und habe mit meiner Frau gesprochen. Sie ist in die Luft gegangen. ‚Was sollen wir denn essen — Geranien? Du gehst zurück und sagst denen, daß du die Stelle annimmst.' Ich habe ihr angesehen, daß sie im Begriff stand, selbst mit dem Rasiermesser auf mich loszugehen. So bin ich schnell verschwunden."

Der Molokane griff sich mit vorsichtigen Fingern ins Gesicht.

„Ja, mein altes Gesicht ist zerstümmelt. Es ist wie ein amputiertes Glied; ich will immer daran ziehen, aber er ist nicht mehr da." Er senkte die Stimme und vertraute Peter an. „Meine Frau ist glücklich über das Geld. Während der Woche ist sie stolz auf das, was ich kann — aber sonntags schämt sie sich immer mit mir!"

Ilja Waloff trat auf sie zu und legte beiden eine Hand auf die Schulter. Sein Gesicht war begeistert. Er war immer begeistert, wenn Familien oder alte Freunde einander fanden.

„Gelobt sei Gott! Ein Wiedersehen!" freute er sich und zog sie in seine kräftige Bärenumarmung. „Wir müssen diesen Mann im Stall behalten", sagte er und zwinkerte Alexei zu. „Die geschorenen Schafe spüren die Kälte."

Seine aufmerksamen, blauen Augen zogen sich zusammen, als er Peter betrachtete. „Ich sehe dir an, daß Maxim dich zu schwer schuften läßt. Du kommst am Samstag mit uns. Jelena und ich organisieren einen Ausflug für die jungen Leute. Wir nehmen die Straßenbahn nach Altadena hinaus und machen ein Picknick auf der Wiese — ganz genauso wie in den alten Tagen. Komm mit, Peter... vergiß es nicht! Wir rechnen mit dir." Er ging weiter zu einer anderen Gruppe und zeigte Peter seinen erhobenen Zeigefinger.

Alexei lachte. „Ich sehe, die Ältesten haben ihre Pflichten nicht vergessen", sagte er. „Sie wollen dafür sorgen, daß du eine Gelegenheit hast, viele gute molokanische Mädchen kennenzulernen, damit du nicht irgendeiner hübschen amerikanischen Miss ins Netz gehst."

Peter zog erstaunt die Augenbrauen in die Höhe. „Daran habe ich ja überhaupt nicht gedacht. Das führt er also im Schilde."

„Er ist ein weiser alter Mann", erwiderte Alexei.

* * *

Die leuchtend rote Straßenbahn war am nächsten Samstag mit einer gutgelaunten, bunten Mischung russischer Bauern vollgepackt. Die Mädchen trugen ihre schönsten Kleider — für sie war das der Ausflug des Jahres — und die jungen Männer hatten Probleme, ihre Blicke zu zügeln, auch Peter. Fenja war in einem hübschen, braunen Kleiderrock, der mit goldenen Sonnenblumen bestickt war, erschienen. Er konnte kaum die Augen von ihr abwenden. Sie wandte ihm einen Augenblick ihre tiefblauen Augen zu und senkte dann in ihrer typischen schüchternen Art den Kopf. Sie ging in den hinteren Teil des Wagens, setzte sich und schaute aus dem Rückfenster.

Peter postierte sich ein paar Sitze vor ihr, wo er stehenblieb und das dichte Gewirr von Gebäuden beobachtete, das sich außerhalb des Fensters erstreckte, bis er die offenen Felder kleiner Heimstätten erblickte. Während sie auf die kleinen Anhöhen zufuhren, begann das weite Land, sich zu wellen — schön und einladend.

Die Amerikaner in der Bahn waren ebenfalls in Feiertagsstimmung. Die Frauen waren mit hübschen, weiten Hüten und schneeweißen Blusen bekleidet. Die Männer trugen dunkle Anzüge mit silbernen Westen, die mit goldenen Uhrenketten verziert waren. Ihre Hände umklammerten glatte Melonen. Die Frauen, junge und alte, warfen ein lebhaftes Auge auf die Szenerie und die russischen Bauern. Sie unterhielten sich ebenfalls lebhaft, und Peter stellte fest, daß er viele ihrer Bemerkungen verstand.

„Sie sehen aus wie aus einem Märchenbuch. Schau dir nur diese Farben an!" rief eine ältere Dame mit einem länglichen Gesicht.

„Rot, purpur, gelb — welch eine Farbzusammenstellung", bemerkte ihre Begleiterin.

„Oh, mir gefällt das. Sie stecken so voll Leben — wir sind irgendwie langweilig mit unseren weißen Blusen und dunklen Röcken. Und schau nur, sie sind alle hübsch. Schau dir die rosigen Wangen von diesem Mädchen an ... Und siehst du den jungen Mann da, der uns gerade anschaut? Ja, der mit der braunen Haarlocke, die ihm ins Gesicht fällt. Sieht ziemlich gut aus."

Peter wurde rot, als er merkte, daß sie von ihm sprach. Er hob eine Hand, um sich an der Schlaufe festzuhalten, und schaute aufmerksam aus dem Fenster. Er spürte eine Bewegung an seinem Ellbogen und blickte in Fenjas Augen. Ihr schönes, eigenwilliges Gesicht war eine Mischung aus Entschlossenheit und Verwunderung, als sie sich vorbeugte, um die Weinberge, die blühenden Bäume und die Berge zu betrachten.

„Es ist wie zu Hause!" rief sie aus.

„Ja", antwortete er und lächelte sie an.

Die Weinberge hörten abrupt auf, und das Land breitete sich in weiten Wiesen aus, die mit der Frühlingsblüte tausender roter, orangefarbener und gelber Mohnblumen glühend leuchteten.

„Stehenbleiben!" rief die amerikanische Frau. Sie drängte sich an Peter vorbei und zog wie wild an der Glocke. Die Bahn kam ruckelnd zum Stehen, und Peter streckte die Hand aus, um Fenja davor zu bewahren, auf den Schoß eines gediegenen amerikanischen Geschäftsmannes zu purzeln. Die Dame mit dem langen

Gesicht strahlte, als sie dem Schaffner erklärte, daß sie alle ein paar Minuten anhalten würden, um Blumen zu pflücken. Er zuckte gutmütig mit den Schultern.

„Einverstanden", willigte er ein. „Aber wenn ich die Glocke läute, fahren wir weiter — dann sollten Sie schnell gelaufen kommen."

Die Amerikaner strömten hinaus, während die Russen besorgte Blicke miteinander wechselten.

„Sie sind nur stehengeblieben, um Blumen zu pflücken", erklärte Peter und deutete auf die ausgelassenen Menschen, die in den Blumenfeldern untertauchten. „Wir machen mit."

Die Russen sprangen auch hinaus, und bald pflückten alle große Sträuße aus leuchtenden Blumen. Die wilden Blumen zitterten beim leisesten Lufthauch. Ihre durchschimmernden, papierdünnen Blütenblätter überlappten sich zu aufregenden neuen Farben. Fenja stand wie festgenagelt, dann bückte sie sich plötzlich. *Sie sieht aus, als gehöre sie hierher,* dachte Peter. *Die strahlenden Farben ziehen wie ein Feuer über ihr Gesicht.*

Er trat neben sie, als sie ihr leuchtendes Gesicht den Bergen zuneigte, die jetzt so greifbar nah waren. Auf dem Wilson und auf den niedrigeren Gipfeln des San-Gabriels-Gebirges funkelte der Schnee.

„Schnee", sagte sie und schüttelte dabei den Kopf. Sie schaute Peter an. „So weit weg."

Ihr Gesicht war vor Sehnsucht und Heimweh angespannt, und gleichzeitig strahlte es eine Art glühender Freude aus.

„Dieses Gebirge ist nach einem Engel benannt", erklärte sie. „Wußtest du das?"

Er nickte. „Dabei muß ich immer an den Kasbek denken — den Berg Christi — im Kaukasus. Der Schnee dort ist ewig. Die Osseten sagen, Gott lebe auf dem Gipfel, und jeder, der in seine Nähe komme, werde von unsichtbaren Kräften oder einem schrecklichen Sturm aufgehalten. Sie sagen, daß Abrahams Zelt dort oben stehe und eine Wiege, die von unsichtbaren Händen bewegt werde, und in der ein schlafendes Kind liege. Das ist natürlich nur eine ihrer Legenden, aber der Berg — das Licht von dem Berggipfel springt wirklich bis in den Himmel hinauf. Er berührt einem irgendwie das Herz."

Eine Glocke ertönte über dem Feld, der Schaffner winkte mit dem Hut, und sie liefen alle zurück und traten den Rest ihrer Fahrt an. Die Molokanen picknickten an der Endstation am Fuß der Berge. Jelena Waloff hatte für ein üppiges Mahl gesorgt. Dampfende, heiße Samowars standen an jedem Ende der langen Picknickdecke, auf der sich bunte Blumensträuße häuften und deren Rand aus gelben, senffarbenen Blumen bestand. Nach dem Essen begannen die meisten der jungen Leute zu singen, aber Peter und Fenja wanderten hinauf, wo der Fuß der Berge die Wiese berührte. Der Tag war kristallklar. Sie konnten an den sauberen Weingärten und würdevollen Obstgärten Pasadenas vorbeischauen und hatten einen Blick bis zum Pazifischen Ozean, der wie ein Stück Silberfolie leuchtete, die dünn gehämmert worden war und sich in einem zarten Zittern bewegte. Sie stießen auf einen kleinen Bach, der sich in das Sandsteingebirge hinein seinen Weg bahnte.

„Gehen wir ein bißchen hinauf", schlug Peter vor. „Vielleicht sehen wir die Insel Santa Catalina."

Sie folgten der Schlucht an der Seite einer bewaldeten Anhöhe hinauf, die von fleischfarbenen Rissen durchzogen war. Ein brauner Wasserlauf verwandelte sich in ein beständiges Tropfen und dann in ein musikalisches Plätschern, als sie noch höher kletterten.

„Schau", scherzte Fenja. „Wasser. In einem trockenen und durstigen Land ... Das ist das erste fließende Gewässer, das ich sehe, seit wir hier sind!"

„Erstaunlich!" ulkte Peter. „Sogar der Los Angeles und der San Gabriel weisen um diese Jahreszeit eine gewisse Feuchtigkeit auf — aber sie sind bald wieder ausgetrocknet ... Ich habe gehört, daß es weiter im Norden wasserreichere Flüsse gibt — sie heißen Kings und Merced. Und weites Ackerland, wo auch einfache Leute sich Land kaufen können. Das Land dort wird von der Schneeschmelze von den riesigen Kämmen bewässert, die die große Wüste im Osten abgrenzen."

„Klingt wie ein Ort, an dem Molokanen glücklich sein könnten ..." bemerkte Fenja.

Sie fanden einen flachen Granitvorsprung, der über den Bach ragte. Sie setzten sich darauf und schauten nach Westen. In weiter Ferne erhob sich die Catalinainsel in einer gespenstischen Form aus dem Meer. Sie schauten nicht hinter sich, aber die majestätische Kraft der Berge gab dem Meer eine atemberaubende Schönheit. Der Sandstein, das Grün der Berge, das Gurgeln des Wassers, das gegen den Felsen plätscherte, überrollten Peter mit erschreckenden Wellen der Erinnerung.

„Es ist gemütlich, hier zu sitzen", bemerkte Fenja.

Er warf ihr einen ernsten Blick zu. „Du sitzt hier neben einem Fremden", sagte er.

Ihre großen Augen sagten ihm, daß sie bereit war, alles zu hören, was er ihr auch zu sagen hatte. Und Peter begann mit der Beschreibung seines Abschieds vom Dorf, seines Tages in Tiflis mit Noe und der Demonstration bei der Sionikathedrale.

„Ein Kosake – er fand mich, wie ich in einem Hauseingang kauerte. Er war ein Fremder, und er war mein Bruder. Seine Augen waren schmale Schlitze, aus denen die Blutlust herausstach, aber sie forderten auch mich heraus. ‚Glaube nur nicht, daß du anders wärst als ich', sagten sie! Er hatte recht – er trieb mir zehn Zentimeter Stahl in die Schulter, riß sie wieder heraus und schlitzte mir das Fleisch auf, dann lächelte er über das Werk seiner Hände!"

Fenja wurde blaß und schien auf dem Felsvorsprung kleiner zu werden, aber er verschonte sie nicht.

„So habe ich es ihm gezeigt. Ich schlug zu, und er fiel um wie ein Baum, und ich schlug auf ihn ein, um sicherzugehen, daß er tot war und nicht mehr so lächeln konnte, wie er mich angegrinst hatte."

„Du hattest keine andere Wahl", verteidigte sie ihn. „Er war im Begriff, dich zu töten."

Peter schnaubte. „Ich ging nicht in Bedauern auf, als ich ihn tötete. In mir regte sich kein Funke Mitleid. Ich war voll Wut – Wut, wie sie der Tod der Seele ist."

„Das Herz eines Menschen ist wie ein dunkles Verlies", murmelte Fenja. „Aber Gott läßt uns nicht aus seiner Hand."

„Nein. Das habe ich auch herausgefunden." Er erzählte ihr von Grigol, von seiner Begegnug mit dem Gott der Liebe, von allem, das ihm in Chewsuretien widerfahren war. Er suchte in ihrem Gesicht nach Verständnis und fand es, wie er erwartet hatte.

„Bis zu diesem Zeitpunkt war mein Leben mit Gott ein sauberes kleines Gebilde aus Glaubenssätzen und Bräuchen gewesen – wie sie fast jeder hat. Aber der Gott, dem ich in dieser Gebirgsschlucht begegnet bin, ließ sich nicht in etwas hineinzwängen, das sich der Menschenverstand ausgedacht hat. Wir glauben, unsere Traditionen seien die Antwort – sie sind nicht die Antwort. Bestenfalls sind sie nützliche Gefäße, die einen Teil der Antwort enthalten, damit wir sie in unser Leben einbringen können. Gott selbst, wie er uns im Angesicht Christi gezeigt wird, ist die Antwort. Manchmal, wenn ich über alles nachdenke, was passiert ist, frage ich mich, ob ich mich überhaupt noch einen Molokanen nennen kann – oder ob ich das überhaupt will."

Er schaute sie an, und das Verständnis in ihrem Gesicht machte ihn froh. Ihr Kopftuch war nach hinten gerutscht. Die hellen, glänzenden Haarsträhnen leuchteten heller als ihre warme, goldene Haut. Für Peter sah sie so schön, so vollständig aus, wie sie ruhig auf ihrem Granitstuhl saß und einerseits geheimnisvoll war und gleichzeitig liebenswürdig vertraut.

„Es stimmt, man kann Gott nur allein finden", stimmte sie ihm zu. „Manchmal glaube ich, das ist genau der *Pohod* – ein einsamer Mensch, der Gott sucht – keine riesige Auswanderung tausender Menschen. Wenigstens ist es das für mich. Dein Volk kann dir Gedanken über Gott vermitteln, aber es kann dir Gott selbst nicht geben."

„Das stimmt!" Das hat man uns gegeben. Der Geber ist Christus, und die Gabe ist ein Liebesband mit Gott selbst. *Liebe verbindet.* Dieser Gedanke stieg wie Rauch auf und schwebte in dem Dunst der Berge. *Ganz ähnlich wie damals,* dachte Peter. *In einer Schlucht auf der anderen Seite der Erde.* Aber dieses Mal war das Gefühl des Friedens noch vollständiger und tiefer. *Das liegt daran, daß sie hier ist,* begriff er. *Die Frau, nach der sich mein Herz sehnt. Sie begreift alles. Sie hat den Glauben und das Verständnis, um die Schärfe aus dem Schmerz im Leben zu nehmen, und die Hoffnung und aufmerksame Liebe, um Freude zu schaffen.*

„Aber was deine Leute angeht – sie haben ihren Platz", fügte sie nachdenklich hinzu. „Wem würdest du sonst dienen?"

Peter streckte die Hand aus und berührte leicht ihre glänzenden Haare. Seine Finger fuhren weiter nach unten und hoben ihr Kinn hoch. Ihre Haare dufteten nach Sonnenschein und Minze. Er hielt sie fest und küßte sie, und sie reagierte mit ungekünstelter Ehrlichkeit – wie schon zuvor. Dann entzog sie sich seiner Umarmung und zog ihr Kopftuch vor, um die Besorgnis zu verbergen, die über ihr Gesicht zog.

„Ich muß dir etwas sagen, Peter", erklärte sie. Ihre Augen suchten in den Salbeisträuchern entlang der Sierra Madre Beistand, aber sie hielt seine Hand fest. „Matwei hat um meine Hand angehalten."

„Was hast du ihm geantwortet?" Das Blut schoß in Peters Herz und baute ein lautes Pochen auf, das den Schmerz in seiner alten Wunde wieder weckte.

„Das einzige, was ich konnte. Iwan und Axinia haben seinen

Antrag freudig angenommen — sie brauchen die *Kladka* so dringend. Was konnte ich sagen? Ich verdanke ihnen alles. Aber ich habe Axinia erklärt, warum ich zögere. Und ich habe ihr gesagt, daß ich gern hätte, wenn Matwei meinem Vater schreibt... Das gibt mir Zeit." Sie zögerte, dann sprach sie unumwunden weiter.

„Ich weiß, daß es schwer für dich wäre zu heiraten, solange deine Familie noch in Rußland ist. Du könntest... deine Familie nicht im Stich lassen."

„Das kann ich nicht. Ich kann sie nicht im Stich lassen. Aber ich kann auch dich nicht im Stich lassen —"

„Was soll dann geschehen? Die Bogdanoffs können darauf bestehen, daß ich heirate. Sie sind nett, aber du weißt nicht, wie es bei ihnen steht. Für sie ist das die Lösung ihrer finanziellen Probleme..."

„Das weiß ich nicht. Ich weiß nur eines. In mir ist eine große Leere — und du bist diejenige, die sie füllen kann."

Sie saßen still nebeneinander und hielten einander fest, bis das Läuten der Glocken sie auf die Wiese und zu der roten Straßenbahn zurückrief. Welke Mohnblumensträuße lagen hier und da auf dem grünen Feld wie eine erlöschende Glut. Sie standen auf dem Nachhauseweg Seite an Seite und hielten sich an einer Schlaufe fest und schaukelten mit dem Ruckeln der Straßenbahn hin und her, als würden ihre zwei Körper von einer gemeinsamen Antriebskraft beherrscht.

* * *

Peter war draußen und pflügte Maxims neues Feld im Osten, als er Ilja und einen anderen Ältesten über die Straße kommen sah. Sobald er sie am Haus vorbeigehen und über das Feld auf sich zukommen sah, wußte er, warum sie gekommen waren. Peter blieb stehen, hielt das Gespann an, setzte sich neben die Pflugschar und wartete auf sie. Ein bleiernes Gewicht des Grauens drückte ihn auf die Erde. Die trockenen, heißen Santa-Anna-Winde zogen über das Land. Die braunen Steppenläufer zitterten stark und wurden nur noch schwach von ihren zarten Wurzeln gehalten.

Iljas Gesicht bestätigte seine Ängste. Seine geröteten, traurigen Augen zuckten zusammen, als er Peters starre Haltung sah. Der andere Mann, Efim Tomatscheff, hatte eine mitfühlende Miene, die nachdenklich war — aber auch überschwenglich — als hätte das, was sein Mitgefühl erregt hatte, gleichzeitig auch ein starkes, unbeugsames Interesse geweckt.

Ilja sagte nichts, sondern setzte sich neben ihn auf den Boden. Er beugte sich vor und küßte Peter auf beide Wangen. Efim setzte sich auch, ohne auf seine gute Wollhose Rücksicht zu nehmen. Er griff in seine Jacke und holte einen abgegriffenen und zusammengefalteten Umschlag heraus.

„Dem Herrn gefällt es, uns wie Weizen zu rütteln! Dieser Brief ist von deinem Onkel — an die Gemeinde hier geschrieben, aber er hat eine Anmerkung hinzugefügt, in der er uns bittet, dich ausfindig zu machen, es dir zu sagen... Es wird nicht leicht sein, für dich, das zu lesen, Bruder..." Seine Warnung verstummte, und Peter nahm den Umschlag und starrte auf die Briefmarke. Persien! Wie konnte das sein?

Peter las, während der Wind versuchte, ihm das Papier aus den Fingern zu reißen. Die zwei Männer saßen still links und rechts neben ihm. Er wußte, daß sie beteten.

Der Herr hat wirklich zu euch gesprochen... Und es war wahrhaftig seine Hand, die euch aus diesem Land fortgeführt hat...

Peters Herz wollte zerreißen. Michail gab mit den eindeutigsten Worten zu, daß er sich über den *Pohod* geirrt hatte. Was war geschehen?

Aufstände, Todesdrohungen an mich, meine Familie... Wir trafen Vorbereitungen, um fortzugehen, aber es war zu spät. Nachts überfielen uns Rebellen mit Fackeln. Sie setzten die Scheune in Brand und schleppten meine Kinder, Trofim, Andrei und meine geliebte Schwiegertochter Natascha in den vom Feuer erhellten Hof. Diese Teufel ließen kein Werk ihres Vaters, Satan, ungetan. Sie rissen das Mädchen an den Haaren und an ihren Kleidern und schändeten sie, während ihr Ehemann und ihr Schwager zusehen muß-

ten. Es war das letzte, was sie sahen. Die Teufel nahmen spitze Pflöcke und stachen ihnen die Augen aus und trieben sie in den Wald, wo sie den Wölfen und Bären hilflos ausgeliefert waren.

Peter beugte den Kopf bis zu den Knien, und seine Hand verkrampfte sich um die verkrustete Lehmschicht.

Die Flammen kamen uns zu Hilfe, aber zu spät. Marfa und ich flohen über den unteren Kaukasus nach Persien. Andere, sowohl molokanische Russen als auch Armenier, sind auch aus dem Dorf geflohen. Ich habe gehört, daß mein Bruder Gawril mit seiner Frau und seinen Töchtern auch das Dorf verlassen hat und hofft, hier in Persien Beistand zu finden. Aber in den Wochen und Monaten, die seitdem vergangen sind, ist es mir nicht gelungen, sie zu finden. Ich kann Gott nur danken, daß ihr Sohn, Peter, nach Amerika entkommen ist. Das muß ihr größter Trost sein. Er ist der einzige, der übriggeblieben ist — zu Gottes Werk in einem neuen Land bestimmt. Und auch der einzige, der aus seiner Familie übriggeblieben ist. Er ist der einzige Woloschinsohn, der überlebt hat ... Wenn eure Seelen in den langen Tagen der Mühsal inmitten eines fremden Volkes gegen Gott klagen, dann erinnert euch daran, welchen Schrecken ihr entkommen seid ...

Peter ließ den Kopf auf die Hände sinken und fing an, am ganzen Leib zu zittern. Seine Lieben — verschlungen — verloren. Und seine Vettern. Andreis Todesschmerz, Nataschas Schande und Entsetzen, Trofims Leiden — wie konnte er das ertragen? Ilja hielt ihn fest und zitterte mit ihm. Efims Hand lag stark auf seinem Knie. Sie blieben und stützten ihn, bis sein kräftiger, junger Körper aufnahm, was sein Verstand verweigerte.

Schließlich blickte er auf. Der Wind war jetzt stärker, und die Steppenläufer hatten sich losgerissen und hingen an der Drahtabgrenzung, die Maxim errichtet hatte. Sie wackelten daran und drängten sich wie eine Herde Tiere. Dann riß der Draht, und das

Gestrüpp kam über das Feld geflogen, daß die Pferde scheu wurden. Ilja streckte eine Hand aus, um sie zu beruhigen.

„Peter", sagte Ilja sanft. „Gehen wir hinein. Wir bitten Lukeria, uns einen Tee zu kochen. Komm mit uns."

Peter schüttelte vehement den Kopf. „Nein. Laßt mich hier. Ich will nicht ins Haus gehen."

Die zwei Männer bleiben ruhig neben ihm sitzen, bis die Sonne vom Himmel verschwand und eine schmerzliche Kälte vom Boden aufstieg.

„Komm mit hinein", versuchte Ilja nochmals, ihn zu überreden, aber Peters Gesicht war wie ein Fels. Die Molokanen blieben einige Sekunden in schweigender Achtung vor seiner Trauer stehen; dann gingen sie. Peter konnte ihre Schatten kaum sehen, als sie das Haus der Merlukows betraten und bald danach wieder gingen.

Es war schon völlig dunkel, als Maxim auf ihn zutrat.

„Komm herein, Peter", drängte er. Seine Stimme klang weich und ungewohnt. „Lukeria hat dir ein Abendessen aufgehoben. Komm mit."

Peter weigerte sich, und nach ein paar Minuten zuckte Maxim mit den Schultern und brachte die Pferde und die Pflugschar in den Stall und ließ Peter allein auf dem windigen Feld zurück. Er blieb sitzen, bis der Mond aufging. Er stand am Himmel und schaute zu, als hätte er sich von den weißen Berggipfeln losgelöst. In ihrer weißen Farbe und in ihren fein gezeichneten Umrissen von Kratern oder Spalten sahen sie aus, als bestünden sie aus demselben Stoff, als hätten die Berge den Mond auf irgendeine geheimnisvolle Weise geboren. Ehrfurcht stieg in Peter auf, und er flüsterte:

„Daß ein jeder von ihnen sein wird wie eine Zuflucht vor dem Wind
und ein Schutz vor dem Platzregen,
wie Wasserbäche am dürren Ort,
wie der Schatten eines großen Felsen im dürren Land."

Er drehte sich um und schaute zum Bauernhaus. Sie hatten ein Licht für ihn brennen lassen, aber er konnte es nicht ertragen, das Haus zu betreten. Statt dessen ging er in die Scheune und verbrachte die Nacht bei den zwei Ackerpferden und den vier Kühen.

Der Lärm des Windes und das Kratzen der Baumzweige an der Wand machte die Tiere die ganze Nacht unruhig. Aber Peter zog einige Leinensäcke um sich und schlief wie ein Toter bis zum Morgengrauen.

Beim ersten Hahnenschrei schlich er sich ins Haus, wusch sich für den Gottesdienst, huschte hinaus und marschierte nach Los Angeles. Draußen war es immer noch windig, auf den Feldern und Höfen war viel Unrat angeweht worden. Er kaufte sich einige Sonnenblumenkerne von einem armenischen Verkäufer und aß sie auf dem Weg zum Versammlungsraum. Er schaute zu, wie die leeren Schalen wie Käfer herumschwirrten. Er wartete, bis der Raum beinahe voll war. Dann ging er hinein und blieb im Hintergrund stehen. Er wurde unter den mitleidigen Blicken, die einige Männer in seine Richtung warfen, steif. Aber die meisten wußten es nicht, vermutete er.

Das Singen trieb ihm die Tränen in die Augen. Er warf einen Blick auf Ilja. Der alte Mann war verweint und zitterte. Peter schloß fest die Augen. Als er sie öffnete, sah er, daß Efim mit Michails Brief in der Hand vor der Gemeinde stand. Gleichzeitig erblickte er Fenjas aufmerksames Gesicht auf der Frauenseite. *Sie weiß es noch nicht!* Der Gedanke durchfuhr ihn mit frischem Schmerz. *Natascha ist ihre Schwester, und sie weiß es nicht!* Er schaute wieder nach vorne. *Ich kann es nicht glauben; er liest den Brief vor, und sie weiß es noch nicht.*

„Der Herr hat wirklich zu euch gesprochen ... und es war wahrhaftig seine Hand, die euch aus diesem Land fortgeführt hat ..." Efims eindringliche Stimme erklang. Fenjas Gesicht war aufnahmebereit und offen. *Ich kann es nicht ertragen,* stöhnte Peter. *Ich muß ihn aufhalten.* Er stand auf und stürmte los und stieß dabei seine Nachbarn an — zu spät.

„... geschändet ... das letzte, was sie sahen ..." Er sah, wie sich die Worte auf Fenjas Gesicht senkten. Dann verschwand sie. Ein Kreis von Frauenkopftüchern beugte sich vor und zeigte das Loch, in das sie gefallen war. Sie wichen plötzlich zurück, und Fenja lief blindlings zur Tür.

„Ihre Schwester ..." „Gott stehe uns bei!" Stimmen folgten ihr. Peter drängte sich durch sie hindurch. Axinia stand plötzlich neben ihm, und die Tränen strömten ihr über das Gesicht.

„Finde sie, finde sie." Sie packte ihn am Ärmel. Er riß sich los und stürmte in den windigen Morgen hinaus.

Peter erblickte sie auf einem leeren Feld, nicht weit vom Schulhaus entfernt. Er ging unter einem Pfirsichbaum vorbei, der mit seinen hübschen, sauer riechenden Blüten ganz weiß war, und sah sie neben einer Eukalyptusreihe, die einen Holzzaun säumte, stehen. Sie stand ganz still, aber um sie herum bewegte sich alles und stürmte. Sie schaute ihm entgegen, als hätte sie ihn erwartet. Dann veränderte sich ihr Gesicht, und er schloß sie in die Arme und streichelte ihr seidenweiches Haar und ihr tränennasses Gesicht.

Er zog sie hinter dem verdrehten, gesplitterten Stamm eines Eukalyptusbusches nach unten. Das Gras lag unter dem starken Wind ganz flach, und die Baumwipfel stöhnten in einem unverständlichen, tosenden Gemurmel. Sichelförmige Blätter in blassen Pastellfarben flogen durch die Luft. Peter hielt sie fest in den Armen und streichelte sie.

Er wußte, daß er morgen zu Iwan Bogdanoff gehen und seine Ersparnisse als *Kladka* für Fenja Wassilejwna anbieten würde. Dann würde er eine Arbeit in der Holzfabrik annehmen, um genug zu verdienen, damit sie davon leben könnten. Wenn er verheiratet wäre, würde er sich einen Bart wachsen lassen und seine Liebe auf dieses tapfere, verwirrte, kämpfende Volk richten, dem Gott diese Zuflucht geschenkt hatte. Er kniff die Augen zusammen, schaute in die Innenstadt von Los Angeles hinab und hielt seine gebrochene, zitternde Geliebte noch fester in den Armen. Das Leben der Stadt und das Leben der Erde und das Saugen der Baumwurzeln nach Nahrung und das Wehen des Windes zwischen den Bergen und dem Meer — all das band sie zusammen und erfüllte sie mit einem übermenschlichen Frieden.

Der Wind riß die Pfirsichblüten von den Bäumen und fegte sie wie Schneewehen gegen den roten Holzzaun.

Glossar

Astrachan — Locker gewellter Pelz aus dem Fell von sehr jungen Lämmern, die ursprünglich in der Nähe von Astrachan gezüchtet wurden.
Banja — Hölzernes Nebengebäude, das für Dampfbäder benutzt wurde.
Blintzi — Dünne Pfannkuchen, die mit gestoßenem Käse oder Marmelade gefüllt und in heißer Milch gekocht werden.
Bojar — Aristokrat im alten Rußland (vor Peter dem Großen).
Desiatiny — 1,1 Hektar.
Druschko — Trauzeuge des Bräutigams bei einer molokanischen Hochzeit; Fahrer.
Eristaw — Ein georgischer Adeliger.
Gornitsa — „Wohnzimmer" in einer Izba, die nur zwei Räume hat.
Gubernia — Eine Provinz im vorrevolutionären Rußland.
Izba — Traditionelles russisches Bauernhaus; es ist normalerweise aus Holz gebaut und besteht aus einem großen Raum mit einem Lehmofen, der gegenüber der Eingangstür in der Ecke steht.
Karawanserai — In Zentralasien ein Gasthaus mit einem großen Hof, in dem Karawanen übernachteten.
Kascha — Brei aus zerstoßenem Buchweizen, Weizen oder Gerste, der manchmal mit Fleisch serviert wird.
Kladka — Geld, das der Bräutigam vor der Hochzeit für seine Verlobte bezahlt; normalerweise bewahrt ihre Mutter das Geld für sie auf.
Kosoworotka — Ein Bauernhemd mit einer Öffnung an der Seite und einem hohen Kragen. Es wurde normalerweise lang über Hosen getragen und mit einer Schnur oder einer Schärpe zusammengebunden.
Kulak — Wohlhabender ländlicher Bauer, der Arbeiter beschäftigte.
Lapka, *Krugi* und *Gorelki* — Dorfspiele, die mit einem Stock und Holzstücken gespielt werden und bei denen ein junger Mann seine Braut findet.

Lapscha — Nudeln, die normalerweise in einer Suppe serviert werden.
Lapti — Geflochtene Bastschuhe.
Lawasch — Georgisches oder armenisches Fladenbrot.
Nagaika — Peitsche oder Knute der Kosaken
Narodnik — Mitglied einer Bewegung des neunzehnten Jahrhunderts, die die Bauernschaft als die Quelle der künftigen Revolution und echter russischer Werte im allgemeinen betrachtete.
Papatschka — Große georgische Mütze aus Schafwolle.
Piroschka — Mit Fleisch oder Kohl gefüllter Brotteig.
Pridano — Die Mitgift einer Braut bei der Hochzeit, die vor allem aus Kleidern, Bettwäsche und Stoff bestand.
Sarafan — Traditionelles russisches Bauernkleid mit einem hohen Kragen und einem Spitzenbesatz an der Vorderseite, das bei besonderen Gelegenheiten getragen wird.
Sobranija — Eine besondere Zusammenkunft; für die Molokanen normalerweise eine religiöse Zusammenkunft.
Uezd — Nächste Regierungseinheit unter der Gubernia im vorrevolutionären Rußland.
Werst — Ungefähr ein Kilometer.
Zemstwo — Vorrevolutionärer Regierungsrat, der in den Bereichen Bildung, Medizin und Landwirtschaft eine beratende Funktion innehatte.

Ein weiterer historischer Roman

Judith Pella
Ritt in die Freiheit
420 Seiten, Paperback
ISBN 3-86122-150-0

Deborah Graham flieht aus den Wirren des amerikanischen Bürgerkrieges in die Prärie von Texas. Dort hofft sie auf einen Neuanfang. Sie heiratet einen jungen Mann, der Wohlstand und Einfluß von seinem Vater, einem Viehbaron, erben wird.

Aber eine tödliche Kugel verändert alles . . .

Von der texanischen Prärie in die Indianergebiete von Kansas gelangt, erfährt Deborah die ganze Schönheit und Wildheit des Alten Westens.

Und ein winziger Same des Glaubens keimt und wächst in ihr – des Glaubens an einen Gott, der größer ist als das unermeßliche Land . . .

Das fesselnde erste Buch in einer neuen Reihe historischer Romane der bekannten Autorin Judith Pella.

FRANCKE
Verlag der Francke-Buchhandlung GmbH

»Die Tagebücher der Laura Ingalls Wilder« von Thomas L. Tedrow

Die Hauptperson dieser Serie, Laura Ingalls Wilder, ist vielen sicherlich noch bekannt aus der Fernsehserie »Unsere kleine Farm«. T. L. Tedrow schildert die erdachten Erlebnisse der erwachsenen Laura.

Laura verläßt mit ihrem Mann Manly und ihrer Tochter Rose nach schweren Schicksalsschlägen Süd Dakota. Sie gelangen schließlich nach Mansfield in Missouri, wo sie einen neuen Anfang versuchen.

Unsere Farm in Missouri
Die Tagebücher der Laura Ingalls Wilder – Band 1
172 Seiten, Paperback
ISBN 3-86122-123-3

Die Kinder von Mansfield
Die Tagebücher der Laura Ingalls Wilder – Band 2
160 Seiten, Paperback
ISBN 3-86122-159-4

FRANCKE
Verlag der Francke-Buchhandlung GmbH